MÁIRTÍN Ó CADHAIN

Cré na Cille

AITHRIS I nDEICH nEADARLÚID

BAILE ÁTHA CLIATH
SÁIRSÉAL · Ó MARCAIGH

An Chéad Chló 1949
An Dara hEagrán 1996

ISBN 0-86289-071-3 (Crua)
ISBN 0-86289-072-1 (Bog)

© Sáirséal • Ó Marçaigh Tta 1996

Ba é an Dr Tomás de Bhaldraithe, nach maireann, a réitigh an t-eagrán seo.

Ba é seo, go bhfios dúinn, an leabhar deireanach a dhear Liam Miller.

Charles Lamb, R.H.A., a rinne na léaráidí ar lgh 10, 63, 91, 146, 180, 201 agus 281.
Ba é Caoimhín Ó Marcaigh a rinne an tulmhaisiú ar lch 2.

Sáirséal • Ó Marcaigh Tta,
13 Bóthar Chríoch Mhór, Baile Átha Cliath 11.

CLÁR

Am: De Shíor

Láthair: An Chill

RÉIM

PEARSANA:

Caitríona Pháidín: *Úr-adhlactha.*

Pádraig Chaitríona: *A haonmhac.*

Iníon Nóra Sheáinín: *Bean Phádraig Chaitríona. In aontíos le Caitríona.*

Máirín: *Girseach le Pádraig Chaitríona agus Iníon Nóra Sheáinín.*

Nóra Sheáinín: *Máthair bhean Phádraig Chaitríona.*

Baba Pháidín: *Deirfiúr do Chaitríona agus do Neil. I Meiriceá di. Súil le huacht uaithi.*

Neil Pháidín: *Deirfiúr Chaitríona agus Bhaba.*

Jeaic na Scolóige: *Fear Neil.*

Peadar Neil: *Mac le Neil agus Jeaic.*

Meaig Bhriain Mhóir: *Bean Pheadar Neil.*

Briain Óg: *Mac le Peadar Neil agus Meaig Bhriain Mhóir. Ag dul ina shagart.*

Briain Mór: *Athair Mheaig.*

Tomás Taobh Istigh: *Gaol do Chaitríona agus do Neil. An bheirt ag iomaíocht ar shon a chuid talún.*

Muraed Phroinsiais: *Comharsa bhéal dorais agus uchtchara do Chaitríona riamh.*

Comharsana agus Lucht Aitheantais Eile.

NOD:

— Tús Cainte.

— ... Lár Cainte.

... Comhrá nó Caint ar Lár.

7

Níl aithris sa leabhar seo
ar aon duine dá bhfuil beo nó marbh,
ná ar aon chill dá bhfuil ann.

Caitríona Pháidín

Cré na Cille

EADARLÚID A hAON

1

NÍ mé an ar Áit an Phuint nó na Cúig Déag atá mé curtha? D'imigh an diabhal orthu dá mba in Áit na Leathghine a chaithfidís mé, tar éis ar chuir mé d'fhainicí orthu! Maidin an lae ar bhásaigh mé ghlaoigh mé aníos ón gcistin ar Phádraig: "Achainí agam ort a Phádraig a leanbh," adeirimse. "Cuir ar Áit an Phuint mé. Ar Áit an Phuint. Tá cuid againn curtha an Áit na Leathghine, ach má tá féin ...

Dúirt mé leo an chónra ab fhearr tigh Thaidhg a fháil. Cónra mhaith dharach í ar chaoi ar bith ... Tá brat na scaball orm. Agus an bhraillín bharróige. Bhí siad sin faoi réir agam féin ... Tá spota ar an scaoilteog seo. Is geall le práib shúiche é. Ní hea. Lorg méire. Bean mo mhic go siúráilte. Is cosúil lena cuid pruislíocht é. Má chonaic Neil é! Is dóigh go raibh sí ann. Ní bheadh dar fia dá mbeadh aon neart agamsa air ...

Is místuama a ghearr Cáit bheag na gairéadaí. Dúirt mé riamh féin nár cheart aon deoir le n-ól a thabhairt di féin ná do Bhid Shorcha nó go mbeadh an corp dealaithe den tsráid. Chuir mé fainic ar Phádraig dá mbeadh ól déanta acu gan ligean dóibh na gairéadaí a ghearradh. Ach ní féidir Cáit Bheag a choinneáil ó choirp. Ba é a buaic chuile lá riamh marbhán a bheith in áit ar bith ar an dá bhaile. Dá mbeadh na seacht sraith ar an iomaire d'fhanfaidís ar an iomaire, ach í ag fáil bonn coirp ...

Tá an chrois ar mo chliabhrach, an ceann a cheannaigh mé féin ag an misean ... Ach cá'il an chrois dhubh a thug bean Thomáisín beannaithe chugam as an gCnoc an t-am sin a mb'éigin Tomáisín a cheangal go deireanach. Dúirt mé leo an chrois sin a chur orm freisin. Is cuidsúlaí go mór í ná an ceann seo. Ó thit an chrois seo ó ghasúir Phádraig, tá cor cam sa Slánaitheoir uirthi. An Slánaitheoir atá ar an gceann dubh is mór an áilleacht é. Céard sin orm? Nach mé atá

11

Cré na Cille

dearmadach i gcónaí. Sin í faoi mo cheann í. Nach mairg nach í a chuir siad ar mo chliabhrach ...

Bhí acu snaidhm níb fhearr a chur ar an bpaidrín ar mo mhéara. Neil féin, go siúráilte, a rinne é sin. Bheadh sásamh aici dá dtiteadh sé ar an talamh san am a raibh siad do mo chur i gcónra. A Thiarna Thiarna, b'fhada amach uaimse a d'fhanfadh sí sin ...

Tá súil agam gur las siad na hocht gcoinneal as cionn mo chónra sa séipéal. D'fhág mé faoi réir acu iad, i gcúinne an chomhra faoi pháipéir an chíosa. Sin rud nach raibh riamh ar chorp sa séipéal sin: ocht gcoinneal. Ní raibh ar an gCurraoineach ach ceithre cinn. Sé cinn ar Liam Thomáis Táilliúr, ach tá iníon leis sin sna mná rialta i Meiriceá ...

Trí leathbhairille pórtair a dúirt mé a chur orm, agus gheall Éamonn na Tamhnaí dhom féin dá mbeadh deoir ar bith faoi shliabh go dtiocfadh sé leis gan cuireadh gan iarraidh. Níorbh fholáir sin agus a mbeadh d'altóir ann. Ceathair déag nó cúig déag de phunta ar a laghad ar bith. Chuaigh duine nó scilling uaim i gcuid mhaith áiteacha nach raibh sochraid ar bith dlite dhom iontu, le cúig nó sé de bhlianta ó d'airigh mé mé féin ag tabhairt uaim. Is dóigh gur tháinig lucht an tsléibhe uile. Ba bhocht dóibh nach dtiocfadh. Bhíomar acu. Sin cúnamh maith de phunt ar an gcéad iarraidh. Agus muintir Dhoire Locha leanfaidís sin na cliamhaineacha. Sin cúnamh maith de phunt eile. Agus bhí sochraid dlite ag Gleann na Buaile as éadan dom ... Ní bheadh iontas orm mura dtagadh Stiofán Bán. Bhíomar ag chuile shochraid riamh aige. Ach déarfadh sé nár chuala sé é, nó go raibh mé curtha. Agus an ghalamaisíocht a bheadh ansin air: "Go deimhin dhuit a Phádraig Uí Loideáin, dá mbeadh féith de mo chroí air, bheinn ag an tsochraid. Níor chomaoin domsa gan a theacht ar shochraid Chaitríona Pháidín dá mba ar mo ghlúine a ghabhfainn ann. Ach dheamhan smid a chuala mé faoi go dtí an oíche ar cuireadh í. Scorach le ..." An sclaibéara ós é Stiofán Bán é! ...

Dheamham a fhios agam ar caoineadh go maith mé. Gan bhréag gan mhagadh tá racht breá bogúrach ag Bid Shorcha mura raibh sí ró-óltach. Tá mé siúráilte go raibh Neil ag imeacht ag diúgaireacht ann freisin. Neil ag caoineadh agus

Cré na Cille

gan deoir lena grua, an smuitín! A dúshlán sin an teach a
thaobhú agus mise beo...
    Tá sí sásta anois. Shíl mé go mairfinn cúpla bliain eile, agus
go gcuirfinn romham an raicleach. Thug sí anuas go mór ó
d'éirigh an gortú dhá mac. Bhíodh sí ag dul coitianta go leor
ag an dochtúr le scaitheamh roimhe sin féin. Ach ní brí a
bhfuil uirthi. Scoilteacha. Ní thabharfaidh siad sin aon bhás
di go ceann fada. Tá sí an-phrámhaí uirthi féin. Sin caoi
nach raibh mise. Anois atá a fhios agam é. Mharaigh mé mé
féin le obair agus luainn... Dá dtapaínn an phian sin shula
ndeachaigh sí in ainseal orm. Ach ó bhuailfeas sé sna dúáin
duine tá a chaiscín meilte...
    Bhí dhá bhliain agam ar Neil, ar aon chor... Baba. Ansin
mise agus Neil. Bliain go Féil Michíl seo caite a fuair mé an
pinsean. Ach fuair mé roimh an am é. Tá Baba suas agus
anuas le trí déag agus ceithre fichid. Is gearr an bás uaithi
anois tar éis a díchill. Ní raibh an mhuintir se'againne
saolach. Ach a bhfaighe sí scéal mo bháis-se, beidh a fhios
aici gur beag é a seal fhéin, agus déanfaidh sí a huacht go
cinnte... Ag Neil a fhágfas sí chuile chianóg ag gabháil léi. Tá
sásamh maith ag an smuitín orm ina dhiaidh sin. Tá Baba
blite suas aici. Ach dá bhfaighinnse saol nó go ndéanfadh
Baba uacht déarfainn go dtabharfadh sí leath an airgid dom
de bhuíochas Neil. Duine sách luath-intinneach í Baba.
Chugamsa is mó a bhí sí ag scríobh le trí bliana anois ó
d'athraigh sí ó mhuintir Bhriain Mhóir i Norwood, go
Boston. Is maith an cúnamh í a bheith dealaithe ón gcuasnóg
ghangaideach sin ar aon nós...
    Ach níor mhaith sí riamh do Phádraig é gur phós sé an
agóid sin as an nGort Ribeach, agus gur fhág sé Meaig
Bhriain Mhóir ina dhiaidh. Ní thaobhódh sí tigh Neile beag
ná mór, an uair sin a raibh sí sa mbaile as Meiriceá murach
gurb é mac Neile a phós Meaig Bhriain Mhóir. Tuige a
dtaobhódh... Prochóigín de theach. Prochóigín bhrocach de
theach freisin. Ní teach do Phoncán a bhí ann ar aon nós. Níl
a fhios agam cén chaoi ar bhain sí ceart ar bith dhó i ndiaidh
a bheith sa teach se'againne agus i dtithe móra Mheiriceá.
Ach be ghearr an cónaí a rinne sí ann, gur ghread sí anonn in
athuair...

13

Cré na Cille

Ní thiocfaidh sí go hÉirinn lena ló arís. Tá sí réidh leis. Ach cá bhfios cén mheanmna a bhuailfeadh í tar éis an chogaidh seo, má bhíonn sí sa gcomhaireamh ceann. Mheallfadh Neil sin an mhil ón gcuasnóg. Tá sí sách spleách, sách aigeanta len a dhéanamh. Léanscrios uirthi mar chailleach! Tar éis gur dhealaigh sí ó Chlann Bhriain Mhóir i Norwood, tá anghnaoi aici ar Mheaig Bhriain Mhóir i gcónaí ... Nárbh é mo Phádraig an pleoitín nach ndéanfadh a comhairle, agus iníon an scóllacháin ghránna a phósadh. "Níl aon mhaith dhaoibh liom," a deir an pleoitín. "Ní phósfainn Meaig Bhriain Mhóir dá mba taobh léi a bheadh Éire." D'imigh Baba suas chuig Neil mar a bhuailfí ar an gcluais í, agus níor thaobhaigh sí an teach againne ní ba mhó ach seasamh ar an urlár ar éigean an lá a raibh sí ag dul ar ais go Meiriceá.

— ... Mo ghrá é Hitler. Sin é an buachaill acu ...

— Má bhuailtear Sasana, beidh an tír in ainriocht. Tá an margadh caillte cheana againn ...

— ... A Chineál Tháilliúr na Leathchluaise, is tú a d'fhág anseo mé leathchéad bliain roimh an am. Bhí an buille feille riamh féin i gcineál na Leathchluaise. Sceana, clocha, agus buidéil. Ní throidfeá mar a throidfeadh fear ach mé a shá ...

— ... Cead cainte dhom. Cead cainte ...

— Crois Críosta choisreacan Dé orainn!—an beo nó marbh atá mé? An beo nó marbh atá siad seo? Tá siad uile ag cur díobh chomh tréan céanna agus a bhí as cionn talún! Shíl mé ó chuirfí i gcill mé agus nach mbeadh cruóg oibre, ná imní tí, ná faitíos síne ná eile orm go mbeadh suaimhneas i ndán dom ... ach cén chiall an chathaíocht seo i gcré na cille ...

2

— ... Cé thú féin? Cáid ó tháinig tú? An gcluin tú leat mé? Ná bíodh scáth ar bith ort. Déan an oiread teanntáis anseo, agus a dhéanfá sa mbaile. Mise Muraed Phroinsiais.

— Go gcuire Dia an t-ádh ort! Muraed Phroinsiais a bhi i mbéal an dorais agam riamh. Mise Caitríona. Caitríona Pháidín. An cuimhneach leat mé a Mhuraed, nó an imíonn

14

cuimhne an tsaoil as bhur gceann anseo? Níl sí imithe uaimse fós ar aon nós …

— Ná ní bheidh. An saol céanna atá anseo a Caitríona agus a bhí san ould country ach gurb é a bhfeiceann muid an uaigh a bhfuil muid inti, agus nach bhféadann muid an chónra a fhágáil. Ní chloisfidh tú an duine beo ach oiread, ná ní bheidh a fhios agat céard is cor dó ach de réir mar a inseos na marbháin nuachurtha é. Ach tá muid inár gcomharsana arís a Chaitríona. Cáid anseo thú? Níor airigh mé ag teacht thú …

— Níl a fhios agam ab é lá Fhéil Pádraig nó an lá ina dhiaidh sin a fuair mé bás, a Mhuraed. Bhí mé róchloíte. Ná níl a fhios agam cáid anseo mé ach an oiread. Ach ní i bhfad é ar chuma ar bith … Tá tusa scaitheamh maith curtha a Mhuraed … Is fíor dhuit. Ceithre bliana go Cáisc. Ag scaradh gitín aoiligh do Phádraig sa nGarraí Domhain a bhí mé nuair a tháinig malrach mná le Tomáisín anuas i mo choinne. "Tá Muraed Phroinsiais ag saothrú báis," a deir sí. Meas tú, ina dhiaidh sin, nach raibh Cáit Bheag ag dul isteach an doras san am a raibh mise ag ceann na hiothlann! Bhí tú séalaithe. Mise a chuir na hordóga ort a Mhuraed. Leag mé féin agus Cáit Bheag amach thú. Má leag féin, ba é ráite chuile dhuine, go mba ghleoite a bhí tú as cionn cláir. Ní raibh aon ghair ag duine ar bith a bheith ag banrán. Dúirt gach is a bhfaca thú, a Mhuraed, go mba bhreá an corp thú. Ní raibh bunchleite isteach ná barrchleite amach ionat. Bhí tú comh luite, chomh mín agus dá dtéadh an t-iarann ort as cionn cláir …

… Dheamhan mórán liostachais a bhí orm a Mhuraed. Bhí na duáin buailte le fada. Stopainn. Tháinig gárphian iontu cúig nó sé de sheachtainí ó shin. I gceann mar a bhí mé tháinig slaghdán orm. Chuaigh an phian sa mbolg agus as sin suas i mbéal mo chléibh. Níor sheas mé ach timpeall seachtaine … Deamhan a raibh d'aois mhór mar sin agam a Muraed, aon bhliain déag agus trí fichid. Ach fuair mé crácamas ar feadh mo shaoil. Fuair i nDomhnach, agus bhí a shéala orm. Nuair a bhuail sé mé, bhuail sé in éindí mé. Ní raibh aon teacht aniar ionam …

D'fhéadfá sin a rá a Mhuraed. Níor chuidigh scubaid an

Cré na Cille

Ghoirt Ribigh chor ar bith liom. Cén smál a bhí ar mo Phádraig agus a pósadh an chéad lá in Éirinn? ... Beannacht Dé dhuit a Mhuraed chroí, níl a fhios agat a leath, mar níor chaintigh mé amach as mo bhéal riamh air. Tá sí ráithe mór fada anois gan faic a dhéanamh ... Ceann óg. Níl ann ach gur shrian sí thríd. Tabharfaidh an chéad cheann eile fuílleach le déanamh di déarfainn ... Bhí an t-áilín páistí ansin agus iad ar aon chéill cés moite de Mháirín an gearrchaile is sine, agus bhíodh sí sin ag an scoil chuile lá. Bhínn féin ag crochadóireacht liom á níochán agus á gcoinneáil ón tine, agus ag caitheamh deoladh acu chomh maith agus a d'fhéadainn ... Is fíor dhuit a Mhuraed. Ní bheidh aon teach ag Pádraig anois ó tá mise imithe. Go deimhin féin ní teach atá an scubaid siúd in ann a choinneáil, bean ar bith a bhíos gach re lá ar an leaba ... Anois a dúirt tú é, a dheirfiúr ó! ... is mór an trua Pádraig agus na páistí ...

Bhí muis. Bhí chuile shórt faoi réir agam a Mhuraed, aiséadaí, brat na scaball agus eile ... M'anam muise go raibh a Mhuraed, ocht gcoinneal orm i dteach an phobail, gurb shin í an fhírinne ... Chuaigh an chónra ab fhearr tigh Thaidhg orm. Ní raibh sí pínn as cúig phunt déag déarfainn ... Ach ní dhá phláta atá uirthi seo a Mhuraed, ach trí cinn ... Agus shílfeá gurb é an scáthán mór atá i bparlús an tsagairt chuile phláta acu ...

Dúirt Pádraig liom go gcuirfeadh sé crois de ghlaschloch an Oileáin orm: ceann mar atá ar Pheadar an Ósta, agus scríbhinn Ghaeilge uirthi: "Caitríona Bean Sheáin Uí Loideáin ... " É fhéin a dúirt liom é gan frapa gan taca a Mhuraed ... ba bheag an baol a bheadh ormsa a iarraidh air a Mhuraed ... Agus dúirt sé go gcuirfeadh sé ráille timpeall na huaighe mar atá ar Shiúán an tSiopa, agus go gcuirfeadh sé pósaetha os mo chionn—dheamhan a gcuimhním cén t-ainm a thugas siad orthu—an cineál sin a bhí ar fheisteas dubh na Máistreása tar éis don Mháistir Mhór bás a fháil. "Níor chomaoin dúinn gan an méid sin a dhéanamh dhuit, agus chomh maith is a shaothraigh tú an saol dúinn," a deir Pádraig ...

Ach cogar a Mhuraed, cén áit é seo? ... dar brí m'anama is fíor dhuit é, Ait na Cúig Déag é ... Anois a Mhuraed, tá a

Cré na Cille

fhios ag do chroí istigh nach mbeinnse ag tnúthán go gcuirfí ar Áit an Phuint mé. Dhá gcuiridís ann mé, ní bheadh aon neart agam air, ach maidir le go n-iarrfainn orthu mé a chur ann ...

Neil ab ea ... M'anam gur beag nár chuir mé romham í. Dá mairinn scaithín eile bhí agam ... Bhuail leoraí faoi thiar ag an Trá tá bliain nó bliain go leith ó shin, agus rinneadh leicíneach dá chorróg. Ní raibh a fhios istigh san ospidéal ar theacht nó imeacht dó go ceann seachtaine ...

Ó chuala tú faoi cheana a Mhuraed ... M'anam gur chaith sé leathbhliain ar chúl a chinn a Mhuraed ... Dheamhan buille maitheasa muis a rinne sé ó tháinig sé abhaile, ach ag imeacht ar dhá mhaide croise. Shíl chuile dhuine go raibh a chnaipe déanta ...

Níl na gasúir inchúnta aige a Mhuraed, cés moite den sconnachán is sine agus is scaibhtéir eisean ... D'éireodh sin dhó. A dhul lena sheanathair, lena chomhainm Briain Mór, an scóllachán gránna. Cén bhrí ach a mhamóín Neil. Ní dhearna muintir Neil aon earrach a mb'fhiú trácht air le dhá bhliain ... Is mór an babhta ar Neil agus ar Mheaig Bhriain Mhóir an gortú. Is breá an sásamh ar an smuitín é. Bhí a thrí oiread fataí againne léi i mbliana ...

Óra beannacht Dé dhuit, a Mhuraed Phroinsiais, nach raibh an bóthar chomh fada fairsing aige féin le chuile dhuine sa tír, le fanacht as bealach an leoraí ... Mac Neil a caitheadh a Mhuraed. "Ní thabharfaidh mé comhaireamh na sop dhuit," a deir an giúistís ... Thug sé fear an leoraí ag an seisiún ó shin, ach ní ligfeadh an breitheamh do mhac Neil a bhéal a oscailt chor ar bith. Tá sé lena thabhairt go Baile Átha Cliath chuig Ard-Chúirt go gairid, ach is beag an mhaith dhó sin. Dúirt Mainnín an Cunsailéir liom féin nach bhfaigheadh muintir Neil cianóg rua. "'Dar a shon ru," a deir sé. "Ar an taobh contráilte den bhóthar" ... Is fíor dhuit a Mhuraed. Ní fhágfaidh an dlí bonn bán muise ar Neil. Chonách sin uirthi. Ní ghabhfaidh sí thar an teach se'againne chomh minic feasta ag gabháil "Eileanóir na ruan." ...

Ní bhíonn Jeaic bocht ar fónamh muis, a Mhuraed. Ara diabhal aire a thug Neil siúd riamh dó, ná iníon Bhriain Mhóir ach oiread ó chuaigh sí isteach sa teach ann ... Nach í

17

Cré na Cille

Neil mo dheirfiúr dílis féin, a Mhuraed, agus cén chiall nach mbeadh a fhios agam é? Níor thug sí aon aire do Jeaic bhocht riamh, ná cuid d'aire. Bhí sí an-ghar di féin. Ba chuma léi beirthe é ach í féin ... deirimse leatsa a Mhuraed gurb agamsa atá an fhírinne, gur shaothraigh Jeaic an saol ag an raicleachín ... Tomás Taobh Istigh, a Mhuraed. Mar chonaic tú riamh é ... Tá sé ina bhotháinín i gcónaí. Ach titfidh sé air lá ar bith feasta ... Ara muise nár thairg mo Phádraigsa a dhul suas agus brat tuí a chur air dó. "Go deimhin muise a Phádraig," a deirimse, "Is suarach na gnaithí a bheadh ort a dhul ag cur tuí do Thomás Taobh Istigh. Cuireadh Neil tuí dhó más breá léi. Má théann sise ag cur tuí dhó, gabhfaidh muide freisin ... "

"Ach níl duine ná deoraí ag Neil anois ó gortaíodh cois Pheadair," a deir Pádraig.

"Tá a cheart go maith le déanamh ag chuile dhuine," a deirimse, "a chuid tuí féin a chur, ní áirím prochóigín an tseanchonúis Tomás Taobh Istigh."

"Ach titfidh an teach air," a deir sé.

"A chead sin a bheith aige," a deirimse. "Tá a dóthain le déanamh ag Neil anois agus gan a dhul ag líonadh clab mór Thomáis Taobh Istigh. Coinnigh ort anois a Phádraig a fhleascaigh! Is geall é Tomás Taobh Istigh le francach i soitheach a bheadh dhá bá. Chugainne a chaithfeas sé tarraingt ón mbáisteach anuas ... "

Nóra Sheáinín, a deir tú? ... Go mb'ait liom a theacht uirthi anseo ar atheolas ... An iomarca eolais atá agamsa uirthi sin agus ar chuile dhuine dá cineál a Mhuraed ... Ag éisteacht leis an máistir scoile a bhíos sí gach lá ... Leis an Máistir Mór, an créatúr ... An Máistir Mór ag léamh do Nóra Sheáinín ... do Nóra Sheáinín ... ab bu búna ... Nach beag de mheas atá aige air féin, do mháistir scoile ... Ag léamh do Nóra Sheáinín ... Ar ndóigh, diabhal thiomanta focal foghlama ina pluic sin. Cá bhfaigheadh sí é? Bean nár sheas ag aon scoil riamh mura dtéadh sí ann lá vótála ... M'anam muise gur groí an saol é má tá máistir scoile ag coinneáil chainte le Nóra Sheáinín ... Céard a deir tú a Mhuraed? ... gur anmhór féin atá sé léi ... Níl a fhios aige cé hí féin a Mhuraed ... Dá mbeadh a hiníon in aon teach leis le sé bliana déag, mar

18

atá sí liomsa, bheadh a fhios aige cé hí féin ansin. Ach inseoidh mise dhó é … faoin mairnéalach agus eile …

— … "Bhí iníon ag Mártan Sheáin Mhóir
Agus bhí sí chomh mór le fear ar bith."

— … Cúig faoi ocht ceathracha; cúig faoi naoi ceathracha cúig; cúig faoi dheich … ní chuimhním air a mháistir …

— … "A's tharraing sé chun an aonaigh ag radaíocht i ndiaidh mná."

— … Bhí mise fiche, agus lom mé an t-aon a hairt. Thug mé an rí ó do pháirtíse. Bhuail Mruchín mé leis an gcuileata. Ach bhí an naoi agam, agus titim imeartha ag mo pháirtí …

— Bhí an bhanríon agamsa agus cosaint …

— Bhí Mruchín leis an gcíonán a lomadh, agus scuabfadh sé do naoi. Nach rabhais a Mhruchín?

— Ach chuir an *mine* an teach in aer ansin …

— Ach b'againne a bheadh an cluiche mar sin féin …

— Fainic ab agaibh. Murach an *mine* …

— … Dia á réiteach go deo deo …

— … Láirín cheannann. B'ait í …

— A Mhuraed níl méar i gcluais le coisteáil anseo. Ó a Mhic Dé na nGrást anocht …" Láirín cheannann." Lomán ort féin agus uirthi féin nach n-éisteann léi …

— Bhí mé ag troid ar shon Phoblacht na hÉireann …

— Cé a d'iarr do ghnaithí ort …

— … Sháigh sé mé …

— Má sháigh muis ní sa teanga é. Lomán ar an gcúpla agaibh. Tá mé in mo shiún sincín agaibh ó tháinig mé chun na cille. Ó, a Mhuraed, dhá bhféadtaí doirtim ar cúlráid féin! As cionn talún mura dtaitníodh a chomhluadar le duine d'fhéadfadh sé a bhfágáil ansin agus áit eicínt eile a thabhairt air féin. Ach mo léan deacrach ní fhágfaidh an marbh láthair i gcré na cille …

3

… Agus ar Áit na Cúig Déag a cuireadh ina dhiaidh sin mé. Tar éis mo chuid fainicí … Nach í Neile a chuir an cár gáire uirthi féin! Rachaidh sí ar Áit an Phuint go siúráilte anois. Ní bheadh lá iontais orm dá mba í a chuirfeadh faoi deara do

Cré na Cille

Phádraig mé a chur ar Áit na Cúig Déag i leaba ar Áit an Phuint. B'fhada go mbeadh sé d'éadan aici an teach a thaobhú murach gur airigh sí mise básaithe. Níor sheas sí ar m'urlársa ón lá ar phós mé ... murar sheas sí ann gan fhios dom agus mé ag saothrú báis ...

Ach tá Pádraig simplí. Ghéillfeadh sé dá cuid bladair. Agus thiocfadh bean Phádraig léi: "I ndomhnach féin anois gur agatsa atá an ceart, a Neil chroí. Tá Áit na Cúig Déag sách maith ag aon duine. Ní ridirí muid ... "

Tá Áit na Cúig Déag sách maith ag aon duine. Déarfadh sí é. Deile céard a déarfadh sí? Iníon Nóra Sheáinín. Ídeoidh mé uirthí fós é. Beidh sí anseo ar an gcéad duine eile clainne go siúráilte. Ídeoidh mé uirithi é, dar Dia. Ach ídeoidh mé ar a máthair é—ídeoidh mé ar Nóra Sheáinín féin é—idir dhá am.

Nóra Sheáinín. Anoir as an nGort Ribeach. Gort Ribeach na Lochán. Chualamar riamh go mblitear na lachain ann. Nach cunórach í! Ag foghlaim anois ón Máistir. M'anam go raibh sé in am aici tosú, go raibh sin. Ní labhródh máistir scoile in aon áit sa domhan léi ach sa reilig, agus ní labhródh sé ansin féin léi, dá mbeadh a fhios aige cé hí ...

A hiníon a d'fhág anseo mé fiche bliain roimh an am. Mé reicthe le leathbhliain ag cumhdach a claimhe gasúr. Bíonn sí tinn nuair a bhíos páiste aici agus bíonn sí tinn nuair nach mbíonn. Scuabfaidh an chéad cheann eile í. Scuabfaidh go siúráilte ... Níorbh fhearr do Phádraig bocht aige í, pé ar bith cén chúis a dhéanfadh sé dá huireasa. Ba shin é féin an mac do-chomhairleach. "Ní dhéanfaidh mé a malairt go brách a mháthair," a deir sé. "Imeoidh mé go Meiriceá, agus fágfaidh mé an áit ansin i dtigh an mhí-ádha, nuair nach bhfuil aon luí agaibh léi" ...

Sin é an uair a bhí Baba sa mbaile as Meiriceá. D'iarr sí go bog agus go crua air Meaig Bhriain Mhóir a phósadh. Ba mhór an cúram a bhí uirthi, ach an oiread le scéal, faoi chaillteoigín ghránna Bhriain Mhóir! "Thug sí aire mhaith i Meiriceá dhom," a deir sí, "nuair a bhí mé go dona tinn agus arbh fhada uaim chuile dhuine do mo mhuintir féin. Is gearrchaile maith seiftiúil í Meaig Bhriain Mhóir, agus tá spaga maith aici féin i dteannta a dtabharfaidh mise di. Ba

20

mhó mo chion ort, a Chaitríona," a deir sí liomsa, "ná ar aon deirfiúr eile dá raibh agam. B'fhearr liom mo chuid airgid a fheiceáil i do theachsa ná ag aon duine dá mbaineann liom. B'ait liom forás a fheiceáil ar do mhac Pádraig. Tá an dá chrann ar do bhos anois a Phádraig," a deir sí. "Tá deifir ar ais go Meiriceá ormsa, ach ní ghabhfaidh mé ann go bhfeice mé an gearrchaile seo ag Briain Mór i gcrích abhus, ó tharla nach raibh sí ag fáil aon sláinte den rath thall. Pós í a Phádraig. Pós Meaig Bhriain Mhóir, agus ní fhágfaidh mise ar deireadh sibh. Tá an oiread agam agus nach bhfeicfidh mé caite. Tá sí iarrtha cheana ag mac Neil. Bhí Neil féin ag caint liom faoi an lá cheana. Pósfaidh sí mac Neil, mura bpósa tusa í, a Phádraig. Sin nó pós do rogha duine, ach má phósann … ".

"Is túisce a d'imeoinn ag iarraidh mo choda," a deir Pádraig. "Ní phósfaidh mé aon bhean dár chuir aghaidh le aer ach iníon Nóra Sheáinín as an nGort Ribeach … "

Phós.

Mé fhéin a b'éigean léine a chur ar a craiceann. Ní raibh airgead an phósta féin aici, ní áirím spré. Spré ag Cineál na gCosa Lofa! Spré i nGort Ribeach na Lochán a mblitear na lachain ann … Phós sé í, agus tá sí ina bás ar sliobarna ansin ó shin aige. Níl sí in ann muc ná gamhain a thógáil, cearc ná gé, ná na lachain féin ós iad a chleacht sí sa nGort Ribeach. Tá a teach salach. Tá a páistí salach. Níl sí in ann freastal do thalamh ná do thrá …

Bhí iarmhais sa teach sin nó go dtáinig sí isteach ann. Choinnigh mise glan sciúrtha é. Ní raibh aon oíche Shathairn dár éirigh ar mo shúil nár nigh mé a raibh de stólta agus de chathaoireacha agus de bhoird ann amuigh ag an sruthán. Shníomh mé agus chardáil mé. Bhí abhras agam agus barróga. Thóg mé muca agus laonta agus éanlaith … an fhad is a bhí sé de lúd ionam a dhéanamh. Agus nuair nach raibh, choinnigh mé an oiread de náire ar iníon Nóra Sheáinín agus nár lig sí a maidí le sruth ar fad …

Ach cén chaoi a mbeidh an teach anois de m'uireasa, … Beidh sásamh maith ag Neil bhreá ar aon chor … Tig léi. Tá bean mhaith aráin agus abhrais ar an urlár aicise: Meaig Bhriain Mhóir. Is furasta dhi a bheith ag gáire faoin bpleoitín is mac domsa nach bhfuil aige ach an tslamóg, an chiomach.

21

Nach minic a déarfas Neil ag dul suas thar an teach se'againne anois: "Mhainín go bhfuair muid deich bpunt fhichead ar na muca ... Aonach maith a bhí ann, dá mbeadh beithígh tógtha agat. Fuair muide sé phunt déag ar an dá ghamhain ... Tar éis gurb é seascach na gcearc é, cruinníonn Meaig se'againne seift i gcónaí. Bhí ceithre scór uibheacha aici sa nGealchathair Dé Sathairn ... Ceithre ál sicíní a tháinig amach i mbliana dhúinn. Tá na cearca uilig ag breith athlíne. Chuir mé síos ál eile inné. 'Ailín bhreactha an choirce,' a dúirt Jeaic, nuair a chonaic sé á gcur síos mé ... " Beidh giodam ina leath deiridh anois ag dul thar an teach se'againne. Aireoidh sí mise as. Neil! An smuitín! Is í mo dheirfiúr í. Ach nár thaga corp chun cille chun tosaigh uirthi ... !

4

— ... Bhí mé ag troid ar shon Phoblacht na hÉireann, agus chuir tusa chun báis mé, a fhealltóir. Ar thaobh Shasana a throid tú, lá is gur throid tú ar shon an tSaorstáit ... Gunna Sasanach a bhí i do láimh, airgead Shasana i do phóca agus sprid Shasana i do chroí. Dhíol tú d'anam agus d'oidhreacht shinseartha ar son "sladmhargaidh," ar son posta ...

— ... Dar dair na cónra seo a Mhuraed, thug mé an punt di, do Chaitríona ...

— ... D'ól mé dhá phionta agus dá fhichead ...

— Is maith a chuimhním air a Chraosánaigh. Chuir mé mo rúitín amach an lá sin ...

— ... Chuir tú an scian ionam idir boilg agus barreasnacha. Trí sceimhil na n-aobha a chuaigh sí. Thug tú cor di ansin. Bhí an buille feille riamh féin i gcineál na Leathchluaise ...

— ... Cead cainte dhomsa. Cead cainte ...

— An bhfuil tú faoi réir le haghaidh an uair léitheoireachta anois, a Nóra Sheáinín? Cuirfidh muid ceann ar novelette nua inniu. Chríochnaíomar "Beirt Fhear agus Pufa Púdair" an lá faoi dheireadh, nár chríochnaigh?Is é an teideal atá ar an gceann seo: "An Chaor-Phóg." Éist anois a Nóra Sheáinín:

"Cailín soineanta a bhí in Nuala, nó gur casadh Séarlas ap

Ríos léi sa gclub oíche ... " Tá a fhios agam. Níl suaimhneas ná cúlráid ná deis cultúir anseo ... agus mar a deir tusa a Nóra, is ag caint ar mhionchúrsaí suaracha a bhíos siad d'acht agus d'áirid ... cártaí, capaill, ól, foiréigean ... tá muid ciaptha aige féin agus ag a láirín chuile ré solais ... Dheamhan smid bhréige agat, a Nóra chroí ... Níl aon fhaill anseo ag an té atá ag iarraidh a intleacht a shaothrú ... Sin í glan na fírinne a deir tú, a Nóra ... Tá an áit seo chomh míbhéasach, chomh spadintinneach, chomh barbartha le Garbh-Chríocha na Leathghine ansin thíos ... Sna haoiseanna dorcha ceart atá muid ó thosaigh na sansculottes a charnaigh airgead ar an *dole* dá gcur in Ait na Cúig Déag ... Is é an chaoi a roinnfinnse an reilig seo a Nóra dá mbeadh cead mo chomhairle féin agam: aos ollscoile ar Áit an Phuint, aos ... Nach ea a Nóra! Is náire bhruite é muis go bhfuil roinnt do mo chuid scoláirí féin sínte suas liom anseo ... Cuireann sé lionndubh orm a neamhheolaí atá siad, nuair' a smaoiním ar ar chaith mé de dhúthracht leo ... Scaití freisin bíonn siad sách neamodhach liom ... Ní thuigim céard atá ag teacht ar an líne óg chor ar bith ... Is fíor dhuit é, a Nóra ... Gan aon deis chultúir, chreidim ...

"Cailín soineanta a bhí i Nuala nó gur casadh Séarlas ap Ríos léi sa gclub oíche ..." Club oíche, a Nóra? ... Ní hionann na háiteacha a thaithíos aos mara agus clubanna oíche. *Dives* iad sin, a Nóra, ach aos cultúir a théas go dtí na clubanna oíche ... Ba mhaith leat cuairt a thabhairt ar cheann acu, a Nóra ... Níor dhrochbheart é, le bailchríoch, le clár mín, le *cachet* a chur ar do chuid oideachais ... Bhí mé féin i gclub oíche i Londain san am ar ardaíodh pá na múinteoirí roimh an dá ísliú. Chonaic mé prionsa Afraiceach ann. Bhí sé chomh dubh leis an sméir agus é ag ól champagne ... Bheadh an-fhonn ort a dhul go dtí club oíche a Nóra! Nach thú atá téisiúil ... *naughty girl* a Nóra ... *naughty* ...

— A mhagarlach bhradach! Iníon Sheáinín Spideog as an nGort Ribeach! Cén áit é sin ar dhúirt sí go mba mhaith léi a dhul, a Mháistir ...? Nár mhaire sí a ceird muis! Seachain a dtabharfá aon aird uirthi, a Mháistir chroí. Dá mbeadh aithne agat uirthi mar atá agamsa, béal marbh a bheadh ort léi. Tá mise le sé bliana déag ag cocaireacht lena hiníon agus léi féin. Is suarach na gnaithí atá ort a Mháistir ag diomallú do chuid ama le Nóirín na gCosa Lofa. Ní raibh sí aon lá ag an scoil riamh a Mháistir agus is fhearr a d'aithneodh sí sliocht dreancaide ná an tA.B.C....

— Cé seo? Cé thú féin ...? Caitríona Pháidín. Ní féidir go bhfuil tú ar fáil, a Chaitríona ... Bhuel, dhá fhada go dtí é, seo é a dteálta ar fad sa deireadh ... Is é do bheatha a Chaitríona, is é do bheatha ... Tá faitíos orm a Chaitríona go bhfuil tú ... Céard a déarfas mé ... rud beag ródhian ar Nóra na gCosa ... Nóra Sheáinín ... Tháinig an-fheabhas intinne uirthi ón am a mbíodh tusa ... cén leagan é sin a chuir tú air a Chaitríona ... Is ea ... Ag cocaireacht léi ... Is doiligh dhúinne am a bharraíocht, ach má thuigim i gceart thú, tá sí trí bliana anseo anois faoi thionchar tairbheach an chultúir ... Ach cogar seo a Chaitríona ... An gcuimhníonn tú ar an litir a scríobh mé dhuit chuig do dheirfiúr Baba i Meiriceá ... Ba í an litir dheiridh a scríobh mé í ... Buaileadh síos mé le tinneas mo bháis, an lá dár gcionn ... an bhfuil an uacht sin idir chamáin fós ...?

— Is iomaí litir a tháinig ó Bhaba ó bhítheása ag scríobh dhom, a Mháistir. Ach níor thug sí saoradh ná séanadh uaithi faoin airgead riamh. Fuair muid freagra uaithi ar an litir sin a dúirt tú a Mháistir. Is é an uair dheiridh é ar chaintigh sí ar an uacht: "Ní dhearna mé m'uacht fós," a deir sí. "Tá súil agam nach n-éireoidh aon bhás tobann ná aon bhás de thimpiste dhom, mar a shamhlaigh sibh in bhur litir. Ná bíodh imní oraibh. Déanfaidh mé m'uacht i dtráth, nuair is léir dom gá a bheith leis." Séard a dúirt mé féin nuair a tháinig sí: "Chaithfeadh sé gur máistir scoile a scríobh í sin di. Ní raibh caint den sórt sin riamh ag an muintir se'againne."

An Máistir Beag—do chomharba féin—a scríobhas dúinne anois, ach tá faitíos orm go scríobhann an sagart do Neil. Tá an caile siúd in ann a bhréagadh lena cuid sicíní agus stocaí cniotáilte agus an chrúibín cham. Is í atá deas air, a Mháistir. Shíl mé go mairfinn cúpla bliain eile agus go gcuirfinn romham an raicleach ...!

Rinne tusa do dhícheall dom faoin uacht ar chaoi ar bith a Mháistir. Bhí lámh ar an bpeann agat, a Mháistir. Ba mhinic a chonaic mé thú ag scríobh litir, agus is é an tsamhail a

Cré na Cille

thugainn duit, go raibh do pheann in ann focail a dhubhú ar pháipéar chomh gasta is a thógfainnse lúb ar stoca ... "Go ndéana Dia grásta ar an Máistir mór bocht," a deirinn féin. "Ba soilíosach é. Dhá dtugadh Dia saol dó, bhainfeadh sé an t-airgead amach domsa ... "

Sílim gur gearr go gcuirfidh an Mháistreás—do bhean atá mé a rá, a Mháistir—caoi uirthi féin arís. D'éireodh dhi. Bean óg luath láidir fós, bail ó Dhia uirthi ... Glacaim pardún agat, a Mháistir! Ná bac le dada dá n-abróidh mise. Bím ag síor-rá liom mar sin, ach dheamhan neart a bhíos ag duine air sin féin ... A Mháistir chroí, níor cheart dom a inseacht duit chor ar bith. Cuirfidh sí buaireamh ort. Shíl mise a Mháistir gur cluaisíní croí a bheadh ort faoi rá is go mbeadh an Mháistreás ag cur caoi uirthi féin ...

Anois a Mháistir, ná tóg orm é ... níl mé béalráiteach ... Ná hiarr orm an fear a inseacht a Mháistir ... A anois a Mháistir chroí ná hiarr orm é ... Dá mbeadh a fhios agam a Mháistir go gcuirfeadh sé an oiread sin cantail ort, ní labhróinn beag ná mór air ...

Mhionnaigh sí agus mhóidigh sí, a Mháistir, dhá bhfaighfeá bás nach bpósfadh sí aon fhear eile! A, a Mháistir chroí! ... nár chuala tú riamh é, a Mháistir: i ndiaidh na mionna is fearr na mná ... Diabhal a raibh tú fuaraithe muis, a Mháistir nó go raibh a súil cocáilte aici ar fhear eile. Sílim, a Mháistir, eadrainn féin go raibh sí buille aerach riamh ...

An Máistir Beag ... Go deimhin muise ní hé a Mháistir ... Máistir Dhoire Locha. Sin fear gnaíúil, a Mháistir. An striog féin ní ólann sé. Tá sé féin agus deirfiúr an tsagairt phobail— an tsliseoigín ghágach dhubh siúd a mbíonn an treabhsar uirthi—le pósadh go gairid. Deir siad go bhfaighidh sé an scoil nua ansin ...

Go deimhin muise ní hé an póilí rua é ach oiread. Tá plíoma de *nurse* aige sin ar stropa sa nGealchathair, a deir siad ... ná fear na bhfataí ... Tomhais leat anois, a Mháistir. Tabharfaidh mé cion do thomhaise dhuit ... Tá Peaidín imithe go Sasana, a Mháistir. Baineadh an leoraí dhe, agus díoladh air é. Ní raibh aon bhóthar dá dtéadh sé ag tarraingt mhóna nár fhág sé streoille fiacha ina dhiaidh ann. Tomhais

25

arís a Mháistir … an fear ceannann céanna, a Mháistir, Bileachaí an Phosta. Is ait a chruthaigh tú agus é a thomhais. Tá an-chloigeann ort, a Mháistir, dá mbeadh an saol ag caint… Fainic thú féin ar Nóra Sheáinín. D'inseoinnse rudaí dhuit, a Mháistir…

Ara caith thart an scéal sin, a Mháistir, agus ná cuireadh sé buaireamh ar bith ort … Diabhal a fhios agam nach fíor dhuit é, a Mháistir. Bhíodh rudaí thar litreacha ag tarraingt Bhileachaí timpeall an tí … A a Mháistir … Bhí sí buille beag aerach riamh féin, do bhean…

5

— … Cuireadh anonn iad ina lánchumhachtóirí le conradh síochána a dhéanamh idir Éirinn agus Sasana …

— Deirimse go dtug tú do dheargéitheach. Níor cuireadh anonn iad ach mar theachtaí amháin, agus chuaigh siad thar a n-údarás, agus rinne siad an fheall, agus tá a shliocht ar an tír …

— … Láirín cheannann. B'ait í. Níor tholgán di tonna go leith a iompar …

— … Dar dair na cónra seo, a Nóra Sheáinín, thug mé an punt di, do Chaitríona …

— … Bhí iníon ag Mártan Sheáin Mhóir
      Agus bhí sí chomh mór le fear ar bith
      Sheasfadh sí thuas ar an ard … "

— … Ara i dtigh diabhail go raibh do Shasana agus a cuid margaí agat. Faitíos atá ort faoi do chúpla pínn sa mbanc. Mo ghrá é Hitler! …

— … Anois, a Chóilí, is scríbhneoir mise. Léigh mé leathchéad leabhar ar an leabhar leatsa. Cuirfidh mé dlí ort, a Chóilí, má shamhlaíonn tú nach scríbhneoir mé. Ar léigh tú mo leabhar deiridh, "Aisling an Smugairle Róin?" … Níor léigh tú í, a Chóilí … Gabh mo leithscéal, a Chóilí. Tá an-aiféala orm. Níor chuimhnigh mé nach raibh tú in ann léamh … Is cumasach go deo an scéal é, a Chóilí … Agus bhí trí úrscéal go leith, dhá dhráma go leith, agus naoi n-aistriú go leith ag an nGúm agam, agus gearrscéal go leith eile "An Fuineadh Gréine." Ní cheideonainn ar a bhfaca mé riamh nach raibh "An Fuineadh Gréine" ar fáil sular éagas …

26

Cré na Cille

Má tá fút a dhul ag cumadh a Chóilí cuimhnigh gur geis leis an nGúm rud ar bith a chuirfeadh iníon i bhfolach ar a hathair a fhoilsiú ... Gabh mo leithscéal, a Chóilí. Tá aiféala orm. Shíl mé go raibh rún agat a dhul ag cumadh. Ach ar fhaitíos go mbuailfeadh an fonn diaga sin thú ... Níl duine ar bith de lucht na Gaeilge nach mbuaileann sí tráth eicínt dhá shaol ...an síonra ar an gcladach thiar anseo is ciontach a deirtear ... Tabharfaidh mé cúpla comhairle dhuit ... Anois a chóilí ná bí daoithiúil ... Is dualgas coinsiais ar gach Gaeilgeoir a fháil amach a bhfuil bua na scríbhneoireachta aige, go háirid bua na gearrscéalaíochta, na drámaíochta agus na filíochta ... Is coitianta go fada an dá bhua dheiridh seo ná bua na gearrscéalaíochta féin, a Chóilí. Filíocht anois, cuirim i gcás. Níl agat ach tosú ag scríobh ó bhun an leathanaigh leat suas ... sin nó scríobh ó dheis go clé, ach níl sin baol ar chomh fileata leis an mbealach eile ...

Gabh mo leithscéal, a Chóilí. Té aiféala rómhór orm. Níor chuimhnigh mé nach raibh scríobh agus léamh agat ... Ach an gearrscéal, a Chóilí ... Ceartóidh mé mar seo dhuit é ... D'ól tú pionta pórtair, nár ól? ... Is ea, tuigim. D'ól tú pionta pórtair go minic ... Ná bac lenar ól tú, a Chóilí ...

— D'ól mise dhá phionta agus dá fhichead as cosa i dtaca ...

— Tuigim é sin ... Foighid ort nóiméad ... Fear maith! Lig domsa labhairt ... A Chóilí bíodh unsa céille agat, agus lig domsa labhairt ... Chonaic tú an barr a bhíos ar phionta pórtair. Cúr nach ea? Cúr broghach neamhthairbheach. Agus ina dhiaidh sin, dhá mhéad dhe dhá mbeidh air, is amhlaidh is mó a amplaíos daoine an pionta. Agus má amplaíonn duine an pionta ólfaidh sé an grúdarlach agus a bhfuil ann, cé gur minic leis blas leamh a bheith air. An bhfeiceann tú anois, a Chóilí, tús agus lár agus deireadh an ghearrscéil? ... Seachain a ndéanfá dearmad air sin a Chóilí go gcaithfidh an deireadh blas goirt a fhágáil i do bhéal, blas na póite diaga, fonn ghoidte na tine ó na déithe, dúil plaic eile a bhaint as úll na haithne ... Féach an chaoi a gcríochnóinn an gearrscéal údaí—"An tAth-Fhuineadh Gréine" a raibh mé ag gabháil dó murach gur bhásaigh mé go tobann le ruaig de thrálach scríbhneora:

27

"I ndiaidh don chailín an focal cinniúnach sin a rá, d'iompaigh seisean ar a chois agus chuaigh sé amach as an seomra plúchta faoi aer an tráthnóna. Bhí an spéir dorcha thiar ag scamaill ramhra a bhí ag brú isteach den fharraige. Agus bhí grian bheag dhreach-chaillte ag dul i dtalamh ar chúla Chnoc an tSeanbhaile … " Sin é an tour de force a Chóilí: "grian bheag dhreach-chaillte ag dul i dtalamh;" agus ní miste dhom a mheabhrú dhuit nach mór an líne dheiridh tar éis an fhocail dheiridh a bheith spréite go flaithiúil le poncanna, poncanna scríbhneora mar a thugaimse orthu … Ach b'fhéidir go mbeadh sé d'fhoighid agat, a Chóilí, éisteacht liom á léamh ar fad dhuit …

— Fan ort anois a dhuine chóir. Inseoidh mise scéal duit: "Bhí triúr fear ann fadó …

— A Chóilí! A Chóilí! Níl ealaín ar bith sa scéal sin: "Bhí triúr fear ann fadó … " Tosach súchaite é … Anois, a Chóilí, foighid ort nóiméad. Lig domsa labhairt. Sílim gur scríbhneoir mé …

— Éist do bhéal a bholgán béice. Inis leat, a Chóilí …

— Bhí triúr fear ann fadó, agus is fadó bhí. Bhí triúr fear ann fadó …

— Is ea, a Chóilí …

— Bhí triúr fear ann fadó … bhí muis triúr fear ann fadó. Níl a fhios céard ba chor dóibh thairis sin …

— … "As dar mo leabhar, a Jeaic na Scolóige … "

— … Cúig faoi aon déag caoga cúig; cúig faoi thrí déag … cúig faoi thrí déag … ní fhoghlaimíonn duine é sin chor ar bith … Anois b'fhéidir, a Mháistir, nach bhfuil siad agam! … Cúig faoi sheacht … ab shin í an cheist a chur tú orm a Mháistir, nach bhfuil siad agam! … Cúig faoi sheacht … ab shin í an cheist a chur tú orm a Mháistir? Cúig faoi sheacht ab ea? … Cúig faoi sheacht … faoi sheacht … foighid ort anois ala an chloig … Cúig faoi aon sin a cúig …

6

— … Ach ní thuigim é, a Mhuraed. *Honest engine*, ní thuigim. Thug sí—Caitríona Pháidín a deirim—míchlú leis an Máistir Mór orm. Cén bhrí ach nach ndearna mé dada uirthi? Is feasach duit a Mhuraed nach gcuirimse araoid ar

28

chuŕsaí aon duine, ach go síoraí le cultúr. Agus crois bhreá thaibhseach orm freisin. Smashing, a deir an Máistir Mór. Mise a mhaslú a Mhuraed!...

— Tá sé in am agat cleachtadh maith a bheith agat ar theanga Chaitríona a Nóra Sheáinín...

— Ach honest a Mhuraed...

— ... "Ar nós concair i líon, bhí Caitríona ar bís
Go bhfastaíodh sí cír Nóra Sheáinín."

— Ach bionn sí i m'éadansa d'acht agus d'áirid. Ní thuigim é. Honest...

— ... "An mhaidin níor ársaigh gurb sheo anoir Nóra
Sheáinín
Le Tríona a scláradh i gcumraíocht an éisc—'

— "M'iníon bhreá mhánla, má phós sí do Phádraig,
Is fearrde do bhráicín a cuid is a spré—"

— "A Chaitríona ghránna b'ort nach raibh an náire
Gur iarr tú droch-cháilíocht a chur orm féin—"

— ... A cuid bréag a Mhuraed! Honest to God. Meas tú céard a deir sí le Dotie ... a Dotie ... a Dotie ... Céard a deir Caitríona Pháidín leat fúmsa...

— Dia á réiteach go deo deo. Níl a fhios agamsa cé sibh féin chor ar bith. Nach mairg nár thug siad mo chual cré thar Ghealchathair soir, agus mé a shíneadh i dTeampall Bhrianáin ar chlár ghléigeal an Achréidh bail mo mhuintir...

— Dotie! Dúirt mé leat cheana gur maoithneas ruaimeach an chaint sin. Céard a dúirt Caitríona...

— Chaith sí an chaint is díbhircí dár chuala mé riamh faoina deirfiúr féin Neil. "Nár thaga corp chun cille chun tosaigh uirthi!" a deir sí. Ní chloisfeá caint mar sin ar chlár gléigeal an Achréidh...

— Dotie! Ach fúmsa...

— Faoi t'iníon.

— ... "Ní raibh cóta cabhlach aici, ná léine phósta,
Ach réir mar chóiríos í as mo phóca féin..."

— Dúirt sí go mba sibh Cineál na gCosa Lofa agus go raibh sibh foirgthe le dreancaidí...

— Dotie! De grace...

— Go mbíodh mairnéalaigh...

— Parlez-vous francais, Madame, Madamoiselle...

— Au revoir! Au revoir!...

— Mais c'est splendide. Je ne savais pas qu'il y avait une …

— Au revoir. Honest a Mhuraed, murach eolas ag Dotie orm, b'fhéidir di na bréaga sin a chreidiúint … Dotie! "An maoithneas" arís. Is tú mo chomhloingseoir ar mhuir dhochoimsithe an chultúir a Dotie. Ba cheart go mbeifeá in ann gach claonbhreith agus gach réamhbhreith a scagadh as d'intinn, mar a dúirt Clicks i "Beirt Fhear agus Pufa Púdair" é …

— … An file a rinne é, a déarfainn …

— Ó ab é an dailtín sin ru …

— Go deimhin muis, níorbh é. Ní raibh sé de rath air. Micil Mór Mhac Conlhaola a rinne é:

"Ag cumhdach sean-Yank a bhí Baba Pháidín
Agus bean dá cáilíocht ní raibh i Maine—"

— Honest a Mhuraed, tá dearmad déanta agam ar gach is ar bhain le cúrsaí Chaitríona Pháidín ar an bplána as ár gcionn. An cultúr a Mhuraed. Ardaíonn sé an intinn go dtí na beanna oirirce agus osclaíonn sé na bruínte sí di a bhfuil réamhdhamhna datha agus fuaime i dtaisce iontu, mar a deir "Nibs" sa "Fuineadh-Fholt." Ní fhanann aon spéis ag duine i suaraíl ná i gcúrsaí fánach na beatha marbhnaí. Tá Aimhriar ghlórmhar in m'intinn le tamall anuas de bharr maidhmmhire an chultúir …

— … "As bean dá cáilíocht ní raibh i Maine
Tháinig sí abhaile faoi shíoda gáifeach
Mar bhréag sí an carnán ón gcailligh léith … "

— … Níor phós Baba Pháidín riamh, ach i gcionn na caillí ó chuaigh sí go Meirceá. Meas tú nár fhág an chailleach a cuid airgid fré chéile aici—nó i ndáil leis—agus í ag fáil bháis … Líonfadh Baba Pháidín a bhfuil d'uaigheanna sa gcill seo le giní buí, nó sin é an cháil atá uirthi, a Dotie—

— … Cóilí féin a rinne an raiméis sin. Deile:

"Ara Bhaba a stór," a deir cat Chaitríona.

"Ná géill di a stór," a deir cat Neil.

"Dá bhfaighinnse an t-ór," a deir cat Chaitríona.

"Dhomsa é a stór," a deir cat Neil.

— B'fhearr le Caitríona ná míle léas ar a saol Neil a chur as uacht Bhaba …

— … "Tá póca deas orm," a deir pisín Chaitríona.

Cré na Cille

Tá póca deas orm," a deir pisín Neil.

— "L'aghaidh airgead caillí," a deir pisín Chaitríona.

"Ní dhuit a gheall Baba," a deir pisín Neil...

— Bhí chuile mháistir scoile dá raibh ann leis an bhfad seo sáraithe aici ag scríobh go Meiriceá di...

— Agus Mainnín an Cunsailéir...

— Dúirt an Máistir Mór liom gur scríobh sé litreacha anchultúrtha di. Thóg sé a lán Meiriceánaise ó na pictiúir...

— An t-am a dtugadh sé an Mháistreás don Ghealchathair sa mótar...

— Is é an cantal ar fad atá ar Chaitríona anois gur bhásaigh sí roimh Neil. Ba mhinic san am a raibh mé beo a chloisinn ag dul an bóithrín í ag síor-rá léi féin. "Cuirfidh mé Neil romham i gcré na cille."

— ... Déan an fhírinne, a Chóilí. An tú féin a rinne an raiméis sin?

— Micil Mór Mhac Confhaola a rinne é. Is é a rinne "Amhrán Chaitríona" agus "Amhrán..."

— ... Ach tá Neil beo fós. Is í a gheobhas uacht Bhaba anois. Níl deirfiúr ná deartháir ann ach í...

— Fainic ab í a Mhuraed. Bhí an-chion ag Baba ar Chaitríona.

— An bhfuil a fhios agaibh céard a deireadh mo chinnirese faoi mhuintir Pháidín:

"Coileacha gaoithe," a deireadh sé. "Dá dtéadh duine acu chuig an aonach le bó a cheannach, thiocfadh sé abhaile faoi cheann leathuaire, agus asal aige. Agus ansin déarfadh sé leis an gcéad duine a gheobhadh caidéis don asal: "Faraor nach bó a cheannaigh mé i leaba an seanscrataí d'asal sin. Ba í ba ghaire do chabhair..."

— ... "An ngluaisfeá féin abhaile liom: tá áit dhuit faoi mo sheál
'S dar mo leabhar a Jeaic na Scolóige go mbeidh
amhráin ai'nn go brách"...

— ... Tuige dá mba aisteach an forainm ar dhuine é a Dotie... Is ea. Jeaic na Scolóige. Tá sé thuas amuigh as cionn an bhaile a raibh mise agus Caitríona ann... Chonaic mise an Scológ féin, athair Jeaic... An Scológ. De mhuintir Fhíne ó cheart é... Ní fáth gáire ar bith é, a Dotie... Dotie! Tá Scológ

31

chomh slachtmhar le Dotie lá ar bith sa saol. Bíodh a fhios agat más ó chlár gléigeal an Achréidh féin thú nach faoi chearc a ligeadh amach muide ach an oiread leat ...

— De grace Marguerita ...

— ... "Pósfaidh mé Jeaic," a deir mada Chaitríona.

"Pósfaidh mé Jeaic," a deir mada Neil ...

— D'eitigh Caitríona cuid mhaith fear. Duine acu Briain Mór. Bhí réimse talún aige, agus bráigill air. D'iarr a hathair uirthi a dhul ann. Ní raibh meas uisce na bhfataí aici air ...

— ... Tosaigh ar an amhrán sin arís agus abair ceart é ...

— "D'éirigh Mac na Scolóige ... "

— ... Ní bheadh a fhios agat gur chuir Dia anam i Jeaic na Scolóige nó go dtéadh sé ag gabháil fhoinn. Ach ó chloisfeá a ghuth cinn uair amháin d'fhanfadh sé ina leannán agat uaidh sin amach. Muise dheamhan a fhios agam cén luí a chuirfeas mé air ...

— Brionglóid cheoil.

— Is ea, a Nóra. Mar a bheadh brionglóid aisteach ann go díreach. Thú ceachrach ar bharr aille. An poll báite as do choinne síos. Thú ag eitealla le faitíos ... Ansin guth Jeaic na Scolóige ag teacht chugat aníos as an duibheagán. Ghabhfadh ag an bhfonn ar an bhfaitíos ort. Thú do do ligean féin le fána ... Thú do d'aireachtáil féin ag sciorradh le fána ... le fána ... le doirtim ní ba ghaire don ghuth sin ...

— O my, a Mhuraed! How thrilling! Honest ...

— ... Ní fhaca mé aon duine riamh a bhfanadh cuimhne aici cén t-amhrán a dúirt Jeaic na Scolóige. Níodh muid dearmad ar chuile shórt ach an croí a bhí sé in ann a chur ina ghuth. Ní raibh bean óg ar na bailte nach líofadh an casán aistreánach chun an tí aige, ar lorg a chos. Ba mhinic thuas ar na portaigh a chonaic mé mná óga agus an dá luath an bhfaighdís amharc ar Jeaic na Scolóige thoir ar a chuid portaigh féin nó ag obair timpeall an tí, d'éalaídís ar a gcromada trí phuiteacha agus eascaíocha de ghrá é a chloisteáil ag gabháil fhoinn leis féin. Chonaic mé Caitríona Pháidín á dhéanamh. Chonaic mé a deirfiúr Neil á dhéanamh ...

— Smashing a Mhuraed. An triantán suthain a thugtar sa gcultúr air ...

Cré na Cille

— ... "D'éirigh Mac na Scolóige ar maidin leis an lá,
A's tharraing sé 'nan aonaigh ag radaíocht i ndiaidh
mná ... "

— ... Lá Aonach Mór na Muc muis a d'imigh Neil Pháidín
agus Jeaic na Scolóige le chéile. Bhí a muintir le cuthach dá
mbeadh gar dóibh ann. Níl a fhios agam an mbíodh sé de
ghnás agaibhse ar an Achréidh a Dotie gurb í an iníon is sine
a chaithfeadh pósadh i dtosach ...

— ... "D'ardaigh sí thrí chíocraí é, trí cheascanna a's trí láib
A's ní raibh diomúch ach na crotacha a díbríodh
óna n-ál ...

— Thuas ar an sliabh a bhí Jeaic agus gan aige ach
diomallacha agus an mhoing bháite ...

— Ara a Mhuraed Phroinsiais ní fhaca mé i mo shaol
riamh aon chasán ab achrannaí ná a bhí suas go teach na
Scolóige. Nár chuir mé amach mo rúitín an oíche sin ag
teacht abhaile ón mbainis as ...

— ... Chuiris, mar rinne tú craos ann, rud ba mhinic leat ...

— ... Oíche na bainise tigh Pháidín bhí Caitríona suctha
isteach i gcúinne sa seomra thiar agus pus uirthi chomh fada
le scáile meán oíche. Bhí bruscán againn féin ann. Bhí Neil
ann. Thosaigh sí ag déanamh grinn le Caitríona:
"Diabhal mé go mba cheart duit Briain Mór a phósadh a
Chaitríona," a deir sí. Bhí Caitríona tar éis é a eiteach roimhe
sin ...

— Bhí mé ann a Mhuraed. "Tá Jeaic agamsa," a deir Neil.
"Fágfaidh muid Briain Mór agatsa a Chaitríona."

— Chuaigh Caitríona i ngealta. Réab sí amach, agus ni
thaobhódh sí an seomra arís go maidin. Ná níor thaobhaigh
sí teach an phobail lá ar na mhárach ...

— Bhí mé ag baint beart fraoigh an lá sin, a Mhuraed, agus
ba é an áit a bhfaca mé ag guairdeall í suas sa gcriathrach ag
an Tulaigh Bhuí tar éis go raibh an bhainis á caitheamh thoir
tigh na Scolóige ...

— Ní dheachaigh a cois chlí ná dheas thar thairsigh Jeaic
na Scolóige an lá sin ná ó shin. Shílfeá gurb í an anachain
bhreac a bheadh i gcrioslaigh Neil leis an gcaoi a dtéadh sí
thairsti amach. Níor mhaith sí riamh di faoi Jeaic ...

— ... "Tá Briainí dathúil, talamh aige a's bólach,

33

Cré na Cille

'S ní bhfaighidh sé a shláinte go ndéanfaidh sé an pósadh"...

— ...Ach tar éis a raibh de bhráigill air mar Bhriain Mhór, bhí sé cinnte dubh agus dubh air aon bhean a fháil. Diabhal easna dhó nach dtagann ag iarraidh Chaitríona in athuair ...

— ..."A dheabhais," a deir Tríona, "seo muic bhreá le scólladh, An citil den tine: ba mhaith an fháilte í don óglach."

— Lúb an phota a thógaidís chucu taobh thoir de Ghealchathair. An t-am ar tháinig Peats Mhac Craith ...

— Tá an modh diúltaithe sin taobh thiar de Ghealchathair freisin a Dotie. Honest. Mé féin cuir i gcás ...

— Ar chuala sibh céard a rinne deirfiúr an Táilliúra nuair a tháinig seanscraiste eicínt as Doire Locha isteach á hiarraidh. Fuair sí ráipéar as an gcomhra, agus thosaigh sí ag cur faobhair uirthi i lár an tí. "Coinnigí dhom é," a deir sí ...

— Ó d'éireodh dhi ru. Cineál na Leathchluaise ...

— Meas tú ina dhiaidh sin, nár phós Caitríona Seán Thomáis Uí Loideáin ar an tsráid se'againne, gan "sea" ná "ní hea" a rá nuair a tháinig sé á hiarraidh ...

— Dar Dia a Mhuraed, rómhaith a bhí Seán Thomáis aici ...

— Bhí gabháltas mór de thogha an dúramháin aige ...

— Agus fír na maitheasa ann freisin lena oibriú ...

— Bhí teach áirgiúil aige ...

— An áit a shantaigh sí siúráilte. Deis agus airgead a bheith aici thar Neil. Í a bheith sách cóngarach do Neil le go bhfeicfeadh Neil chuile lá dá n-éireodh ar a súil go raibh deis agus airgead aici nach mbeadh ag Neil féin go brách ...

— ..."Tá iothlainn mhór agam," a deir cat Chaitríona Tá climirt bhó agam, im agus geir" ...

— "Tá mé síodóil, fóintiúil, geanúil, múinte, A's sin caoi ar ndóigh nach bhfuil caitín Neil ...

— A thabhairt le tuiscint do Neil nárbh í fhéin a tharraing an crann dona, agus cead ag Neil a dhrámh agus a dhiomú a bheith uirthi. Béal leathair Chaitríona a dúirt liom é. Ba é a díoltas é ...

— Oh my! Ach sin scéal inspéise. Sílim nach mbacfaidh mé le geábh léitheoireachta an Mháistir Mhóir inniu ... Hóra,

34

a Mháistir ...Ní bhacfaidh muid leis an novelette inniu ... Saothar eile intleachta ar siúl agam. Au revoir ...

— Bhí Caitríona fíriúil, tíobhasach glan tigh Sheáin Thomáis Uí Loideáin. Is agamsa atá a fhios é, mar bhí mé ag béal an dorais aici. Níor rug an ghrian sa leaba riamh uirthi. Ba mhinic a níodh sí clogán streille den oíche lena carla agus lena tuirne ...

— Bhí a shliocht ar a teach a Mhuraed. Bhí cuid agus maoin aici ...

— ...Bualadh isteach i nGeall-Oifig de Barra sa nGealchathair. Mo lámh i mo phóca agam chomh teann agus dá mbeadh rud ann. Mé taobh leis an aon scilling. Mé ag déanamh an-toirnéis léi á caitheamh ar an gcuntar. "An t-Úll Órga," arsa mise. "Rása an trí a chlog. Céad ar an gceann ...B'fhéidir di breith," a deirimise, ag cur mo láimhe sa bpóca agus á iompú amach ...

— ...Faraor nach mise a bhí ann a Pheadair agus ní ligfinn leis é. Níor chóir dhuit cead a thabhairt d'eiriceach dubh ar bith do chreideamh a mhaslú mar sin, a Pheadair.

— "Creideamh ár n-atharga naofa beo beidh muid dílis
   duit go deo
   Beidh muid dílis duit go deo ..."
Fear gan fuil a bhí ionat a Pheadair agus an chaint sin a ligean leis. Ní mise a bhí ann ...

— I dtigh diabhail agaibh é. Níor tháinig iamh ar bhéal na beirte agaibh le cúig bliana ach ag cur dhíbh faoi chreideamh ...

— ...Deir siad muise a Mhuraed tar éis a mbíodh de sclafairt ag Caitríona ar Neil, go mba mhaith léi aici Neil tar éis bás a fir. Bhí sí in anchaoi an uair sin, mar ní raibh mórán aoise ag Pádraig ...

— Go mba mhaith liom agam Neil! Go mba mhaith liom agam Neil! Go nglacfainn dada ó Neil. A Mhic na mBeannacht anocht go nglacfainn dada ón smuitín sin! Pléascfaidh mé! Pléascfaidh mé! ...

Cré na Cille

7

— ... Garáin neantógacha Bhaile Dhoncha, a deir tú.
— Ní thabharfadh cnocáin do bhailese na neantóga féin lena raibh de dhreancaidí orthu ...
— ... Titim de chruach choirce ...
— M'anam muise, mar a deir tusa, go scríobhainn féin agus fear Mhionlach chuig a chéile ...
— ... Meas tú ab é 'Cogadh an dá Ghall' é an cogadh seo? a deirimse le Paitseach Sheáinín ...
— Dúisigh suas, a dhuine. Tá an cogadh sin thart ó 1918 ...
— Bhí sé ar siúl agus mise ag fáil bháis ...
— Dúisigh suas, a deirim leat. Nach bhfuil tú ionann is deich mbliana fichead básaithe. Tá an t-athchogadh ar siúl anois ...
— Tá mise aon bhliain déag agus fiche anseo. Tig liom gaisce a dhéanamh nach dtig le ceachtar agaibh: ba mé an chéad chorp sa gcill. Nach síleann sibh gur chóir go mbeadh rud eicínt le rá ag seanundúr na cille. Cead cainte dhom. Cead cainte dhom ru ...
— ... Bhí cuid agus maoin ag Caitríona muis a Mhuraed ...
— Bhí. Ach ainneoin a raibh de mhaith ag a háit ar áit Neil, níor chuir Neil an deachú riamh ar cairde ach oiread ...
— O beannacht Dé dhuit a Mhuraed. Deamhan smeach a dhéanadh sí féin ná Jeaic ach ag breathnú idir an dá shúil ar a chéile agus ag gabháil fhoinn, nó go dtáinig Peadar an mac in éifeacht le cuid den chriathrach a shaothrú agus na diomallacha bradacha siúd a réiteach ...
— Ní raibh bonn bán ar Neil gur tháinig spré Mheaig Bhriain Mhóir isteach ina teach.
— Dá mhéad coiriúint dá bhfuil agaibh ar a háit séard a sheas di go raibh sí i gcóngar abhann agus locha agus cearca fraoigh ansiúd. Ar ndóigh níl cinneadh go deo ar an méid airgid a d'fhág foghlaeirí agus iascairí ó Shasana aici sin. Chonaic mé féin an tIarla lá ag síneadh páipéar puint isteach ar a bos: páipéar nua glan puint ...
— ... Eanaigh a thugas sibh ar na muingeanna ar chlár gléigeal an Achréidh, a Dotie. Chuala mé freisin gur 'fiagaí francach' atá agaibh ar chat agus 'mac an teallaigh' ar thlú

36

...Ó go deimhin a mh'anam a Dotie ní hí an tSeanGhaeilge cheart í ...

— Dia á réiteach go deo deo ...

— ... "Cuirfidh muid muca 'nan aonaigh," a deir cat Chaitríona.

Siad na buláin is daoire," a deir cat Neil.

— ... Ní áibhéil ar bith dhom a rá go gcuireadh Caitríona agús ina paidreachaí díleá a theacht ar Neil. Bhíodh gliondar uirthi dhá gcailltí gamhain léi, nó dhá loiceadh a cuid fataí ...

— Ní chuirfidh mé bréag ar aon duine a Mhuraed. Nár lige Dia go gcuirfinn! Ach an t-am ar ghortaigh an leoraí cois Pheadar Neil séard a dúirt Caitríona suas le mo bhéal: "Breá nár fhan sé uaidh. Bhí an bóthar fada fairsing aige. Sin é an gléas uirthi an smuitín" ...

— "Tá an chúig sin le Neil," a deir sí an lá ar cuireadh Seán Thomáis Uí Loideáin, a fear ...

— Sa reilig thoir a cuireadh é. Is maith a chuimhním air, agus a údar agam. Chuir mé mo rúitín amach an áit ar sciorr mé ar leac ...

— An áit a ndearna tú craos, mar ba mhinic leat ...

— ... Ní ba mhó fataí a bheith aici ná ag Neil; ní ba mhó muca, cearca, móna, féir; teach ní ba ghlaine dheisithe a bheith aici; éadaigh ní b'fhearr a bheith ar a clann: ba cuid den díoltas é. Ba é an díoltas é ...

— ... "Thá-inig sí abha-ile faoi shí-oda gá-ifeach
Mar bhré-ag sí ca-rnán ón gcailligh léith."

— Tháinig ruaig thinnis ar Bhaba Pháidín thall i Meiriceá a thug go doras an bháis í. Ba í Meaig Bhriain Mhóir a thug aire di. Chroch sí Meaig abhaile léi ...

— ... "Tigh Chaitríona a bhí Baba teáltaithe ..."

— B'annamh a thaobhaíodh sí Neil. Bhí sí rófhada suas agus an casán ró-aistreánach i ndiaidh a cuid tinnis. Ba mhó an luí a bhí aici le Caitríona ar chuma eicínt ...

— ... "Níl i tigh Neil ach púirín gránna,
Is beag an cás léi a bheith ag sioscadh bréag.
Bhí an fiabhras ann is ní mian léi trácht air,
Is má bhuaileann plá thú is gearr do shaol ..."

— ... Ní raibh tigh Chaitríona ach an t-aon mhac Pádraig ...

— Fuair beirt iníon léi bás ...

— Fuair triúr. Duine eile i Meiriceá. Cáit ...
— Is maith a chuimhním uirthi a Mhuraed. Chuir mé
amach mo rúitín an lá ar imigh sí ...
— Gheall Baba do Phádraig Chaitríona gan aon anó a
fheiceáil lena ló air, ach Meaig Bhriain Mhóir a phósadh. Bhí
an ghráin shíoraí shaolta ag Caitríona ar Bhriain Mhór, agus
bhí sí lena mhada agus lena iníon amhlaidh. Ach bhí spré
mhór le fáil aici, agus bhí Caitríona barúlach go mbeadh
farasbarr fonn ar Bhaba a cuid airgid fré chéile a fhágáil sa
teach aici féin dá barr. An báire a chur ar Neil ...
— ... "Tigh Chaitrí-í-ona a bhí Ba-a-ba teá-á-ltaithe
     Nó gur eitigh Pá-á-ádraig Meaig Bhriain Mhó-ó-ir
     Ag Nóra Sheá-á-inín atá an ainnir bhlá-á-áfar
     Thug mé grá-á-á di gan buaibh gan ó-ó-ór ... "
— High for Gort Ribeach! ...
— Bean bhreá a bhí in iníon Nóra Sheáinín mo choin-
sias ...
— ... Sin é an rud a chuir Caitríona in aghaidh d'iníonsa ó
thús a Nóra Sheáinín. Níl sa gcaint a deir sí faoin spré ach
leithscéal. Ón lá ar tháinig d'iníon isteach ar a hurlár pósta ag
a mac, bhí sí ina héadan mar a bheadh coileán a mbeadh crúb
ar a chuid aige agus coileán eile ag teacht ina bhéal air. Nach
minic ab éigean duit a theacht anoir as an nGort Ribeach,
a Nóra ...
— ... "An mhaidin níor á-á-rsaigh gurb sheo anoir Nóra
Sheáinín ...
— O my! Tá muid ag tarraingt ar chuid líonraitheach den
scéal anois a Mhuraed, nach bhfuil? Tá an laoch pósta le
searc a chroí. Ach tá an bhean eile ansin ina cúlchearrbhach
fós. Tá diomú na coimhlinte uirthí anois, ach beidh go leor
anbhá sa scéal fós ... litreacha dí-ainme, araoid i gcoisíseal ar
chúrsaí an laoich, dúnmharú b'fhéidir, colscaradh go cinnte
... O! my! ...
— ... "Ní phósfainn Brian Mór," a deir pisín Caitríona ...
Cuir thú féin lúibín eile anois ann ...
— "Nár shíl tú a scólladh," a deir pisín Neil ...
— "A iníon 'sí a phósfainn," a deir pisín Chaitríona ...
— "Ní bhfaighidh tú an dóigh uaim," a deir pisín Neil.
— Is maith a chuimhním, a Mhuraed, ar an lá ar

phós Peadar Neil Meaig Bhriain Mhóir. Chuir mé mo rúitín amach...

— ... "Tigh Chaitrí-í-ona a bhí Baba teá-á-ltaithe
    Nó gur eitigh Pá-á-draig Meaig Bhriain Mhó--ó-ir..."

— Ba mhó a ghoill sé ar Chaitríona arís gur aistrigh Baba suas tigh Neil, ná go bhfuair mac Neil an t-airgead agus an spré a gheall sí do Phádraig se'aici féin...

— Is maith a chuimhním a Mhuraed an lá a ndeachaigh Baba Pháidín ar ais arís go Meiriceá. Ag baint fhéir sa Móinéar Rua a bhí mé nuair a chonaic mé anuas chugam iad ó tigh Neil. Rith mé soir nó go bhfágainn slán aici. Mo chorp ón diabhal, ag caitheamh na claise fointe dhom nár chuir mé amach mo...

— Meas tú, a Mhuraed, nach bhfuil sé scór ó chuaigh Baba Pháidin ar ais go Meiriceá...

— Sé bliana déag atá sí imithe. Ach níor bhain Caitríona súil riamh den uacht. Murach sin is fadó a bheadh sí faoin bhfód. Ba léas ar a saol freisin an sásamh a d'fhaigheadh sí as a bheith ag gadhraíocht le bean a mic...

— Is ea, a Mhuraed, agus an saobhnós a bhíodh uirthi ag dul chuig sochraidí.

— Agus talamh Thomáis Taobh Istigh...

— ... Éist anois, a Churraoinigh:
"Altóir mhór mar chiondáil sóláis...

— Ná tabhair aird ar bith ar an dailtín sin, a Churraoinigh. Ar ndóigh ní filíocht atá sé a dhéanamh...

— Tá an scéal roinnt leamh anois, a Mhuraed. Honest. Shíl mé go mbeadh i bhfad níos mó ná sin d'anbhá ann...

— ... Éist, a Churraoinigh. Éist leis an dara líne:
    Is uaigh mhaith puint mar spré an bhróid dhom...

— ... Honest, a Mhuraed. Shíl mé go mbeadh dúnmharú ann, agus colscaradh amháin ar a laghad. Ach féadfaidh Dotie gach claonbhreith a scagadh...

— ... Tá sé agam dár mo choinsias, a Churraoinigh. Éist:
"Crois ar m'fheart croí Neil a leonfas
Is i gcré na cille beidh báire an bhróin liom..."

Hóra a Mhuraed ... An gcluin tú a Mhuraed? ... Nach beag an náire ar Nóra Sheáinín a bheith ag caint le máistir scoile. ... Ar ndóigh is ea Mhuraed. Tá a fhios ag chuile dhuine gurb í mo chliamhain í. Cén bhrí ach in áit mar seo agus gan cúlráid ar bith ann ná foscadh in aon duine. Dia dílis á réiteach. Raicleach! Raicleach í. Raicleach a bhí riamh inti. An t-am a raibh sí ar aimsir sa nGealchathair sular phós sí deir siad—diúltaíonn muide dhi—go mbíodh sí ag tabhairt chomhluadair do mhairnéalach ...

Siúráilte a Mhuraed ... Dúirt mé leis é. "A Phádraig chroí," a deirimse, mar seo. "An ceann sin as an nGort Ribeach atá tú líofa ar a phósadh, ar chuala tú go mbíodh a máthair ag tabhairt chomhluadair do mhairnéalach sa nGealchathair?"

"Cén dochar?" a deir sé.

"Ach a Phádraig," a deirim féin, "Mairnéalaigh" ...

"Hu! Mairnéalaigh," a deir sé. "Nach bhféadfadh mairnéalach a bheith chomh gnaíúil le fear ar bith. Tá a fhios agam cé leis a raibh máthair an ghearrchaile seo ag dul in éindí sa nGealchathair, ach is faide ná sin ó láthair Meiriceá agus nil a fhios agam cé leis a raibh Meaig Bhriain Mhóir ag dul in éindí ann. Le black b'fhéidir ... "

Siúráilte a Mhuraed. Murach leisce an oiread dá croí a thabhairt do Neil agus go mbeadh an t-airgead aici, ba bheag de lua a bheadh agamsa iarraidh ar mo mhac iníon le Briain Mór a thabhairt isteach ar m'urlár. Leabharsa a Mhuraed bhí ceart agamsa rud a bheith agam ar Iníon Bhriain Mhóir! An oíche ar phós Neil, sin é an rud a chaith an smuitín i mo bhéal. "Ó atá Jeaic agamsa," a deir sí, an smuitín, "fágfaidh muid Briain Mór agatsa a Chaitríona."

Bíodh fhios agat a Mhuraed gur mhó a ghoill an dá fhocal sin orm ná a ndearna sí d'éagóir orm fré chéile. Bhí an chaint sin mar bheadh plá easóga ann ag drannadh soir agus siar trí m'intinn agus ag stealladh smugairlí nimhe astu féin. Níor lig mé as mo cheann go lá mo bháis é. Níor lig a Mhuraed. Gach uair dá bhfeicinn Briain Mór chuimhnínn ar an oíche sin, ar an seomra sa mbaile, ar an gcár magaidh a bhí ar Neil in ucht Jeaic na Scolóige. Gach uair dá bhfeicinn mac nó iníon le

Briain Mór chuimhnínn ar an oíche sin. Gach uair dá
dtráchtadh duine ar Bhriain Mhór chuimhnínn uirthi ... ar an
seomra ... ar an gcáir ... ar Neil in ucht Jeaic na Scolóige! ...
in ucht Jeaic na Scolóige ...
D'iarr Briain Mór faoi dhó mé, a Mhuraed. Níor inis mé é
sin riamh duit ... Cén t-ainm a deir tú a thugas Nóra
Sheáinín air? ... An triantán suthain ...an triantán suthain ...
M'anam gurb shin é a streille ... Ach a Mhuraed níor inis ...
Tá dearmad ort. Ní duine den sórt sin mé a Mhuraed. Níl mé
cabach. Rud ar bith a bhain liomsa, rud ar bith dá bhfaca ná
dár chuala mé, thug mé i gcré na cille liom é. Ach ní dochar a
dhul ag trácht anois air agus muid ar shlí na fírinne ...
D'iarr sé faoi dhó mé muis. An chéad uair ar tháinig sé ní
mórán le scór a bhí mé. Bhí m'athair ag iarraidh mé a chur
ann. "Fear maith fíriúil é Briain Mór agus áit the agus spaga
teann aige," a deir sé.
Ní phósfainn é," a deirimse, "dá mbeadh orm iasacht an
tseáil a fháil ó Neil agus seasamh ar chlár an aonaigh."
"Tuige?" a deir m'athair.
"An scóllachán gránna," a deirimse. "Féach an meigeall
féasóige atá air. Féach na starrógaí. Féach an chaochshrónaíl.
Féach an chamreilig. Féach an phrochóigín shalach de
theach atá aige. Féach an choirt bhrocamais tá air. Tá mo trí
aoise aige. D'fhéadfadh sé a bheith ina sheanathair agam."
B'fhíor dhom. Bhí sé ar na boird ag an leathchéad an uair
sin. Tá sé ar na boird ag an gcéad anois, é os cionn talún fós
agus gan lá mairge air, corrdhaol de na scoilteacha. Bhíodh
sé ag dul i gcoinne an phinsin chuile Aoine chomh uain is a
bhí mise ar an talamh uachtair. An scóllachán gránna! ...
"A chomhairle féin do mhac dhanartha," a deir m'athair
agus sin é ar chuir sé de chaidéis orm.
Ba ghearr tar éis do Neil pósadh go raibh sé isteach arís.
Ag dul ag réiteach braon tae leis an gcontráth a bhí mé.
Cuimhním go maith air. Bhí an taepot leagtha ar an teallach
agam agus mé ag cur únfairt smiochóidí amach faoi. Seo
isteach an fear chugam idir chlár agus chuinneog, sula raibh
sé d'ionú agam a aithint. "An bpósfaidh tú mé a Chaitríona,"
a deir sé gan frapa gan taca. "Is maith atá tú saothraithe agam,
ag teacht faoi dhó. Ach ó tharla nach bhfuil mé ag fáil aon

41

sláinte d'uireasa cliobaire de bhean … "

M'anam muise gurb shin í an chaint a chaith sé.

"Ní phósfainn thú, a scóllacháin ghránna, dá dtagadh cailemhineoga orm d'uirseasa fir," a deirim féin.

Bhí an tlú leagtha uaim agam agus an citeal uisce bhruite i mo lámh. Dheamhan filleadh ná feacadh a rinne mé, a Mhuraed ach rith go dtí é i lár an tí. Ach bhí an doras amach tugtha aige dhó féin.

Bíodh a fhios agat a Mhuraed gur dheacair mise a shásamh faoi fhear. Bhí dathúlacht ionam agus spré mhaith agam … Briain Mór a phósadh a Mhuraed tar éis an rud a dúirt Neil …

— … "B'fhéidir di breith," a deirimise, ag cur mo láimhe sa bpóca agus á iompú amach. "An áit a gcailltear feanntar," a deirimse, ag breith ar an ticéad ón ngearrchaile. Rinne sí meangadh gáire liom: meangadh glé ó chroí óg gan urchóid. "má ghnóthaíonn an tÚll Orga," arsa mise, "ceannóidh mé milseáin duit, agus tabharfaidh mé chuig na pictiúir thú … nó arbh fhearr leat prioncam damhsa … nó cúpla deoch ar cúlráid i só-ósta an Aíochtlann Iarthair …

— … Qu'est ce que vous dites? Quelle drôle de langue! N'y a-t-il pas là quelque professeur ou étudiant qui parle français?

— Au revoir. Au revoir.

— Pardon! Pardon!

— Éist do bhéal a bhrogúis!

— Dá bhféadfainnse a dhul chomh fada leis an mbardal sin, chuirfinn codladh air. Sin nó déarfadh sé a chuid cainte mar Chríostaí. Chuile uair dá dtráchtar ar Hitler, tosaíonn sé ag dodaireacht leis an díle cainte a thagas air. M'anam go gceapaim dá mbeadh tuiscint ag duine air nach buíoch chor ar bith atá sé do Hitler …

— Nach gcloiseann tú chuile uair dá labhraítear ina ainm ar Hitler gur "meirdreach," a deir sé ar an toirt. Thóg sé an méid sin Gaeilge …

— Ó dá bhféadfainnse sroicheachtáil chomh fada leis! High for Hitler! High for Hitler! High for Hitler! High for Hitler! …

— Je ne vous comprends pas monsieur …

42

— Cé hé sin a Mhuraed?

— Sin é an fear siúd a maraíodh as an mbád aeir, nach gcuimhníonn tú? É siúd a thit sa gCaladh Láir. Bhí tusa beo an uair sin.

— Ó nach bhfaca mé as cionn cláir é, a Mhuraed ... Bhí an-sochraid air. Deir siad go raibh gaisce eicínt déanta aige ...

— Bíonn sé ag lapaireacht mar sin. Deir an Máistir gur Francach é, agus go dtuigfeadh sé féin é, murach an teanga a bheith támáilte aige de bharr an fhad agus a bhí sé sa sáile ...

— Agus ní thuigeann an Máistir é, a Mhuraed?

— Diabhal tuiscint muis, a Chaitríona.

— Bhí a fhios agam riamh féin a Mhuraed nach raibh aon fhoghlaim ar an Máistir Mór. Ná bac leis mura dtuigeann sé Francach! Is fadó ba chóir dom fios a bheith agam air sin ...

— Is fearr a thuigeas Nóra Sheáinín é ná duine ar bith eile sa reilig. Ar chuala tú á fhreagairt ar ball í ...

— Ara bíodh unsa céille agat, a Mhuraed Phrionsais. Ab í Nóirín na gCosa Lofa ...

— Ils m'ennuient. On espère toujours trouver la paix dans la mort mais la tombe ne semble pas encore être la mort. On ne trouve ici en tout cas, que de l'ennui ...

— Au revoir. Au revoir. De grace. De grace.

— ... Sé faoi shé, ceathracha sé; sé faoi sheacht, caoga dó; sé faoi hocht, caoga hocht ... Anois nach ait mé a Mháistir! Tá mo chuid táblaí agam go dtí sé. Dá dtéinn chuig an scoil i mo ghasúr, ní bheadh cinneadh go deo liom. Déarfaidh mé na táblaí ó thús duit anois a Mháistir. Dó faoi haon ... Tuige nach maith leat a gcloisteáil a Mháistir? Tá tú ag ligean faillí ionam le scaitheamh, ó d'inis Caitríona Pháidín duit faoi do bhean ...

— ... Dar dair na cónra seo a Churraoinigh, thug mé an punt di, do Chaitríona Pháidín, agus ní fhaca mé amharc air ón lá sin ...

— Ab bu búna! Thug tú éitheach a chailleach ...

— ... Honest a Dotie. Ní thuigfeá an scéal: strainséir anoir de chlár an Achréidh. Seo í an fhírinne, lomchlár na fírinne a Dotie. Honest sí. Bhí mé ag dul a rá "dar an laidhricín bheannaithe," ach sin í caint na mbodach. Déarfaidh mé a

Dotie ina leaba: "Cuirfidh má an chroch chéasta ar mo chroí." D'inis Muraed duit fúithi féin agus faoi Neil, ach níor inis sí dhuit cén spré a thug mise do m'iníon nuair a phós sí isteach tigh Chaitríona. Ba chóir go dtuigfeá an scéal sin a Dotie. Is feasach dá bhfuil eile anseo cheana é. Sé scóir a Dotie. Honest! Sé scóir punt ina ghiní buí...

— Ab bu búna! A Mhuraed! A Mhuraed! An gcluin tú? Pléascfaidh mé! Pléasfaidh mé a Mhuraed! Pléascfaidh mé a Mhuraed! Iníon Nóra Sheáinín ... sé scóir ... spré ... isteach agamsa ... Pléascfaidh mé! Pléascfaidh mé! Óra pléascfaidh mé! Pléasc ... mé ... Plé ... mé ... Plé mé ... Plé ...

EADARLÚID A DÓ

1

BHÍ tú á thuaradh dhuit féin. Murach gur sháigh mise thú nach sáifeadh duine eicínt eile thú, agus narbh é an dá mhar a chéile an ball séire agus a ghiolla? Ó bhí tú le sá b'fhearr don chomharsa a dhéanamh ná don strainséir. B'fhada uait a bheadh an strainséir curtha: ar chlár gléigeal an Achréidh b'fhéidir, nó thuas i mBaile Átha Cliath, nó thíos in Íochtar Tíre. Céard a dhéanfá ansin? Féach an sásamh atá agat ag géaraíocht anseo ormsa. Agus dá mba é an strainséir a bheadh curtha le d'ais, bheifeá i dteannta d'uireasa fios céard a chaithfeá ina bhéal, nuair nach mbeadh eolas ar a sheacht sinsir agat. Bíodh ciall agat a dhuine sin! Cén bhrí ach sháigh mé glan thú freisin ...

— Ba mhinic le cineál na Leathchluaise duine a shá glan ...

— ... Láirín cheannann ... B'ait í ...

— ... Dar dair na cónra seo, a Shiúán an tSiopa, thug mé an punt di, do Chaitríona Pháidín ...

— ... D'fhan mar sin. A dhul suas chuig an nGeall-Oifig taca an trí a chlog. "An tÚll Órga" arsa mise "B'fhéidir di breith," ag cur mo láimhe sa bpóca arís agus dá iompú amach. Ní raibh sciúrtóg ann ...

Bhain sé an trí. Ritheadh an rása. "An tÚll Órga" a rug céad ar an gceann. Mo chúig phunt a tharraingt. Rinne an gearrchaile an meangadh liom arís: meangadh glé ó chroí óg gan urchóid. B'fhearr de lón dom é ná mo chúig phunt: "Ceannóidh mé milseáin duit, nó tabharfaidh mé chuig pictiúir thú, nó chuig damhsa ... nó arbh fhearr leat" ... bhuail náire mé. Níor chríochnaigh mé an chaint.

"Buailfidh mé leat taobh amuigh den Phlaza ag ceathrú tar éis an seacht," arsa mise.

A dhul abhaile. Mé féin a bhearradh, a ghlanadh, a níochán, a phiocadh. Béiléiste an ghill féin níor ól mé. Bhí an iomarca ómóis agam don mheangadh glé sin ó chroí óg gan urchóid ...

A dhul chuig an bPlaza ag an seacht. Bhearnaigh mé mo chúig phunt den chéad uair le bosca seacláidí a cheannach di. Chuirfeadh na seacláidí farasbarr gliondair ar an gcroí óg gan urchóid, agus bheadh dealramh an róis faoi chéad ghath gréine óighe na maidine sa meangadh. Nach mairg go raibh mé féin chomh doscúch ...

— ... Foighid ort go lé mise an Ghairm Scoile dhuit a phoibligh Eamon de Valéra do mhuintir na hÉireann:

"A Mhuintir na hÉireann ..."

— ... Foighid ort thusa go lé mise dhuitse an Ghairm Scoile a phoibligh Art Ó Gríofa do mhuintir na hÉireann:

"A Mhuintir na hÉireann ... "

— ... D'ól mé dhá phionta agus dá fhichead an oíche sin as cosa i dtaca. Agus shiúil mé abhaile ina dhiaidh sin chomh díreach le giolcach Spáinneach ... chomh díreach le giolcach Spáinneach a deirim leat. Thug mé lao ón mbó bhreac, agus é idir chnámha le dhá uair roimhe sin. Chuir mé an sean-asal as coirce an Churraoinigh ... agus ba mé a cheangail Tomáisín. Bhí mo bhróga bainte dhíom ar an teallach agam agus mé ar thí a dhul ar mo ghlúine go n-abraínn smeadar urnaí nuair seo isteach an gearrchaile. Ní raibh puth dá hanáil aici. "Dúirt mo Mhama leat a dhul siar ar an bpointe," a deir sí, "go bhfuil an dúchas ag bualadh Dheaide arís."

"Dúchas ar an diabhal air murab é a thráth é," a deirim féin, " agus mé ag dhul ag rá m'urnaí go díreach. Cén diabhal ná deamhan atá anois air?"

"Fuisce poitín," a deir sí.

Siar liom. Bhí sé i mbarr a ghealta agus gan a raibh sa teach acu in araíocht é a cheangal. Ba deacair a rá nár dhona na spagáin iad ...

"Seogaí," a deirimse. "Faighigí an téad go beo dhom, sula bhfostaí sé an tua. Nach bhfeiceann sibh go bhfuil gach re breathnú aige uirthi ... "

— Is maith a chuimhním air. Chuir mé mo rúitín amach ...

— ... B'againne a bhí an cluiche.

— Fainic ab agaibh. Murach gur leag an *mine* an teach ...

— ... "Nigh mé m'éadan leis an gceo,

Agus sén raca a bhí agam an ghaoth ... "
Níl sé ceart fós, a Churraoinigh. Tá ceathrú lia ann. Fuirigh
leat anois:
"Nigh mé m'éadan leis an gceo ..." Tá an méid sin ar
áilleacht, a Churraoinigh. Bhí sé agam cheana sna "Réalta
Buí." Fuirigh leat anois ... Éist anois, a Churraoinigh:
"Nigh mé m'éadan leis an gceo,
Is chíor mé mo ghruaig leis an ngaoth ... "
Tá sin ar deil. Bhí a fhios agam go dtabharfainn liom as a
dheireadh é, a Churraoinigh ... An bhfuil tú ag éisteacht
anois?
"Nigh mé m'éadan leis an gceo,
Is chíor mé mo ghruaig leis an ngaoth ...
Bhí an tuar creatha d'iall i mo bhróig ... "
Fuirigh leat, a Churraoinigh ... Fuirigh leat ... Eureka ...
"Is an Streoillín ag ceangal mo bhríst" ... Bhí a fhios agam go
dtabharfainn liom é, a Churraoinigh. Éist leis an rann ar fad
anois ...
— Go ropa an diabhal thú agus ná bí ag sárú na ndaoine.
Tá an mothú bainte asam le dhá bhliain ag éisteacht le do
chuid fearsaí fánacha. Tá rud thairis sin ar m'aire, ní ag
ceasacht ar Dhia é: an mac is sine ag tabhairt chomhluadar
d'Iníon Cheann an Bhóthair, agus í siúd sa mbaile b'fhéidir,
ar thí an gabháltas mór a thabhairt dó. Agus gan a fhios agam
an pointe seo de ló nach iad asail an Chraosánaigh nó
beithígh Cheann an Bhóthair a bheadh istigh i mo chuid
coirce ...
— Is fíor dhuit, a Churraoinigh. Breá, i dtigh diabhail, nár
chuir siad an dailtín salach sa reilig thoir. Is inti atá Maidhc Ó
Domhnaill, a rinne "Amhrán an Turnapa" agus "Caismirt an
tSicín leis an nGráinne Coirce" ...
— Agus Micil Mór Mhac Confhaola, a rinne "Amhrán
Chaitríona" agus "Amhrán Thomáis Taobh Istigh" ...
— Agus "Laoi na gCut." Is breá go deo an píosa cainte é
"Laoi na gCut." Ní bheadh sé de rath ortsa a dhéanamh, a
dhailtín ...
— ... Ocht faoi shé ceathracha hocht; ocht faoi sheacht
caoga ceathair ... Níl tú ag éisteacht chor ar bith, a Mháistir.
Tá seachmall ort ar an aimsir seo ... Níl mé ag dul chun cinn

Cré na Cille

a dhath!... Ab shin é a dúirt tú, a Mháistir? Ba diachta dhom, a Mháistir, agus chomh siléigeach agus atá tusa fúm... Cogar dhom seo leat... Cé mhéad tábla ann, a Mháistir?... Ab shin an méid? 'S óra más é ru! Ara shíl mise go raibh siad suas go dtí céad ann... go dtí míle... go dtí milliún... go dtí cuaidrilliún... Tá neart ionú againn lena bhfoghlaim ar chuma ar bith, a Mháistir. Chuala mise riamh é gurb iomaí lá sa reilig orainn. An Té a rinne an t-am rinne Sé greadadh dhe ...

— Dia dhá réiteach. Nach mairg nár thug siad mo chual cré thar Ghealchathair soir, agus mé a shíneadh i dTeampall Bhrianáin ar chlár gléigeal an Achréidh bail mo mhuintir! Tá an chré caoin fáilteach ann; tá an chré sprusach síodúil ann; tá an chré lách muirneach ann; tá an chré díonmhar teolaí ann. Níorbh fhíniú é fíniú na fearta ann; níor thruailliú é truailliú na feola ann. Ach ghlacfadh cré cré; phógfadh agus dheornfadh cré cré; dhéanfadh cré cóimeascadh le cré...

— Tá an maoithneas uirthi seo arís...

— Ní fhaca tú aon duine riamh is spleodraí ná í, nó go mbuaileann an óinsiúlacht sin í...

— An nádúr, go bhfóire Dia orainn! Is measa go mór Caitríona ach í ag tosú faoi Neil agus faoi Nóra Sheáinín...

— Ara tá Caitríona as compás ar fad. B'fhíor do Bhrian Mhór é, nuair a thug sé "jennet" uirthi...

— Ní raibh an ceart ag Briain mhór. Honest féin ní raibh...

— Céard seo? An bhfuil tusa in aghaidh an scóllacháin freisin, a Nóra...

— Honest ní raibh an ceart aige. Beithíoch an-chultúrtha an jennet. Honest tá. Bhíodh jennet ag Ruaitigh Bhaile Dhoncha, nuair a bhínn ag dul ag a scoil fadó agus d'itheadh sé arán rísíní as cúl mo ghlaice...

— Ag dul ag an scoil fadó! Nóra na gCosa Lofa ag dul ag an scoil! Arán rísíní sa nGort Ribeach! Ó bhó go deo deacrach! A Mhuraed ... A Mhuraed, an gcluin tú céard a dúirt Nóirín na gCosa Lofa Sheáinín Spideog? Óra, pléascfaidh mé...

Cré na Cille

2

... A Nóra Sheáinín ... A Nóra Sheáinín ... A Nóra na gCosa Lofa ... Ní raibh tú sásta faisean salach na mbréag a fhágáil as cionn talún go dtug tú faoi thalamh leat é freisin. Go deimhim tá a fhios ag an reilig gur thug an t-ábhairseoir—diúltaíonn muid dhó—iasacht a theanga dhuit i do dheolcachán agus bhain tú leas chomh maith sin aisti ó shin agus nár iarr sé ar ais riamh ort í ...

Sé scóir punt spré a thabhairt don ágóidín is iníon duit ... muise, muise ... bean nach raibh snáth éadaigh aici le cur ar a craiceann lá a pósta, murach gur cheannaigh mise foireann di ... Sé scóir punt ag Nóirín na gCosa Lofa ... Ní raibh sé scóir punt istigh ar fhuaid an Ghoirt Ribigh riamh. Gort Ribeach na Lochán. Is dóigh go bhfuil sibh róghalánta anois le na lachain a bhleán ...Sé scóir punt ...Sé scóir dreancaid! Ní hea ach sé mhíle dreancaid. Ba iad an t-eallach ab fhairsinge a bhí riamh ag cineál na gCosa Lofa iad. Go deimhin muise, dhá ndéanadh dreancaidí spré bheadh an oiread luáin ag an bpleoitín a phós t'iníon, a Nóirín, agus go mbeadh sé ina ridire naoi n-uaire. Bhí sealbhán maith acu sin ag teacht isteach i mo theach aici ...

Ba é an lá léin dom, a Nóirín, an chéad lá riamh a bhfaca mé thú féin ná d'iníon faoi chaolacha mo thí ... An scraideoigín ós ise í. Go deimhin, a Nóra, is cliú dhuit í: bean nach bhfuil in ann pluideog a chur ar a páiste, ná leaba a fir a chóiriú, ná luaith bhuí na seachtaine a chur amach, ná a mullach stoithneach a chíoradh ... Is í a chuir síos sa talamh mé dhá fhichead bliain roimh an am. Cuirfidh sí mo mhac ann freisin, gan mórán achair, mura dtaga sí féin anseo le cuideachta agus béadán a choinneáil leat ar an gcéad abhras eile clainne ...

Ara nach fonóideach an claibín atá ort inniu, a Nóirín ... "Beidh muid ..." Cén chaoi ar dhúirt tú é? ... "Beidh muid O K ansin" ... O K: sin é do chaibín, a Nóirín ..." Beidh muid O K ansin. Beidh do mhac agatsa agus m'iníon agamsa, agus muid fail a chéile arís faoi thalamh mar a bhíomar as a chionn" ... Nach fonóideach atá ball sugra an Ábhairseora i do chaibín inniu, a Nóirín ...

49

Cré na Cille

Nuair a bhí tú sa nGealchathair ... thug mé m'éitheach, a deir tú. Thug tusa do dheargéitheach, a Nóirín na gCosa Lofa ...
— Staiceallach.
— Raicleach.
— Rálach.
— Cineál na gCosa Lofa ... Lucht bhlite na lachan ...
— An cuimhneach leat an oíche a raibh Neil ina suí in ucht Jeaic na Scolóige? "Fágfaidh muid Briain Mór agatsa, a Chaitríona ... "
— Níor shuigh mé riamh in ucht mairnéalaigh, míle buíochas le Dia ...
— Ní bhfuair tú an deis, a Chaitíona ... dheamhan beann ar bith agamsa ort. Ní poll dóite ar mo chótsa do chuid ropaireacht ná bréag. Is fearr an t-eolas agus an meas atá sa reilig seo ormsa ná ortsa. Tá crois bhreá ghnaíúil as mo chionn, rud nach bhfuil os do chionnsa, a Chaitríona. Smashing! Honest! ...
— Ara muise má tá ba bheag de do chaillteamas féin sin. Bí buíoch don amadán is dearthair dhuit a chuir ort í nuair a bhí sé sa mbaile as Meiriceá. B'fhada go mbeadh luach croise agat as bainne lachain an Ghoirt Ribigh. ... Céard a deir tú a Nóra ... abair amach é. Níl sé de mhisneach agat a rá liom ... Níl aon chultúr orm? ... Níl aon chultúr orm a Nóirín? ...Níl aon chultúr orm ru! ... Is fíor duit é sin a Nóirín. Ar Chineál ná gCosa Lofa a chonaic mise míola agus sneá riamh ...
Céard é sin a deir tú a Nóirín ... Nach raibh aon ionú agat coc a choinneáil liomsa ... go raibh tú ag diomallú do chuid ama ag coinneáil coc liomsa. Ab bu búna! Níl aon am agat coc a choinneáil liom a Nóirín ... Tá rud ar d'aire ru! ... Anois céard a deir tú! Caithfidh tú éisteacht le giota eile den ... Cén t-ainm siúd a thug sí air, a Mháistir ... chloiseann sé mé. Tá an ceann tógtha air ó chuala sé faoin mbean ... is ea a mh'anam ...novelette ...seo é an tráth a léann an Máistir giota den ... novelette duit chuile lá ... Dá dtugadh an Máistir aird ormsa ... ó a Mhuire Mhór ... Novelette sa nGort Ribeach ...Novelette ag Cineál na gCosa Lofa ... a Mhuraed. An gcluin tú Novelette ag Cineál na gCosa Lofa ... Pléascfaidh mé. Pléascfad ...

Cré na Cille

3

— ...Dar dair na cónra seo, a Chraosánaigh, thug mé an punt di, do Chaitríona Pháidín...

— ...Dia á réiteach go deo deo ...Níor bhás liom mo bhás ann: arae is í cré the bhog an Chláir atá ann; an chré urrúnta a dtig léi a bheith cineálta le neart a nirt; an chré uaibhreach nach call di taiscí a broinne a dhreo, a lobhadh ná a leá le í fhéin a leasú; an chré shéasúrach ar furasta di a bheith flaithiúil lena fáltas; an chré bhisiúil atá in ann gach a bhfaigheann sí le n-ithe agus le n-ól a athrú agus a athchumadh gan a n-ídiú, a n-éagruthú, ná a n-ainriochtú ... D'aithneodh sí a duine féin ...

D'fhásfadh an fearbán fáilí, an mhoing mhear mhánla, an samharcán suimiúil agus an t-aorthann tréan ar m'uaigh inti ...

Bheadh ceiliúr caointineach éan i mo mhullach gan glagaireacht toinne, ná easa ná cíbe, ná na caillí duibhe nuair a bhíos sí go craosach os cionn cluiche stuifíní. A chré an Chláir, nár mhéanar a bheith faoi d'fhallaing ...

— Tá "an maoithneas" uirthi seo arís ...

— ...Dúirt an Piarsach, dúirt Ó Donnabháin Rosa, dúirt Wolfe Tone, gurb é Éamon de Valéra a bhí ceart ...

— Dúirt Toirdhealbhach Mac Suibhne, dúirt Séamus Ó Conghaile, dúirt Seán Ó Laoghaire, dúirt Seán Ó Mathúna, dúirt Seámus Fiontain Ó Leathlobhair, an Dáibhiseach, Emmet, an Tiarna Éamonn Mac Gearailt agus an Sáirséalach gurbh é Art Ó Gríofa a bhí ceart ...

— Dúirt Eoghan Rua Ó Néill gurbh é Éamon de Valéra a bhí ceart ...

— Dúirt Aodh Rua Ó Domhnaill gurbh é Art Ó Gríofa a bhí ceart ...

— Dúirt Art Mhac Murcha Caomhánach gurbh é Éamon de Valéra a bhí ceart ...

— Dúirt Briain Ború, Maoilsheachlainn, Cormac Mac Airt, Niall Naoi nGiallach, an dá Phádraig, Bríd agus Colm Cille agus uile-naoimh Éireann pér bith cén áit—ar talamh, muir nó spéir— a bhfuil siad, agus uile-mhairtírigh Éireann ó Dhún Coirc go Bealgrád, agus Fionn Mhac Cumhail, Oisín,

51

Cré na Cille

Conán, Caoilte, Déirdre, Gráinne, Ollamh Fódla agus Gael Glas gurbh é Art Ó Gríofa a bhí ceart ...

— Thug tú éitheach, níor dhúirt ...

— Deirim gur thug tusa éitheach, gur dhúirt. Bíonn an fhírinne searbh ...

— Dhúnmharaigh tú mé go fealltach agus mé ag troid ar shon Poblacht ...

— Thuill tú é. Ní cheadaíonn dlí Dé ná na hEaglaise féachaint le Rialtas dlisteanach a chur de dhroim seoil le foiréigean ...

— Ní bhíonn plé ar bith agam féin le polaitíocht, ach tá bá agam le sean-Óglaigh na hÉireann ... .

— A chladhaire, faoin leaba a bhí tú agus Éamon de Valéra ag troid ar shon na Poblacht ...

— A chailleach faoin leaba a bhí tú san am a raibh Art Ó Gríofa ...

— ... "Is tharraing sé 'nan ao-ao-naigh ag radaíocht ..."

— ... Fan ort anois, a dhuine chóir, go gcríochnaí mé mo scéal duit:

"... Cuirigí chugamsa amach Seán Mhac Séamais
Agus anois atá mise dá éagmais."

D'fhuadaigh leannán sí Seán Mhac Séamais sa mbruín agus ní raibh aon fhuascailt ina chionn. Thriomaigh Inis iathghlas Éireann gona hoileáin agus a huiscí críche lena linn sin, cés moite de dhá bhuidéal d'uisce aeraithe Phoirtingéalach a tháinig i dtír sa mBlascaod, agus ceaig d'uisce coisricthe na Spáinne a thug trólar d'iascaire ar Oileán dá Bhruithneog in ómós leathchéad fataí ...

Bhí ainnirín na gciabhfholt donn i mBaile Átha Cliath an t-am céanna ...

— Leagan a chloisinn ag na seandaoine ar an mbaile se'againn féin air, a Chóilí, gur banaltra a bhí sa nGealchathair ...

— Bean i nGealloifig a chuala mise ...

— O, dar a shon. Thuas i mBaile Atha Cliath a bhí sí 'Deile ru! "Tá saighead agam," a deir sí, "a fhuasclós Seán Mhac Séamais, má gheallann sé mórbhairille agus céad, puinsiún agus céad, oigiséad agus céad de thús a phota dom mar thionscra ..."

52

Cré na Cille

— Anois, a Chraosánaigh, cáil do dhá phionta agus dá fhichead...

— A Chóilí, foighid ort nóiméad. Seo é an chaoi a gcríochnóinn an scéal úd murach gur bhásaigh mé...

— ... Ach a dtaga Hitler isteach go Sasana cuirfidh sé ag ithe cait chaillte iad...

— I nDomhnach ní raibh an saol go dona riamh go dtí sin. Dheamhan pínn a fhanfas ar bhó ná ar ghamhain. Go bhfóire Dia ar an duine bocht má shaoirsíonn na beithígh tuilleadh. Tá roinn thalún agamsa i mbarr an bhaile agus níl cinneadh go deo léi ag cur cruth ar bheithígh. Gabhfaidh sí i vásta, tá faitíos orm, mura bhfana aon phínn ar stoc...

— "Níl cinneadh go deo léi ag cur cruth ar bheithígh!" A bhfuil de thalamh istigh ar do bhaile, agus ligtear amach dhá choinín air, agus fágtar fúthu féin é, ní bheadh ann faoi cheann cúig bliana ach dhá choinín, dhá mbeadh an dá choinín féin...

— Fear gan fuil a bhí ionat, a Pheadair! Faraor nach mise a bhí ann! 'Leabharsa thabharfainn a dhóthain de fhreagra air. Dhá mbeadh teach ósta agamsa, 'Pheadair, agus eiricigh dhubha ag teacht isteach ann ag maslú an chreidimh mar sin...

— ... Tá muide—Coirp na Leathghine—ag cur comhiarránaigh chun cinn sa Togha seo freisin. Fearacht an dá dhream eile—Coirp an Phuint agus Coirp na Cúig Déag—níl tada againn le tairiscint dár gcomhchoirp. Ach tá muid rannpháirteach i dTogha seo na Cille, mar tá polasaí againne—Páirtí na Leathghine—freisin. Más tairbhe don phobal as cionn talún togha, ba chóir go mba thairbhe dúinne é. Ní daonlathas go togha. Is muide anseo i gcré na cille na fíordhaonlathasóirí.

Siad Coirp an Phuint páirtí na n-uasal, páirtí na Caomhnachta, páirtí na Lois Mhóra, páirtí na bhFrithghníomhóirí, páirtí an Fhosachais. Siad Coirp na Cúig Déag páirtí aos tráchta agus ceannaíochta, páirtí aos dána, an bhourgeoisie, na haicme meánaí, na Seilbhe agus an Rachmais. Ach sinne, a Chomhchorpa, is sinne Páirtí an Aois Saothair, an Phrólatariat, an Aitheach Tuatha, Páirtí an Ollphobail dhíshealbhithe: "snoíodóirí an adhmaid agus iompróirí an

53

uisce." Tá ar eire againn cur ar shon ár gcirt go dána dalba mar is dual d'iarfhir (cnagairt bhlaoscanna ar Áit na Leathghine) ...

— ... An comhiarránach atá againne—Páirtí na Cúig Déag—sa togha seo, is bean í. Ná cuireadh sin scáth ar aon duine agaibh a chairde. Ní raibh a fear ina Theachta Dála riamh. Bean í a rinne bun sa reilig seo lena hintleacht agus lena stuaim féin. Trí bliana ó shin ar theacht i gcré na cille di, bhí sí chomh beag eolas le ceachtar de na gaotairí sin atá ag scoilteadh seafóide thíos ar Áit na Leathghine. Ach ainneoin a n-abraíonn Páirtí na Leathghine tá comhcheart agus comhdheis ag cách sa gCill seo (cnagairt bhlaoscanna). A chruthú sin ár gcomhiarránach. Tá cultúr agus léann uirthi inniu. A Chorpa, is mian liom ár gcomhiarránach a chur in aithne dhaoibh ... Nóra Sheáinín (mórchnagairt bhlaoscanna).

— Nóra na gCosa Lofa. An raicleach. Lucht bhlite na lachan ...Hóra, a Mhuraed ... Hóra, a Mhuraed ... Nóra Sheáinín ... Pléascfaidh mé ... Pléascfaidh mé ...

4

... Nóra na gCosa Lofa ag dul isteach sa Togha! A Dhia agus a Chríosta, níl meas ar bith fanta acu orthu féin sa reilig mura bhfuil le cur suas acu ach Nóra na nDreancaidí as an nGort Ribeach ... Ní ghabhfaidh sí isteach ... Ach cá bhfios goidé sin? Bíonn Cite, Dotie agus Muraed ag caint léi, agus Peadar an Ósta, agus Siúán an tSiopa féin scaití. Maidir leis an Máistir Mór ar ndóigh náire shaolta na rudaí a bhíos sé a rá léi chuile lá ... Deir sé féin gur sa leabhar atá siad, ach dheamhan a ligfeadh an chuibhiúlacht d'aon duine na rudaí siúd a chur i leabhar:

"Do chúl craobhach cas,
 Do rosc glas mar dhrúcht,
 Do chíoch chruinn gheal bhláith
 A tharraingeas mian súl."

... Is deas an chaint do mháistir scoile í. An Mháistreás agus Bileachaí an Phosta atá á chur thar bharr a chéille. Murach go bhfuil fleasc eicínt air ar ndóigh ní ag moladh Nóra Sheáinín a bheadh sé: "Tháinig an-fheabhas intinne uirthi," a deir sé, "tá cultúr uirthi anois … "

Nach maith gasta a mheabhraigh sí dhom faoin gcrois atá ar a huaigh. "Tá crois bhreá ghnaíúil os mo chionn," a deir sí, "rud nach bhfuil os do chionnsa, a Chaitríona." Ba bheag an chrois a bheadh uirthi murach gur chaill an t-amadán is deartháir di léi, rud a d'inis mé di. Thíos ar Áit na Leathghine gan lia gan leacht, i lár amhais Chlochair Shaibhe agus Dhoire Locha a bheadh sí, agus b'ann ba chóra di a bheith dá mbeadh ceart le fáil. Sin í nár moladh ar chaoi ar bith, nó go bhfuair sí bás. Cén uair a moladh duine dá cine. Dheamhan é riamh. Riamh sa saol. Ní fhaca muid é. Cine faoi chopóg …

Ach is ionann crois anseo le teach mór ceann slinne os cionn talún, agus ainm os cionn an dorais—Radharc na Brocaí, Dídean Phárrthais, Suí na mBan Sí, Bealach na Leannán, Súil na Gréine, Áras na Naomh, Faiche na Leipreachán—agus sconsa suimint timpeall air, crainnte agus pósaetha go colbha na leapa, an geaitín iarainn agus an t-áirse géagánach os a chionn, an deis agus an t-airgead sa mbanc … Is comhmhar a chéile na ráillí ar uaigh agus na sconsaí móra atá timpeall ar theach an Iarla. Níor bhreathnaigh mé isteach riamh that sconsaí an Iarla gan fuadach croí a theacht orm. Bhínn ag súil i gcónaí go bhfeicinn rud groí eicínt: an tIarla agus a bhean faoina gcuid sciathán tuirlingthe tar éis a bheith ar dinnéar sna Flaithis. Sin nó an Naomh Peadar, agus an tIarla agus a bhean cois ar chois leis, á thionlacan go dtí bord ar scáth na gcrann; líon ina lámh, tar éis a bheith ag iascach ar Loch an Iarla; bradán óir inti; an-toirnéis ag a chuid eochracha móra; é ag oscailt a Leabhair agus ag ceadú an Iarla faoin dream ar a dhúiche a ligfí isteach do na Flaithis. Shíl mé an uair sin gurbh ionann a bheith glan ar leabhair an Iarla, agus a bheith glan ar leabhair na bhFlaitheas …

Tá an dream sin os cionn talún an-simplí go deo. "Cén mhaith a dhéanfas sé do na mairbh crois a chur ar a n-uaigh?" a déarfas siad. "Dheamhan a bholadh! Níl sna croiseanna céanna ach leithead agus onóir agus airgead amú." Dá mbeadh a fhios acu! Ach ní thagann tuiscint dóibh go gcuirtear sa gcill iad, agus bíonn sé mall an uair sin. Dá dtuigidís os cionn talún go dtuilleann crois anseo ómós do chineál na gCosa Lofa féin, ní bheidís chomh siléigeach fúinn agus a bhíos siad ...

Ní mé cáid go gcuirtear an chrois orm? Ní féidir go bhfailleodh Pádraig? Gheall sé dhom go dílis é: "Beidh sí ort faoi cheann bliana, nó achar is lú ná sin," a deir sé, "níor chomaoin dúinn gan an méid sin a dhéanamh dhuit ... "

Crois de ghlaschloch an Oileáin, agus scríbhinn Ghaeilge uirthi ... Is í an Ghaeilge is mó ardnós ar chroiseanna ar an saol seo ... agus pósaetha deasa ...

B'iomaí fainic a chuir mé ar Phádraig: "Thóg mé go muirneach thú, a Phádraig," a deirimse. "Choinnigh mé teach maith riamh duit. Chí Muire muis nárbh fhurasta sin scaití. Níor inis mé riamh duit a bhfuair mé de chrácamas tar éis d'athar. A dhath féin níor iarr mé as a ucht. Ba mhinic a thagadh fonn orm ruainnín muiceola a cheannach le meall cabáiste a bhealú; nó glac rísíní le cur sa gcáca; nó a dhul isteach tigh Pheadair an Ósta nuair a d'airínn mo phíobán scalta ag deannach glantacháin, agus leathghloine a iarraidh air, as na buidéil óir údaí a mbíodh meangadh orthu liom ón bhfuinneog gach uair dá dtéinn thar a theach ...

Ach a Phádraig, a chuid, ní dhearnas. Chuir mé chuile chianóg i dtaisce ... Níor mhaith liom a thabhairt de shásamh do Neil ná do Mheaig Bhriain Mhóir anois nach gcuirfí go maith mé. Faigh uaigh dhom ar Áit an Phuint. Cuir crois orm de ghlaschloch an Oileáin. Bíodh sá thuas agat faoi cheann bliana tar éis mé a chur, ar a fhad. Tá a fhios agam nach gan chostas sin, ach tabharfaidh Dia a luach dhuit ...

Ná géill do do bhean má bhíonn sí ag banrán faoin airgead. Is í do bhean í, ach mise a thug ar an saol thú, a Phádraig. Níor chuir mé de thrioblóid ort riamh ach an méid seo. Beidh tú réidh liom ansin. Fainic a dtabharfá de shásamh do Neil ... "

Níor chuir sé ar Áit an Phuint mé ina dhiaidh sin. An bhean ... nó an bhean agus an smuitín eile siúd Neil. Ach tá Pádraig sách borb freisin nuair a thograíos sé é. Gheall sé an chrois dom ...

Ní mé cén sórt sochraide a bhí orm? Ní bheidh a fhios agam

sin nó go dtaga an chéad chorp aitheantais eile. Tá sé in am feasta ag duine eicínt a theacht. Bid Shorcha, bhí sí ag éagaoineadh. Ach diabhal mairg fós uirthi, déarfainn. Tá Máirtín Crosach, Beartla Chois Dubh agus Bríd Thoirdhealbhaigh ann, agus ar ndóigh an scóllachán gránna Briain Mór, i bhfad uainn a chual cnámh ... Ba cheart go mbeadh Tomás Taobh Istigh caillte feasta ag an mbáisteach anuas. Má rinne Pádraig mo chomhairlese, tá an bothán tite air faoi seo ...

Beidh bean mo mhic chugainn ar an gcéad abhras eile, go siúráilte. Tá Neil cloíte go leor ó gortaíodh Peadar, agus na scoilteacha uirthi, an smuitín. Má tá féin dheamhan bás a thabharfas siad di. Ba mhinic a bhí sí ar a cailleadh má b'fhíor di fhéin, ach ní chaillfeadh seacht bplá na hÉigipte cuid de na daoine. Nár thaga corp chun cille chun tosaigh uirthi ...

Dheamhan a fhios agam ar tháinig aon litir ó Mheiriceá ó shin. Tá faitíos orm go mbeidh rith seoil ag Neil anois ar uacht Bhaba. Dá mairinn cupla bliain eile féin ...

Bhí an-ghnaoi ag Baba riamh ormsa thar dhuine ar bith eile againn. Nuair a bhíodh muid ag fosaíocht i bPáircín na Sceachóirí fadó inár ngearrchailí ... Nach beag de lua a bheadh aici crois a chur orm mar chuir deartháir Nóra Sheáinín ar Nóra ...

— ... "Meas tú ab é Cogadh an Dá Ghall é an cogadh seo?" ...

— Ní bhuaileann táirm chríochnaithe na clabairí seo ach an uair a bhíos duine ag tnúthan le suaimhneas. Nach seafóideach an chaint a bhíos orthu sa saol thuas: "Tá sí sa mbaile anois. Beidh suaimhneas aici feasta, agus féadfaidh sí cuimhne an tsaoil a chaitheamh as a ceann i gcré na cille" ... Suaimhneas! Suaimhneas! Suaimhneas! ...

— ... Má chuireann sibh isteach i mo theachta mé geallaim daoibh go ndéanfaidh mé cion fir—cion mná ab áil liom a rá—ar shon cultúir, agus ar shon pobalbharúil eolgach léarsannach a chraobhscaoileadh anseo ...

— A Mhuraed! A Mhuraed! Hóra a Mhuraed ... Ar chuala tú céard a dúirt Nóra Shenín ... "Má chuireann sibh isteach mé" ... Pléascfaidh mé! Pléascfaidh mé! ...

5

— ..."Bhí Tomá-á-ás Taobh Istigh ann a's rá-ágús
      pósta air,
      Mar sé ba dó-ó-óide dhó i ndiaidh an bhraoin ..."
— ... Nach é an fáth gáirí é, a Dotie ... Tomás Taobh Istigh
atá de leasainm ag chuile dhuine air ... I mbráicín as féin
i mbarr an bhaile se'againne a chónaíos sé. Níor phós sé
riamh. Tá sé ina sheanfhear anois. Níl aon duine a bhaineas
leis beo—in Éirinn ar aon chor—ach Caitríona agus Neil
Pháidín ... Dheamhan a fhios agam mura dtugainn freagra
gearr ort, a dhuine chroí, cén gaol atá aige le Neil ná le
Caitríona, ní cheal nár chuala mé mé sách minic é muis ...
— Col cúigearachaí, a Mhuraed. Ba chol ceathar Páidín
beag, athair Chaitríona, agus Tomás Taobh Istigh ...
— ..."Tá geadán talú-ú-ún agam a's bothán teo-o-olaí ..."
— Tá talamh Thomáis Taobh Istigh teorainneach le cuid
Neil, agus is mó an scéal faoi í ná Caitríona, mar tá a cuid
talún sise i bhfad ó láthair uaidh, agus gabháltas mór aici mar
tá sí ...
— ..."A's beirt ar m'eo-o-olas le mo chíos a íoc ..."
— Bhíodh Caitríona go síoraí ag gabháil de mhaidí croise
ar Thomás Taobh Istigh lena mealladh anuas aici féin, ach
ní le saint ina chuid talún amach agus amach é, ach le Neil a
chur as ...
— Óra a Mhuraed nach bhfeicinn Pádraig sáraithe aici ...
— Dá mbeadh na seacht sraith ar an iomaire aige féin,
bheadh sí ag tuineadh leis go gcuireadh sí suas a chúnamh
do Thomás Taobh Istigh é ...
— Duine gnaíúil é Pádraig Chaitríona ...
— Togha comharsa é leis an gceart a rá ...
— Ní raibh tnúthán ar bith aige le talamh Thomáis Taobh
Istigh ...
— Ba bheag dá fhonn a bhíodh air scaití a dhul suas a
chúnamh dhó, ach le grá an réitigh ...
— ..."Is maith í Neil faoi chlaíocha a thó-ó-ógáil ..."
— ... Diabhal rud a chonaic mé riamh ní ba bharrúla ná é,
sílim ...
— Diabhal rud a chonaic tú ní ba bharrúla ná é muis ...

— Ach ní fhaca tusa a leath...

— Chonaic mé mo dhíol...

— Dhá mbeifeá ar aon bhaile leo...

— Bhí mé sách gar dóibh. An rud nach bhfaca mé chuala mé é. Nach orthu a bhí an tír ag caint?...

— Dheamhan duine ar an dá bhaile se'againne ar aon chor nach mbíodh i lagracha acu ó mhaidin go faoithin. Ní chreidfeá a leath dá n-insírín duit é...

— Chreidfinn, a mhaisce. Ba bheag Aoine tar éis an phinsean a tharraingt nach dtéinn féin agus Tomás Taobh Istigh isteach tigh Pheadar an Ósta, go n-óladh muid cupla gailleog, agus d'insíodh sé tríd síos agus tríd suas dom é...

— Labhair go réidh. Tá a fhios agat go bhfuil Caitríona Pháidín curtha le scaitheamh—ar Áit na Cúig Déag. B'fhéidir go gcloisfeadh sí thú...

— Bíodh aici. Cloiseadh agus a bhfuil ar Áit na Cúig Déag más breá leo é. Tá beann agam orthu go deimhin. Iad féin agus a gcuid floscaíocht. Shílfeá gur draoib agus salachar muide acu...

— Níorbh ait liom go gcloisfeadh Caitríona mé, ina dhiaidh sin. Bhí mé istigh ar aon bhaile léi riamh, agus má bhí féin, diabhal mé go mba chomharsa mhaith í, ach go raibh sé bruite ar bhainne aice dá deirfiúr Neil. Ba ag Tomás Taobh Istigh a bhí sochar a gcuid faltanais...

— Nach minic a dúirt sé liom é, agus muid ag ól gailleoige...

— D'fheicfeá Caitríona ag éirí amach ar maidin agus ag seoladh na mbeithíoch go barr an bhaile. Chuireadh sí timpeall uirthi féin d'aon uaim amháin ag filleadh chun tí, le dhul thar bhráicín Thomáis:

"Cén bláth atá ort inniu, a Thomáis?... Feictear dhom gur dona an péire cléibh phortaigh iad sin agat. Diabhal mé go sílim go bhfuil dhá chliabh sa mbaile in áit eicínt, agus gan ag teastáil díobh chor ar bith, arae bhí Pádraig ag caoladóireacht anseo an lá cheana, agus rinne sé péire nua..."

Gheobhfadh Tomás na cléibh.

Ní maith a bheadh Caitríona bailithe síos thar Ard an Mhóinéir nuair b'sheo anuas Neil:

"Cén bláth atá ort inniu, a Thomáis?... Diabhal mé go

bhfeictear dom gur dona an treabhsar é sin ort. Is géar a theastódh a phíosáil uaidh ... Ach níl a fhios agam ar ghar é. Tá sé sceite ar fad. Mh'ainín go bhfuil treabhsar thoir agus go bhfuil sé nua glan ar scáth a bhfuair sé de chaitheamh. Do Jeaic a rinneadh é ach bhí sé cúng sna cosa, agus níor chuir sé air faoi dhó riamh é ... "

Gheobhadh Tomás an treabhsar ...

— Nar dhúirt sé liom é? ...

— Lá eile théadh Caitríona suas:

"Cén bláth atá ort inniu, a Thomáis? ... Diabhal mé go sílfeá go bhfuil claíochaí an gharraí seo thiar agat leagtha go talamh ... Tá an ball séire ar asail an bhaile seo, a Thomáis. Tá muis. Tá an ball séire orthu nuair nach gcoinneofaí ceanglaithe istigh sna cróite iad. Tá sean-asal an Chraosánaigh agus cuid Cheann an Bhóthair dona go leor, ach dheamhan asail ar bith is bradaí ná a cuid seo thuas"— seo í Neil—"agus tugann sí cead scoir dóibh ... Ar ndóigh ní in ann a dhul ag díbirt asail atá seanfhear bocht mar thusa. M'anam go bhfuil rud ar d'aire feasta choíchin. Caithfidh mé a rá le Pádraig go bhfuil na claíochaí caite anuas" ...

Agus thógfaí na claíochaí do Thomás Taobh Istigh ...

— Muise go deimhin, nach é nár dhúirt liom é ...

— Bhuaileadh Neil anuas:

"Cén bláth atá ort inniu, a Thomáis? ... Níl aon iarracht ar an ngarraí seo agat, bail ó dhia ort. A dhiabhail álainn níl curtha dhe ach cúilín fós. Tá aon choicís amháin eile ort. Is beag é foghail an duine aonraic ar ndóigh. Tá sé buille mall le bheith ag cur fhataí anois. Nach shin é ina Lá Buí Bealtaine thall é! ... is diabhaltaí nach dtabharfaidís seo thíos"—seo iad muintir Chaitríona—"aon lá dhuit agus a gcuid féin críoch-naithe acu le coicís ... Caithfidh mé a rá le Peadar a theacht anoir amárach. Ní fheilfeadh aon áit don chúpla againne an chuid eile dhár saol, a Thomáis, ach i dhá chlúid an teallaigh ..."

Chríochnófaí an garraí fataí do Thomás Taobh Istigh ...

— An síleann tú nach minic a dúirt sé liom é? ...

— Ní bheadh a fhios ag aon duine ceart ina dhiaidh sin é, ach an té a bheadh ar aon bhaile leo ... Bhíodh Caitríona d'acht agus d'áirid ag iarraidh é a tharraint isteach chuici féin

ar fad. Ach mo chreach mhaidine dhóite thú! Deirimse leatsa
nach raibh néal ar bith ar Thomás Taobh Istigh, tar éis go
mbíodh daoine ag iarraidh suí ina bhun ...

— Ab éard a shíleas tú nach bhfuil a fhios agam é? ...

— Ní bheadh a fhios ag aon duine ceart é, ach an té
bheadh ar aon bhaile leo ... Bhí Tomás chomh ceanúil ar an
bprochóigín de bhothán siúd, agus bheadh rí ar a choróin. Da
dtéadh sé isteach ag cónaí le ceachtar den bheirt deirfiúr
thabharfadh an ceann eile cúl dó. Agus ba shuarach an blas a
bheadh ag chaon duine acu air chomh luath in Éirinn agus a
scarfadh sé lena gheadán talún. Níor scar. Ba sheandaidí é
Tomás Taobh Istigh ...

— Mea'nn tú nach bhfuil a fhios agam é? ...

— Níl a fhios agat é muis, ná ag duine ar bith nach raibh ar
aon bhaile leo ... Ach ba é an uair a mbíodh ól déanta aige—
lá aonaigh nó Aoine nó eile—a gheobhfaí an spraoi ar fad.
Thagadh rachmall pósta air.

— D'anam ón diabhal, an síleann tú nach go minic a
chonaic mé é tigh Pheadair an Ósta agus é bogtha? ...

— Chonaic mise lá ann é, agus má chonaic féin ba bharrúil
é. Níl sé mórán le cúig bliana fós: an bhliain sula bhfuair mé
bás:

"Pósfaidh mé," a deir sé. "Tá geadán deas talún agam,
leathghine pinsin, agus mé luath láidir fós. D'anam ón docks
é go bpósfaidh mé. Pósfaidh muis, a stór ...Tabhr'om buidéal
fuisce as sin, a Pheadair"—bhí Peadar beo an uair sin —"an
chéadscoth anois. D'anam ón docks é go ngabhfaidh mé ag
tóraíocht."

— Is maith a chuimhním ar an lá céanna. Chuir mé mo
rúitín amach ...

— Seo isteach Caitríona agus chuir sí cogar ina chluais:

"Siúil uait abhaile in éindígh liomsa, a Thomáis, agus
gabhfaidh Pádraig se'againne á hiarraidh dhuit, ach a gcuire
sibh bhur gcomhairle i dteannta a chéile" ...

Seo isteach Neil agus chuaigh sí sa leathchluais eile aige:

"Teara uait abhaile in éindí liomsa, a Thomáis chroí. Tá
ruainne feola agam agus braoinín fuisce. Ach a n-ithe sibh
greim gabhfaidh Peadar se'againne ag iarraidh mná duit ..."

Réabadh soir tigh Nóra Sheáinín sa nGort Ribeach a rinne

Tomás. "Más baintreach féin í," a deir sé le Neil agus le
Caitríona, "d'anam ón docks é gur beag de locht í. Bean óige-
anta fós atá inti. Ní mórán le dó dhéag nó trí déag is fiche a
hiníon atá pósta ag Pádraig se'agaibhse, a Chaitríona.
D'anam ón docks é, a stór, gur puisrúpálaí sách óg domsa atá
sa máthair … " Deireadh a mh'anam. An raibh a fhios agat é
sin? …

— Is diabhlaí go síleann tú nach raibh a fhios agam é …

— Ara cén chaoi a mbeadh a fhios agat é agus gan tú ar
aon bhaile leo … Ba mhaith an scéal dóibh nach raibh ag
Tomás ach bráca nó bheidís scriosta, arae diabhal teach faoi
sheacht ranna na néal ba mhinicí a dtéadh tuí air ná é. Chuir
Pádraig Chaitríona an taobh ó thuaidh dhe ó bhinn go binn
bliain. Togha tuíodóra é Pádraig. Cíb a chuir sé air. Níor den
díogha í ach oiread. Dheamhan brat a d'iarrfadh an
leathchaoin sin arís go ceann ceathair déag nó cúig déag de
bhlianta. An bhliain dár gcionn, tháinig Peadar Neil agus a
dhréimire agus a mháiléad aige. Suas leis ar an taobh ó
thuaidh. Meas tú céard a rinne sé leis an díon a bhí Pádraig
tar éis a chur an bhliain roimhe sin a tharraingt amach ón
dúid agus a chaitheamh anuas le fána ar an tsráid. Nár fhága
mé seo má tá mé ag déanamh smid bhréige leat. Níor fhág sé
giob de chíb Phádraig ó bhinn go binn gan streachailt dhe.

"Ba ghearr go mbeadh an braon anuas ort, a Thomáis,"
arsa seisean. Dar lomlán an leabhair bhí mé ag éisteacht leis!
"Ní raibh aon mhaith leis an mbrat sin a chuaigh air
anuraidh. Is iontas liomsa go raibh díon deor inti. Dheamhan
ceo a bhí ina leath ach an fraoch mín sin. Féach ansin ina
chomharthaíocht é. Dheamhan mórán de thoirt a chuir sé air
féin dhá bhaint, ach fanacht ar an gcruatan. Más leat cíb a
fháil caithfidh tú a dhul ar na heascaíocha domhaine agus do
chois a fhliuchadh. Breathnaigh ar an gcíb atá agamsa ansin,
amach as lár na hEasca Rua" …

Chuir sé dhá thaobh an tí agus go deimhin má chuir féin,
ba mhaolscríobach uaidh. Diabhal ní ba mhaolscríobaí! Níor
sheas sí aon trí bliana riamh. Ba mhór an carghas é …

— Diabhal mé go sílfeadh duine ort nach bhfuil a fhios
agam é …

— Ní bheadh a fhios ag duine ar bith ina dhiaidh sin é ach

an té a bheadh ar aon bhaile leo ...

Chonaic mé uair eile an bheirt acu ar an teach: Pádraig Chaitríona agus Peadar Neil. Bhí Pádraig ó thuaidh agus a dhréimire agus a mháiléad agus a adhairt chíbe aige. Bhí

Peadar ó dheas, agus a dhréimire agus a mháiléad, agus a adhairt chíbe aige féin. Tabhair thusa obair ar an obair a bhí an bheirt sin a dhéanamh: fíriúil ceart. Bhí Tomás Taobh Istigh gróigthe ar an gcloch mhór atá ansiúd ag an mbinn thoir, é ag stolladh tobac agus ag coinneáil chainte leis an mbeirt acu in éindí. Is é a bhí san áit cheart idir dhá thaobh an tí. Tháinig mé féin ann. Shuigh mé ar an gcloch mhór le hais Thomáis. Ní chloisfeá méir i gcluais ag an dá mháiléad.

"Shílfeá," arsa mise, "go mb'fhearr do dhuine agaibh éirí as an tuíodóireacht agus a dhul ag freastal ar an gceann eile nuair nach bhfuil Tomás anseo ag freastal ar cheachtar agaibh sin nó chaon duine agaibh a dhul gach re scaitheamh ag freastal agus ag cur ..."

'Éist do bhéal," a deir Tomás, "d'anam ón docks é go bhfuil siad ag dul chun cinn bun ar aon anois, go lige Dia slán iad! An-tuíodóirí iad. Ní chomhairimse go bhfuil ionga ná orlach ag duine acu ar an duine eile" ...

— Diabhal aithne ort nach é an chaoi nach bhfuil a fhios agam é ...

— Muise níl a fhios agat, ná cuid dá fhios ...

— ... "Is maith í Neil faoi chlaí a thógáil,
Is tá Caty eolgach i gcúrsaí dín" ...

— ... "Bhí Tomás Taobh Istigh ann agus drandal gáire air
Faoi Chaty Pháidín a d'íoc a chíos" ...

— Ní raibh! Ní raibh! Ní raibh! Hóra a Mhuraed. Mhuraed. Pléascfaidh mé! Pléascfaidh mé! ...

6

— ... Fear na Reilige! Tá sé ina bhobarún chomh mór agus a chonaic tú riamh é ...

— Is diabhlaí, a Chaitríona, má tá an mapa aige, nach n-aithneodh sé na huaigheanna thar a chéile ...

— Go bhfóire Dia ort féin agus ar do mhapa! Níl aon bhlas ina mhapa siúd ach an chaoi a mbíodh Fear Thaobh thoir an Bhaile ag roinnt na talún sa luaith leis an tlú, aimsir na Straidhpeála fadó ...

— I nDomhnach muise, a Chaitríona, choinnigh mé an roinn i mbarr an bhaile dá bhur mbuíochas tar éis nach raibh mac an aoin agaibh nach raibh ag iarraidh í a bheith aige féin. Níl cinneadh go deo léi ag cur cruth ar bheithígh ...

— Óra an gcloiseann sibh an ghaotaireacht atá arís ar an gcleabhar? ...

— Is diabhlaí, a Chaitríona, má tá coirp á gcur sna huaigheanna contráilte, nach gcuirfeadh duine eicínt tréas air: scéala a chur suas chuig an nGovernment, nó labhairt leis an sagart nó leis an bpóilí rua ...

— Ara bail ó dhia ar do Ghovernment! Government mar siúd é, ó caitheadh amach lucht an Ghríofaigh ...

— Thug tú éitheach ...

— Thug tusa do dhearg ...

— Nach éard a dúirt Briain Mór: "Tá siad á gcaitheamh síos i bpoll ar bith sa reilig siúd thiar anois fearacht is dá mba putóga éisc nó sliogáin fhaochan a bheadh acu ann" ...

— Ó an scóllachán gránna ...

— Mura bhfuil crois os do chionn sa reilig seo anois le go mbeidh comharthaíocht mhaith ar d'uaigh, dheamhan lá san aer nach oscailte a bheas sí ...

— Is gearr go mbeidh crois orm. Crois de ghlaschloch an Oileáin mar atá ar Pheadar an Ósta agus ar Shiúán ...

— Crois de ghlaschloch an Oileáin, a Chaitríona ...

— Ní ligfidís crois adhmaid ar bith a chur suas a Chaitríona?

— Bheidís caite amach ar an mbóthar lá arna mhárach ...

— Meas tú nach iad lucht díolta na gcroiseanna eile is ciontach leis sin? ...

— Ara deile? Chuile dhuine ag tarraingt uisce chun a mhuilinn féin. Dhá mbeadh cead croiseanna adhmaid nó suimint ní bheadh glaoch ar bith ar a gcuid croiseanna siadsan. D'fhéadfadh chuile dhuine ansin a chrois féin a dhéanamh.

— B'fhearr liom gan crois ar bith ná ceann adhmaid nó suimint a dhul orm ...

— Is fíor dhuit. Chaillfí le náire mé ...

— An Government seo a tharraing an obair sin. Faigheann siad airgead cánach ar na croiseanna eile ...

— Thug tú éitheach! Bhí an obair sin ann roimh an nGovernment seo ...

— Is diabhlaí an rud duit do dhuine féin a bhurláil síos bail strainséara ...

— Bíonn an chnámh ag iarraidh a dhul ar a nádúr siúráilte go leor ...

— Sin é anois an Government agaibh ...

— Thug tú éitheach ...

— Chuala mé gur anuas os cionn Tiúnaí Mhicil Tiúnaí d'fháisceadar mac Thomáis Táilliúr anuraidh ...

— Ó nár chiceáil mé dhíom an murdaróir! An chuid de Chineál fealltach na Leathchluaise a sháigh mé ...

— Bhí mise ar shocraid Jude an bhaile se'againne bliain ó shin. Síos ar Dhomhnaillín fíodóir as Clochar Shaibhe a cuireadh í. Níor tuigeadh go raibh siad ag cartadh na huaighe contráilte gur nochtadh an chónra. Tá a fhios ag an lá muise gur fíor dhom é, mar bhí mé ar bhall na háite ...

— Is fíor dhuit é. nach bhfuil a fhios againn gur fíor dhuit é. Cartadh ceithre uaigh don Fhile agus is é an chaoi a raibh sé as a dheireadh gur fágadh teáltaithe ag an gCurraoineach é ...

— Go ropa an diabhal é! Tá mé sáraithe aige lena chuid fearsaí fánacha. Loirg an diabhail dhó nár fhan beo scaitheamh eile nó go dtéadh crois orm ...

— Óra an dailtín ...

— Cén bhrí ach rud ar m'aire agus gan a fhios agam nach é mo ghabháltas mór a bheadh tugtha aici siúd sa mbaile don mhac is sine ...

— Céard deir tú le bean Mhicil Chite as Baile Dhoncha a bhíodar a chur as cionn Shiúán an tSiopa. Ní raibh an chrois ar Shiúán an uair sin ...

— A Shiúán bhocht ...

— Chaithfeadh sé go raibh tú i bpíolóid, a Shiúán bhocht ...

— Dúirt mé aníos léi gan frapa gan taca dealú uaim ar áit na Leathghine nó na Cúig Déag. Deimhin ní theastódh uaim ach an liúdramán sin a bheith os mo chionn. Chuirfeadh sí den saol mé le boladh neantógaí ...

— Nár fhéachadar le duine eicínt a chur os do chionnsa freisin, a Chite? ...

— Suaróigín eicínt as clochar Shaibhe nach raibh aon

aithne agam riamh uirthi féin ná ar a muintir. Dar dair na cónra seo, chuir mise siúl ag imeacht aici! "Is dona a frítheadh mé más iad lucht déirce Chlochar Shaibhe a bheas i gcré na cille liom faoi dheireadh," arsa mise ... — Honest. Bhí m'uaighse carta acu freisin. Bean eicínt as Seana-Choille. "Uch," arsa mise, "an gharbhóg bharbartha sin as Seana-Choille a chur síos liomsa! Dá mba duine í a mbeadh cultúr uirthi!" ...'

— Óra, an gcluin sibh raicleachín ghort Ribeach na Lochán ag tabhairt easmailt do Sheana-Choille? Óra éistigí liom! Pléascfaidh mé! ...

7

— ... Titim de chruach choirce ...

— ... Dia á réiteach go deo deo! Breá nár thug siad mo chual cré thar Ghealchathair soir ... Ní ar fiar agus go faiteach a thiocfadh an fuineadh chugam ann. Ní mar bhean siúil nach ligfeadh an náire di ach bealaigh aistreánacha cnoc agus aille a thabhairt uirthi féin ar a céad gheábh ag iarraidh a coda a thiocfadh an t-éirí gréine ann. Ní ar thomhais do-réitithe cnoc, caracán agus cuan a chaithfeadh an ghealach tuirlingt, nuair ba mhian léi a theacht do mo phógadh. Bheadh fairsinge leitheadach an chláir spréite amach agam ina cáiteoig ildathach faoina comhair. Ní de ghorta gharta ar nós urchar díbhirceach rógaire reatha ar chasáin droibhéalacha a thiocfadh an bháisteach, ach mar chaithréim stáidiúil bhanríona ar dhaingniú reachta agus rathúnais dá muintir í a theacht ar a bhfud ...

— Dotie! Maoithneas!

— An óinsiúlacht aríst ...

— ... Féach mise ar thug an murdaróir drochbhuidéal dom ...

— ... A dhul chuig an bPlaza ag an seacht ... a theacht di. An meangadh glé arís. na seacláidí a ghlacadh. Pictiúir ... bhí pictiúr an Phlaza—bhí pictiúir an bhaile mhóir ar fad— feicthe cheana aici. Spaisteoireacht nó damhsa ... Bhí sí ar a cosa sa nGeall-Oifig ó mhaidin ... Tae ... Ní raibh sí ach tar éis éirithe uaidh. An Aíochtlann Iarthair ... Cinnte

67

dhéanfadh gearrscíth maith di ...

"Fíon," arsa mise, leis an dáileamh.

"Fuisce," arsa sise.

"Dhá fuisce mhóra," arsa mise ...

"Dhá fuisce mhóra eile," arsa mise ...

"Níl a thuilleadh fuisce agam," arsa an dáileamh. "An bhfuil a fhios agaibh cén fuisce atá ólta agaibh ón seacht a chlog: dhá cheann déag mhóra an duine! Tá fuisce gann ..."

"Stout," arsa mise.

"Brandaí," arsa sise.

"Dhá bhrandaí mhóra," arsa mise ...

"An bhfuil a fhios agaibh," arsa an dáileamh, go bhfuil sá go hard tar éis an haon a chlog, agus más san Aíochtlann Iarthair féin atá sibh, nach foláir a bheith airdeallach. Ruathar póilíos b'fhéidir" ...

"Déanfaidh mé thú a thionlacan go teach," arsa mise, agus an dáileamh ag dúnadh doras an Aíochtlann Iarthair inár ndiaidh.

"Mé a thionlacan go teach?" arsa sise. "Is mó go mór an chosúlacht atá ortsa gur mise a chaithfeas thú a thionlacan. Meabhraigh suas thú féin beagán nó titfidh tú isteach tríd an bhfuinneog sin. Níl aon acmhainn agat air; an ea? Nach maith an chiall agamsa é, a bhfuil brandaí mór ólta agam thart! Níl aithne deoir orm, an bhfuil? ... Fainic an mbuailfeá faoin gcuaille sin ... Siúil leat. Lig dom breith i ngreim ascaille ort, agus déanfaidh mé thú a thionlacan go dtí do dhoras féin. B'fhéidir go bhfaigheadh muid cupla deoch eile tigh Shíomáin Uí Allmharáin ar an mbealach suas. Oíche íocaíocht atá inti, agus ní dhúnfaidh sé go maidin" ...

D'éirigh liom féachaint uirthi i meathdhorchadas na sráide. Bhí an meangadh glé ar a ceannaghaidh. Ach ag cur mo láimhe i mo phóca agus á iompú amach a bhí mise. Mé taobh leis an aon scilling ...

— A phleoitín ...

— ... M'anam muise mar a deir tusa ...

— ... Tá mise ag déanamh na fírinne leat, a Pheadair an Ósta. Tháinig Caitríona Pháidín isteach go dtí mé. Cuimhním go maith air. Amach faoi Shamhain a bhí ann. Ba é an bhliain í ar sheanleasaigh muid Garraí na Ráibe. Ag feamnadh a bhí

Cré na Cille

Micil an lá céanna. Bhí mé ag súil ón scoil le na malraigh pointe ar bith, agus d'iompaigh mé an bhruithneog a bhí lena n-aghaidh sa ngríosach. Shuigh mé sa gclúid ansin ag tógáil sáil ar stoca. "Bail ó Dhia anseo," a deir sí. "Muise go mba hé dhuit," a deirim fhéin. "Is é do bheatha, a Chaitríona. Suigh." "Ní fhéadfaidh mé aon chuairt a dhéanamh," a deir sí. "Tá mé ar mo mhine ghéire ag téisclim le haghaidh an tsagairt. Dheamhan ann ach naoi nó deich de laethanta anois nó go mbeidh sé isteach sa mullach orm. Níl aon mhaith dhom a dhul anonn ná anall leis, a Chite," a deir sí. "Dhíol sibh na muca an t-aonach deireanach. Ní bheidh an chuid se'againne in alt a ndíolta go Féil Bríde má fhágann dia againn iad … Is mór an ní a dhul iarraidh ort, a Chite, ach má fhéadann tú a spáráil go dtí Aonach na Féile Bríde, ba mhór an chomaoin a chuirfeá orm ach punt airgid a thabhairt dom. Caoi atá mé le chur ar an simléar, agus roundtable le haghaidh bricfeasta an tsagairt atá mé ag brath ar a cheannach. Tá dhá phunt agam féin" …

"Roundtable, a Chaitríona?" a deirimse. "Ar ndóigh ní bhíonn roundtable ag duine ar bith anseo dhó, ach ag daoine móra. Ceadh nach n-íosfadh sé de bhord ghaelach chomh maith é, mar a rinne na sagairt a chonaic muid riamh?"

"An uair deiridh a raibh sé ag Neil se'againne," a deir sí "bhí teapot airgid aici a thug Meaig Bhriain Mhóir as Meiriceá. Gheobhaidh mise teapot airgid Shiúán an tSiopa ar iasacht, mar ba mhaith liom a bheith cab ar chab le Neil agus cab os a cionn a Chite. An sotaire bradach!"

Thug mé féin an punt di. Cheannaigh sí an roundtable. Bhí rudaí saor an uair sin. Leag sí anuas bricfeasta an tsagairt air, agus réitigh sí a chuid tae i dtaepot airgid Shiúin an tSiopa.

Dar dair na cónra seo thug mé an punt di, a Pheadair an Ósta, agus ní fhaca mé aon amharc air ón lá sin go dtí lá mo bháis pé ar bith céard a rinne Siúán an tSiopa faoin taepot …

— Thug tú éitheach, a Chailleach na mBruithneog. Ná creid í, a Pheadair chroí. Thug má chuile phínn rua dhe isteach ina bos di nuair a dhíol má na muca faoi Fhéil Bríde a bhí chugainn … Cá bhfágfá é? Níor mhinic le do mháthair féin an fhírinne a dhéanamh … Fuair mé bás chomh glan leis

69

an gcriostal, míle buíochas le Dia ... Ní fhéadfaidh aon duine a rá choíchin gur dhligh Caitríona Pháidín cianóg rua dhó ag fáil bháis di, ní hé sin duitse é, a Chite ghortach na mbruithneog ...

D'fhága tú féin agus do dhream riamh foracún fiacha i do dhiaidh is chuile áit. Is leitheadach a labhrófá! Mharaigh tú do chlann agus thú féin le bruithneogaí ... Ó ná creid í a Pheadair ... Ná creid í ... Thug mé chuile phinn rua dhe isteach ina bos di ...

Níor thugas a chailleach? ... Níor thugas ab ea? ...

Hóra a Mhuraed ... A Mhuraed ... Ar chuala tú céard a dúirt Cite? ... Pléascfaidh mé! Pléascfaidh mé! ...

EADARLÚID A TRÍ

1

IS mise Stoc na Cille. Éistear le mo ghlór! Caithfear éisteacht...
Óir is mé gach glór dá raibh, dá bhfuil agus dá mbeidh. Ba mé an chéad ghlór in éagruth na cruinne. Is mé an glór deiridh a cluinfear i spros an Olldíoláithriúcháin Choitinn. Ba mé glór plúchta an chéad toircheasa faoin gcéad bhroinn. Ar a bheith don arbhar órga cruachta san iothlainn, is mé an glór a ghairfeas abhaile an déasdíolaimeoir deiridh as Gort an Ama Óir is mé mac sinsir an Ama agus na Beatha, agus reachtaire a dteallaigh. Is mé buannaí, cruachadóir agus súisteoir an Ama. Is mé taisceánaí, siléaraí agus eochróir na Beatha É le mo ghlór! Caithfear éisteacht:
Níl am ná beatha sa gCill. Níl sorchas ná dorchas ann. Níl fuin ghréine, rabharta, luainneachas gaoithe ná claochmú ann. Ná síneadh lae, ná an Streoillín agus an Chroimiscín ag dul á dtaighríocht; ná an fuil fhástaigh á cóiriú féin i gculaith an Ghairdis agus na Fleidhe. Níl súile friochanta an pháiste ann. Ná lasadh doscúch an ógfhir. Ná grua rósghríseach an chailín. Ná caoinghuth na mná oiliúna. Ná meangadh soineanta an tseanduine. Níonn súile, lasadh, grua, guth agus meangadh aonghné easairíonnach amháin in aileimbic neamhéisealach na húire. Níl glór ag an snua ann, ná snua ag an nglór, arae níl snua ná glór sa gceimic neamhchásmhar is feart. Níl ann ach cnámha ag críonadh, feoil ag fíniú, agus baill ba bhaill bheatha ag dreo. Níl ann ach an almóir chré agus culaith chuileáilte na beatha inti ag na leoin le rodadh...
Ach os cionn talún tá smúit éadrom theaspaigh san aer. Tá an rabharta ag goineachan go fíriúl i gcuislí an chladaigh. Tá féar an bháin fearacht is dá ndóirtí corcán de bhainne glas air. Tá sceach, tom agus crích mar a bheadh mná coimrí ann a dheasódh suas a gcuid gúnaí uaisle sula dtéidís i láthair an

71

Rí. Té ceol bog cumhúil ag an lon sna garráin. Tá súile na bpáistí leata ag láimhseáil na mbréagán atá ag titim amach as bosca iontach na bliana oíche. Tá lóchrann a bhfuil athnuachan gach dóchais ann i leicne an úr-oirfeartaigh. Tá méiríní sí mar a thiomsófaí i gcluana na síoraíochta, i ngrua chúthail na hógmhná. Tá bláth uanach na sceiche gile i gceannaghaidh tláth na máthar. Tá na gárlaigh ag déanamh "falach bhíog" san iothlainn agus a ngealgháire mar chloig aoibhnis, agus airdí éagsúla a nglór mar a bheidís ag iarraidh Dréimire Iacob a tharraingt anuas ó Neamh arís. Agus tá cogar cásmhar na suirí ag éalú ó chúlráid an bhóithrín mar a bheadh geoladh gann gaoithe trí cheapaigh bainne bó bliochtáin i dtír na hóige ...

Ach tá criotán an tseanfhir ag dul in ainseal. Tá cnámha an fhir óig ag spadadh. Tá an ramallae liath ag folcadh an óir i bhfolt na mná. Tá fionn mar ghlae nathar ag múchadh rosc an linbh. Tá ceisniú agus ceasacht á dtabhairt ar aoibheall agus ar aeraíl. Tá laige ag cur droim díbeartha ar an neart. Tá éadóchas ag sárú an ghrá. Tá an scaoilteog á fuáil don phluideog, agus an uaigh don chliabhán. Tá an beo ag tabhairt a dheachú don mharbh ...

Is mise Stoc na Cille. Éistear le mo ghlór! Caithfear éisteacht ...

2

— ... Hóra! Céard sin? Cé thú fhéin? An tú bean mo mhic? Nach maith a dúirt mé go mbeadh sí anseo ar an gcéad abhras eile clainne ...

— Seáinín Liam i nDomhnach—mura gcaithfear mé a bhaisteadh anseo arís—a thugaidís orm san áit a d'fhág mé. An croí ...

— Seáinín Liam. Ab bu búna! Tá siad do do chur san uaigh chontráilte, a Sheáinín. Uaigh Chaitríona Pháidín í seo ...

— Ara nach sin é an bealach atá leis an reilig seo, a Chaitríona na páirte? Ach ní féidir liomsa labhairt leis an duine beo. Tá rud ar m'aire. An croí ...

— Cén sórt sochraid a bhí orm, a Sheáinín Liam?

— Sochraid? An croí, a Chaitríona! An croí! Bhí mé i

gcoinne an phinsin. Dheamhan mogall a d'airigh mé. D'ól mé braon tae. Síos liom sa nGarraí Páirteach faoi dhéin cliath fataí. Nuair a bhí mé á leagan dhíom istigh sa mbaile shníomh an iris agus tháinig sé anuas ar leathmhaing. Bhain mé stangadh beag as mo thaobh. Níor fhan puth de m'anáil agam...

— Cén sórt sochraid a bhí orm, a deirim leat?

— An croí go bhfóire Dia orainn! Is olc é an croí, a Chaitríona. Croí fabhtach...

— Ag an diabhal go raibh do chroí! Caithfidh tú an tseafóid sin a chaitheamh i gcártaí anseo...

— Diabhal mé gur bocht an rud é an croí a Chaitríona. Bhíomar ag déanamh cró nua don bhromach a cheannaigh muid tar éis na Nollag. Bhí sé réidh ach an ceann. Ní mórán cúnamh a bhí mé féin in ann a thabhairt don ghearrbhodach, ach dá laghad é aireoidh sé mé. Cén bhrí ach bhí an-aimsir ann le fada anois...

— Aimsir! Am! Sin dhá rud nach gcuirfidh aon imní ort anseo a Sheáinín. Bhí tú i do chluasánach riamh féin. Cogar mé seo leat! Cén chiall nach dtugann tú aird orm? An raibh sochraid mhór orm?...

— Sochraid bhreá mhór!

— Sochraid mhór, a deir tú a Sheáinín...

— Sochraid bhreá mhór. An croí...

— Ag an diabhal agus ag an deamhan go raibh an croí céanna agat, marab é an éadáil é! An gcluin tú leat mé? Caithfidh tú éirí as an spruschaint. Deirim leat nach n-éistfear leis an gcaint sin anseo. Cén altóir a bhí orm?

— Sochraid bhreá mhór...

— Tá a fhios agam, ach cén altóir?...

— Altóir bhreá mhór...

— Cén altóir, a deirim. Bhí tú in do chluasánach riamh féin. Cén altóir?

— Bhí altóir mhór ar Pheadar an Ósta agus ar Shiúán an tSiopa, ar Mhuraed Phroinsiais agus ar Chite...

— Nach bhfuil a fhios agam. Ach ní shin é atá mé a fhiafraí dhíot. Nach raibh mé féin os cionn talún an uair sin? Ach cén altóir a bhí ormsa: ar Chaitríona Pháidín. Altóir. Seacht bpunt déag nó sé phunt déag nó ceithre phunt déag?...

73

Cré na Cille

— Deich bpunt dó dhéag.

— Deich bpunt! Deich bpunt. Anois, a Sheáinín, an bhfuil tú siúráilte gur deich bpunt é, nó aon plunt déag, nó dhá phunt déag, nó ...

— Deich bpunt a Chaitríona! Deich bpunt! Altóir bhreá mhór, a mh'anam. Diabhal bréag ar bith nárbh altóir bhreá mhór í. Dúirt chuile dhuine gurbh ea. Bhí mé ag caint le do dheirfiúr Neil: "Bhí altóir bhreá mhór ar Chaitríona," a deir sí. "Shíl mé nach dtiocfadh sí i bhfoisceacht a dhó nó trí de phunta dhó, nó a ceathair féin. An croí ...

— Lomán agus léan ar do chroí! Anois, a Sheáinín, éirigh as in ainm Dé! ... Ní raibh lucht an tSléibhe ann? ...

— M'anam gur dhúirt: "Shíl mé nach dtiocfadh sí i bhfoisceacht a dhó nó trí ... "

— Ní raibh Lucht an tSéibhe ann?

— Lucht an tSléibhe! Níor chuala siad é. Bhí Pádraig le scéala a chur chucu: "Ara," a deir Neil, "céard a bheadh ort dhá dtarraingt anuas an fhad sin bealaigh de shiúl a gcos, na créatúir." M'anam gur dhúirt. An croí. Croí fabhtach ...

— Faraor géar deacrach gan do chroí ina mheall nimhe agus é a bheith i mbéal cléibh Neil! Ní raibh Muintir Ghleann na Buaile ann? ...

— Dheamhan a gcos.

— Muintir Dhoire Locha?

— Bhí an col ceathar sin ag Siúán an tSiopa i nDoire Locha á thabhairt chun an phobail an lá céanna ... Cén bhrí ach bhí an-aimsir ann le fada anois, agus muid ag plé leis an gcró ...

— Ní raibh Stiofán Bán ann mo léan? ...

— ... Bromach a cheannaigh muid tar éis na Nollag ...

— Go gcuire Dia an t-ádh ort, a Sheáinín, agus ná tabhair le rá do lucht na reilige nach mbeadh meabhair eicínt thairis sin ionat! ... An raibh Stiofán Bán ann?

— Diabhal a chos, ach dúirt Pádraig liom go raibh sé ag caint leis lá an aonaigh, agus gurb éard a dúirt sé leis: "Go deimhin dhuit, a Phádraig Uí Loideáin," a deir sé, "dá mbeadh féith de mo chroí air, bheinn ag an tsochraid. Níor chomaoin domsa ...

— "Gan a theacht ar shochraid Chaitríona Pháidín dá mba ar mo ghlúine a ghabhfainn ann. Ach dheamhan smid a

74

chuala mé faoi go dtí an oíche ar cuireadh í. Scorach le ... "
An sclaibéir ós é Stiofán Bán é! ... Cén sórt cónra a chuaigh
orm?
— Deich bpunt, a Chaitríona. Altóir bhreá mhór.
— Ab í an chónra nó an altóir atá tú a rá? Breá nach
n-éisteann tú! ... Cén sórt cónra a chuaigh orm? Cónra ...
— An chónra a b'fhearr tigh Thaidhg, trí leathbhairille
pórtair agus scaird phoitín. Bhí a dhá ndíol óil ann. Dúirt Neil
sin leis, ach ní bheadh aon mhaith aige ann mura
bhfaigheadh sé na trí leathbhairille. Go deimhin bhí ól go
barr bachall ann. Má ba mé féin an seanfhear d'ól mé dhá
mhuigín déag san oíche, gan caint ar ar ól mé an lá ar tugadh
do dtí teach an phobail thú, agus lá na sochraide. Déantas na
fírinne dhuit, a Chaitríona, tar éis a raibh de mheas agus de
chion agam ort, ní bheadh baol orm an méid sin a ól dá
mbeadh a fhios agam go raibh an croí fabhtach ...
— Níor chuala tú gur dhúirt Pádraig dada faoi mé a chur
in áit eicínt eile sa reilig?
— Bhain mé stangadh beag as mo thaobh agus níor fhan
puth de m'anáil agam. An croí, go bhfóire Dia orainn ...
— Lig an scéal chugat féin, a Sheáinín. Éist liom. Níor
chuala tú gur dhúirt Pádraig dada faoi mé a chur ...
— Ní fhágfaí gan cur thú ar aon chaoi, a Chaitríona, ba
chuma cén t-ól a bhí ann. Má ba mé féin a raibh an croí
fabhtach agam agus eile ...
— Is tú an cluasánach is mó dár tháinig ó d'ith Ámh an
t-úll. Ar chuala tú gur dhúirt Pádraig dada faoi mé a chur in
áit eicínt eile sa reilig?
— Bhí Pádraig le thú a chur Áit an Phuint, ach séard a
dúirt Neil go raibh Áit na Cúig Déag sách maith ag aon
duine, agus gur mhór an ní d'fhear bhocht a dhul i gcostas.
— An raicleach! Déarfadh sí é! Bhí sí ag an teach mar sin?
— Bromach breá mór a cheannaigh muid tar éis na Nollag.
Deich bpunt ...
— An ar an mbromach a thug sibh na deich bpunt? Dúirt
tú cheana liom gur deich bpunt a bhí ar m'altóir ...
— Deich bpunt a bhí ar d'altóir go siúráilte, a Chaitríona.
Deich bpunt dó dhéag. Ba ea go barainneach. Tháinig Briain
Mór agus an tsochraid ag casadh ceann an bhóithrín, agus

bhí sé ag tiomáint scillinge ar Phádraig ach ní ghlacfadh Pádraig í. Ba shin deich bpunt trí déag dá nglacadh ...
— A cur siar ina phíobán a bhí a dhéanamh. Briain Mór! Dá mba ag iarraidh mná a bheadh an scóllachán gránna ní bheadh sé mall ... Ach anois, a Sheáinín Liam, éist liom ... Maith 'fear! An raibh Neil ag an teach?
— Níor fhág sí é ó fuair tú bás gur imigh tú go dtí teach an phobail. Is í a bhí ag roinnt ar na mná istigh sa teach lá na sochraide. Chuaigh mé féin siar sa seomra go líonainn cúpla píopa tobac do mhuintir an Ghoirt Ribigh, nach ligfeadh an coimhthíos dóibh a theacht isteach den tsráid. Thosaigh mé féin agus Neil ag caint:
"Is breá an corp í Caitríona, go ndéana Dia grásta uirthi," a deirim féin. "Agus ba ghleoite a leag sibh amach í ... "
Theann Neil isteach sa gcúinne mé ar cúlráid: "Níor mhaith liom dada a rá," a deir sí. "Ba í mo dheirfiúr í ... "
M'anam muise gur dhúirt.
— Ach céard dúirt sí? Inis amach é ...
— Nuair a bhí mé á leagan dhíom istigh sa mbaile, bhain mé stangadh beag as mo thaobh. Níor fhan puth de m'anáil agam. Diabhal puth muis! An croí ...
— Dia dílis á réiteach! Bhí tú féin agus Neil istigh i gcúinne an tseomra agus dúirt sí mar seo: "Níor mhaith liom dada a rá, a Sheáinín Liam. Ba í mo dheirfiúr í ... "
— Mh'anam muise gur dhúirt. Nár fhága mé seo murar dhúirt: "B'ait an rúpálaí oibre í Caitríona," a deir sí. "Ach ní raibh sí chomh glan, 'ndéana Dia grásta uirthi, le duine eile. Dá mbeadh, deirimse leat go mbeadh sí leagtha amach go gleoite. Féach chomh salach agus atá an scaoilteog sin anois, a Sheáinín. Breathnaigh na spotaí atá uirthi. Nach mór an náire iad. Shílfeá go bhféadfadh sí a cuid aiséadaigh a bheith nite aici, agus leagtha i leataobh. Dá mbeadh liostachas fada uirthi, ní abróinn tada. Tá chuile dhuine ag tabhairt suntais do na spotaí sin atá ar an scaoilteog. Is deas an rud an ghlaineacht, a Sheáinín ...
— Ab bu búna! Ó a Mhuire Mhór go deo! D'fhág mé chomh glan leis an gcriostal iad i gcúinne an chomhra. Bean mo mhic nó na gasúir a shalaigh iad. Sin nó an dream a leag amach mé. Cé leag amach mé a Sheáinín?

Cré na Cille

— Iníon Nóra Sheáinín agus Neil. Chuaigh fios ar Cháit Bheag ach ní thiocfadh sí … an croí, 'bhfóire Dia orainn …

— Cén sórt croí! Nach sa droim a bhí sí ag éagaoineadh. Síleann tú má bhí do sheanchroí féin lofa go raibh chuile chroí lofa. Cén chiall nach dtiocfadh Cáit Bheag …

— Chuir Pádraig an gearrchaile is sine aige ina coinne. Ní chuimhním cén t-ainm atá uirthi. Ba cheart go gcuimhneoinn muis. Ach d'imigh mé róthobann. An croí …

— Máirín atá uirthi.

— Is fíor dhuit. Máirín. Máirín muis …

— Chuir Padraig Máirín siar i gcoinne Cháit Bheag, ab ea? Agus céard a dúirt sí …

— "Ní ghabhfaidh mé soir ar an mbaile sin go brách aris," a deir sí, "tá mé réidh leis. Tá an tuairt rófhada anois agus an croí atá agam" …

— Ní hé an croí ach an droim, a deirim leat. Cé a bhí do mo chaoineadh?

— Bhí an cró réidh ach an ceann. Dá laghad de chúnamh dá raibh mé féin in ann a thabhairt don ghearrbhodach …

— Ní thabharfaidh tú an oiread sin féin feasta dó … Ach éist anois, a Sheáinín. Maith 'fear thú! Cé a chaoin mé? …

— Séard a dúirt chuile dhuine gur mhór an feall nár tháinig Bid Shorcha agus nuair a gheobhadh sí a sáith den phórtar …

— Ab bu búna! Cheal nach raibh Bid ann le mé a chaoineadh?

— An croí.

— An croí! Tuige dá mba é an croí é! Na duáin a bhí ag goilliúint ar Bhid Shorcha m'fhearacht féin. Tuige nár tháinig sí …

— Nuair a chuaigh duine ina coinne séard dúirt sí: "Diabhal é ná trasna na troighe. Chaoin mé uisce mo chinn dóibh agus cén meas atá acu orm?" Tá: 'Ag súdaireacht a bhíos Bid Shorcha. Ag súdaireacht i ndiaidh óil. Muise i mbannaí nach gcloisfidh tú aon racht aici nó go mbeidh ionlaos pocaide istigh aici. Caoinfidh sí go breá bogúrach ansin.' Caoinidís anois iad, más maith leo é. Duine áirid a chaoinfeas mise feasta." M'anam gur dhúirt …

— An raicleach ós í Bid Shorcha í. Beidh a shliocht uirthi

77

ach a dtaga sí anseo ... An raibh Neil ag sioscadh leis an sagart ar an tsochraid?

— Ní raibh an sagart chor ar bith ann. Ba ar shochraid chol ceathar Shiúán an tSiopa a chuaigh sé, mar bhí sí breá cóngarach dó. Ach las sé ocht gcoinneal ...

— Sin rud nach raibh ar aon chorp cheana ann, a Sheáinín.

— Murach gur mhúch ceann acu, a Chaitríona. Smál ...

— Smál as orthu.

— Agus dúirt sé an domhan paidreacha agus chroith sé an t-uisce coisricthe cúig uaire ar an gcónra, rud nár facthas á dhéanamh riamh é ... Dúirt Neil gur ag beannú an dá chorp in éindí a bhí sé, ach ní cheapfainn féin gurbh ea ...

— Ara a Sheáinín, tuige dá mba ea? Go lige Dia a shláinte dhó. Is mór an sásamh ar Neil an méid sin féin. Cén chaoi a bhfuil a mac Peadar ...

— Sách suarach. Sách suarach. An croí ...

— A muise muise muise! Cén sórt croí an diabhail sin ort! Nach í a chorróg a bhí go dona. Nó ar bhuail sé sa gcroí le gairid é? Is fearr ná sin é ...

— An chorróg, a Chaitríona. An chorróg. Tá caint go mbeidh an dlí ar siúl i mBaile Átha Cliath sa bhFómhar. Séard a deir chuile dhuine go gcaithfear é, agus nach bhfágfaidh sé bonn bán ar Neil, ná ar iníon Bhriain Mhóir ...

— Nár fhága cheana! Go dtuga Dia dhó ... Céard a deir tú faoi Thomás Taobh Istigh? ...

— Tar éis a dhul i gcoinne an Phinsin, d'ól mé braon tae agus chuaigh mé siar sa ngarraí Páirteach ...

— Ná bíodh faitíos ort! Ní ghabhfaidh tú arís le do loiseag ann ... Éist. Éist, a deirim. Tomás Taobh Istigh.

— Tomás Taobh Istigh? Go ceochánta. Bhí an bothán i gcruth titim air cheal dín. Is gearr ó tháinig Neil go dtí do Phádraigse:

"Is mór an náire dhuit an seanfhear bocht sin a fhágáil faoi bháisteach anuas," arsa sise. "Murach an rud a d'éirigh do mo Pheadarsa ..."

— Agus ghéill an pleoitín don raicleach sin ...

— Bhí cruóg air, ach dúirt sé go gcuirfeadh sé sop anonn agus anall sna cuislí ba mheasa nó go bhfaghadh sé ionú brat ceart a chur ... An croí ...

Cré na Cille

— Is fíor dhuit. An croí. Tá croí maith ag Pádraig. Rómhaith ... Níor chuala tú é ag rá dada faoi chrois a chur orm?

— Crois nua ghlan de ghlaschloch an Oileáin, a Chaitríona ...

— Go gairid? ...

— Go gairid muis ...

— Agus bean mo mhic? ...

— Bean mo mhic? ... Níl aon bhean ag mo mhac, a Chaitríona. Dúirt mé leis nuair a bheadh cró nua an bhromaigh réidh nárbh fhearr do ghearrbhodach mar é rud a dhéanfadh sé ...

— Ná a dhul chuig dochtúir faoina chroí, a Sheáinín, ar fhaitíos gur thóg sé an galra uaitse. Bean mo mhic. Mo mhac Pádraig. Iníon Nóra Sheáinín. An dtuigeann tú anois? ...

— Is ea. Iníon Nóra Sheáinín. Meath-thinn. An croí ...

— Thug tú do dheargéitheach. Ní hé an croí ach a bheith tinn ...

— Meath-thinn, a Chaitríona ...

— Slán an scéalaí! Bhí a fhios agam féin an méid sin. Shíl mé go mbeadh sí ag cur aon ghoití uirthi féin a theacht anseo. Beidh sí ann ar an gcéad abhras eile clainne go siúráilte. Ar chuala tú aon chaint faoi Bhaba?

— Baba se'agaibhse i Meiriceá. Scríobh sí chuig Pádraig ag cású do bháis-se. Chuir sí cúig phunt aige. Ní dhearna sí aon uacht fós. Dúirt sé liom go bhfuil an gearrchaile is sine sin aige—cén t-ainm atá agam uirthi? Ní chuimhním air. Ba cheart go gcuimhneoinn muis, ach d'imigh mé róthobann ...

— An gearrchaile is sine ag Pádraig. Máirín ...

— Is í, Máirín. Tá na mná rialta in áit eicínt thart síos lena tabhairt leo, agus le máistreás scoile a dhéanamh di ach a mbeidh a díol foghlaim uirthi ...

— Máirín ag dul in a máistreás scoile! Go saolaí Dia í. Bhí an-tóir aici ar na leabhair a i gcónaí. Is sásamh breá ar Neil é ...

— ... An comhiarránach atá againne sa Togha seo ...

— Crois Críosta Choisreacan Dé orainn! Ní féidir, a Chaitríona, go bhfuil toghanna anseo freisin. Bhí ceann os cionn talún an lá cheana.

— Cén chaoi ar vótáil an mhuintir se'againne …
— Bhain mé stangadh beag as mo thaobh. An croí …
— Féach an seachmall atá arís air. Éist! Cén chaoi ar vótáil an mhuintir se'againne? …
— Ar an tseanchaoi. Deile? Ar an tseanchaoi a vótáil chuile dhuine ar an mbaile cés moite de mhuintir Neil. Ach d'athraigh a bhfuil sa teach aice sin leis an dream eile seo …
— Nár chuire Dia an rath uirthi, an smuitín. D'athródh. Bhí sí fealltach riamh féin …
— Deir siad gur gheall an dream eile seo bóthar nua isteach go teach di … Mo léan géar, is beag an mhairg atá uirthi fós. Ag dul in aois na hóige atá sí. Ní fhaca mé chomh maith riamh í agus a bhí an lá ar cuireadh thú, a Chaitríona …
— Crap leat, a sheanbhrogúis. Níor mhinic an deá-scéal ag aon duine do do mhuintir, níor mhinic sin … Crap leat. Ní sheo í d'uaigh chor ar bith … Chaithfeadh sé go bhfuil an reilig ina cíorthuaifill chríochnaithe lá is go ngabhfaí do chur in aon uaigh liomsa. Síos leat ar Áit na Leathghine. Is ann is córa dhuit. Féach an altóir a bhí ormsa. Féach an t-ómós a thug an sagart dom. Ní dheachaigh do chónrasa pínn thar chúig phunt riamh. Crap leat. Thú féin agus do sheanchroí. Mura saonta thú … Níor mhinic an deá-scéal ag aon duine de do mhuintir. Crap leat go beo! …

3

… Agus ní raibh orm ach deich bpuintín ghágach d'altóir tar éis a fheabhas is a shaothraigh mé gach seanstróinse sa tír ag cur airgid ar altóirí. Ní fiú duine ar bith—beo ná marbh— maith a dhéanamh air … Agus níor tháinig lucht an tSléibhe chuig mo shochraid … ná muintir Ghleann na Buaile ná Dhoire Locha … Agus mo léan níor tháinig Stiofán Bán, an sclaibéir. Beidh a shliocht orthu lá eicínt. Tiocfaidh siad anseo …

Cén ghair a bhí ag aon duine a theacht agus an deis a bhí ar an smuitín sin Neil ag déanamh nead i gcluais Phádraig, agus ag cur faoi deara gan scéal a thabhairt do dhuine ar bith faoi mo bhás. Agus bhí sí do mo leagan amach agus ag roinnt óil ar mo shochraid. D'airigh sí nach raibh mise beo, d'airigh

80

sin. Dheamhan neart a bhíos ag an duine marbh air ...

Cén bhrí ach Cáit Bheag agus Bid Shorcha. Gheobhaidh siad garbh é, muis. Ní chuirfeadh sé lá iontais orm dá mba í Neil a thriallfadh ina gceann roimh ré, agus chuirfeadh suas leo gan a theacht chuig an teach go dtí muid, beag ná mór. Dhéanfadh sí é, an smuitín. Bean ar bith a dúirt nach raibh foireann ghlan faoi réir agam le cur orm os cionn cláir ... Nár thaga corp chun cille chun tosaigh uirthi! ...

Ach chuir Baba cúig phunt chuig Pádraig. Is mór is fiú dhó sin féin. Bréagfaidh sé an scubaid is iníon do Nóra Sheáinín, agus ní fhéadfaidh sí a rá anois gurb í féin a bheas caillteach ar fad le mo chrois. Ní droch-chosúlacht ar bith é, ach oiread, Baba a bheith ag scríobh chugainne ... dá mairinn cúpla bliain eile féin nó go gcuirfinn romham an raicleach Neil ...

Is mór an mhaith Máirín a bheith ag dul ina máistreás scoile. Splancfaidh sé sin Neil agus Meaig Bhriain Mhóir: máistreás a bheith sa teach se'againne agus gan máistreás ar bith a bheith acu féin. Bíonn airgead mór do mháistreás scoile, creidim. Chuala mé riamh é. Caithfidh mé fiafraí den Mháistir Mhór cé mhéad a bhí dá bhean. Cá fhios nach bhfaigheadh Máirín a dhul ag múineadh sa scoil se'againn féin dá n-imíodh bean an Mháistir Mhóir nó dá n-éiríodh dada di. Ansin a bheadh an sásamh ar Neil. Máirín ag dul síos chuile Dhomhnach tríd an séipéal faoina hata, a péire miotóg, a parasól, oiread cliabh portaigh de "Phrayer Book" faoina hascaill, í ag siúl le deirfiúr an tsagairt suas ar an áiléar, agus ag casadh an phiano. Thitfeadh déidín ag Neil agus ag Meaig Bhriain Mhóir—dá mbeidís ar shlua na mbeo. Ach deir siad gurb ag an sagart atá na máistreásaí a chur isteach. Más ea, dheamhan a fhios agam cé a déarfainn, arae tá Neil an-mhór leis ... Ach cá fhios goidé sin. B'fhéidir gur gearr go n-imeodh sé, nó go gcaillfí é ...

Agus tá an scubaid de bhean sin ag Pádraig meath-thinn fós ... Is diabhlaí mór an t-ionadh nach bhfaigheann sí bás. Ach gheobhaidh ar an gcéad abhras eile go siúráilte ...

Nach mairg nár fhiafraigh mé de Sheáinín Liam faoin móin agus faoin gcur, faoi na muca agus na gamhna, nó céard is cor don sionnach anois. Ní raibh ag dul fúm ná tharam ach é, muis ... Ach cén ghair a bhí ag duine dada a fhiafraí dhe, agus an chlabaireacht a bhí aige faoina shean-chroí? Is furasta dhom deis chainte a fháil leis as seo go ceann seal. Teáltaíodh in aice láithreach anseo é ...

— Foighid, a Chóilí. Foighid. Éist liomsa. Is scríbhneoir mé ...

— Fan ort a dhuine chóir go gcríochnaí mé mo scéal:

" ... Óra an scaibhtéirín," a deir Fionn. "Nach beag an lua a bheadh aige Niamh Chinn Óir a fhágáil ag a athair bocht agus chomh haonraic agus a bhíos sé san oíche, ó d'imigh an rúisc shoghluaiste sin Gráinne Iníon Chormaic Uí Chuinn leis an Macán Mór Ó Dúlaoich as Fiodhchuilinn na bhFiann ... "

— ... An fear ba dórainní a raibh mise ag plé leis riamh faoi árachas ba é an Máistir Mór é. Ní raibh cleas ag gabháil liom nár fhéach mé. Tháinig mé aniar aduaidh agus anoir aneas air. Ó fharraigí grianmhara agus ó chnoic reoite. Ó shúil na gaoithe agus ar boird. In mo theanchair, in m'fháinne, in m'ord, in mo gha boilg, in mo phléascán adamhach. In mo choileáinín lúitéise, agus in mo ghadaí san oíche. Le lán loinge den charthanas daonna, agus le aorbholg aithise Bricreannach. Thug mé cuirí gan chúiteamh dó go dtí cailleach Pheadar an Ósta. Thug mé toitíní in aisce dhó, agus marcaíochtaí in aisce sa ngluaisteán. Thugainn scéala barainneach chuige faoi shireoireacht chigirí, agus an béadán ba deireanaí faoin scliúchas a bhí ag Máistir agus ag Máistreás Bharr na Tamhnaí. D'inis mé scéalta beadaí faoi ógmhná dhó ...

Ach níor ghar é. Bhí faitíos air dá nglacadh sé polasaí árachais uaim gurbh é lom a aimhleasa é. Do cheann fine ní chuirfeadh faoi deara dhó scaradh le cianóig ...

— Ach chuir mise ...

— Chuir, agus mise freisin. Fan ort. Ba é an cnuastóir ba mheasa faoi na brait é. Bhí sé chomh críonna agus go mbeadh sé in ann luchain a fhosaíocht ag crosbhóthar, mar a deirtear. Ní dhearna sé a dhath doscúch ina shaol riamh ach an geábh sin a thug sé go Londain nuair a fuair na múinteoirí an t-ardú ...

— Sin é an t-am a raibh sé sa gclub oíche.

— Is é. Chaith sé an chuid eile dá shaol á aithris dom, agus

ag cur fainicí orm gan labhairt as mo bhéal air: "Dá gcluineadh an sagart ná an Mháistreás faoi," a deireadh sé …
Phós sé í: an Mháistreás.

B'fhéidir," arsa mise liom féin, "go dtiocfadh liom aon bhoige shíne a fháil ann anois. Ba mhaith an cúl toraic dom an Mháistreás dá bhféadainn a bladar. Agus is féidir a bladar …

Níl bean nach bhfuil eithne uathmhórtha inti ach duine a bheith in ann a nochtadh. Níor chaith mé suim achair le árachas gan a fhios sin a bheith agam.

— Tá a fhios agamsa freisin é. Is fusa díol le mná ná le fir ach stuaim a bheith ionat …

— Chaithfinn ionú a thabhairt dó nó go mbeadh nuacht an phósta maolaithe roinnt. Ach ní fhéadfainn a ligean rófhada ach oiread, arae b'fhéidir nach mbeadh sé chomh lánghafach le comhairle na mná dá mbeadh sé ag tosú ag déanamh neamhshuim dá cluain. Bíonn a fhios sin ag lucht árachais …

— Agus ag lucht díolta leabhar freisin …

— Thug mé trí seachtaine dhó … Domhnach a bhí ann. Bhí sé féin agus í féin ina suí amuigh ar aghaidh an tí, thar éis a ndinnéir.

"Seo chugat mé, a chladhaire," a deirimse … "Dar smior mo shinsir mura ndéana mé cúis inniu! … Tá clár oibre na seachtaine agus na nótaí a mbíonn tú ag síorchaint orthu faoi réir anois agat. Tá tú sactha le beatha, agus má bhíonn an bhean cóiriúil chor ar bith is fusa imeartas ort ná uair eile …"

Rinne muid dreas cainte faoi chúrsaí na Ríocht. Dúirt mé féin go raibh deifir orm. "Mar a chéile Domhnach agus Dálach agamsa," arsa mise. "I gcónaí ag sireoireacht á fhéachain cé shlogfainn." Ó tharla pósta anois thú, a Mháistir, ba cheart don Mháistreás cur faoi deara dhuit polasaí árachais a ghlacadh ar do shaol. Is éadalaí anois ná cheana thú. Tá cúram céile ort … Dar liom féin," a deirimse leis an mbean, "níl grá ar bith aige dhuit, ach a ghaisneas a bhaint asat, agus má imíonn tú bualadh faoi cheann eile."

Lig an bheirt racht gáire. "Agus," arsa mise, "mar fhear árachais ní mór dom a rá má imíonn seisean nach mbeidh soláthar ar bith déanta dhuitse. Dá mbeadh urrús chiumhaisórga mar thusa agamsa …"

83

Tháinig smut beag uirthise: "Is ea," a dúirt sí leis an Máistir, "idir shúgradh agus dáiríre dá n-éiríodh aon cheo dhuit, i bhfad uainn an anachain ... "

"Céard a d'éireodh dom?" a deir sé de ghlór míshásta.

"Ní leithne an t-aer ná an timpiste," a deirimse. "Is é dualgas fear árachais é sin a rá i gcónaí."

"Go díreach," a deir sí féin. "Tá súil agam nach n-éireoidh. Nár lige Dia go n-éireodh! Dá n-éiríodh, ní mhairfinn do d'uireasa. Ach i bhfad uainn an anachain, dá bhfaighteása bás, agus gan mise ag fáil bháis san am céanna ... Cén bhail a bheadh ormsa ansin? Tá dualgas ort ... "

Ná raibh ann murar ghlac sé polasaí ar a shaol! Míle go leith punt. Ní raibh íoctha aige ach ceathair nó cúig de ghálaí sílim—gálaí troma freisin. Chuir sí faoi deara dhó dhá chéad go leith eile a thógáil aimsir an ghála dheireanaigh.

"Is gearr a mhairfeas sé," a deir sí go gealgháireach, agus chaoch sí an tsúil orm.

B'fhíor di. Níorbh fhada go raibh sé ina spreas ...

Inseoidh mé dhuit faoi coup eile a d'éirigh liom. Ní raibh sé baol air chomh maith le ceann an Mháistir Mhóir ...

— D'imir tú ar an Máistir Mór chomh maith is a d'imir Neil Pháidín ar Chaitríona faoi Jeaic na Scolóige ...

— Ab búna búna búna! Pléascfaidh mé! Pléascfaidh mé! Pléascfad! Pléasc ...

4

Hóra, a Mhuraed! Hóra, a Mhuraed! ... An gcluin tú mé? ... Bhí siad ag cur Sheáinín Liam i mo mhullach. I nDomhnach bhí a Mhuraed ... Ara beannacht Dé dhuit, a Mhuraed! Tuige a ligfinn in aon uaigh liom é? Níor thóg mise aon fhaocha le díol riamh. Nach ar fhaochain a mhair sé féin agus a mhuintir, rud a déarfainnse leis. Dá laghad an t-achar a bhí mé ag caint leis, dóbair gur sháraigh sé mé lena sheanchroí ... Is fíor dhuit é sin, a Mhuraed. Dá mbeadh crois orm b'fhurasta aithint do chuile dhuine an uaigh. Ach is gearr go mbeidh anois, a Mhuraed. Dúirt Seáinín Liam liom é. Crois de ghlaschloch an Oileáin mar atá ar Pheadar an Ósta ... Bean mo mhic ab ea? Dúirt Seáinín Liam go mbeadh sí anseo ar an gcéad abhras eile go siúráilte ...

An gcuimhníonn tú, a Mhuraed, ar an ngearrchaile is sine ag Pádraig se'againne? ... Is sí. Máirín ... Is fíor dhuit, a Mhuraed. Bheadh sí ceithre bliana déag anois ... Tá an ceart agat. Ní raibh inti ach pataire, muis, nuair a bhásaigh tusa. Tá sí i gcoláiste anois. Dúirt Seáinín Liam liom é ... le dhul ina máistreás scoile! Deile! Ar ndóigh ní cheapann tú, a Mhuraed, go gcuirfí i gcoláiste í go bhfoghlaimeodh sí le fataí agus ronnacha a bhruith, nó le leapacha a chóiriú, nó leis an teach a scuabadh? Don scubaid is máthair di a d'fheilfeadh sin, dá mbeadh a leithéid de choláiste ann ...

Bhí tóir riamh ar an scoil ag Máirín. Tá an-chloigeann go deo uirthi, do ghasúr atá chomh hóg léi. B'fhearr go fada í ná an Mháistreás—bean an Mháistir Mhóir—sula bhfuair sé féin bás. Níl duine ar bith sa gcoláiste a bhfuil gair ná gaobhar aige uirthi, deir Seáinín Liam liom.

"Tá sí an-ard go deo i bhfoghlaim," a deir sé. "Beidh sí amuigh bliain roimh chuile dhuine eile."

Dar m'fhocal, dúirt a Mhuraed ... Anois a Mhuraed, níl aon mhaith dhuit ar an gcaint sin. Ní iontas ar bith é. Tuige a ndeir tú go mb'iontas é, a Mhuraed? Bhí meabhair agus intleacht chinn ag an muintir se'againne, ní as ucht mise á rá é ...

— ... Ach ní shin é an rud a d'fhiafraíos díot, a Sheáinín.

— Á a Mháistir, an croí! An croí, go bhfóire Dia orainn! Bhí mé i gcoinne an phinsin. Dheamhan mogall a d'airigh mé ... Anois a Mháistir, ná bí chomh francaithe sin. Dheamhan neart agam air. Thug mé aníos cliabh fataí. Nuair a bhí mé á leagan díom ... Ach a Mháistir, níl mé ag rá smid ar bith, ach an fhírinne leat. Ar ndóigh dheamhan a fhios agamsa é, a Mháistir, ach de réir mar a chuala mé na daoine ag caint. Bhí rud ar m'aire, faraor. Tháinig an cliabh anuas ar leathmhaing. Bhain ... Céard a bhí na daoine a rá, a Mháistir? Ar ndóigh, a Mháistir, ní raibh ionú ag an muintir se'againne dada a rá, ná éisteacht le dada. Bhíomar ag déanamh cró nua don bhromach ...

Céard a bhí na daoine a rá, a Mháistir? Tá a fhios agat féin, a Mháistir—fear a bhfuil an oiread foghlama air leat, bail ó Dhia ort—nach beo iad cuid de na daoine gan a bheith ag

caint. Ach an té a mbíonn croí fabhtach aige … Nach bhfuil
mé ag inseacht dhuit, a Mháistir, céard a bhíos siad a rá, ach
foighid a bheith agat, agus gan bheith chomh francaithe sin
liom. Cén bhrí ach bhí an-aimsir ann le fada, agus muid ag
plé leis an gcró … Na daoine, a Mháistir. Bíonn cuid mhaith
thar a n-urnaithe ag cur imní orthu, a Mháistir. Ach an té a
bhfuil croí fabhtacht aige, go bhfóire Dia orainn …

An Mháistreas ab í? Ní fhaca mé chomh maith riamh í, a
Mháistir, go saolaí Dia í! In aois na hóige atá sí ag dul, is ea
sin. Chaithfeadh sé go bhfuil croí folláin aici … Bhíodh na
daoine ag caint muis, a Mháistir. Níl bréag ar bith nach
mbíodh. Ach m'anam go raibh mise agus an gearrbhodach
cruógach leis an gcró … Ná bí chomh francaithe sin liom, a
Mháistir chroí. Ar ndóigh, bhí chuile dhuine sa tír ag rá
nach bhfágadh Bileachaí an Phosta an teach agat chor ar bith.

Bromach breá mór a bhí inti, a Mháistir … Cén mhaith
dhuit a bheith francaithe liomsa, a Mháistir. Dheamhan neart
ar bith a bhí agamsa oraibh trína chéile. Bhí rud ar m'aire, go
bhfóire Dia … Bíonn sé sa teach ab ea? M'anam gurb é a
bhíos, a Mháistir. Ach cén bhrí ach sa scoil. Buaileann sé
isteach sa scoil chuile lá, tugann sé na litreacha do na gasúir
agus téann sé féin agus an Mháistreás amach san hál ansin ag
comhrá. Ara beannacht Dé dhuit, a Mháistir. Níl a fhios agat
é. Ach bhí rud ar m'aire-sa. Níor fhan puth de m'anáil agam.
An croí …

5

— … Ach a Chóilí, aChóilí …
— Lig dhom mo scéal a chríochnú, a dhuine chóir:
Níl aon duine a chuirfeadh ar m'eolas mé faoin gcás seo
anois," a deir Dan Ó Connell," ach duine amháin—Biddy
Early—agus tá sí seacht gcéad míle as seo, ag cur ortha do
stiléaraí a bhfuil na síoga ag goid an tairbhe uilig dá gcuid
poitín, i mbaile mór a dtugann siad Cnámhanna an Chapaill
air i gCondae naGaillimhe, thiar in Éirinn. Cuirigí srian agus
diallait ar an gcapall is fearr i mo stábla go dté mé ina coinne
agus go dtuga mé ar cúlóg go Londain Shasana í …"
Chuaigh. "Miss Debonair," a deir sí léi … "Dar a shon go

mbainfeadh mac caillí ar bith mise as m'ainm," a deir sí ...

— ... Anois ru, a Shiúán an tSiopa! Ag tóraíocht vótannaí do Pheadar an Osta! Tuige nach mbeifeá. Tá do mhac pósta lena iníon os cionn talún. Mura mbeadh féin bheifeása agus Peadar chomh mór le chéile agus ba dual do bheirt ghadaí ar bith a bheith ...

— Seo é mo bhuíochas anois. Bheifeá básaithe na blianta roimh an am murach gur thug mé cairde dhuit. Rite isteach ag dilleoireacht gach lá: "In onóir Dé agus Mhuire caith gráinne mine agam nó go ndíola mé na muca ... "

— Ba shin í an mhin a d'íoc mise go daor agus go docharach, a Shiúáinín phriocach! Ní raibh ann ag daoine ach: "Is maith agus is grádiaúil í Siúán an tSiopa. Tugann sí trust uaithi." Thugadh mar bhí a fhios agat, a Shiúán, go n-íocfaí thú, agus dá mbeadh duine ann a bhfanfadh rud agat air, go mbeadh céad nach bhfanfadh ...

— An bunphrionsapal céanna atá i gcúrsaí árachais ...

— Gheobhainn mála mine ar phunt dá n-íocainn ar an tairne air. Dá bhfanainn go dtí lá an aonaigh, nó dá mba deadhíolaí mé, trí fichead. Mura mbeinn in ann a íoc go ceann leathbhliana nó trí ráithe, seacht fichead. Ba mhín agus ba mhilis thú leis an mbó mhór. Ba danra agus ba drochmheasúil thú leis an té nach raibh a phinn i gcúl a ghlaice aige. Míle buíochas le Dia gur tháinig sé sa saol nach bhfuil aon bheann againn ort faoina dhul á chasadh suas le do bhéal ...

— Ara, a Shiúáinín spleách—spleách le lucht na deise—a Shiúáinín spleách, ba tú a chuir chun báis mé ceithre scóir bliain roimh an am. Cheal fags ... Chonaic mé thú á dtabhairt don sáirsint nach raibh ag déileáil chor ar bith agat, ach sa nGealchathair. Chonaic mé thú á dtabhairt d'fhear leoraí nach raibh a fhios sa diabhal cérb as é, agus nár bhuach tú aon phinn riamh air. Bhí siad thíos faoin gcuntar agat.

"Ceann féin," a deirimse. "Bainfidh mé mo ghaisneas as faoi láthair, agus b'fhéidir go bhfairsingeoidís ó amárach amach, tús na míosa ... "

"Cá bhfaighinnse fags," a dúirt tú. "Nach bhfuil a fhios agat nach bhfuil mise á ndéanamh! ... "

"Dá mbeinn in acmhainn ceathair nó cúig de scilleacha an

bosca a thabhairt orthu," a deirimse … "Coinnigh iad … "

Chuaigh mé abhaile.

B'fhearr dhuit an scaipiúch fheamainne a d'fhan i do dhiaidh ansiúd thíos a chur amach ar an ngarraí sin thoir," a deir mo mháthair.

"Feamainn," a deirimse. "Tá deireadh mo chuid feamainne amuigh, a mháthair."

Chaith mé smugairle amach. Bhí sé chomh righin le dris fhireann. Nár fhága mé seo mura raibh. Bhí pisín cait ar an teallach—thosaigh sé ag líochán an smugairle. Bhuail clochar casachta é. Nár fhága mé seo murar bhuail.

Ní maith an dóigh é sin," a deirimse. Chuaigh mé siar ar an leaba. Níor éirigh mé ní ba mhó. Cheal fags. Tá mo bhás ort, a Shiúán spleách—spleách le fear na deise …

— Agus mo bhás-sa! Ba iad do chuid clogs a chaill mé, a Shiúán mhíchneasta. Shín mé amach mo choróin agus dá fhichead ar do bhos. Ba í an dúluachair chríochnaithe í, agus muid ag déanamh an bhóthair ag Baile Dhoncha. Ag tarraingt bara sa lag fliuch siúd ó dheas a bhí mé. Múchadh agus bá choíchin agus go brách ar an lag céanna! Ba ann a bhí fód mo bháis. Chuir mé na clogs orm. Ó dheamhan díon deor a bhí iontu tar éis dhá lá …

Leag mé féin anuas an bara.

"Céard atá ort," a deir m'fhear foirne.

"Tá mo dhóthain orm," a deirimse. Shuigh mé fúm i ngabhal an bhara, agus chrap mé aníos mo dhrár de mo rúitín. Bhí caol mo choise chomh gorm le srón an Chraosánaigh. Dar diagaí bhí.

"Céard atá ort?" a deir an boss mór a tháinig ann.

"Tá mo dhóthain orm," a deirimse.

"Tá do dhóthain ort, tá faitíos orm," a deir sé.

"Clogs Shiúán an tSiopa," a deirimse.

"Múchadh agus báthadh go deo orthu," a deir sé. "Má mhaireann di i bhfad eile is gearr nach mbeidh fear ar an mbóthar agam nach sa reilig a bheas."

Chuaigh mé abhaile. Luigh mé ar an leaba. Cuireadh fios ar an dochtúir an oíche sin.

"Tá tú réidh," a deir sé. "Na cosa … "

"Tá mé réidh muis," a deirimse. "Na cosa … clogs … "

"Clogs Shiúán an tSiopa muis," a deir sé. "Má mhaireann di, ní i mo chónaí a bheas mise … "

Chuaigh fios ar an sagart maidin lá arna mhárach.

"Tá tú réidh," a deir sé. "Na cosa … "

"Réidh muis," a deirimse. "Na cosa … Clogs … "

"Clogs Shiúán an tSiopa muise," a deir sé. "Má mhaireann di ní i mo chónaí a bheas mise. Ach tá tusa réidh pé ar bith é …

Agus dar ndóinín bhí. Bhí mé ar na maidí seachtain ón lá sin. Do chuid clogs, a Shiúán mhíchneasta. Tá mo bhás ort …

— Tá mo bhás ort, a Shiúán ghránna. do chuid caife. Ó do chuid caife bradach! Do chuid jam. Ó do chuid jam bradach, a Shiúán ghránna. Do chuid caife in áit tae: do chuid jam in áit ime.

Ba shin é an lá léin dhom—dá mbeadh neart agam air—an lá ar fhág mé mo chuid cártaí agat, a Shiúán ghránna:

"Níor tháinig tae ar bith an tseachtain seo. Níl a fhios agam céard atá orthu nár chuir chugam é."

"Níor tháinig aon tae, a Shiúán?".

"Dheamhan é muis."

"Agus níl tae ar bith le fáil ag na daoine an tseachtain seo, a Shiúán?"

Níl i nDomhnach. Ach gheobhaidh tú cion coicíse an tseachtain seo chugainn."

"Ach dúirt tú é sin go minic cheana, a Shiúán, agus níor cúitíodh muid riamh ina dhiaidh sin faoi na seachtainí nach dtiocfadh sé … In onóir Dé agus Mhuire, gráinne tae, a Shiúán! Ioscaidín bheag … Dubh na hionga féin … Tá mé tolgtha ag an gcaife …

"Nach bhfuil a fhios agat nach bhfuil mise ag déanamh tae. Mura dtaitníonn leat, féadfaidh tú do chuid cártaí a thabhairt go dtí … "

Agus fios maith agat nach bhféadfainn, a Shiúán ghránna. Agus an tae i dtaisce agat le tabhairt do dhaoine a d'íocfadh a thrí luach air: tithe Gaeilgeoirí, fámairí, boic mhóra, agus eile. Thug tú os mo chomhair do chailín an tsagairt é, agus ceathrú puint do bhean an tsáirsint. Ag iarraidh an sagart a chur ó fhógairt do chuid cneamhaireacht den altóir: ag iarraidh an sáirsint a chur ó fhógairt do chuid cneamhaireacht sa gcúirt ...

Chuaigh mé abhaile agus mo chuid caife agam. Chuir an tseanbhean síos scallach dhe.

"Ní ólfaidh mé é," arsa mise. "Beannacht Dé dhuit ... "

"Caithfidh tú rud eicínt a chaitheamh go gairid," a deir sí. "Níor chaith tú a dhath ó mhaidin inné."

"Bíodh aige," arsa mise. chuir mé aniar cochaille réama. Bhí sé mar a bheadh leathar ann i gcead don chill. Thosaigh an mada ag smúracht i mo thimpeall. Ba ghearr a thosaigh. Lig sé leis féin agus níor facthas arís go ceann dá lá é.

Níl leannta mo bhoilg mar ba cheart dóibh a bheith," arsa mise. "Nach fearr dom bás a fháil as lámh. Gheobhaidh mé bás má ólaim an scudalach chaife sin, agus gheobhaidh mé bás mura n-óla ... "

Agus fuair. Ní bheadh focal den chaint agam anois murach gur chuir mé amach ina allas as cionn cláir é ... Is é do chuid caife a thug bás dhom, a Shiúán ghránna. Tá mo bhás ort ...

— Agus mo bhás-sa!

— Agus mo bhás-sa!

— Agus mo bhás-sa!

— ... Ní vótálfaidh mé dhuit, a Pheadair. Thug tú cead d'eiriceach dubh an creideamh a mhaslú istigh i do theach ósta. Fear gan fuil a bhí ionat. Dá mba mise a bheadh ann ...

— Ba chneamhaire thú, a Pheadair an Ósta. Bhain tú ceithre boinn díom ar leathghloine fuisce agus mé i m'aineolaí chomh mór is nach raibh a fhios agam céard ba cheart dom a íoc ...

— Bheadh a fhios ag do bhean é. B'iomaí leathghloine a d'ól sí agamsa. Ach ba shin rud eile nach riabh a fhios agat go dtí anois, is cosúil ...

— Ba chneamhaire thú, a Pheadair an Ósta. Bhí tú ag cur uisce tríd an bhfuisce.

— Ní rabhas.

— Deirimse go rabhais. Chuaigh mé féin agus Tomás Taobh Istigh isteach chugat Aoine tar éis an phinsean a tharraingt. Roimh an gcogadh a bhí ann. Bhí fuisce ina shnáth mara is chuile áit. Ar an dá luath is ar airigh tú Tomás bogtha tharraing tú mná anuas chuige:

"Is diabhlaí nach bpósfá, a Thomáis," a dúirt tú. "Fear a

An Máistir Mór

bhfuil geadán deas talún aige … "

"D'anam ón docks é go bhfuil sin agam, a stór," a deir Tomás, "b'fhearr dhuit an iníon a thabhairt dom."

"Dar príosta tá sí ansin, agus níl mise dá coinneáil uait," a dúirt tusa … Bhí a leithéid de lá ann, a Pheadair. Ná séan é …

Tháinig t'iníon isteach san ósta go tráthúil. Thóg sí crúsca jam den tseilp. An síleann tú nach gcuimhním air? …

"Sin í anois í," a deir tusa. "Tá cead a comhairle féin aici … "

"An bpósfaidh tú mé," a deir Tomás, ag teannadh isteach léi. "Tuige nach bpósfainn, a Thomáis," a deir sí. "Tá geadán deas talún agat, agus leathghine pinsin … "

Chaith muid scaitheamh ag fachnaoid mar sin, ach bhí Tomás idir shúgradh agus dairíre. Bhí d'iníon ag úmachan anonn agus anall agus ag méiríinteacht leis an gcarabhata a bhí faoina muineál … Bhí a leithéid de lá ann, a Pheadair an Ósta. Ná séan é …

Chuaigh d'iníon síos sa gcistin. Seo síos Tomás ina diaidh, go ndeargadh sé a phíopa. Choinnigh sí thíos é. Ach ba ghearr go raibh sí abhus san ósta arís ag iarraidh gailleog eile fuisce dhó.

"Beidh an seanchonús sin dallta, agus is linn go maidin é," a deir sí.

Rug tusa ar an ngloine uaithi. Chur tú leath uisce go maith inti as an jug. Líon tú suas le fuisce ansin í … Bhí a leithéid de lá ann, a Pheadair …

An síleann tú nach bhfaca mé á dhéanamh thú? Bhraith mise go maith an útamáil a bhí ort féin agus ar d'iníon, ar chúla an chuntair. An síleann tú nár thuig mé bhur gcuid cogarnaíl? Choinnigh d'iníon sceidín uisce agus fuisce le Tomás Taobh Istigh ar feadh an lae. Ach d'íoc sé luach an fuisce ar an uisce, agus bhí sé ar meisce tráthnóna, ina dhiaidh sin … Chaith d'iníon an lá á bhréagadh. Ba ghearr gur thosaigh sé ag glaoch gloiní fuisce di féin, agus gan í a chur iontu ach uisce. Bhuailfeadh fear leoraí tráthnóna é, murach gur tháinig Neil Pháidín, bean Jeaic na Scolóige, lena ardú léi abhaile … Bhí a leithéid de lá ann; a Pheadair. Ná séan é. Ba chreachadóir thú …

Cré na Cille

— Chreach tú mise freisin, a Pheadair an Ósta. Sinseáil as deich scilleacha i leaba as páipéar puint a thug d'iníon dom, agus sháraigh sí siar i mo bhéal, ina dhiaidh sin ...

— Chreach tú mise fáin, a Pheadair an Ósta. Thug d'iníon i do pharlús mé, mar dhóigh dhe go raibh sí mór liom. Shuigh sí síos i m'ucht. Tháinig bulc boicíní as an nGealchathair isteach, agus cuireadh siar ar parlús in éindí liom iad, agus bhí an pleota ag seasamh óil dóibh ar feadh na hoíche. Lá arna mhárach arís, rinne sí an cleas céanna. Ach ní raibh aon bhoicín as an nGealchathair ann an lá sin. Ina leaba sin, sméid sí ar na stocairí isteach den choirnéal, cuireadh ar parlús iad, agus b'éigean don phleota glaoch.

— Is maith a chuimhním air. Chuir mé mo rúitín amach ...

— Nó nach raibh an oiread agam agus a dhéanfadh torann ar leic. Páirt de do chneámhaireacht a bhí ann, a Pheadair an Ósta: d'iníon a bheith in ainm is a bheith mór le chuile scráibín a n-aireofaí cúpla punt aige, nó go mbeidís caite ...

— Chreach tú mise chomh maith le duine, a Pheadair an Ósta. Bhí mé sa mbaile as Sasana ar scíth. Bhí sé scóir punt de mo shaothrú thíos i m'ascail. Thug d'iníon isteach sa bparlús mé. Shuigh sí i m'ucht. Cuireadh deabhac eicínt ar an ól dom. Nuair a dhúisigh mé as mo mheisce ní raibh agam i gCathair Pheadair ná Póil ach píosa dhá scilling agus sprus leithphinneacha ...

— Chreach tú mise chomh maith leo, a Pheadair an Ósta. Bhí punt agus fiche cúig déag agam a fuair mé ar thrí leoraí móna, an tráthnóna sin. Chuaigh mé isteach go dtí thú go n-ólainn an béiléiste. Ag leathuair tar éis an deich nó ag an haon déag, bhí mé i m'aon aonraic sa siopa. Diabhal do chos nár dhealaigh leat. Ba shin páirt eile de do chríonnacht: a ligean ort féin nach raibh tú ag tabhairt dada faoi deara. Chuaigh mé isteach sa bparlús le d'iníon. Shuigh sí i m'ucht. Bhuail sí barróg aniar faoi m'ascaill orm. Chuaigh rud eicínt nach raibh ceart ar an ól dom. Nuair a tháinig mo mheabhair féin dhom, ní raibh agam ach an tsinseáil a fuair mé as punt roimhe sin, agus a bhí i bpóca mo threabhsair ...

— Chreach tú mise chomh maith, a Pheadair an Ósta. Ba bheag an dochar do d'iníon spré mhór a bheith aici nuair a

93

phós sí mac Shiúán an tSiopa. Ní tabharfainn aon vóta duit go díreach glan, a Pheadair ...

— Bhí sé de rún agam ó thús an togha seo a stiúradh go gnaíúil ar son Páirtí an Phuint. Ach ó a thug sibhse, lucht na Cúig déag, rudaí salacha pearsanta isteach sa gcoimhlint— rudaí ar shíl mé nach mbeadh call dom a n-iomardadh choíchín ach ar Pháirtí na Leathghine—scéithfidh mise eolas nach bhfuil róchaoithiúil faoi bhur gcomhiarránach féin, Nóra Sheáinín. Ba cara liom Nóra Sheáinín. Ainneoin go bhfuil mé ina haghaidh i gcúrsaí polaitíochta, ní fhágann sin nach bhféadfadh meas a bheith agam uirthi agus caidreamh fáilí a bheith agam léi. Mar sin, is fuath liom labhairt ar an rud seo. Is carghas liom é. Is col liom é. Is déistin liom é. Ach sibhse a thosaigh an tuatáil, a lucht na Cúig déag. Ná bígí diomúch dom má thugaim maide de bhur meá fé dhaoibh. An leaba a thomhais sibh dhaoibh féin, codlaigí anois inti! Ba óstóir mé as cionn talún. Ní féidir le aon duine ach le deargbhréagadóir a rá nárbh ósta gnaíúl a bhí agam. Tá sibh an-bhródúil as bhur gcomhiarránach. Thug sí leath ó chuile dhuine riamh ar gheanúlacht, ar chneastacht agus ar shuáilce, más fíor daoibhse é. Ach ba druncaeir í Nóra Sheáinín. An bhfuil a fhios agaibh nach mbíodh mórán lá ar bith nach dtagadh sí isteach chugamsa—go háirid gach Aoine, agus Tomás Toabh Istigh san ósta—agus nach n-óladh sí ceathair nó cúig de phiontaí pórtair sa gcailleach ar chúla an tsiopa.

— Ní fíor é! Ní fíor é!

— Thug tú éitheach! Thug tú éitheach, a Pheadair ...

— Tá tú ag déanamh na mbréag! Ní fíor é! ...

— Is fíor é! Ní hé amháin go mbíodh sí ag ól, ach bhíodh sí ag súdaireacht. Ba mhinic a thug mé ól ar cairde di. Ach ní go minic a d'íoc sí é ...

— Níor ól sí aon deoir ariamh ...

— Is deargbhréag é ...

— Ní fíor é, a Pheadair an Ósta ...

— Is fíor é, a Chomhchoirp! Bhí Nóra Sheáinín ag ól ar chúla téarmaí. B'iondúil nuair nach mbíodh gnaithe aici in aon siopa eile sa sráidbhaile gur anoir an seanbhóithrín, anuas an choilleog agus isteach an cúlbhealach a thagadh sí.

Agus thagadh sí ar an Domhnach chomh maith leis an Dálach, tar éis dúnadh san oíche, agus roimh oscailt ar maidin.

— Ní fíor é! Ní fíor é! Ní fíor é ...

— Nóra Sheáinín abú ...

— Páirtí na Cúig déag abú!

— Nóra Sheáinín abú, abú, abú, abú! ...

— Go lige Dia do shláinte dhuit, a Pheadair an Ósta! Tabhair faoin mbalcais di é! Óra, a dhiabhail! Agus gan fhios agam riamh go mbíodh an raicleach ag ól ar chúla téarmaí! Deile cén chaoi a mbeadh sí! Ag dul in éindí le mairnéalaigh ...

6

— ... An croí! An croí, go bhfóire Dia orainn ...

— ... Dia á réiteach go deo deo ... Thiocfadh mo chairde gaoil agus lucht mo chine, d'fheacfaidís glúin ar m'uaigh, scartfadh croíthe báúla le lóchrann an ghuí agus chumfadh béil bháúla paidir. D'fhreagródh cré mharbh do chré bheo, théifeadh croí marbh i searc an chroí bheo agus thuigfeadh béal marbh friotal teanntásach an bhéil bheo ...

Dheiseodh lámha aitheantais m'uaigh, d'ardódh lámha aitheantais mo leacht agus d'fhearfadh teangacha aitheantais mo chluiche caointe. Cré Theampall Bhrianáin mo dhúchais! Cré naofa mo Shíóin ...

Ach níl Ceallach i nGallach, ná Mainníneach i Mionloch, ná Clann Mhag Craith ar Clár, nó dá mbeadh ní fhágfaí mo chual cré ag dreo i gcré dhaoithiúil an eibhir, i gcé dhoicheallach na gcnoc agus na gcuan, i cré ghortach na liagán agus na leachtán, i gcré aimrid na hainleoige agus na feamainne gainimh, i gcré chuideáin mo Bhaibileonaí ...

— Bíonn sí an-dona nuair a bhuaileas an óinsiúlacht í ...

— ... Fan ort thusa, a dhuine chóir, nó go críochnaí mise mo scéal ...

" ... Thosaigh an sicín roilleach ag agallach ar fud na sráide chomh hard is a bhí in a ceann: 'Rug mé ubh! Rug mé ubh! Te bruite ar an gcarn aoiligh. Te bruite ar an gcarn aoiligh. Rug mé ubh! ... ' 'Shoraí uaithi chugat, agus ná bodhraigh muid le d'uibhín,' a deir béaróg de sheanchearc a bhí ann. 'Tá naoi líne, sé athlíne, ceithre ál, trí scóir uibheacha corra agus bogán agus céad beirthe agamsa ón gcéad lá ar thosaigh mé ag agallach ar an gcarn aoiligh. Féachadh mé cúig chéad sé huair agus dá fhichead ...

— Faraor nach mise a bhí ann, a Pheadair. Níor chóir dhuit cead a thabhairt d'eiriceach dubh do chreideamh a mhaslú ...

— ... D'ól mé dhá phionta agus dá fhichead as cosa i dtaca. Tá a fhios agatsa é, a Pheadair an Ósta ...

— ... Deirimse leatsa nach raibh néal ar bith ar Thomás Taobh Istigh ...

— Ab éard a shíleas tú nach bhfuil a fhios agam é ...

— Go ropa an diabhal agat do chuid fearsaí fánacha. Agus gan a fhios agam an pointe seo de ló nach í siúd sa mbaile a bheadh ag tabhairt an ghabháltais mhóir don Mhac is sine agus d'Iníon Cheann an Bhóthair ...

— ... Bhí iníon ag Mártan Sheáin Mhóir ...

— ... Droch-bhuidéal a thug an murdaróir dom ...

— M'anam muis mar a deir tusa ...

— Seanfhondúr na cille. cead cainte dhom ...

— Qu'est ce qu'il veut dire: 'cead cainte' ...

— ... Ach ag cur mo láimhe i mo phóca agus dhá iompú amach a bhí mise ...

— ... Do chuid clogs, a Shiúán mhíchneasta ...

— ... Ó a Dotie chroí, tá mé tugtha ag an Togha. Caint agus cailicéireacht i gcónaí. Vótannaí! Vótannaí! Vótannaí! An bhfuil a fhios agat, a Dotie, nach bhfuil togha leath chomh cultúrtha is a shíl mé. Honest níl. Bíonn an chaint danra. Agus maslúch. Honest! Agus bréagach. Honest! Ar chuala tú an rud a dúirt Peadar an Ósta fúm: go n-ólainn ceathair nó cúig de phiontaí gach lá as cionn talún. Honest! Pórtar! Dá n-abraíodh sé fuisce féin. Ach pórtar! An bhiotáille is neamhchultúrtha ar fad. Uch! ... Ar ndóigh ní chreideann tú go n-ólainn pórtar, a Dotie. Uch! Pórtar, a Dotie! Bréag é! Pórtar dubh broghach neamhchultúrtha. Bréag é, a Dotie! Deile. Honest engine ...

Agus go bhfaighinn deochanna ar cairde ... Scannal a Dotie. Scannal. Agus go mbínn ag súdaireacht. Uch! Bréaga agus scannal a Dotie. Cé a cheapfadh do Pheadar an Ósta é?

Cré na Cille

Bhí mé mór leis, a Dotie. Fear é a mbíodh daoine cultúrtha isteach agus amach aige ... Teilgean puití a thugas lucht an chultúir air. Mar a deir an Máistir Mór, an t-amhas ceathartha atá i ngéibheann i ngach dochraí againn—an "seanfhear" mar a thug Naomh Pól air—bíonn cead scoir aige le linn togha ... Mothaím maolú ar mo chuid cultúir féin, ó a chuaigh mé chun teangmhála le na Demos...

Tomás Taobh Istigh, a Dotie? Dúirt Peadar é sin freisin. Dúirt sé nach mbíodh táirm ar bith orm ag tarraingt chuige ach an lá a mbíodh Tomás Taogh Istigh ann. Is furasta a aithint cén mhíchliú a bhí sé ag iarraidh a chur i mo leith ... Honest a Dotie, ní raibh aon chall dom a theacht i ndiaidh Thomáis Taobh Istigh. Eisean a thagadh i mo dhiaidhse. Honest. Tá daoine ann a bhfuil an rómánsaíocht le bheith orthu, a Dotie. Ar chuala tú mar deir Kinks le Blicsín sa "Caor-Phóg" é? "Is é Ciúpaid a chum as a easna féin thú, a chilicsín mhilsín ... "

Ní raibh aon tráth de mo shaol nach raibh plá leannán do mo mhearú. I m'óige sa nGealchathair, i mo bhaintreach sa nGort Ribeach, agus anseo anois, tá affaire de coeur, mar a thugas sé féin air, agam leis an Máistir Mór. Ach rud gan aon ghangaid é: platónach: cultúrtha ...

Dotie! An maoithneas! Ná bac le Clár gléigeal an Achréidh. Ba cheart go dtuigfeá an scéal seo i riocht is go mbeifeá in ann gach claonbhreith agus gach réamhbhreith a scagadh as d'intinn. Is é an chéad chéim sa gcultúr é, a Dotie ... Baintreach óg a bhí ionamsa, a Dotie. Phós mé óg freisin. Beith na rómánsaíochta arís, a Dotie. Ní raibh spré ar bith céille ag Tómas Taobh Istigh i mo dhiaidh, agus mé i mo bhaintreach:

"D'anam ón docks go bhfuil bothán teolaí agam," a deireadh sé. "Tá muis a stór, agus geadán deas talúna. Ceanna beithíoch agus caorach. Is fear luath láidir fós mé féin. Ach is deacair dom freastal do chuile chruóg: d'eallach, do chur agus do thuíodóireacht. Tá an áit ag dul i léig cheal bean mhaith tí ... Is baintreach thú, a Nóra Sheáinín, agus do mhac pósta sa teach, agus cén tsamhaoine dhuit a bheith sa nGort Ribeach anois. D'anam ón docks é, pós mise ... "

"De grace, a Thomáis Taobh Istigh," a deirinn féin. Ach ní

raibh aon mhaith De grace a rá leis, a Dotie. Bhíodh sé ag cothú na coise agam in gach uile áit. Mar a deir Pips sa "Caor-Phóg" é: "an grá cásmhar, ní léir dó aon teampán."

Bhíodh sé ag stróiceadh liom sa sráidbhaile ag iarraidh mé a thabhairt isteach ag ól. Honest! "De grace, a Thomáis," a deirinnse, "níor ól mé aon deoir riamh ... "

Honest níor ól, a Dotie ... Ach na rudaí a deireadh sé liom faoin ngrá, a Dotie:

"Pósfaidh mé thú, a Nóra Shéainín ...
A réalt an tsolais agus a ghrian an fhómhair,
A chúilín ómra agus a chuid den tsaol ... "

Honest, deireadh, a Dotie. Ach bhí a fhios agamsa nach raibh ann ach anadh Shamhna na rómánsaíochta dúinn agus deirinn féin:

"A ghealach, a ghealach bheag an hAlban, is cumhúil a bheas tú anocht, agus san oíche amárch agus a liacht oíche ina dhiaidh sin, ag siúl na spéire uaigní taobh thall de Ghlinn Lao, ag tóraíocht áit bhandála Naoise agus Dheirdre, na leannáin ... "

Tháinig sé chuig an nGort Ribeach go dtí mé trí seachtaine sula bhfuair mé bás agus buidéal fuisce aige. Honest, tháinig. Ba díol trua an snafach a bhí air. Níl a fhios agam nach dtabharfainn ugach dó freisin, a Dotie, murach teampáin an ghrá chásmhair. Dúirt sé sin leis:

"Ní bhfaighidh gealach bheag na hAlban ár n-áit bandála amach go héag," arsa mise. "Níl sé i ndán do Naoise ná do Dheirdre go brách arís bandáil a choinneáil, ná méilséara an ghrá a bhlaiseadh faoi bhoirinn chaoimh Ghlinne Lao na leannán." "D'anam ón docks é, cén chiall," arsa seisean. "Teampáin an ghrá chásmhair," arsa mise. "Tá rud le buach ag daoine eile ach mé féin agus mo ghrá bán a choinneáil dealaithe go héag. Ni choinneoidh muid de bhandáil ach bandáil na cille. Ach caithfidh muid méilséara an bhuanghrá ansin, ar feadh na síoraíochta ... "

Chuaigh sé cois croí orm a rá leis, a Dotie. Ach b'fhíor dom é. Honest, b'fhíor. Caitríona Pháidín a chuaigh idir mé féin agus mo ghrá bán. Cúrsaí suaracha saolta. Níor mhian léi bean ar bith a fheiceáil ag dul isteach tigh Thomáis Taobh Istigh. Bhí sí ag iarraidh a chuid talún di fhéin. Níor fhág sí ní dár dhealbh an ghrian aige nár ghoid sí uaidh. Honest . . .

— Thug tú éitheach, a raicleach! Níor ghoid ná níor
fhuadaigh mé ó Thomás Taobh Istigh, ná ó aon duine eile. A
raicleach! Ag ól ar chúla téarmaí i gcailleach Pheadair an
Ósta! Ag ól ar chúla téarmaí! . . . Ag ól ar chúla tearmaí. Ná
creid í, a Dotie! Ná creid í! . . .

Hóra, a Mhuraed . . . a Mhuraed . . . Hóra, a Mhuraed . . . Ar
chuala tú céard a dúirt an raicleach Nóra Sheáinín fúm? . . .
Pléascfaidh mé! Pléascfaidh mé! Pléascfaidh mé! . . .

EADARLÚID A CEATHAIR

1

IS mise Stoc na Cille. Éistear le mo ghlór! Caithfear éisteacht...

Anseo sa gcill atá an t-arrachtach an Neamothú ag coilleadh cónraí, ag grafadh corp agus ag fuint na feola fínithe ina bhácús fhuar Úire. Ní cás leis grua ghriansholais, scéimh na finne ná an drad gréithreach arbh iad bród na bruinnile iad. Ná an ghéag urrúnta, an troigh lúfar, ná an cliabhrach teangmháilte arbh iad uabhar an ógánaigh iad. Ná an teanga a chuir cluain ar na táinte lena briochtbhriathra, lena binneas ceoil. Ná an mhala a ndeachaigh craoibhín labhráis na caithréime uirthi. Ná an inchinn a bhí ina réalt eolais tráth do gach mairnéalach – ar mhuir mhóir an léinn láin ... Arae is mír méine iad sa gcáca bainise atá sé a fhuint dá chlann agus dá chúntóirí: an chuil, an chruimh agus an phéist...

As cionn talún tá coic an cheannbháin ar gach tulán den eanach. Is poiticéir diaga i ngach móinéar é an t-airgead luachra. Tá leipreacháin an fhaoilleáin ag gluaiseacht d'eitreoga mánla sa mbruth faoi thír. Tá glór súgra an ghasúir i bhfráma ag fás uaibhreach an eidhinn ar bhinn an tí, ag cairiú tóstalach na sceach sa bhfál, ag díon cumhdaitheach na gcrann sa ngarrán. Agus tá fonn meanmnach na mná bleáin ón mbuaile chois cladaigh thiar údan ag luí na gréine ina gheantraí ath-aoibhneas Thír an Óir...

Ach tá na calóga cúir atá ar chiumhais ghaise an tsrutha á gcasadh isteach i gcaológa na habhann, nó go ndéana siad latarnach ann. Tá cuilíní bána den fhiontarnach ar an riasc sceirdiúil á bhfuadach sna feadáin bháite faoi thoiliúna na gaoithe. Is é banrán an éadóchais atá ag an mbeach, ar a sitheadh go dtína cuasnóg ón méirín dearg a bhfuil a thaisce

100

meala ídithe. Tá an fháinleog ag cíoradh a cuid clumhaigh ar stuaic an sciobóil, agus cumha na gaoithe a scréachas thrí fhairsinge fheidheartha an díthreibh ina cuid ceiliúir. Tá caorthann an tsléibhe ag cúbadh sa ngaoith rua ...

Tá támáilteacht ag teacht i gcosa an scinnire, piachán i bhfead an bhuachaill bó, agus an buannaí ag leagan a chorráin uaidh sa tsraith nár baineadh fós ...

Caithfidh an chill a deachú féin a fháil ón mbeo ...

Is mise Stoc na Cille. Éistear le mo ghlór! Caithfear éisteacht ...

2

... Céard seo? Corp eile, mo choinsias! Bean mo mhic go siúráilte! B'fhurasta aithint ... Cónra shaor freisin atá inti. Má tá i ndán is gur tú bean mo mhic ...

Bríd Thoirdhealbhaigh! Ní féidir. Is fadó an lá a bhí agat a bheith anseo. Bhí criotán agus réama agus alta chroí ort le mo chuimhne ... Titim sa tine a rinne tú ... agus ní raibh sé de lúd ionat féin éirí aisti. Níor bheag dhuit a dhonacht, mhaisce ...

Cogar seo leat! ... Ní le scéalta nua a tháinig tú anseo a Bhríd? Anois céard a déarfá le Gaillimh! ... Ó! Ag iarraidh suaimhnis atá tú! Sin é a seamsán uilig i nDomhnach, ar a theacht dóibh ...

Chuala tú go bhfuil an chrois le dhul orm go gairid, a Bhríd. Go bhfuil sí i bhfocal. Ach cáid? Coicís? Mí ... Níl a fhios agat? Leis an gceart a dhéanamh, a Bhríd, níor mhinic leat fios a bheith agat ar mhórán ...

Tuigim. Dúirt tú cheana gur titim sa tine a rinne tú ...Níor fhág siad aon duine istigh i do chionn! Muise anois, ní theastódh uathu ach sin! Do leithéid de chailleach. Níl dochar ann, a Bhríd. Dheamhan an fearr duit romhat é ... Ach ní thitfidh tú anseo. Nó má thiteann is gearr atá le dhul agat ...

Cogar seo leat, a Bhríd ... Anois, a Bhríd, bíodh cuibheas ionat thairis sin, agus ná déan Seáinín Liam dhíot féin, a bhfuil an reilig sáraithe aige ó tháinig sé, faoina sheanchroí lofa ... Bean mo mhic meath-thinn i gcónaí, a deir tú ... Bhí ceann óg eile aici! An fíor dhuit é? … Agus níor scuab sé í! Is diabhlaí mór an t-ionadh, muise. Ach ní éireoidh sí choíchin as an luí sceoil seo … Cuirfidh mé mo rogha geall leat, a Bhríd, mar sin, go mbeidh sí anseo ar an gcéad abhras eile clainne … Gasúr mná … ab bu búna, a Bhríd … Nóra a thug siad uirthi … a hainmniú as Nóra na gCosa Lofa! D'airigh sí nach raibh mise beo! …

Bean mo mhic agus Cáit bheag ag sciolladóireacht ar a chéile … Ag tarraingt na mullaigh ag a chéile, a deir tú! Ha dad, a mh'anam! Sin é anois é a Bhríd! Ní chreidfeadh duine ar bith uaimse go raibh an strachaille sin ina droch-cheann dom ó brúdh isteach sa teach orm í, anoir as an nGort Ribeach. An tae a thugadh sí dom! Agus na héadaí leapa a bheadh orm murach go nínn féin iad! Caithfidh sí a cuid gadhraíocht a ídiú ar dhuine eicínt eile anois, ó tharla nach bhfuil mise aici, a Bhríd. M'anam nach í an ribín réidh Cáit Bheag aici, deirimse leat …

Beidh cúirt air, a deir tú? M'anam muise go mbeidh caint agus caibidil agus costas air sin … Dúirt Cáit Bheag é sin? Dúirt sí gur ó Jack Chape sa nGealchathair a ceannaíodh éadaí coláiste Mháirín! Diabhal leath an chirt a bhí ag bean mo mhic léi mar sin. Cá raibh a fhios ag Cáit bheag murach fad a bheith ar a teanga? Agus dá mba ea féin céard a bhain sé di? Nach beag an náire a bhí uirthi caidéis a fháil don ghearrchaile bhocht a bhí ag dul chuig coláiste. B'fhada go mbeadh aon duine a bhainfeadh léise in ann a bheith ina máistreás scoile. Pléifidh an dlí léi é, feicfidh tú féin air! Tá súil agam go mbeidh sé de chiall ag Pádraig mainnín an Cunsailéir a thógáil ina haghaidh. Sin é an buachaill a bhainfeas an saghdar aisti …

Suaimhneas atá uait, a deir tú. Nach shin é atá uainn uilig! Ach tháinig tú go dtí an áit chontráilte ag iarraidh suaimhnis, a Bhríd … Sin é a bhfuil curtha d'fhataí ag mo Phádraigse i mbliana; páirc na Meacan? Ar ndó, diabhal dhá phíosa istigh ar a fuaid sin … Tá an dá Mhóinéar faoi fhataí ag Neil! … Bhuel anois, a Bhríd, tá riar maith sa dá gharraí sin, ach is fadó uathu seacht bpíosa a bheith iontu, mar a deir tusa …

Céard a dúirt tú faoi dheireadh, a Bhríd? … Ná bac le bheith ag titim sa tine ach múscail suas, agus ná bí ag

mungailt do chuid cainte … Céard a deir tú faoi mhac Neil …
Ar a sheanléim arís! A … Tá sé ag déanamh creachlaoiseach
oibre, ab ea? … Ab bu bóna! Shíl mé, má b'fhíor do Sheáinín
Liam, nach ndéanfadh sé aon lá maitheasa lena ló! …

Leigheasadh ag Tobar Chill Íne é! Tá baol! Nach maith a
bhí a fhios ag an smuitín is máthair dó cá dtabharfadh sí lena
leigheas é! Tá fios a saoil ag an smuitín sin! Ach ní chreidfinn
ón Domhnach gurb ag Tobar Chill Íne a leigheasadh é. Ná ní
chreidfinn go bhfuil leigheas ar bith i dTobar Chill Íne.
Chaith bean mo mhic cnapáin a glún ann, ag déanamh turais.
Ara, dheamhan tobar ó thobar an tí se'againn féin sa mbaile
go dtí Tobar Dheiridh an Domhain nach raibh sí sin ann, ach
dheamhan mórán dá shlacht uirthi. Meath-thinn i gcónaí.
Gheobhaidh sí rud le déanamh ar an gcéad abhras eile,
déarfainn.

Is beag de chluanaíocht Neil a thabhairt go Tobar Chill
Íne, agus a rá ansin gurb ann a leigheasadh é. Tá an smuitín
sin ina dhá cuid déag leis an sagart! … Ara beannacht Dé
dhuit féin agus do Thobar Chill Íne, a Bhríd! Ní hea chor ar
bith. Siúd é é. An sagart. Deile. Thug sé Leabhar Eoin dá mac.
Sin é an chaoi ar leigheasadh é, a Bhríd. Ara deile! An sagart.

Caithfidh duine eicínt eile anois bás a fháil ina ómós, ó
leigheasadh le leabhar Eoin é. Beidh a chuid féin ag an mBás.
Chuala muid riamh é …

Bail ó Dhia ort, a Bhríd. Mar dhóigh dhe gurb í Néil féin a
imeos! Ní iontas ar bith gur thit tú sa tine, a Bhríd, is chomh
simplí is atá tú. Diabhal baol ina craiceann ar Neil imeacht …
Ná iníon Bhriain Mhóir ach oiread. Ná aon duine dhá hál.
Jeaic na Scolóige a chuirfeas siad chun tiomána. Bí siúráilte
muise gurb é Jeaic a dúirt sí leis an sagart a chur chun báis, in
ómós an mhic a leigheas. Go bhfóire dia orainn! Is maith a
shaothraigh Jeaic bocht an saol riamh aici, an smuitín.
Dheamhan aire ar bith a thug sí siúd dó. Cuimhnigh go
bhfuil mise á rá leat, a Bhríd, gurb ar Jeaic atá an crann anois,
agus go bhfeicfidh tú anseo é gan mórán achair. Is cuma le
Neil ná le iníon Bhriain Mhóir é. Nach bhfaighidh siad slam
árachais air! …

An mar sin é! Tá an dlí idir chamáin fós, dá réir sin …

… Beidh siad ag dul go Baile Átha Cliath sa bhFómhar, ab

ea? M'anam muise nach gan costas a dhul go Baile Atha Cliath, a Bhríd … Ó, deir siad go gcuirfear ar athchúirt é an uair sin féin! Bánóidh sé Neil as a dheireadh, agus go mbánaí cheana! Ach a Bhríd, má tá a mac leigheasta, ar ndóigh ní airgead a fhéadfas sé a bhaint amach … Ó ní bhíonn sé ag obair ach gan fhios, ab ea … Bíonn na maidí croise leagtha lena ais aige is chuile áit dá mbíonn sé ag obair! … Tá páipéir ó dhochtúirí aige nach ndéanfaidh an chorróg aon mhaith! Bheadh—Ach cén bhrí sin ach na maidí croise a thabhairt amach sa ngarraí agus ar an bportach leis! Tuilleadh de shlusaíocht Neil. Bhí sí fealltach riamh féin …

Caint ar bhóthar a dhéanamh isteach go teach aici anois? Beidh an sagart agus an tIarla in ann a dhul ann ansin le mótar. Nár mhaire sí a bóthar muis! … Ara diabhal bóthar ná bóthar go sleibhe, a Bhríd. Céard a bhainfeadh na caracáin siúd? …

Suaimhneas arís é! Déanfar bothae dhíot anseo má bhíonn tú ar an gcaint sin … Bid Shorcha craplaithe go maith, a deir tú? Na duáin i gcónaí! A chonách sin uirthi! Níl mórán duine ar bith, ó Neil agus ó bhean mo mhic amach, ab fhearr liom a fheiceáil ag teacht anseo ná í … Agus tá an droim go dona ag Cáit Bheag arís? Tuilleadh diabhail aici! Ceann eile … Briain Mór chomh meanmnach le asal Bealtaine a deir tú. Ní á roinnt leis é … É in ann dhul i gcoinne an phinsin i gcónaí? Nach ar dhaoine a bhíos an t-ádh thar a chéile! D'fhéadfadh sé a bheith ina sheanathair agam. Nár lige Dia, an scóllachán gránna! …

Anois a Bhríd, b'iomaí duine chomh maith leat a thit sa tine. Bhí do shaol caite. Ní cás é nuair nár dhóigh tú an teach freisin … Cailleadh dhá ghamhain ar Phádraig … Leis an gceathrú ghorm? Dia linn muis! Nach maith gurb air a chaithfí a gcailleadh! … Chuir Neil grán ina cuid féin in am? Tá neach ag an smuitín sin. Cén bhrí, ach ba ar a cuid talún sise a bhíodh an cheathrú ghorm riamh. An sagart …

Is beag an mhóin chor ar bith a bhain Pádraig i mbliana, a deir tú? Cén chaoi a bhféadfadh sé móin a bhaint, agus cúram air aire a thabhairt don ghoróir is bean dó? A plúchadh faoi nós cait a bhí aige a dhéanamh léi, nuair nach bhfaigheann sí bás í féin … Cúig cinn de chearca a imeacht

Cré na Cille

uainn in aon lá amháin. Dar fia, sin lot! … Agus níor thug sé cearc ar bith ó Neil. Nach sna breaclacha siúd timpeall uirthi a bhí máithreach na sionnach riamh. Ó tá bean istigh aici sin—Inín Bhriain Mhóir—atá in ann cearca a bhuachaill-eacht, ní hé sin d'Iníon Nóra Sheáinín as an nGort Ribeach é. Creidim go mbíonn leisce ar an sionnach féin drannadh le cearca Neil. An sagart…

Níl muca ar bith ag Pádraig anois, ab ea? Ó, d'imigh na muca, a Bhríd, ó d'imigh mise. Chuirinnse dhá fhoireann muc amach sa mbliain … Fuair Neil cúig phunt déag agus fiche ar a cuid féin! Ab bu búna! … B'fhearr an chuid se'agaibhse ná iad, a Bhríd, agus ní bhfuair sibhse ach dhá phunt déag agus fiche, cúig déag. D'éireodh an phinn ab airde le Neil, mo léan. An sagart…

Síleann tú nár tháinig scéal ar bith as Meiriceá ó Bhaba le gairid … Níor chuala tú gur tháinig? … Deir Brian Mór gurb í Neil a gheobhadh airgead Bhaba fré chéile … "Cé dhó a dtabharfadh Baba a cuid airgid," a deir sé, "ach dá haon deirfiúr Neil? Ar ndóigh murab ea ní do bhean atá caite síos i bpoll talún a fhéadfas sí a thabhairt"…

Sin é a dúirt sé, a Bhríd? Ar ndóigh deile céard déarfadh sé agus a iníon féin pósta ag mac Neil?…

Chuala tú iad ag rá go raibh Tomás Taobh Istigh spréachta ag iarraidh pósadh i gcónaí? An conús! Ba chóra dhó a bheith ag déanamh a anama go mór … Síleann tú nach dtaobhaíonn Pádraig an oiread é agus a thaobhaíodh chomh uain is mise a bheith beo? Chaithinn a dhul go bog agus go crua air i gcónaí lena chur ag déanamh dada do Thomás. Ba shin é an sórt duine Pádraig. Ní choinneoidh sé aon teach de m'uireasa. Imreoidh Neil air … D'íoc Neil, a deir tú fear pánaí lena chuid móna a bhaint do Thomás Thaobh Istigh i mbliana? Ab bu búna! Céard é sin a dúirt tú, a Bhríd? Ná bí ag mungailt do chuid cainte, a deirim … Gur dhúirt Tomás Taobh Istigh dá mba i ndán is nach bpósfadh sé féin go bhfágfadh sé an geadán talún agus an bothán ag Neil: "Ní raibh Caitríona baol ar chomh dea-chroíúil le Neil," a deir sé. "M'anam nach raibh. I ndiaidh mo gheadán talún a bhí Caitríona …" An conús! An scearachán! An glincín! An puicéir! Ós é Tomás Taobh Istigh é!…

105

Nach breá an scéal atá agat, a Bhríd Thoirdhealbhaigh! Nach bhfuil a fhios ag feara Fáil gur le talamh Neil atá talamh Thomáis Taobh Istigh ag síneadh? ... Diabhal mé go gceapfadh duine ar an gcaoi a bhfuil tú ag caint, a Bhríd, gur fearr an aghaidh ar Neil ná ar mo Phádraigse talamh Thomáis Taobh Istigh ... Nach bhfuil a fhios agam chomh maith leatsa, a Bhríd, nach bhfuil ag Neil ach breaclacha? ... Dar Dia, is saonta thú, a Bríd, rud mar sin a rá suas le mo bhéal. Céard a bhaineas sé dhuitse cé a gheobhas talamh Thomáis Taobh Istigh? Cáil do chaillteamas? ...

Suaimhneas arís! Is olc an aghaidh ort é, a strachaille ... Céard a deir tú, a Bhríd? ... Deasaím síos san uaigh le áit a thabhairt duitse! Diabhal aithne ort nach í d'uaigh féin í. An bhfuil a fhios agat go raibh mo Chúig Déag íoctha agamsa ar an uaigh seo bliain sula bhfuair mé bás? Ba deas an t-eallach a bheadh sínte síos liom muise: bean loiscthe. Sa saol a tháinig sé thú féin ná aon duine de do mhuintir a bheith abhus ar áit na Cúig Déag. Ach is furasta dhuit anois. Tá cúigear i do theach ag fáil dole ...

Tugaim suaimhneas duit! Téirigh chun suaimhnis mar sin! Ach ní theáltóidh tú thú fhéin suas le mo cheathrúsa anseo. Chuaigh an chónra ab fhearr tigh Thaidhg ormsa agus trí leathbhairille pórtair, agus chroith an sagart an t-uisce coisricthe ...

Anois, a strachaille, má théann tú sa gceann sin leis inseoidh mise dhuit os comhair na cille cé thú fhéin ... Céard a deir tú? ...

"Ó b'annamh leis an gcat srathar a bheith air, duine de mhuintir Pháidín a bheith curtha ar Áit na Cúig Déag ... "

Ara muise, a Bhríd, is deas an té atá dhá inseacht dom: lucht na déirce. Nach mé a thóg d'athair riamh? Ag teacht anoir go dtí mé chuile ré solais ag tnúthán le cupán tae, nuair nach raibh sé a fháil sa mbaile ach fataí agus scadán caoch. Mura postúil a labhrófa! Níl baol ar bith nach bhfuil na carnaoileacha ag éirí ar an saol seo ... Céard sin, a strachaille? ... Níl crois orm fós chomh breá le Nóra Sheáinín ... Dealaigh leat, a strachaille ...

106

3

...Bríd Thoirdhealbhaigh, an Strachaille ... Bid Shorcha, an Súdaire ... Cite na mBruithneog ...Cáit Bheag, an Draidín ...Tomás Taobh Istigh, an Conús ...Briain Mór ...

Is furasta don scóllachón gránna floscaí a bheith anois aige agus fear a iníne i riocht maitheasa arís. Cá mb'fhíor do Sheáinín Liam na bhfaochan nach ndéanfadh sé aon bhuille lena mharthain? Leigheasadh ag Tobar Chill Íne é! Leigheasadh muis! M'anam más ea gurb í an smuitín siúd is máthair dó a fuair Leabhar Eoin lena aghaidh ón sagart. Is Jeaic na Scolóige bocht a íocfas an féarach. Gabhfaidh sé ar leabhar an fhiach dhubh anois in omós an Leabhair Eoin. Is gearr go mbeidh sé anseo. Agus tá mé siúráilte nár chuir siad ar an airdeall ná a dhath é. Nach beag an scrupall iad, a Thiarna!

An sagart agus Neil agus Iníon Bhriain Mhóir ag siosarnach chainte os íseal:

"Mh'ainín a athair," a déarfadh Neil, "Má tá an t-imeacht ar dhuine ar bith gurb é sean-Jeaic is córa a chur chun tiomána. Is gearr go n-imí sé ar aon chor. Níl sé ar fónamh le fada. Ach ná habraíodh muide faic faoi. Chuirfeadh sé imní air. Ní maith le duine ar bith, go bhfóire Dia orainn, scaradh leis an saol ... "

Déarfadh sí é, an smuitín ... Ceann óg eile ag bean mo mhic. Is iontas nár scuab sé í. Ach tá an scúille siúd righin. Righin mar tá carraigreacha an Ghoirt Ribigh ar thug bossanna bóthair a mallacht riamh dóibh, in áit nach raibh púdar ar bith in ann a mbriseadh ... Ach beidh sí anseo ar an gcéad abhras eile. Chuirfinn geall ar bith air sin ...

Agus Nóra a thug siad ar an naíonán! Nach mairg nach raibh mé ann! Shíl bean mo mhic an cleas céanna a dhéanamh cheana nuair a rugadh Máirín. Bhí sí sa bpluideog agam fhéin, lena tabhairt amach chuig an umar baistí.

"Cén t-ainm a thabharfas sibh ar an somacháinín, bail ó Dhia uirthi?" a deir Muraed Phroinsiais, a bhí istigh.

"Máire," a deirimse. "Deile? Ainm mo mháthar."

"Deir a máthair anseo thiar ar an leabha Nóra a thabhairt uirthi," a dúirt Pádraig.

"Nóra na gCosa Lofa," a deirimse. "A hainmniú as a máthair féin. Deile céard déarfadh sí? Dar a shon, a Phádraig?"

"Ní cheal ainmneach atá oraibh," a deir Muraed. "Caitríona nó Neil nó ... "

"Múchadh agus bá ar an smuitín," a deirimse. "B'fhearr liom gan ainm ar bith a thabhairt uirthi ná Neil ... Níl aon ainm is feiliúnaí di, a Phádraig," a deirimse, "ná ainm a seanmháthar: Máire."

"An liomsa nó leatsa an leanbh?" a deir Pádraig, agus taghd dhá bhualadh. "Nóra a thabharfar uirthi."

"Ach a Phádraig, a chuid," a deirim féin, "cuimhnigh ar an bpáiste agus ar an saol atá roimpi. Nár chuala tú céard dúirt mé cheana leat? Mairnéalaigh ... "

"Éist do bhéal, nó m'anamsa ná raibh ag an diabhal ... "

Ba é an chéad fhocal aranta liom a chuala mé as a bhéal riamh é, sílim.

"Más cúrsaí mar sin é," a deirimse, "oibrigh ort. Ach duine eicínt tharamsa a thabharfas chuig an umar baistí í ... Tá meas agam orm féin, buíochas le Dia. Má thugann tú Nóra uirthi tabhair. Ní beag domsa chomh minic is a bhíos Nóra amháin ag tarraingt ar an teach seo agus gan Nóra eile a bheith agam ann i gcónaí. Má bhíonn, ní fhanfaidh mise ann. Imeoidh mé i ndiaidh mo chinn romham ... "

Shín mé an naíonán chuig Muraed agus rug mé ar mo sheál den doras dúnta.

Chuaigh Pádraig siar sa seomra go dtí iníon Nóra Sheáinín. Bhí sé aniar agam arís le iompú mo bhoise. "Tugaí a rogha ainm uirthi," a deir sé. "Tugaí 'Amhráinín síodraimín siosúram seó' uirthi má thograíonn sibh. Ach ná bígí do mo reicsa feasta. Níl aon lá dá n-éiríonn ar mo shúil nach idir ord agus inneoin agaibh atá mé ... "

"Thú féin ba chiontaí, a Phádraig," a deirimse. "Dá ndéanthá mo chomhairlese agus comhairle Bhaba ... "

Bhí sé lasctha leis amach. Ón lá sin go dtí an lá a ndeachaigh na hordóga ormsa níor caintíodh ar Nóra a thabhairt ar aon duine de na naíonáin. Ach airíonn an scubaide de bhean atá aige go bhfuil mise imithe anois ...

Tá an chrois i bhfocal ar aon chor. Is maith é Pádraig bocht tar éis gur cosúil nach bhfuil bonn bán fágtha air ag an stroimpiléidín mná, nach bhfuil in ann muc ná gamhain a thógáil, ná a ghabháil amach i ngort ná ar phortach. Tá a fhios ag mo chroí gur deacair dhó féin freastal do chuile rud. Ach a mbeidh Máirín ina máistreás scoile coinneoidh sí deoladh leis ...

Nach maith abartha a dúirt Bríd Thoirdhealbhaigh: "Níl crois ort fós chomh breá le Nóra Sheáinín." Ach beidh, a strachaille. Crois de ghlaschloch an Oileáin mar atá ar Pheadar an Ósta, agus ráillí mar atá ar Shiúán an tSiopa, agus pósaetha agus scríbhinn Ghaeilge ...

Murach leisce orm d'inseoinn do Pheadar an Ósta faoin gcrois. Nach córa dhom a bheith ag caint leis—lá is go bhfuil mé ag vótáil dó—ná do Mhuraed, ná do Chite, ná do Dotie. Sin iad lucht na gcroiseanna, ar ndóigh. Cén bhrí ach an éisteacht a thugadh sé do Nóra na gCosa Lofa! Ach tá an brachán dóirte anois. A Mhic na nGrást, nach iad a scioll a chéile an lá cheana. Dá dtugadh Peadar an Ósta aird ormsa in am, d'inseoinn dhó cé hí Nóra na gCosa Lofa. Ach is deacair a dhul ag caint le lucht an Phuint sin. Tá a dhá ndíol measa acu orthu fhéin ...

Ní bhacfaidh mé le Peadar faoi láthair. Tá sé róchruógach timpeall an togha, ar aon chor. Déarfaidh mé le Siúán an tSiopa é, agus inseoidh sí sin do lucht an Phuint é. Is fearr dhom a rá go ngabhfaidh an chrois orm as seo go ceann ...

— ... Sháigh sé mé trí sceimhil na n-aobha. Bhí an feall riamh féin i gCineál na Leathchluaise ...

— ... Nach ciotach a ligeamar uainn margadh Shasana, a Churraoinigh? ...

— ... 'Is Cogadh an dá Ghall é, a Phaitseach," a deirimse ...

— ... Honest, a Dotie! Bhí intleacht chinn ag an muintir se'againne. Mé féin, duir i gcás ... Bhí malrach le mo mhac, atá pósta sa mbaile sa nGort Ribeach, ag teacht ag an scoil chuig an Máistir Mór, agus dúirt sé liom nach raibh cinneadh go deo leis. Le litríocht a bhí luí ar fad aige:

"Bhí an cultúr ina chnámha," a deir sé. "D'aithin mé air é."

"Honest, dúirt, a Dotie. Tá a fhios agat an iníon liom atá pósta ag mac Chaitríona Pháidín. Tá gearrchaile léi sin

imithe anois le bheith ina máistreás scoile. Ó m'iníonsa a
thug sí an éirim. Murab ea ní ó na Loideánaigh ná ó mhuintir
Pháidín é …

— Thug tú éitheach, a raicleach! Ag ól ar chúla téarmaí i
gcailleach Pheadair an Ósta! Ag ól ar chúla téarmaí!
Mairnéalaigh! Mairnéalaigh! …

Hóra, a Mhuraed! Hóra, a Mhuraed! … An gcluin tú? …
céard a dúirt Nóirín na gCosa Lofa! … Pléascfaidh mé!
Pléascfaidh mé! …

4

— … Go gcuire Dia dílis an t-ádh ort, a Nóra Sheáinín,
agus lig dom féin. Is deas é do thráth le haghaidh novelettes?
Caithfidh mé geábh cainte a dhéanamh le mo shean-
comharsa Bríd Thoirdhealbhaigh. Ní raibh ionú agam
labhairt léi ó tháinig sí, agat féin, do chuid cultúir agus
toghanna! …

An bhfuil tú ansin, a Bhríd Toirdhealbhaigh? … Titim sa
tine! Ba é an chéad cheacht eolaíochta a mhúininn sa scoil i
gcónaí, a Bhríd, a riachtanaí is atá sé an t-aer a choinneáil ó
dhóiteán. Is é an t-aer a chothaíos dóiteán, a Bhríd. Ba chóir
go dtuigfí go forleathan é sin … Ó, níor fágadh duine ar bith
istigh a choinneodh an t-aer uait, a Bhríd? I gcás den sórt sin,
a Bhríd, ba é ab fhearr a dhéanamh … Tá faitíos orm nach
mbeadh aon leigheas ag an eolaíocht ar chás den sórt sin a
Bhríd … Ó, ag iarraidh suaimhnis atá tú, a Bhríd … Tá faitíos
orm nach bhfuil aon leigheas ag an eolaíocht ar chás den sórt
ach oiread … Céard sin, a Bhríd? … An tír ar an mbainis, a
Bhríd! …

— Sin í an fhírinne, a Mháistir. Bhí an tír ar an mbainis. Tig
leat bród a bheith agat as do bhean, a Mháistir. Bhí fuíoll na
bhfuíoll ann: arán, im, tae, agus sé chineál feola, pórtar fuisce
agus Seán Péin, a Mháistir. Seán Péin, a Mháistir. Nuair a
ghránaigh an ceann se'againne—Séamas—ar an bhfuisce
agus ar an bpórtar, seo siar sa bparlús é ag ól an Seán Péin, a
Mháistir. Chomh maith chuile orlach le fuisce poitín
Éamainn na Tamhnaí, a deir sé.

Ná bíodh imní ort, a Mháistir. Rinne sí bainis ghnaíúil agus

dhá mbeifeá féin beo. Bean chóir í an Mháistreás, a Mháistir.
Tháinig sí aníos againne dhá oíche roimh ré le cuireadh a
thabhairt síos chuig an mbainis dá raibh sa teach againn.
Dheamhan lód a bhí ionam féin a Mháistir. Leabharsa dá
mbeadh, a Mháistir, níl bréag ar bith nach mbeinn ann.

"B'fhéidir go mbeadh canna bainne leamhnacht le spáráil
agat, a Bhríd," a deir sí.

"Go deimhin beidh agus dhá channa, a Mháistreás," a
deirim féin. "Dá mba cuid ba mhó ná sin é, níor mhór liom
duit é, ná do d'fhear atá i gcré na cille—an Máistir Mór
bocht—go ndéana Dia trócaire air!" a deirim fhéin.

"Tá rún agam bainis mhaith a dhéanamh, a Bhríd," a deir
sí. "Bhí mé féin agus Bileachaí an Phosta ag caint air," a deir
sí:

"'Bainis mhaith', a deir Bileachaí an Phosta," a deir sí. "'Sin
é an chaoi ab fhearr leis féin, go ndéana Dia grásta air!'".

"'Tá mé siúráilte dá mbeadh a fhios ag an Máistir Mór, a
Bhileachaí, go bhfuil mé leis an bpósadh a dhéanamh aris,' a
deirim féin, a Bhríd," a deir sí, "'gurb shin é a déarfadh sé
liom bainis mhaith a dhéanamh. Ní bheadh sé ina dhiaidh ar
na comharsana. Agus ar ndóigh ní bheadh sé ina dhiaidh
orm féin.' Ní bheadh ach oiread, a Bhríd ..."

"Diabhal mé a Mháistreás," a deirim féin— níl a fhios
agam a raibh agam a rá chor ar bith, a Mháistir, murach cúl
mo chainte a bheith liom—"Diabhal mé a Mháistreás," a
deirim fhéin, "gur shíl mé nach ndéanfá an pósadh arís."

"Ara muise, a Bhríd, a stór," a deir sí, "ní dhéanfainn ach
oiread—ba bheag an baol orm—murach an rud a dúirt an
Máistir Mór liom cúpla lá sular cailleadh é. Bhí mé i mo shuí
ar cholbha na leapa aige, a Bhríd. Rug mé ar láimh air:

"'Céard a dhéanfas mé,' a deirimse, 'má éiríonn aon cheo
dhuit'?"

"Lig sé a sheanscairt gháire, a Bhríd."

"'Céard a dhéanfas tú,' a deir sé. 'Céard a dhéanfá—bean
bhreá luath láidir óg mar thú—ach pósadh arís?'"

"Thosaigh mé féin ag diúgaireacht, a Bhríd: Níor cheart
duit rud mar sin a rá,' a deirim fhéin leis."

"'Rud mar sin,' a deir sé, agus bhí sé dháiríre píre den
iarraidh seo, a Bhríd."

"'Rud mar sin,'" a deir sé. "Is é Iomlán an chirt é. Ní

Cré na Cille

bheidh mé suaimhneach i gcré na cille," a deir sé, 'mura ngealla tú dhom go bpósfaidh tú arís.'"

"Dúirt a mh'anam, a Bhríd," a deir sí.

— An raibíléara ...

— Nár lige Dia go gcuirfinnse bréag uirthi, a Mháistir. Sin é a dúirt sí.

"'Tá tú ag dul i gcostas mór, a Mháistreás,' a deirim féin. 'Tá slí airgid agat, agus ar ndóigh níl daorbhasctha do bhuachaill an phosta, go bhfága Dia lena shaothrú sibh,' a deirim féin, 'ach mh'anam gur daor an ailím bainis a dhéanamh ar an saol seo, a Mháistreás.'"

"'Murach a raibh leagtha i dtaisce aige féin sular bhásaigh sé, agus an t-árachas a fuair mé dá bharr, ní bheadh aon ghair agam air, a Bhríd,' a deir sí. 'Ba fear tíosach é an Máistir Mór, go ndéana Dia maith air,' a deir sí. 'Ní raibh ól ná drabhlás ann. Bhí pinn maith sa spaga aige, a Bhríd ...'"

— An raibiléara! An raibiléara! Ní chuirfeadh sí crois orm leath chomh maith ...

— Nach shin é a dúirt mé léi, a Mháistir:

"Ach níor cheart duit dada a dhéanamh, a Mháistreás, go gcuirfeá crois ar an Máistir Mór i dtosach."

"'Is maith an mhairt don Mháistir Mór bocht é,' a deir sí. 'Tá an Máistir Mór bocht ar shlí na fírinne, agus ó tá agus go bhfuil, a Bhríd, ní croiseanna atá ag cur imní air. Ach tá mé siúráilte, a Bhríd, dá mbeadh a fhios aige céard ba chor dhom féin agus do Bhileachaí an Phosta atá ar shlí na bréige fós, gurb éard a déarfadh sé linn gan bacadh le crois, ach gach só dá bhféadfadh muid a bheith againn. Níor bhréag Máistir Mór a thabhairt air, a Bhríd,' a deir sí. 'Bhí sé mór idir chroí agus eile'" ...

M'anam féin gurb shin í an chaint a chaith sí, a Mháistir ...

— An raibiléara! An raibiléara bradach ...

— ... Titim de chruach choirce ...

— ... An croí! An croí, go bhfóire Dia orainn! ...

— ... Go deimhin muise, ghnóthaigh Gaillimh craobh pheile na hÉireann ...

— I 1941, ab ea? Más 1941 atá tú a rá níor ghnóthaigh ...

— I 1941 atá mé a rá. Ach bídís buíoch don Cheanannach. Diabhal a mhacasamhail de pheileadóir a tháinig riamh.

112

Threascair, thruisleáil, bhasc, agus bhearnaigh sé peileadóirí Chabháin as éadan. Ba chumasach an peileadóir é, agus ba ghleoite! Bhí mé ag breathnú air an lá sin i bPáirc an Chrócaigh sa leaschraobhchluiche ...

— Ghnóthaigh siad an leaschraobhchluiche in aghaidh Chabháin, ach níor ghnóthaíodar cluiche na craoibhe ...

— Ó, go deimhin ghnóthaigh! Ghnóthódh an Ceanannach leis féin é ...

— I 1941, ab ea? Bhuel, más ea níor ghnóthaigh Gaillimh craobh na hÉireann. Bhuail siad Cabhán ocht bpointe, ach bhuail Ciarraí iad féin cúl agus pointe sa gcraobhchluiche ...

— Ara beannacht De dhuit, tuige dá mbuailfeadh? Nach raibh mé i mBaile Átha Cliath ag breathnú ar an leaschraobh-chluiche in aghaidh Chabháin! Chuaigh triúr againn ann ar na rothair. Diabhal smid bhréige atá mé a dhéanamh leat: suas ar na rothair an t-aistear ar fad. Bhí sé ina mheánoíche nuair a bhíomar thuas. Chodlaíomar amuigh an oíche sin. Chinn sé orainn aon deoch féin a fháil. D'fháiscfeá ár gcuid éadaigh le allas. Tar éis an chluiche isteach linn de sciotán go dtí na peileadóirí. Chroith mé féin lámh leis an gCeanannach.

"Mo chuach thú," a deirimse. "Is tú an peileadóir is cumasaí a chonaic mé riamh. Fan go dtí an craobhchluiche mí ó inniu. Beidh mé anseo arís le cúnamh De, ag breathnú ort ag bualadh Chiarraí" ... agus mo léan, bhuail ...

— 1941, ab ea? Más ea, níor bhuail na Gaillimhigh Ciarraí, ach bhuail Ciarraí iad ...

— Ara beannacht Dé dhuit! Inis é sin d'fhear adhartha. "Bhuail Ciarraí iad." Diabhal aithne ort nach bobarún agat mé ...

— Ní rabhas. Ní rabhas sin. Ach bhí mé ag breathnú ar an leaschraobhchluiche in aghaidh Chabháin, a deirim leat. Cén sórt bobarún thú féin nach dtuigeann mo scéal! Tháinig muid abhaile an tráthnóna Domhnaigh sin arís ar na rothair. Bhí tart agus ocras orainn. Diabhal a leithéid d'ocras! Ach dheamhan baile dá ndeachaigh muid tríd nár fhógair muid "Gaillimh abú" ann. Bhí sé ina lá geal gléigeal maidin Dé Luain nuair a bhí muid sa mbaile. Tháinig mé anuas den rothar ag ceann an bhóithrín.

"Má tá i ndán," arsa mise leis an mbeirt eile, "go mbeidh muid chugainn féin ón tart agus ón ocras atá orainn faoi cheann míosa, dar Dia gabhfaidh muid suas arís. B'ait liom a bheith ag breathnú ar an gCeanannach ag bualadh Chiarraí" … Agus ar ndóigh bhuail, mo léan. B'air nach raibh an stró …

— 1941, ab ea? Deirim leat gurb iad Ciarraí a ghnóthaigh. Cheal nach raibh tú ag an gcraobhchluiche? …

— Ní rabhas. Ní raibh mé. Cén chaoi a bhféadfainn? Meas tú dá bhféadainn nach mbeinn? Cén sórt bobarún thú féin? An lá sin thar éis a theacht abhaile ó chluiche na leaschraoibhe, nár buaileadh tinn mé! Slaghdán a tholg mé as an allas agus as an gcodladh amuigh. Bhí sé in ainseal orm ar an toirt. Cúig lá ón lá sin bhí mé anseo i gcré na cille. Cén chaoi a mbeinn ag an gcraobhchluiche? Is diabhlaí an bobarún thú …

— Agus cén sórt clabaireacht atá ort mar sin gur bhuail siad Ciarraí?

— B'orthu nach raibh an stró, mo léan …

— 1941, ab ea? B'fhéidir gurb ar bhliain eicínt eile atá tú ag cuimhneamh! …

— 1941. Deile? Bhuail siad Ciarraí sa gcraobhchluiche …

— Ach deirim leat nár bhuail. Bhuail Ciarraí cúl agus pointe iad. Cúl agus ocht bpointe do Chiarraí agus seacht bpointe do Ghaillimh. Rinne an moltóir éagóir ar mhuintir na Gaillimhe. Má rinne féin níorbh é an chéad uair é. Ach ghnóthaigh Ciarraí an cluiche …

— Go dtuga Dia unsa céille dhuit! Tuige a ghnóthódh Ciarraí an cluiche agus Gaillimh á ghnóthú? …

— Ach bhí tusa básaithe. Agus bhí mise ag breathnú ar an gcluiche. Mhair mé trí ráithe ina dhiaidh sin. Níor chuidigh an cluiche liom chor ar bith. Dheamhan lá ón lá sin amach nach raibh mé ag fuasaoid! Murach go raibh mé ag breathnú orthu á mbualadh …

— Beannacht Dé dhuit! Is tú an bobarún is mó a chonaic mé riamh! Dá mbeifeá ag breathnú orthu faoi chéad, níor bhuail Ciarraí Gaillimh. Nach raibh mé ag an leaschraobhchluiche i bPáirc an Chrócaigh! Dá bhfeictheá an lá sin iad ag bualadh Chabháin! An Ceanannach! Ó, ba chumasach an peileadóir é! Ní raibh mé ag iarraidh de léas ar mo shaol ach

a bheith ag breathnú air ag bualadh Chiarraí mí ón lá sin ...
B'air nach raibh an stró á mbualadh, mo léan ...

— Craobhchluiche 1941, ab ea? ...

— Is ea. Deile? Cén sórt bobarún thú féin?

— Ach níor bhuail ...

— Bhuail sin. Bhuail sin. Bhuailfeadh an Ceanannach leis
féin iad ...

5

... Hóra, a Mhuraed ... An gcluin tú? ... Cén chiall nach
mbíonn sibh ag caint? Nó céard a tháinig oraibh le gairid?
Níl uch ná ach ná éagaoine agaibh ó bhí an togha ann.
Gheobhaidh Bríd Thoirdhealbhaigh suaimhneas anois. Nár
éirí sin léi, muis! An chailleachín! Is fearr an troid ná an
t-uaigneas ina dhiaidh sin ...

Ar ndóigh, ní diomú atá oraibh faoi Nóra na gCosa Lofa a
bhualadh sa togha, a Mhuraed. Múinfidh sin í gan a bheith
chomh cunórach arís. D'imeodh sí as a cranna cumhachta ar
fad dá dtéadh sí isteach ...

Do Pheadar an Ósta a vótáil mé, a Mhuraed. Deile? Ar
ndóigh, ní ag tnúthán a bheifeá go vótálfainn do Nóirín na
mairnéalach, a bhíodh ag ól ar chúla téarmaí. Tá meas thairis
sin agam orm fhéin, a Mhuraed. Vóta a thabhairt do bhean a
bhíodh ag ól ar chúla téarmaí ab ea? ...

Agus tá an Máistir an-choilgneach léi ar an saol seo, a
Mhuraed. Dheamhan a gcoinneofar faoi thalamh chor ar bith
é ó d'inis Bríd Thoirdhealbhaigh dhó faoi phósadh a mhná.
An bhfuil a fhios agat, a Mhuraed, céard a deir sé an lá
cheana le Nóirín ribeach agus an-mhusán uirthi nuair nach
léifeadh sé giota de novelette di:

"Lig dom, a raicleach," a deir sé. "Lig dom! Ní comhluadar
do dhuine, do bheithíoch ná do chorp thú ..."

Tá a fhios ag an lá beannaithe gur dhúirt, a Mhuraed ...
Cén mhaith dhuit a bheith ag caint, a Mhuraed? Nár chuala
mé é? ...

Ach a Mhuraed, tá duifean eicínt oraibh ar fad sa gcuid seo
den reilig nach mbíonn sibh ag caint mar bhíodh ... Ag
déanamh créafóige, ab ea? ... An teanga ag fíniú ar an

115

scríbhneoir, ab ea? Diabhal an miste le Cóilí sin, déarfainn.
Bhí sé ciaptha aige … Ó, tá Cóilí féin ag déanamh créafóige,
an bhfuil? M'anam an bhfeiceann tú anois, nach maith liom é,
a Mhuraed. Ba bhreá tíriúil an scéal sin a bhí aige faoi na
cearca. Rinne mise iarmhais ar chearca, ní hé sin don scubaid
a d'fhag mé i mo dhiaidh é: bean mo mhic … Is é cóir Dé é, a
Mhuraed, péist a bheith ina píobán, fear a d'ól dhá phionta
agus dá fhichead …

Ó, tá sé sin dreoite uilig go léireach, a Mhuraed … D'inis
siad dhuit ó Áit na Leathghine go raibh sé dreoite. Shíl mé, a
Mhuraed, nach mbíteá ag cur araoid ar bith ar lucht na
Leathghine. Ara deile cén chaoi a mbeadh sé ach dreoite, a
Mhuraed? Ní fhéadfadh corp a bheith ar a mhalairt ansin:
Uaigh Leathghine. Muise go deimhin féin! Feictear dhom, a
Mhuraed, go mbíonn boladh aisteach scaití aníos d'Áit na
Leathghine. Da mba mise thusa, a Mhuraed, ní chuirfinn
araoid ar bith orthu …

Cén sórt uallfairt í sin, a Mhuraed? … Lucht na Leathghine
… Ag déanamh caithréime go ndeachaigh a nduine féin
isteach sa togha. Bodhróidh siad an chill. Na bacaigh!
Brotainn bhradach gan mhúineadh! Is bocht an éadáil a
bheith in aon reilig leo chor ar bith … Ach dar fia, is fearr
liom fear na Leathghine istigh ná Nóra na gCosa Lofa. Mura
mbeadh a mhalairt ann vótálfainn dó, le bearán uirthi …

— … Bhí a leithéide de lá ann, a Pheadair an Ósta. Ná
séan é …

— … An murdaróir mór siúd a thug drochbhuidéal
dom …

— … Láirín cheannann. Ar Aonach na Féile San Bairtnéad
a cheannaigh mé í …

— Is maith a chuimhním air. Chuir mé mo rúitín amach …

— … Hitler! Hitler! Hitler! Hitler! Hitler! Hitler …

— … Nach mairg nach dtugann siad mo chual cré …

— … Is fíor dhuit. Is í an bhean is meanmnaí sa gcill í go
mbuaile an óinsiúlacht sin í …

— Bhí rún aici i gcónaí filleadh ar an Achréidh …

— B'fheasach í go raibh an cat crochta roimpi ann. Díoga a
chur i gcloigeann seanfhear bocht le croch na tine …

— B'fhéidir gur mhaith an aghaidh sin air. Deir sí féin nach dtug sé foras ná suaimhneas di ón lá ar phós sí a mhac ...

— ... Cead cainte dhomsa! ...

— ... Ach níorbh fhiú biorán an méid sin ar fad go bhfeicfeá iad ag cur tuí ar an teach dó ...

— ... Bhí an meangadh glé ar a ceannaghaidh ...

— Go ropa an diabhal thú féin agus í féin! Loirg an diabhal di agat! Cén tsamhaoine dhomsa a meangadh glé? Tá tú chuile orlach chomh bearánach leis an dailtín d'fhile seo. Meangadh glé! Nach bhfuil an meangadh glé sin freisin ar Iníon Cheann an Bhóthair? Go ropa an diabhal í, nach bhfuil cathú atá aici ar a shúile. Mearbhall muis! Tá sí i bhFreemasons nó diabhal eicínt. Ag iarraidh a theacht isteach ar mo ghabháltas mór ...

— ... Fan go n-insí mise dhuitse faoin gcaoi ar dhíol mé féin na leabhra leis an Máistir ...

Chuaigh mé isteach tigh Pheadair an Ósta. Ba ghearr an Máistir Mór san áit an uair sin. Chuir mé tuairisc chuibhiúil faoi. Ní thairis sin de ghean a bhí tigh Pheadair air. Uair sna naoi n-aird a thaobhaíodh sé iad. Fear tuatach a bhí ann. Ach ní raibh splanc aige i ndiaidh na Máistreása.

"Tuigim," arsa mise. "Tá an baoite agam a fhostós thusa, a bhuachaill ..."

"Ríscéalta Grá an Domhain," arsa mise leis. Bhí sé chomh hamplach ag dul ina n-éadan is a bheadh deolcachán ocrach ag dul ar chíoch.

"Cúig ghine an fhoireann," a deirimse.

"Tá siad an-daor," a deir sé.

"Cén sórt daor?" a deirimse. "Leathghine ar an tairne, agus gálaí mar a fheilfeas duit féin. Is foireann éadálach iad. Ní bheidh ceann faoi ort choíchin iad a bheith i do leabhragán tí agat. Féach an páipéar! Agus siad sméar mhullaigh na searc-scéal iad. Breathnaigh ar an gclár ansin: *Helen agus Cogadh na Traoi; Tristan agus Iseult; Oidhe Chlainne Uisnigh; Dante agus Bétras* ... Níl tú pósta? ... Níl ... Tá tú san aois a bhfuil tú agus níor léigh tú na scéalta grá seo riamh: faoi Helen, 'the face that launched a thousand ships and burnt the topless towers of Ilium,' agus Aon-Éad Dheirdre:

'Lá dá raibh maithe Alban ag ól,
Agus Clann Uisneach dhár chóir cion,

117

Cré na Cille

Do Inín Thiarna Dhún na dTreon
Thug Naoise póg i ngan fhios'...
Cuimhnigh ort féin, a dhuine ... Thíos i gcrompán ansin cois Caoláire, ainnir ar scéimh na gréine i d'ucht agus gan tú in ann ceann de ríscéalta grá an Domhain a inseacht di ..."

Thosaigh sé ag braiteoireacht. Theann mé féin air. Ach diabhal maith a bhí ann.

"Tá siad ródhaor ag mo leithéidse," a deir sé. "Ní bhíonn leabhar ar bith ar athdíol agat?"

"Is comhlucht measúil muide," a deirimse. "Ní chuirfeadh muid sláinte ár gcuid taistealaithe ná ár gcuid cliantaí i nguais. Cá fhios nach thú féin nó do bhean a tholgfaidís? ... Tuigim. Níl tú pósta. Ach beidh, le cúnamh Dé, agus sin é an uair a thuigfeas tú cén áirge atá i bhfoireann mar seo. Oícheanta airneáin agus scréachlach síne amuigh agus thú féin agus do bhean cois tine teolaí ..."

Ach ag cur cainte ar sraith a bhíos ...

Chuaigh mé isteach sa mbeairic. Ní raibh istigh ach an póilí rua.

"Leabhra," a deir sé. "Tá lán seomra dhíobh ansin thuas agam. Caithfidh mé a ndó go gairid, mura gcastar aon duine thart ar thóir dramhpháipéir."

"Cén sórt cineál iad féin?" arsa mise.

"Úrséalta," arsa seisean. "Conús ...díogha ... Ach goideann siad an t-am dom mar sin féin, san áit mhíolach seo ..."

Chuamar suas. Bhí an domhnaíocht acu ann. Díogha, mar a dúirt sé. Na sprus-úrscéalta grá sin a amplaíos gearrchailí boga óga. De dhéantús na fírinne bhí ainm agus sloinne banaltra de m'aitheantas, as an nGealchathair, ar a bhformhór. Thóg mé an ceann ar fónamh—an chuid ba slachtmhaire—agus bhain mé an leathanach tosaigh as gach leabhar de mo dhíolaim. Rinne mé tiomchuairt na scoileanna eile sna bólaí seo, agus tháinig mé ar ais arís, faoi cheann cúpla lá, chomh fada leis an Máistir Mór. Ba mé a bhí diomúch dhíom féin anois, gur cháin mé leabhair athdíola leis roimhe sin.

"Tá mé ag dul siar amach inniu, a Mháistir," a deirimse, "agus cheap mé nárbh fhearr dom cleas a dhéanfainn ná

118

athchuairt a thabhairt ort. Tá cnuasach úrscéalta grá agam
anseo. Ar athdíol. Ó charaid liom sa nGealchathair a bhí ag
díol a leabharlainne a cheannaigh mé d'aon uaim iad, ag
ceapadh go bhfóinfidís duitse … Díghalraíodh iad."

Thaitin na clúdaigh pictiúrghártha leis, agus na teidil
rómánsacha: "An Chaor-Phóg, "Beirt Fhear agus Pufa
Púdair," "An Fuineadh-Fholt" …

"Deich agus dá fhichead dhuitse, a Mháistir," a deirimse.
"Sin é díreach a d'íoc mé féin orthu. Níl brabach ar bith
agamsa dá mbarr, mar ní cuid de leabhair na comhluchta iad.
Má chuireann tú suas díobh, beidh mé bánaithe …"

Thosaigh an stangaireacht. Ba mhian leis a dhul go dtí bun
an angair liom. Dúirt mé sa deireadh leis a dtógáil nó a
bhfágáil, ach nach ligfinn lag labhartha as dhá phunt iad.
Bhain mé sin dhe, ar éigean Dé. Ar ndóigh níorbh fhiú do
sheacht mallacht iad …

— Bhí do cheird agat, a mhic ó. Ach bhí sí agamsa freisin.
Níor inis mé riamh dhuit faoin gcoup seo:

Bhí beirt deirfiúr ina gcónaí in aice liom. Neil Pháidín a bhí
ar dhuine acu. Caitríona a bhí ar an gceann eile. Tá sí anseo
anois. Bhí an dearg-ghráin ag an dís ar a chéile … Ó, chuala
tú an scéal cheana? Diabhal easna dhíom nar bhuail suas
chuig Neil lá. Bhí bean a mic freisin ann. Cheartaigh mé
dóibh faoi árachas páistí: go bhfaighidís an oiread seo airgid
ach a mbeidís aois áirid, agus dhá réir sin. Tá a fhios agat na
cleis. bhí an bheirt an-amhrasach. Thaispeáin mé na
foirmeacha a líon cuid de na comharsana dóibh. Dheamhan
maith a bhí ann.

"Níl bradaíl ar bith ag baint leis seo,' arsa mise. "Ach tá
cuid mhaith le buachan air. Fiafraigí den sagart é … "

D'fhiafraigh. As sin go ceann coicíse fuair mé árachas beirt
pháistí uathu. Ansin cheartaigh mé dóibh faoi árachas sean-
daoine: costais sochraide, agus da réir sin. Bhí an tseanbhean
sásta íoc ar a fear Jeaic na Scolóige …

Tháinig mé anuas go dtí an deirfiúr eile, Caitríona. Ní
raibh istigh romham ach í féin.

"Féach," a deirimse, "na foirmeacha a líon an bhean sin
thuas dom as ucht beirt ghasúir agus an seanfhear. Dúirt mé
léi go rabhas le theacht anseo ar mo bhealach anuas, ach

chuir sí parúl orm gan a theacht ... "

"Céard dúirt sí? Céard dúirt sí?" a deir Caitríona.

"Ara, diabhal arbh ait liom a bheith ag caint air," arsa mise. Comharsana sibh ... "

"Comharsana! Deirfiúracha," a deir sí. "Chea nach raibh a fhios agat é sin? ... Is strainséir thú. Is ea muis, deirfiúracha. Ach más ea, agus gurb ea, nár thé corp chun cille chun tosaigh uirthi! Ach céard dúirt sí?"

"Ara, is mór an ní a bheith ag caint air," a deirimse.

"Murach go raibh fad ar mo theanga, ní thráchtfainn chor ar bith air."

"Céard dúirt sí?" a deir sí. "An teach ní fhágfaidh tú nó go n-insí tú dhom é."

"Do chomhairle féin," a deirimse. "Dúirt sí liom nach mbeinn ach ag bearnú mó lae in aisce dá dtagainn isteach anseo; nach raibh sibhse sa teach seo in acmhainn árachas a ... "

"An smuitín. An raicleach ... " a deir sí. "Ba dona sa domhan an lá nach mbeadh muid in ann a íoc chomh maith le Neil. Agus íocfaidh muid é. Feicfidh tú féin go n-íocfaidh.

Tháinig a mac agus bean a mic isteach. Thosaigh an ghlaschaint. Ise ag iarraidh árachas a ghlacadh ar bheirt de na gasúir; an lánúin ag cur ina haghaidh go nimhe neanta.

"Tá deifir orm," arsa mise. "Agus fágfaidh mé mar sin sibh. B'fheidir go mbeadh scéal barainneach agaibh dhom arú amárach: beidh mé ag dul suas tigh Neil arís. Dúirt sí liom a theacht agus go nglacfadh sí árachas uaim ar an seanfhear atá ina chónaí leis féin, ansin thuas ... "

"Tomás Taobh Istigh," a deir sí. "Ab bu búna! Tomás Taobh Istigh. Beart eile atá sí a chur ina shuí lena chuid talún a bhaint dínne. An bhféadfadh muide árachas a ghlacadh air? ... Íocfaidh mé féin as mo leathghine pinsin é ... "

Ní raibh sé ina Chath na bPunann riamh go dtí sin. Thosaigh siad ag sníomh trína chéile ar fud an tí, mar bheidís ag damhsa Cor Trír. Ba é an rún a bhí ag an mac agus ag a bhean mo dhroim a bhriseadh amuigh faoin tsráid. Ach bhí Caitríona ag teacht ar mo scáth, agus do mo choinneáil istigh nó go líontaí an páipéar ...

Agus líonadh. B'éigin cead a cinn a thabhairt di sa

deireadh. Ba í an ghuais ba mhó í a raibh mise inti an fhad is a bhíos le árachas.

Sin é an chaoi ar imir mé ar Chaitríona. Diabhal neart a bhí agam air. Cleis na ceirde ...

— Thug tú éitheach! Thug tú éitheach, níor imir! Má d'imir, d'imir tú ar Neil freisin ...

— Níor chaintigh Neil beag ná mór ort féin, ná ar Thomás Taobh Istigh. Cleis na ceirde, a Chaitríona chroí ...

— Hóra, a Mhuraed ... An gcluin tú? ... Pléascfaidh mé! ...

6

... Bruasachán maith é Peadar an Ósta sin freisin. Tar éis go ndeachaigh mé in aghaidh comhair ag vótáil dó, níor ghabh sé buíochas ná a dhath liom. Dá mbeadh aon chuntanós ann, b'fhurasta dó aighneas a chur orm, agus a rá:

"A Chaitríona Pháidín, tá mé buíoch dhuit as ucht gur thug tú do vóta dhom. Bean mhisnigh a bhí ionat agus dúshlán Lucht na Cúig Déag ar fad a thabhairt. Ba mhaith a chruthaigh muid ar Nóra na gCosa Lofa ... "

Ach níor dhúirt. Ba cheart dó dearmad a dhéanamh—le linn togha agus eile—go raibh mé d'uireasa croise.

Is fadó a bhí agam a inseacht do Shiúán an tSiopa go bhfuil crois le dhul orm. Cén chás atá agam fúithi? Tá sé na cianta ó bhí mise i gcleithiúnas a cuid cairde. Bheadh sé chomh maith dhom a dhéanamh anois, ó tharla uair mhór an togha thart ...

Hóra, a Shiúán. Siúán an tSiopa ... An bhfuil tú ansin? ... A Shiúán, an bhfuil tú ansin? ... An gcluin sibh, a lucht an Phuint? ... Diabhal an féidir go bhfuil sibh ar fad in bhur gcodladh? ... Siúán an tSiopa atá mé a iarraidh ... Mise atá ann, a Shiúán, beidh crois de ghlaschloch an Oileáin ag dul orm faoi cheann ... go ríghairid. Crois mar atá ar Pheadar an Ósta, agus ráillí ar m'uaigh, mar atá ar do cheann féin, a Shiúán ...

Ná bím do do mhearú, a Shiúán. Ab shin é a dúirt tú? Shíl mé gurbh ait leat a chloisteáil, a Shiúán ... Ní maith leat páirt ná caidreamh a bheith agat feasta le Lucht na Cúig Déag. Vótáil mise do Pheadar an Ósta, a Shiúán. Tharraing mé lucht na Cúig Déag ar fad orm féin dhá bharr ... B'fhearr leat

121

d'uireasa mo vótasa? Ab bu búna! B'fhearr leat d'uireasa mo vótasa? Ab bu búna! B'fhearr leat d'uireasa mo vótasa! ... Ní den ghnaíúlacht daoibhse ar Áit an Phuint a bheith ag labhairt le Lucht na Cúig Déag! Anois, a bhfuil biseach agat? ... Féadfaidh mé mo theanga a chaitheamh ag cur dhíom, a deir tú, ach ní thabharfaidh tusa aon toradh orm ... níl tú sásta níos mó cainte a dhéanamh le mo leithéid de chlaibín muilinn! Claibín muilinn, a Shiúán! Claibín muilinn, a Shiúán! Níl tú sásta níos mó cainte a dhéanamh le mo leithéid de chlaibín muilinn! ...

Bíodh agat mar sin, a chaile. Labhróidh tú arís ach a gcuire mise aighneas ort! Tá údar leithid agat dá mbeadh a fhios agat é! ... As ucht sipín a bheith agat as cionn talún agus tú ag scrios na tíre le do chuid clogs ...

Tá a fhios agamsa go maith céard atá ort, a chaile! Vótáil mé do Pheadar an Ósta sa togha. Faraor má vótáil. Is mór leatsa agus leis-sean crois agus ráillí chomh cuidsúlach is atá oraibh féin a dhul ormsa. Béidh mise chomh maith libh an uair sin ...

An chaile sin Siúán. Sa saol a tháinig sé, dar fia ...

— ... "Bhí Tomá-á-ás Taobh Istigh ann a's a bhrí-í-iste
  stró-ó-icthe ...
  Ach ba gheá-á-rr uaidh fó-ó-irthin thuas agus
  thíos ... "

— ... A Nóra! A Nóra Sheáinín! ...

— Hóigh! How are tricks? An bhfuil tuirse an togha dhíot agat fós? Airím féin buille spadánta.

— Maithfidh tú dhom, a Nóra ...

— Ara, a Pheadair chroí, cén chiall nach maithfinn? Tuigeann fear léinn leathfhocal. Bhí scliúchas—stink— a thugas aos cultúir air—eadrainn, ach is cuma sin. "Is laochras don intinn ghágach éagóir a mhaitheamh. Níl ann don intinn uasal ach riachtanas reatha," mar a deir Jinks sa "Fuineadh-Fholt." Honest ...

— Ab bu búna! Peadar an Ósta ag caint le Nóirín Sheáinín arís, ainneoin gur mhionnaigh agus gur mhóidigh sé aimsir a togha nach labhródh sé focal go brách léi. Ó, dheamhan maith ag caint! ...

Céard é seo a thug sé uirthi? ... Raicleach agus rálach agus raibiléara. Nóirín na gCosa Lofa. Nóirín na Mairnéalach. Druncaera Ghort Ribeach na Lochán agus na Lachan! Dúirt sé go mbíodh sí ag ól ar chúla tearmaí ina chailleach; gur minic ab éigin a hiompar abhaile; gur thosaigh sí ag gabháil fhoinn chomh hard is a bhí ina ceann, agus sochraid Tiúnaí Mhichil Tiúnaí ag dul thar a dhoras; gur robáil sí ceannachóir beithíoch aníos amach istigh ina pharlús; gur ól sí pórtar ón mbuitléir Black a bhíodh ag an Iarla; go dtosaíodh sí ag caitheamh buidéil ar a cuid óil; gur thug sí pocaide mór Sheáin Choilm isteach sa siopa as craic meisce, agus siar ar chúla an chuntair, agus gur ghróig sí thuas ar an leathbhairille coctha é, agus gur thosaigh sí ag cíoradh a mheigill, agus ag coinneáil phórtair leis; go bhfáisceadh sí barróg ar Thomás Taobh Istigh ...

Ach céard é seo a thug sé uirthi? ... Nach breá nach gcuimhním air? ... Is ea, a mh'anam. So an' So. Caithfidh mé fiafraí den Mháistir, má thagann sé ar a chóir féin arís go brách, céard é 'So an' So.'

Thug sé So an' So uirthi muis, agus thabharfadh, agus ainm ní ba mheasa dá mbeadh sé aige. Ina dhiaidh sin agus uilig tá sé ag caint chomh fáilí anois léi is dá mbeidís gan focal aranta a rá ariamh. Agus ní ghabhfadh sé buíochas amháin liomsa as ucht vótáil dó ...

Cheal gan aon chrois a bheith orm ... Más ea. Murab éard a bheadh air go bhfágadh Nóra go leor airgid óil aige, os cionn talún. Ba bheag an t-ósta a bheadh ag Peadar ná ag aon Pheadar eile dá mbeidís taobh le mo chuid tráchtsa. Is feasach dó go maith nach mbeadh crois ná clú anseo air murach Nóirín na bPiontaí agua a macasamhail ... Ní druncaeir a bhí ionamsa ... Agus ina dhiaidh sin, ba mhinic a chuir a fhuinneog cathú orm ...

— ... Is ea, a Pheadair. Vótáil lucht an chultúir uilig domsa, agus Lucht na Cúig Déag freisin, cés moite de Chaitríona Pháidín, agus go bhféacha Dia orainn, ar ndóigh ní cultúr ná tabhairt suas atá ar an ruibhseach sin.

B'fhearr liom vóta Chaitríona uaim, ach ba mé a gheobhadh ina dhiaidh sin í, murach amháin. Vótáil Caitríona dhuitse, a Pheadair, mar bhí sí i bhfaitíos i dtaobh na rudaí a d'fhan gan íoc uirthi sa siopa agat. Honest! ...

— Thug tú éitheach, a So an' So! Fuair mé bás agus gan pínn fhiacha orm ach an oiread leis an éinín sa spéir, míle buíochas leis an Athair Síoraí. A raicleach!: "na rudaí a d'fhan gan íoc uirthi..."

Hóra, a Mhuraed! Hóra, a Mhuraed!... Ar chuala tú céard a dúirt Nóirín an Phórtair? Pléascfaidh mé! Pléascfaidh mé! Pléascfaidh mé!...

EADARLÚID A CÚIG

1

IS mise Stoc na Cille. Éistear le mo ghlór! Caithfear éisteacht...

Anseo sa gcill tá an spól ag síor-imlua: ag tointeáil na duibhe ar an ngile, na gráinne ar an áille, inneach na gcailemhineog, an chaonaigh léith, an ghráin dhuibh, an ramallae agus crotal an cheo ar dhlúth-thrilseáin óir an tsíodafhoilt. Tá caille ramhar na neamhshuime agus an dearmaid á fíochán as órshnáitheanna an ghrianholais, as uige airgeata an résholais, as fallaing sheodbhreactha na clú, agus as clumhnachán maoth na cuimhne neamhbhuaine. Óir an fíodóir seo, is í an chré aclaithe sho-mhúnlaithe a ábhar. Is seol dó an bruscar crannaí ar ar dhréim aisling an té údan a chuingrigh a charbad don réalt is gleoraí i mbuaic Nimhe, nó a bhain crobhaing den toradh is teiriúla sa duibheagán is doimhne. Imní na haislinge, taibhscéimh na háille nach n-aimsítear, tnúthán na mianta ciaptha: siad seanmháistir an fhíodóra ársa seo iad.

Os cionn talún tá gach rud gléasta sa mbrat a bhfuil bua na síor-óige aici. Níl cith nach gcruthaíonn mathshlua miosarún go míorúilteach sa bhféar. Tá lus an chodail mar a bheadh brionglóidí bhaindé an fháis ar fud móinéar agus gort. Tá smearadh buí ar bhéal na déise ó shíorphógadh na gréine. Tá glór suanmhar ag an eas ag scardadh a srutha i mbruas spalptha an bhradáin. Tá an seandreoilín go sásta ar a thruslóg faoi na copóga ag féachaint ar oscar eiltreoige a leipreacháin. Tá an fátallaí ag dul chun farraige agus port ar a bhéal a bhfuil spreacadh taoille, gaoithe, agus gréine ann. Ag spealadh na drúchta di le céad luisne na gréine tá an ógbhean ag tóraíocht larainnín an sparáin do-ídithe, i gcruth is go ngléasfaidh sí í féin sna héadaí éadrochta, sna seoda agus sna liaga lómhara a bhfuil tnúthán a croí leo...

125

Ach tá draíodóir eicínt tar éis culaith uaithne na gcrann a ruadhó lena shlaitín mhallaithe. Tá ciabh óir an tuar ceatha bearrtha dhe ag deimheas na gaoithe anoir. Tá scáimh na heitinne tar éis a theacht i spéartha an fhuinidh. Tá an bainne ag righniú i sine na bó, agus í ag dul ar foscadh i lúibinn an chlaí. Tá balbhas an bhróin nach mínítear i nguth na scurach atá ag coisceadh na n-uan thuas údan ar na caoráin. Tá an cruachadóir ag tuirlingt dá stáca díondeasaithe arbhair, agus ag greadbhualadh a chuid lámh faoina ascaillí, mar tá neascóidí dubha drochábhair ag carnú sa spéir ó thuaidh, agus carabhansaraí gleomhar géabha riabhacha ag deifriú ó dheas...

Arae tá a deachú féin dlite ag an gcill ón mbeo...

Is mise Stoc na Cille. Éistear le mo ghlór! Caithfear éisteacht...

2

... Cé thú féin? ... Cén sórt seanchonablach atá siad a bhrú anuas os mo chionn anois? ... Bean mo mhic go siúráilte. Ach ní hea. Fear thú. Ní Loideánach thú ar chaoi ar bith. Fionn atá tú. Ní raibh aon duine de na Loideánaigh fionn riamh. Dubh a bhí siad. Chomh dubh leis an sméar. Ná mo mhuintir féin ach oiread, cés moite de Neil, an smuitín sin! ...

Le Pádraig Labhráis thú? Ba cheart go n-aithneoinn thusa. An tú an dara nó an tríú stócach ag Pádraig Labhráis? ... An tríú stócach ... Níl tú ach naoi mbliana déag ... óg go leor le tosú ar an gceird seo, a stócaigh ... Trí ráithe a bhí tú ag éagaoineadh ... Eitinn. Sin í an cailín. Tá an reilig seo ramhar aici ...

Bhí tú le dhul go Sasana murach gur buaileadh síos tinn thú ... Deir tú go raibh tú faoi réir lena dhul ann ... D'imigh aos óg Bhaile Dhoncha an tseachtain seo caite ... Agus muintir an Ghoirt Ribigh! Nár thaga siad ar ais muis! ... Is fíor dhuit, a stócaigh. Creidim go bhfuil saothrú mór ann ...

Deir tú nár chuala tú dada faoi chrois a dhul orm. Níl caint ar bith anois fúithi ... An smid féin, a deir tú ... Tharraing sé anuas í, nuair a bhí sé istigh ag breathnú ort. Céard a dúirt sé? ... Ná bíodh cás ná náire ort a inseacht dom, a stócaigh.

Go deimhin, ba cheart go mbeadh a fhios agat féin nach raibh gean ná gnaoi agamsa ar Bhriain Mór ... Tá muintir Chlochair Shaibhe imithe as éadan go Sasana. Go deimhin, a stócaigh, nach ina spailpíní agus ina bhfir phánna a bhí an dream céanna chuile lá riamh ... Murach gur buaileadh síos tinn thú, bheifeása freisin ann ... le airgead a shaothrú. Tá sé buille mall anois agat a bheith ag caint ar airgead a shaothrú ... Ach céard a dúirt Briain Mór? Is agat atá an fhosaíocht leis ... "Is olc an aghaidh crois an mhagarlach sin," a deir sé. "Ní croiseanna a chleacht a cineál. Fear a bhfuil sé ag cinnt air greim a choinneáil lena chuid páistí—Pádraig Chaitríona— ag caint ar chrois de ghlaschloch an Oileáin a chur suas!" Dúirt sé é sin? Tá an faltanas aige dom i gcónaí ...

Deir tú go raibh Briain Mór i mBaile Átha Cliath. I mBaile Átha Claith! ... An scóllachán gránna thuas i mBaile Átha Cliath ... Chonaic sé an fear greamaithe ar bharr na cloiche móire! Faraor nár thit an fear agus an chloch mhór anuas sa streille ar an scóllachán! ... An-phórtar ann, a deir sé! Go dtuga an diabhal thar a chaochshrón ghránna é! ...Mná breá i mBaile Átha Cliath. Ba mhór an feall nach ann a chuaigh sé fadó nuair ab éigean domsa a eiteach faoi dhó. Bheadh práinn ag mná Bhaile Átha Cliath muis as a chuid basaíle, agus as a chromshlinneán ... Chonaic sé na beithígh éigéille! Ní raibh beithíoch ar bith ann ab éigéille ghráinne ná é féin, ní á roinnt leis é ... Agus mhol an breitheamh go haer é! Breitheamh gan aon mheabhair a bhí ann muis! ... "Is iontach an seanfhear thú, agus an aois a bhfuil tú, a theacht an fhad sin bealaigh go fonnmhar, le cuidiú leis an gcúirt," a deir sé. Ó, breitheamh gan aon mheabhair a bhí ann, murar léir dó gur ag cuidiú lena iníon agus lena fear a chuaigh sé ann, an scóllachán gránna! ...

Shílfeá nach mbeadh seafóid ar bith ar do leithéid de stócach, agus ina dhiaidh sin déanfaidh tú Seáinín Liam agus Bríd Thoirdhealbhaigh dhíot féin, má mhaireann duit. Bhí mé ag tnúthán le scéala faoin gcúirt uait, agus d'inis tú dom go raibh muintir Ghleann na Buaile imithe go Sasana. Bailíodh leo! A chead sin a bheith acu! Go n-imí an diabhal le muintir Ghleann na Buaile! Ní thiocfadh na bacaigh ar mo shochraid ...

Ab bu búna! Fuair mac Neil ocht gcéad punt ... tar éis gur ar an taobh contráilte den bhóthar a bhí sé. Tá tú siúráilte? B'fhéidir gur chuir Neil, an smuitín, cúig nó sé de chéadta air ... Ó, bhí sé sa bpáipéar! Léigh tú féin sa bpáipéar é. Sé seachtainí ó shin ... Sa "nGaillimheach." Ara, níl aird ar bith le tabhairt ar an bpáipéar sin ... Bhí sé sa "Scéalachán" agus san "Éireannachán" freisin! ... Agus níl a dhath air, a deir tú ... Tá na maidí croise caite uaidh aige ar fad anois ... Tá sé ag déanamh chuile cheann oibre arís ... Agus mhionnaigh triúr dochtúir dhó go raibh sé as a shláinte. A Dhia láidir! Ó, breitheamh gan aon mheabhair a bhí ann. Ar insíodh dó gur ar an taobh contráilte den bhóthar a bhí sé. An sagart a rinne é. Deile! ...

Thug sí leathchéad punt don sagart le haghaidh Aifrinn. Is fiú di, an smuitín. Tá a mac slán agus lán ladhaire aici ... Thug sí deich bpunt dó freisin le Aifrinn a chur le m'anamsa! ... Shín sí ag an sagart é, i láthair Phádraig, a deir tú ... A, ní dhéanfadh airgead Aifrinn an smuitín sin aon sochar dom, a stócaigh ...

Chuaigh muintir Dhoire Locha go Sasana, cúig seachtaine ó shin. Anois! M'anam muise gur fearadh ar Shasana amhais Dhoire Locha a bheith ann ... Ní thiocfaidís ar shochraide duine leath chomh maith ... Seachain! Ná himigh ann nó go n-insí tú tuilleadh dhom! ... Níl Jeaic na Scolóige ar fónamh. B'fhurasta aithint. An Leabhar Eoin. Beidh sé anseo lá ar bith anois. Rinne Neil agus iníon Bhriain Mhóir an phasóid sin a réiteach dó. Gheobhaidh siad árachas air ...

Tá bóthar dhá dhéanamh isteach go tigh Neil! Ab bu búna! Shíl mé dheamhan bóthar a dhéanfaí go brách amach ar an aistreán achrannach údaí ... An dream nua seo ar vótáil sí dóibh a fuair di é, a deir tú. Nach maith a bhí a fhios ag an smuitín cé dhó a vótálfadh sí! ... Tá binn le ligean ar an mbóthar as garraí linne! Ab bu búna! ... Sin é an garraí é. An Leacach Ard. Níl aon gharraí eile againn cois an chasáin go tigh Neil ... Thug mo Phádraig binn den Leacach Ard uaidh! A! Bhí a fhios agam ó d'imigh mé féin go raibh Pádraig róshimplí ag an smuitín sin ... Tháinig an sagart aniar ar an láthair ann. Is beag de chluanaíocht Neil sin ... Sé an sagart a cheap amach an tórainn ... Sin é an lá ar thug Neil an

t-airgead dó l'aghaidh na nAifrinn domsa. A Dhia agus a
Chríosta, nach beag an néal uirthi! Ealaín a bhí ansin aici le
áit an bhóthair a fháil. Ní raibh aon áit bóthair ann gan a dhul
isteach sa Leacach Ard se'againne ... Síleann tú gur íocadh
Pádraig ar an ngarraí. Ba chuma sin. Níor cheart dó a ligean
léi. Nach mairg nár mhair mé cupla bliain eile féin! ... Sin é a
dúirt Briain Mór: "Ó muise muise, Neil a dhul ag íoc ar
bhundún blagaideach de sheanleacach bhuinneach, áit nach
bhfuil ach clocha ag breith a chéile! ... Ó, dhá mbeadh splanc
ar bith céille ag Pádraig Chaitríona, dhéanfadh sé sórt
prochóg eicínt dhá seanchnámha coilgneacha siúd thiar ...
thuas sa Leacach Ard ... agus bheadh fuílleach clocha
tuamba ansin, d'uireasa glaschloc an Oileáin ... le Seáinín
Liam agus Bríd Thoirdhealbhaigh ... a choinneáil aníos ón
ngráinneoig ... " Ó, an scóllachán, an scóllachán ...

Seo é arís é: "Dá mbeinn i Sasana! Dá mbeinn i Sasana!"
An mise a choinnigh as thú? ... "Chuaigh muintir an Cheann
Siar ar fad ann, tá sé seachtainí ó shin." Ní miste liomsa faoi
ardbhonnachaí an mhí-ádha cá luífidh an ghrian ar Mhuintir
an Cheann Siar. Tá cúpla sclaibéir acu anseo agus go deimhin
má tá féin is cliú don reilig iad ...

Deir tú nár chuala tú tada faoi uachta mo dheirfiúr Baba ...
Tada ar bith ... Cén chaoi a gcloisfeá agus an fíbín a bhí ort a
dhul go Sasana? ... Sin é ar chuala tú faoi Thomás Taobh
Istigh. Tá sé ina bhothán i gcónaí ... Tagann sé isteach againn
chuile uair dhá dtéann sé i gcoinne an phinsin anois. Fear
slán! Sin deá-scéal ... Tugann sé an leabhar amantaí do
bhean mo mhic lena tharraingt dó! Fear slán! ... Níl sé féin
chomh scafánta is a bhíodh ... Ó, cuireann sé an leabhar le
Neil agus Meaig Bhriain Mhóir freisin! Hu! ...

Tá an droim go dona ag Cáit Bheag, a deir tú. Ná raibh bean
a sínte níos gaire dhi ná cré na cille! ... Tá Bid shorcha an-
chraiplithe. Ceann eile. Ní thiocfadh sí do mo chaoineadh, an
súdaire! ...

Ní raibh aon spéis agat i dtada ach a dhul go Sasana ...
Ghabhfása go Sasana ab ea, faoi rá is go ndeachaigh
scramairí Sheana Choille ann, dhá mhí ó shoin! Aon duine
riamh a rinne aithris ar mhuintir Sheana Choille ní dhearna
sé a leas. Tá bean mo mhic meath-thinn i gcónaí 'ar ndó' ...

A Dhia dhá thárrtháil! ... Bhí sí ag troid le iníon Bhriain Mhóir ... le Meaig Bhriain Mhóir! ... ag troid léi! ... Chuaigh sí suas go tigh Neil, agus isteach ar an urlár, agus rug sí i ngreim mullaigh ar iníon Bhriain Mhóir! Ní fíor dhuit é! ... Ó, ní hí Cáit Bheag chor ar bith a dúirt gurb ó "Jack Chape" a ceannaíodh éadaí coláiste Mháirín! Cén chaint mar sin a bhí ar Bhríd Thoirdhealbhaigh, an strachaille? ... Ó, iníon Bhriain Mhóir a dúirt le Cáit Bheag i dtosach é! Ba dual di cúl a cainte a bheith léi. Iníon an scóllacháin! Agus tharraing bean mo mhic a mullach, istigh sa teach aici féin ... Bhuail sí anuas faoin urlár í! Shíl mé nach raibh sé de sponc inti, iníon Nóirín na gCosa Lofa! ...

Chaith sí Neil sa tine! Chaith sí Neil sa tine! Mo ghrá í! Mo chuach í! Fear slán! Fear slán! Tá tú siúráilte gur chaith sí Neil sa tine? ... Chuaigh Neil ag cosaint iníon Bhriain Mhóir, agus chaith bean mo mhic sa tine í! Go lige Dia a sláinte di, muis! Fear slán! Mo chuid den saol thú, a stócaigh! Sin í an chéad tuairisc a d'ardaigh mo chroí as ceirtlín fhuar na cré.

Bhí siad in árach a chéile nó go ndeachaigh Pádraig suas tráthnóna agus go dtug sé a bhean anuas abhaile! D'éagóir Dé dhó nár fhág ina chéile iad i ...

Ara, diabhal an fearr muintir na Tamhnaí Láir sa mbaile. Paca sclamhairí! Ní fhágfaidh siad greim i Sasana gan ithe. Ach beidh sé ina dhlí ag bean mo mhic agus ag Meaig Bhriain Mhóir anois ...

Ní bheidh! Cén chiall? Mh'anam dá dtéadh sí isteach go dtí an Ghealchathair agus Mainnín an Cunsailéir a thógáil faoi go ndeachthas ag reic a clú, go gcuirfeadh sí poll maith in airgead Neil. B'fhéidir gur cúig nó sé de chéadta punt a bhainfeadh sí di ...

Thug Neil aniar an sagart le eadrascán a dhéanamh! Thabharfadh ... Sin é a dúirt Pádraig fúthu: "Ná tugadh duine ar bith aird ar scamhailéireacht ban," a deir sé. Neil a chuir suas leis é sin a rá. Airíonn sí mise imithe, an drandailín! ...

Céard á sin a deir tú? Gur an-ghnathaíoch í bean mo mhic anois ... Tá sí fíriúil ag obair ón uair a bhí an troid ann ... Ní bhíonn tinneas ná tromas anois uirthi! Is diabhlaí mór an t-ionadh muis! Agus mé siúráilte go mbeadh sí anseo uair ar

bith ... Ina suí leis an éan, a deir tú ... I ngort agus ar
phortach ... Tá sí ag tógáil banbh arís! Fear slán! Bhí trí nó
ceathair de ghamhna ar an aonach deiridh acu! Fear slán! Tá
an tsuáilce i do chuid cainte, a stócaigh! ... Agus chuala tú do
mháthair ag rá go bhfaca sí an tsráid breac ballach le sicíní!
Meas tú cé mhéad ál a bhí thíos aici i mbliana? ... Ní milleán
ar bith dhuit, ar ndóigh gan fios a bheith agat air sin, a
stócaigh ...
Tá Pádraig ag dul chun cinn bun ar aon, a deir tú. Is fada
go scoithfidh sé Neil agus a hocht gcéad punt mar sin féin.
Breitheamh gan aon mheabhair a bhí sa mbreitheamh sin.
Ach má fhanann bean mo mhic ar an táirm a bhfuil sí, agus
nuair a bheas Máirín ina máistreás scoile ...
Is fíor dhuit sin, a stócaigh! Bhí Pádraig bochtaithe ...
Céard a dúirt sé? Céard a dúirt Briain Mór? ... Go mb'fhearr
do Phádraig, ó bhí sé ag cinnt air a chíos a íoc, morgáiste a
thabhairt do dhuine eicínt ar an lán glaice de chréafóg agus
ar an lán glaice de bhean a bhí aige, agus bualadh anonn go
Sasana ag saothrú ... lán glaice de chréafóg ar ghabháltas
mór, a deir an scóllachán! ... "Ach is mór is fiú nach bhfuil an
mhagarlach is máthair dó beo le droch-chomhairle a chur
air," a deir sé. An scóllachán. An scóllachán. An scóll ...
Cá'il tú agam, a stócaigh? Cáil tú? ... D'ardaigh siad uaim
thú ...

3

— Níl a fhios agat, a dhuine chóir, cén fáth a bhfuil taobh
Chonamara chomh garbh maolscreamhach is atá sé ...
— Foighid, a Chóilí. Foighid. Aimsir na Leice Oidhre ...
— Óra, stop liom! Aimsir na Leice Oidhre ru! Ní hea muis,
ach Mallacht Chromail. An t-am ar chur Dia an diabhal go
hIfreann ba bheag bídeach nár chinn sé Air. Anseo a thit sé
anuas as na flaithis. Chaith sé féin agus Mícheál Ard-Aingeal
samhradh ar fad ag cor choraíocht. Réab siad an tír aníos ó
thalamh íochtair ...
— Is fíor dhuit, a Chóilí. Thaispeáin Caitríona lorg a
chrúibe dhom thuas ar thalamh Neil ...
— Éist do bhéal, a ghrabairín ...

131

— Tá tú ag maslú an chreidimh. Is eiriceach thú...

— Dheamhan a fhios agamsa cén chaoi a mbeadh sé as deireadh an scliúchais murach gur thosaigh bróga an diabhail ag tabhairt uathu. Cromail a rinne dhó iad. Caibiléir a bhí in Cromail thall i Londain Shasana. Thit na bróga uilig dhe amuigh sa gCaolsháile. Rinne leathbhróg acu dhá leith. Sin iad trí oileán Arann riamh ó shin. Ach tar éis go raibh Aingeal an Uabhair ina bhambairne d'uireasa a chuid bróg, diabhal mé gur chuir sé Micheál isteach i ndiaidh a chúil arís go dtí Seilg Mhichíl. Sin oileán atá siar i mbéal Charna. Lig sé a sheanbhlao ansin ag fógairt ar Chromail a theacht anall go ndeasaíodh sé na bróga dhó. Dheamhan a fhios agamsa cén chaoi a mbeadh sé as deireadh an scliúchais dá mbeadh na bróga deasaithe...

Anoir le Cromail go Connachta. Anoir le na hÉireannaigh ina dhiaidh mar—ní nach ionadh—is in aghaidh an Diabhail a bhídís i gcónaí riamh...

Cúig mhíle ó dheas d'Uachtar Ard, in áit a dtugann siad Poill Tí Lábáin air, a chas Micheál orthu agus é ag teitheadh i gcónaí ón Diabhal... "Seas, a fhleascaigh," a deir siad, "agus tabharfaidh muid faoin tseanbhalcais dó é." Siúd é an áit ar cuireadh go hIfreann é, i Loch na Ruibhe. Is inti a éiríos Abhainn Ruibhe atá ag dul soir thrí Uachtar Ard. Ruibh an t-ainm ceart ar an diabhal sa tseanGhaeilge agus Ruibhseach ar an bhean...

Le chuíle údragáil meas tú nár thug Cromail an eang uathu go hÁrainn, agus d'fhan sé ann ní ba mhó. Bhí Árainn naofa go dtí sin...

— Ach, a Chóilí, a Chóilí, lig domsa labhairt. Scríbhneoir mé...

— ... Go ropa an diabhal thú féin agus na "Réalta Buí!"...

— ... M'anam muise, mar a deir tusa, go mbíodh an fód ar fónamh goidte orainn...

— Tusa ag caint ar ghoid, a fhear Cheann an Bhóthair, agus go ngoidfeá an ubh ón gcorr ina diaidh. Bhí sé de smál orm go raibh mo phortach teorainneach le do phortachsa, agus nach raibh d'ionlach agam le mo chuid móna a thriomú ann ach le hais do chuidse. D'fheistíteá do charr nó d'asal srathrach isteach i mbéal do chruaiche féin, ach b'as mo

Cré na Cille

chruachsa a líontá an t-ualach. An gcuimhníonn tú ar an maidin ar rug mé ort? Ní raibh sé ach ag déanamh lae. Dúirt mé an oíche roimhe sin leat go raibh mé ag dul chun an aonaigh le na muca. Dúirt tusa liomsa go raibh tú le dhul chun an aonaigh freisin ...

Agus an lá ar rug mé ar do bhean. Chonaic mé ag dul chun an phortaigh í i lár an lae ghléigil. Bhí a fhios agam nach mbeadh aon duine suas ann: go raibh siad sa trá rabharta ar fad. B'inti a bhí agam féin a bheith freisin, ach d'aithin mé ar do bhean gurb í bara na gadaíochta a bhí fúithi ...

Shnámh mé ar mo bholg riamh riamh aníos ar chúla an Droma, nó gur éirigh mé chuici agus í ag fáscadh an ghad maoil, istigh i mbéal mo chruaiche ...

"Dá fhad dá dtéann an mada rua, beirtear air sa deireadh," arsa mise ...

"Cuirfidh mé dlí ort," a deir sí. "Níl aon bhaint agat a theacht ar uaigneas mar seo ar bhean ar bith. Mionnóidh mé ort. Cuirfear thar farraige thú" ...

— Thusa ag caint ar ghoid, a fhear Cheann an Bhóthair, agus go ngoidfeá an mhil ón gcuasnóg. Thú ag díol chuile chaorán de do chuid móna féin. Gan fód ag gabháil leat ó lá Samhna, agus gleorach thine sa gcistin agat ina dhiaidh sin, agus sa bparlús, agus i seomraí bharr an tí ...

Bhí mé istigh ar cuairt agat oíche. D'aithin mé an mhóin a thug mé féin ón bportach an lá roimhe sin.

"M'anam muise, mar a deir tusa, nach bhfuil greas ná teas sa móin sin," a deir tú. "Bhí aici a bheith ní b'fhearr ... Tá an fód ar fónamh goidte orainn" ...

— Thusa ag caint ag ghoid, agus go ngoidfeá an bhráillín den chorp. Ghoid tú an fheamainn ghaoithe a bhain mé i mbéal an Oileáin.

"Nuair nach bhféadann muid í seo a chur ar bruach ar ár ndroim, ná leis an gcapall," a deirimse leis an mbean, "is fhearr dom sreangáin a fháscadh ar a cosa, i gcruth is go mbeidh comhartha againn uirthi. Dheamhan carghas ar bith a bheadh acu seo thuas ag Ceann an Bhóthair a thógáil as an snáth ar maidin."

"Ar ndóigh diabhal an féidir dóibh go ngabhfaidís ag tógáil feamainn ghaoithe," a deir an bhean.

133

Cré na Cille

"Go dtuga Dia ciall duit!" arsa mise. "Dá mbeadh sí scartha istigh ar do chuid talún agat, thógfaidís í, ní áirím a mhalairt."

... Maidin lá arna mhárach agus mé ag teacht ó bharr an bhaile casadh d'iníon liom sa nGleainnín Domhain, agus malach feamainne ar asal aici.

— Ó, an cathaitheoir a bhfuil an ceann is sine sin agamsa ag tabhairt chomhluadair di.

— D'aithin mé mo chuid coirlí ar an toirt, ainneoin go raibh cuid de na sreangáin bainte de na cosa.

"I gCaladh Choilm a thóig tú í," arsa mise.

"Sa gCaladh Láir," arsa sise.

"Go deimhin muise ní hea," arsa mise, "ach i gCaladh Choilm. Ní thiocfadh feamainn an Oileáin choíchin go dtí an Caladh Láir le gaoth aneas díreach agus le sruth rabharta. Sin í mo chuid coirlí-se. Má tá scrupall ar bith ionat, leagfaidh tú an boirdín sin, agus fágfaidh tú agamsa é ... "

"Cuirfidh mé dlí ort," a dúirt sí, "faoi m'ionsaí ar uaigneas mar seo. Mionnóidh mé ort. Cuirfear thar farraige thú ... "

— Ghoid tú m'oirdín. D'aithin mé agat é an t-am a raibh tú ag déanamh an chúltí ...

— Ghoid tú mo chorrán ...

— Ghoid tú an téad a d'fhág mé amuigh ...

— Ghoid tú na scoilb á d'fhág mé biorraithe sa scioból tar éis dhá lá dá n-anró a fháil i gCoill Ionnarba. D'aithin mé mo dhá scor féin ar gach scolb ...

— M'anam muise gur goideadh glaicín fhaochan uaimse. Bhí siad i málaí agam ag ceann an bhóithrín.

"M'anam," a deirimse leis an ngearrbhodach, "má chruinníonn muid an oiread chuile sheachtain go Samhain seo chugainn, go mbeidh cúnamh maith de luach bromaigh againn."

"Bhí seacht rampaire de sheacht mála ann. Ar maidin lá arna mhárach chuaigh mé síos roimh Fhear na bhFaochan. Bhreathnaigh sé orthu. "Tá an mála seo cúpla cloch uireasach," a deir sé.

B'fhíor dhó. Osclaíodh é agus goideach cúpla cloch as, an oíche roimhe sin.

Is í an fhírinne is fearr. Bhí amhras agam ar Chaitríona Pháidín ...

134

— Ab bu búna ...

— Bhí, muis. Bhíodh an-tóir aici ar fhaochain. Chuala mé daoine ag rá go mba togha earra ag an gcroí iad. Ach ní raibh a fhios agam an uair sin go raibh croí fabhtach agam, go bhfóire Dia orainn! Ach bhain mé stangadh ...

— A sheanbhrogúis! Ná creidigí é ...

— Nach bhfeicinnse m'athair féin, a Sheáinín Liam. An duine bocht, d'ólfadh sé tae chuile ré solais. Diabhal cianóg dá phinsean a chonaic mise sa mbaile riamh, a Sheáinín, ná a bhfuil a fhios agam cá gcuireadh sé é. Ach bhí greadadh tae le fáil an uair sin, agus cheannaíodh sé punt go leith, nó dhá phunt dhe, chuile Aoine. Dúirt Siúán an tSiopa liom gur minic a cheannaigh agus dhá phunt go leith. "An fhad is a sheasfas sé fóinfidh sé," a deireadh sé i gcónaí, an duine bocht.

Bhíodh Caitríona chuile Aoine i mbéal an tseoil ar a bhealach abhaile, agus d'ardaíodh sí isteach chuici féin é. Bhí sé so-ghluaiste mar sin, an duine bocht.

"Ólfaidh tú braon tae," a deireadh sí.

"I nDomhnach ólfaidh," a deireadh sé. "Sin dhá phunt ansin, agus a fhad is a sheasfas sé fóinfidh sé."

D'insíodh sé dhom tríd síos agus tríd suas arís sa mbaile é. Bhí sé simplí mar sin, an duine bocht.

Réitítí an tae. Réitítí agus faoi dhó b'fhéidir. Ach dheamhan ní b'airde ná leathphunt den lastas tae a thug sé abhaile riamh chugamsa. Nár lige Dia go gcuirfinn bréag air, a Sheáinín! ...

"Cheannaigh mé dhá phunt," a deireadh sé i gcónaí. "Murar chaill mé é! Féach an bhfuil aon pholl ar na pócaí sin. B'fhéidir gur fhág mé cuid dhe i mo dhiaidh tigh Chaitríona Pháidín. Gheobhaidh mé an chéad lá eile é. Agus mura bhfaighe féin, cén dochar? An fhad is a sheasfas sé fóinfidh sé. Té comhluadar Chaitríona in ann caitheamh a chur i dtae, slán a bheas siad! ... "

Bhí sé símplí mar sin, an duine bocht ...

— Thug tú éitheach, a strachaille! Nár bhánaigh mé mé féin ag coinneáil tae leis! É rite anoir agam gach uair dá mbaineadh clog nó watch, an áit a raibh sé tolgtha ag do chuid fataí breaca agus ag do scadán caoch, a Bhríd

Thoirdhealbhaigh na déirce. Na creidigi í …

— Suaimhneas atá uaimse! Suaimhneas atá uaimse. Tóg aghaidh do bhéil dhíom, a Chaitríona. Níor dhligh mé do chuid gadhraíocht uait! Suaimhneas! Suaimhneas! …

— Déanfaidh mise an fhírinne leat, a Bhríd Thoirdhealbhaigh. Bhí Garraí na Ráibe curtha againn an bhliain chéanna, agus seanfhataí go barr bachall againn. Amach i ndeireadh na Bealtaine a bhí ann. Bhínn féin agus Micil ar an bportach chuile lá dá n-éiríodh ar ár súil in imeacht coicíse roimhe sin. Bheadh agus an lá sin féin, murach go raibh Micil ag cur aníos glaicín fheamainn tirim go ham dinnéir. Chuaigh sé isteach sa scioból tar éis a dhinnéir go bhfaigheadh sé uchtóg tuí le cur i srathair an asail, mar bhí faoi an chuid eile den lá a chaitheamh ar an bportach.

"Shílfeá, a Chite," a deir sé, "nach mbeadh an oiread sin ídiú ar na seanfhataí sin amuigh sa scioból. Déarfainn rud eicínt murach go bhfuil na muca díolta le coicís."

"M'anam, a Mhicil," a deirimse, "nár leag mé mo chois chlí ná dheas istigh sa scioból sin le trí seachtaine. Ní raibh mo chruóg ann. Na gasúir a thugas isteach fataí an bhéilí."

"Bhí againn glas a choinneáil air," a deir sé, "ó thosaigh muid ag taithí an phortaigh. D'fhéadfadh a rogha duine a dhul isteach ann ar feadh an lae, nuair nach mbíonn muid féin ag an teach, agus na gasúir ag an scoil."

"D'fhéadfadh a mh'anam, a Mhicil, ná de shiúl oíche," a deirimse.

"S é fálú an ghairdín é tar éis na foghla," a deir Micil.

Amach liom féin, a Bhríd, de mhaol mo mhainge sa scioból. Bhreathnaigh mé ar na fataí.

"I nDomhnach, a Mhicil," a deirimse, ar a theacht isteach dhom. "Is é fálú an ghairdín tar éis na foghla é. Bhí an-chlúid fhataí ansin tá coicís ó shin, ach tá sí sleabhctha ar fad anois. Diabhal baol ar an oiread ann is a thabharfas go fataí nua muid. An mbeadh a fhios agat faoi do rian, a Mhicil, cé atá á ngoid?"

"Gabhfaidh mise ar an bportach," a deir Micil. "Téirigh thusa, a Chite, suas go dtí Ard an Mhóineir mar dhóigh dhe gur ar an bportach atá tú ag dul ar nós chuile lá, agus teara anuas na breaclachaí gleannacha taobh thiar, agus luigh san tsail i bhfalach."

Rinne, a Bhríd. Luigh mé san tsail ag tógáil sáil ar stoca agus gach re breathnú soir agam sa scioból. B'fhada an t-achar a chaith mé ann, agus creidim go raibh mé ag bordáil chodlata nuair a d'airigh mé an torann ag doras an sciobóil. Soir liom an mhaolbhearna de léim. Bhí sí ansin, agus tabhair cruit fhataí ar an gcruit a bhí uirthi, a Bhríd! ...

"Tá sé chomh maith dhuit a dtabhairt leat agus a ndíol ag Siúán an tSiopa, mar a dhíol tú do chuid féin ar feadh na bliana," arsa mise. "Tá tú anois ó Lá Bealtaine agus gan fata agat le cur i do bhéal. Bheadh ciall bliain, ach sin é d'fhaisean chuile bhliain."

"B'éigin dom a dtabhairt do Thomás Taobh Istigh," a deir sí "Loic a chuid féin."

"Loic! Nuair nár chuir sé aon chaoi orthu," arsa mise. "Níor lánaigh ná níor ghortghlan sé iad, ná níor chuir sé dionnóid sprae orthu ..."

"Impím béal na humhlaíocht ort gan labhairt air, a Chite, a deir sí, "agus cúiteoidh mé leat iad. Níor mhiste liom cé chloisfeadh é, ach gan an smuitín sin Neil ag fáil aon scéala air."

"Tá go maith, a Chaitríona," a deirimse, "ní labhród."

"Agus dar dair na cónra seo níor labhair, a Bhríd ... "

— A chite chaca na mbruithneog, bhí dalladh fataí de mo chuid féin agam riamh, míle buíochas le Dia ...

— ... A Dotie! A Dotie! Níor fhág sí bonn bán ar Thomás Taobh Istigh. Ba mhinic a casadh liom sa sráidbhaile é.

"D'anam ón docks, níl sciúrtóg agam nach bhfuil goidte uaim aici, a Nóra," a deireadh sé. Honest, deireadh.

Chaithinn féin luach cúpla gloine fuisce chuige, a Dotie. Honest. Ba díol trua é, an díthriúch, agus a theanga ar nós blátha spalptha i bpota ...

Ach cén chaint sin orm, a Dotie? Nach ndearna m'iníon féin an cleas céanna? Anseo a fuair mé fairnéis faoi ... Ar mo mhac i nGort Ribeach a rinne sí é, go ríghoirid tar éis mo bháis. Bhí sé fhéin agus a bhean ag dhul ar aonach sa nGealchathair. Thairg m'iníon a theacht aniar i gcionn an tí nó go dtagaidís abhaile. Thiomsaigh sí a raibh ar fónamh sa

teach agus chaith sí síos sa gcomhra mór iad. Bhí an carr agus
an capall aici taobh amuigh. Dúirt sí le ceathar nó cúigear
scurach a bhí ann an comhra a chur amach ar an gcarr. Ní
raibh a fhios acu sin beirthe é. Chaith sí luach na dí chucu.
"Is é comhra mo mháthar é," a deir sí. "D'fhág sí agam é."
Honest, dúirt. D'ardaigh sí léi abhaile é. Honest, a Dotie.
Comhra ríbhreá a bhí ann den tseandéanamh Gaelach. Bhí
sé chomh léidir le iarann. Agus é scéimhiúil dá réir. Fóint
agus áilleacht i gcuideacht, a Dotie ...
Cén bhrí, ach an luach airgid a bhí istigh ann! Spúnóga
agus sceana airgid. Foireann toilette airgid a bhíodh agam
féin an t-am a raibh mé sa nGealchathair. Leabhair éadálacha
faoina gceangal laosheithe. Bráillíní, pluideanna, barróga,
scaoilteoga ... Dá mbeadh Caitríona Pháidín in ann aire a
thabhairt dóibh, ní aiséadaí salacha a bheadh uirthi os cionn
cláir ...
Go díreach, a Dotie! Sin é an comhra a mbíonn Caitríona
dólámhach ag caint air ...
— Sceana agus spúnóga airgid i nGort Ribeach na Lachan!
Ó, a Mhuire Mhór! Ná creidigí í! Ná creidigí í! An So an' So.
A Mhuraed! A Mhuraed! An gcluin tú céard a dúirt Nóirín
ribeach? ... agus Seáinín Liam ... agus Bríd Thoirdheal-
bhaigh ... agus Cite ... Pléascfaidh mé! Pléascfaidh ...

4

— ... Láirín cheannann. B'aití ...
— Láirín a bhí agatsa. Bromach atá againne ...
— Láirín cheannann muis. Ar aonach na Féile San
Bairtliméad a cheannaigh mé í ...
— Tar éis na Nollag a cheannaigh muide an bromach
se'againn féin ...
— Láirín cheannann. Níor tholgán ar bith di tonna go
leith ...
— Bromach breá mór í an ceann se'againne, bail ó Dhia
uirthi! Bhíomar ag déanamh cró nua di ...
... An "tÚll Órga" a rug: céad ar an gceann.
— Gaillimh a rug. Bhuail siad Ciarraí ...
— An "tÚll Órga" a rug, a deirim leat.

Cré na Cille

— Tá mearbhall ortsa mar atá ar an mbobarún sin a bhíos ag sárú gurb iad Ciarraí a rug. Gaillimh a rug, a deirim leat...

— Ach ní raibh "Gaillimh" ar bith i rása mór an trí a chlog.

— Ní raibh "Úll Órga" ar bith ar an bhfoireann a ghnóthaigh an chraobh peile i 1941. An Ceanannach ab áil leat a rá, b'fhéidir...

— ... "Bhí Tomá-á-ás Taobh Istigh ann ... "

— ... Tá seacht dtithe déag istigh ar mo bhaile agus chuile vóta den méid sin ag dul d'Éamon de Valéra...

— Seacht dtithe déag! Agus ina dhiaidh sin níor caitheadh urchar le Dúchrónach istigh ar do bhaile! Dheamhan oiread is an t-urchar. Urchar ná urchar ná an t-urchar féin...

— Seachain muise nach ndearna siad luíochán. Deireadh oíche dorcha. Loit siad asal an Chraosánaigh ag dul i nGarraí an Bhóthair an Churraoinigh.

— Is maith a chuimhním air. Chuir mé mo rúitín amach...

— ... Le Pádraig Labhráis thú? ... an tríú stócach. Bhí tusa ag teacht chun na scoile agam. Ba bhuachaill breá urrúnta thú. Mullach fionn ort. Súile donna. Leicne grísghártha. B'ait an báireoir binne thú ... Muintir Dhoire Locha imithe go Sasana...

An Mháistreás ar fheabhas an domhain, a deir tú! A! Bileachaí an Phosta go dona tinn ... go dona tinn...

— Tá, a Mháistir. Scoilteacha, a deir siad. Cuireadh scéala isteach air go dtugadh sé na litreacha do dhuine ar bith ba thúisce chuige, agus b'éigean dó tosú dá dtabhairt chuig na tithe arís...

— Ba shin é an gléas air, an bacach...

— Drochlá a rug air ag dhul ar na tamhnacha. Fuair sé tuile na n-adraí. Ar a theacht abhaile dó, thug sé an leaba air féin...

— Tuilleadh diabhail aige! An bacach! An gadaí! An...

— Bhí caint mhór aige a dhul go Sasana, a Mháistir, sul ar buaileadh síos é ...

— A dhul go Sasana! A dhul go Sasana! ... Abair amach é. Ná bíodh náire ar bith ort...

— Deir daoine, a Mháistir, nach raibh sé ag fáil a shláinte ó phós sé ...

— Ó, an gadaí! An sáiteáinín santach! ...

139

Cré na Cille

— Ní raibh fonn ar bith uirthi féin a ligean ann. An t-am a raibh mise faoi réir le n-imeacht, bhí sí ag caint le m'athair faoi, agus dúirt sí dá n-imíodh Bileachaí nach raibh i ndán di féin ach an bás ...

— An raibiléara ...

— Thug sí triúr dochtúir as Baile Átha Cliath ag breathnú air, a Mháistir ...

— Le mo chuid airgidse! Ba bheag an dochtúir a tabharfadh sí chugamsa, an raibiléara ... an tóin sa raithneach ...

— De grace, a Mháistir!

— ... "Bhí Tomás Taobh Istigh ann is ragús pósta air ... "

— Ní raibh rún pósta ar bith agamsa. Go Sasana a ghabhfainn murach an donacht a theacht orm. Tá muintir Bhaile Dhoncha agus an Ghoirt Ribigh imithe ...

— Agus Gleann na Buaile agus Dhoire Locha. Tá a fhios agamsa chomh maith leat féin cé atá imithe ann. Ach an bhfuil aon starróg ag dul ag pósadh? ...

— Tá caint mhór ag Tomás Taobh Istigh ar phósadh.

— Ag caint air a bheas sé, an conús. Cé eile? ...

— An póilí rua le nurse as an nGealchathair. An Máistir Beag freisin ...

— An Máistir Beag ru? Is diabhlaí an fíbín pósta atá ar mhúinteoirí scoile. Chaithfeadh sé go bhfuil siad ag súil le ardú eile.

— Is dona a théas sé dóibh scaití. Chuala tú féin an Máistir Mór anois. Ach cé hí an cúileann? ...

— Bean óg as an nGealchathair. Bean bhreá, a mhaisce! An lá a raibh mé ag tarraingt phictiúir le dhul go Sasana, chonaic mé an bheirt in éindí. Chuaigh siad isteach san Aíochtlann Iarthair.

— Cén sórt múnla de bhean a bhí inti?

— Bean chaol ard. Gruaig fhionn uirthi agus í ina trilseáin ...

— Fáinne ina cluais?

— Is ea ...

— Súile dubha aici?

— Diabhal a fhios agam cén sórt súile a bhí aici. Ní hí a bhí ag déanamh imní dhom ...

140

Cré na Cille

— Meangadh glé?

— Bhí sí ag meangaireacht leis an Máistir ceart go leor. Ach ní raibh sí ag meangaireacht liomsa ...

— Ar chuala tú cáil sí ina cónaí?

— Níor chuala. Ach tá sí ag obair i nGealloifig de Barra sílim, má tá a leithéid ann. Tá Máistir Dhoire Locha agus deirfiúr an tsagairt le pósadh an mhí seo chugat. Deir siad go bhfaighidh sé an scoil nua.

— Bean an treabhsair ru?

— Is í.

— Nach diabhlaí go bpósfadh sí é?

— Tuige? Nach fear breá feiceálach é, agus ní ólann sé striog.

— Ach mar sin féin. Feictear dhom nach é chuile fhear a bheadh bean treabhsair sásta a phósadh. Bheidís éisealach thar mhná eile ...

— Ara, bíodh unsa céille agat! Tá mo mhacsa pósta le Francach i Sasana, agus ní bheadh a fhios sa domhan agat céard a bheadh sí a rá ach an oiread leis an lapaire atá curtha anseo thall. Nach éisealaí a bheadh sí sin ná bean treabhsair ...

— Bail ó Dhia ar do Fhrancach! Tá mo mhacsa pósta i Sasana le Aidhtailean. Anois, a bhfuil biseach agat?

— Thú fhéin agus do Aidhtailean. Tá mo mhacsa pósta i Sasana le Black. Anois, a bhfuil biseach agat fhéin?

— Black! Tá mo mhacsa pósta i Sasana le Giúdach. An bhfuil a fhios agat é sin? Le Giúdach. Ní hé chuile fhear a mbeadh Giúdach sásta é a phósadh ...

— Ní hé chuile fhear a phósfadh í. Bheadh consaeit ag duine léi ...

— Is mó an consaeit go mór a bheadh ag duine leis an mbean atá ag do mhacsa. Black. Soit! ...

— Tá an boss mór le pósadh, le bean as Gleann na Buaile. An gearrbhodach sin ag Seáinín Liam, tá an cró déanta aige, agus deir siad go bhfuil a shrón roimhe aige féin ag iarratas. Eitíodh é faoi iníon Fhear Cheann an Bhóthair.

— Ceann an Bhóthair a chaith chuile lá riamh ag goid mo chuid móna ...

— Agus mo chuidse ...

— Agus m'oirdínsa ...

— Ó, go ropa an diabhal í! Ag iarraidh a theacht isteach ar mo ghabháltas mór ...

— Sin í a d'fhógair dlí orm faoi mo chuid feamainn ghaoithe. Ní phósfadh Mac Sheáinín Liam í sin ru? ...

— Tá sí sách maith aige. Cén diabhal a bhí ag Seáinín Liam riamh? Faochain. Cén diabhal atá aige anois? Faochain ...

— M'anam nach raibh na faochain le cáineadh chor ar bith, nach raibh sin. Shaothraigh mé féin agus an gearrbhodach cúnamh maith de luach bromaigh orthu. Tá rud againn thar mar a deir sibhse: Bromach breá mór agus cró nach raibh ag teastáil uaidh ach an ceann. Dúirt mé leis nuair a bheadh an cró críochnaithe aige geadáinín de ghearrchaile a dhéanamh amach dó féin ...

— Eitíodh an gearrbhodach i dteach an aird freisin; faoi Iníon an Ruaitigh i mBaile Dhoncha, agus faoi iníon an tSiúinéirín sa nGort Ribeach ...

— Níl aon mhaith leis an ngearrbhodach sin ag imeacht. Ar dhúirt sé gur shaothraíomar cúnamh maith de luach bromaigh ar fhaochair.; go raibh cró nua glan déanta againn; gur cheannaíomar bromach breá mór tar éis na Nollag. Dheamhan críoch a ghabhfas go brách air, tá faitíos orm. Murach chomh tobann agus a d'imigh mé féin ...

— A Sheáinín Liam, is é an Ruaiteach i mBaile Dhoncha mo chol ceatharsa. Ní dhearna sé leath an chirt do mhac a eiteach. D'eitigh mise thú féin faoi m'iníon. An cuimhneach leat an uair a tháinig tú á hiarraidh?

— Ní raibh aon bhromach ná aon chró agam an uair sin.

— Is postúil a labhrófása faoi Ruaiteach Bhaile Dhoncha ach an oiread le scéal. Diabhal aithne ort nach é an tIarla agat é, agus gur eitigh m'athair faoi bhean é.

"An bhfuil tú ag ceapadh, a Ruaitigh," a deir m'athair, "go gcuirfidh mise m'iníon go Baile Dhoncha le maireachtáil ar neantóga, agus ar cheol dreolán teaspaigh?"

— D'athair ag eiteach an Ruaitigh! D'eitigh mo mháthairse é féin faoi bhean!

"Tá dhá scór punt agus bó le fáil ag m'iníonsa," a deir sí, "agus mh'anam nach isteach ar chnocáin dhreancaideacha do bhailese a chuirfeas mé í féin ná a dá scór."

— D'eitigh do mháthairse é faoi bhean! Do mháthairse! Thiomain a hathair ormsa í, agus ní phósfainn í. Bhí sí geamchaoch. Bhí ball dóráin faoina cluais. Ní raibh de spré aici ach cúig phunt déag. Ní phósfainn í ...

— Ní phósfainnse Briain Mór. D'iarr sé faoi dhó mé.

— Ná mise. D'iarr sé trí huaire mé. Dar dair na cónra seo, d'iarr. D'óbair gur chinn sé air sin bean ar bith a fháil. Phósfadh Caitríona Pháidín é agus fáilte san am ar fhág Jeaic na Scolóige ansin í, ach níor tháinig sé é hiarraidh ...

— Ab bu búna! A Chite na mbréag! A chailleach na mbruithneog ...

— ... Honest, a Dotie. Ní raibh an áit sách maith chor ar bith. Ba bheag an baol a bheadh ormsa m'iníon a ligean ansin, agus sé scór spré le fáil aici, murach gur charghas liom a coinneáil uaidh. Bhí riasc den rómánsaíocht tríom féin i gcónaí, agus ní bhfaighinn ó mo chroí cead a thabhairt do chúrsaí suaracha saolta a bheith ina dtreampán dodhréimeach dá ngrá cásmhar. Honest. Murach sin, a Dotie, meas tú an ligfinn m'iníon ná mo shé scór punt isteach ar chupla póicín gágach Chaitríona Pháidín? ...

— A raicleachín ribeach! A So an' So! Ná creidigí í! Ná creidigí í! A Mhuraed! A Mhuraed! ... An gcluin tú céard a deir Nóra na gCosa Lofa? Agus Cite na mbréag? ... Pléascfaidh mé!

5

— ... Meas tú nach é cogadh an dá Ghall é? ...

— ... Drochbhuidéal a thug an murdaróir dom ...

— ... Diabhal thiomanta deoir de dhá phionta agus dá fhlichead nach raibh i mo bholg muis, agus mé ag ceangal Thomáisín ...

— Is maith a chuimhním air. Chuir mé mo rúitín amach ...

— "Tá an ma-da ag ól." Qu-est-ce que c'est qu' "an ma-da" ... Qu'est-ce que c'est qu' "an ma-da." Ma-da. Ma-da.

— Bogha mhogha! Bogha mhogha!

— Un chien, n'est ce pas? Ma-da. Bogha mhogha Ma-da.

— Mada. Mada. Mada, a chloiginn.

— "Tá an mada ag ól." Le chien boit, n'est-ce pas? "Tá an

mada ag ól." Mais non! "Tá an ma-da ag gol"!

— Ba mhinic le mada a bheith ag gol, a chloiginn! B'fhéidir go raibh sé ag caoineadh, nó ag tafann, nó ag ól féin. Ach ní raibh sé ag gol. Ag gol! Diabhal mada a chonaic mé riamh ag gol.

— Tá an ma-da ag gol.

— Tá an mada ag caoineadh. Tá an mada ag caoineadh.

— "Tá an ma-da ag gol." "Ag gol: a...g...o...l"! "Ag gol". Ce son les mots qui se trouvent dans mon livre. "Tá an ma-da ag gol." Pas "ag ól."

— Má tá sé ag gol bíodh. Diabhal neart againne air, ná ar an té a chuir sa leabhar é, ach oiread. B'fhéidir go ndeachaigh an mada ar an ól, agus gur thosaigh sé ag gol ansin faoin bpóit agus faoi na pócaí folamha ...

— Je ne comprends pas. Après quelques leçons peut-etre ... "Tá an cat bán ar an stól." "Cat": qu'est ce qu'il veut dire? "Cat?" "Cat?"

— Míámh! Míámh!

— Miaou! Miaou! Chat! N'est-ce pas? Chat.

— Is ea, 'deile?

— Tá an ba-ta fa-da. Tá an a-ta ard. Tá an a-ta ard. Tá a-ta ard ar Phól ...

— Thug tú éitheach! Ní raibh aon hata ard riamh orm. Ba dona a bhí sé íseal féin agam. Nach mé an t-easpag agat?

— Je na comprends pas. "Níl Pól óg ... "

— Thug tú éitheach. Bhí mé sách óg. Ní bheinn ach ocht mbliana fichead faoi Fhéil Peadar agus Pól a bhí chugat.

— Je ne comprends pas. "Níl Pól óg ... "

— Níl sé ag ól anois, mar nach bhfaigheann sé an dóigh, ach d'ól sé a raibh aige roimhe seo, agus ba bheag é sin.

— Je ne comprends pas.

— Au revoir! Au revoir! De grace! De grace! ...

— Diabhal focal Gaeilge a bheas aige lena loiseag.

— Ní bheadh aon mhoill air, ina dhiaidh sin, ag teacht isteach uirthi. Bhí Gaeilgeoir againn an bhliain ar bhásaigh mé. Diabhal smid i gCathair Pheadair ná Phóil a bhí aige, ach go mbíodh sé ag foghlaim as na leabhair bheaga sin, mar atá mo dhuine. Bhíodh sé sa gcistin chuile mhaidin uair sula d'éirínnse agus siún sincín déanta aige den teach:

"Is cat é seo. Is sac é seo.Tá an cat ar an sac. Is mada é seo. Is stól é seo. Tá an mada ar an stól."

Ba shin é a chuid liodán ar feadh an lae. Bhí mo mháthair sáraithe aige.

"Th'anam ón diabhal, a Phóil, croch leat é sin soir sa ngarraí," a deir sí liom fhéin.

Bhí mé ag baint mhóinéir i mbóithrín an chladaigh an tráth céanna. Chroch mé liom soir é. Ba dona a bhí muid thoir nuair a bhí sé in am a theacht anoir arís ag an dinnéar, mar léigh sé an lesson do chuile dhuine dár casadh linn faoi bhealach.

Soir linn arís tar éis am dinnéir. Thosaigh mé féin ag inseacht focail bheaga dhó: "speal," "féar," "féar," "claí," "coca," agus focail bheaga mar sin.

Bhí an lá an-bhrothallach, agus é ag fáil dubhanró ag iarraidh na focail a fhuint ar a theanga. Chaith sé cúpla smugairle righin amach. D'fhiafraigh sé dhíom cén chaoi a n-abróinn "pint" i nGaeilge.

"Pionta," a deirimse.

"Pionta," a deir sé, agus sméid orm . . .

Soir linn le cladach go tigh Pheadair an Ósta. Sheas sé dhá phionta.

Anoir linn arís sa ngarraí.

Thug mé focal eile dhó.

"Pionta," a deir sé.

"Pionta," a deirimse.

Soir linn arís. Dhá phionta eile. Anoir arís sa ngarraí. Thug mé féin focal eile dhó.

Soir arís. Anoir arís.

Soir agus anoir mar sin i gcaitheamh an lae. Mise ag tabhairt focal ar an bpionta dósan, agus eisean ag tabhairt pionta ar an bhfocal domsa . . .

— . . . Titim de chruach choirce, muis . . .

— . . . An síleann tú gur in iomaire chóilise a d'fhás mé nach mbeinn ag pictiúir riamh? . . .

— Seanduine mar thusa?

— Seanduine mar mise? Ar ndoigh, ní raibh mé sean i gcónaí.

— Is mór an áilleacht iad. Chonaic mé rudaí breá orthu.

145

Deirfiúr an tSagairt

146

Tithe mar atá ag an Iarla ...

— Chonaic mé crois bhreá orthu, agus déarfainn gur de ghlaschloch an Oileáin í ...

— Chonaic mé go leor mná agus treabhsair orthu ...

— Agus Mná Black ...

— Agus daoine cultúrtha, clubanna oíche, céibheanna, loingiseacha faoina gcuid slata seoil agus maraithe de chuile ghné craicinn. Honest ...

— Agus corrscóllachán gránna ...

— Agus mná agus meangaí milse mailíseacha orthu, fearacht Shiúán an tSiopa nuair a bheadh sí do d'eiteach faoi thoitíní ...

— Agus mná agus stiúir chluana orthu, mar a bhíodh ar iníon Pheadair an Ósta, ar a bheith di ag giall an dorais le cleas an pharlúis a imirt ar shreothaí bocht eicínt ...

— D'fheicfeá bromaigh bhreá móra orthu, a mh'anam ...

— Agus cluichí peile. Ach beannacht Dé dhuit! Dhéanfadh an Ceanannach gruth agus meadhg de thóin aon pheileadóra acu ...

— Ní fheicfeá aon fheamainn ghaoithe chor ar bith orthu ...

— Ná beirt thuíodóirí thuas ar dhá leataobh tí ...

— Ná neantógaí mar a bhí i mBaile Dhoncha.

— Ná cnocáin dhreancaideacha mar a bhí ar an mbaile se'agaibhse ...

— Thabharfainn féin roghain ar Mhae West thar dhuine ar bith acu. Ní iarrfainn de léas ar mo shaol ach a feiceáil arís. An-bhean bromaigh a bheadh inti, cheapfainn. Bhí mé féin agus an gearrbhodach sa·nGealchathair an oíche roimh an aonach. D'ól muid cúpla pionta.

"Teaga leis anois," a deirimse. "Dá dtéadh muid i bhfad scéil leis, is fánach an chaoi a mbearnódh muid luach an bhromaigh."

"Tá sé luath a dhul a chodladh fós," a deir sé. "Siúil isteach chuig na pictiúir."

"Ní raibh mé acu riamh," a deirimse.

"Cén dochar?" a deir sé. "Beidh Mae West ann anocht."

"Mh'anam muis, más mar sin é," a deirimse, "go ngabhfad."

Chuaigh.

Tháinig bean amach. Bean bhreá mhór, a mh'anam, agus thosaigh sí ag gáire liom féin.

Thosaigh mise ag gáire léi.

"Ab shin í í?" a deirimse.

"Ara, cén!" a deir an gearrbhodach.

Ba ghearr gur dháinig splíota eile amach. Bhuail sí lámh ina corróig. Chuir sí leathmhaing uirthi féin, agus thosaigh ag gáire linn ar fad. Thosaigh a raibh ann ag gáire léi.

"Sin í anois í," a deir an gearrbhodach.

"Thuga leat!" a deirim féin. "An-bhean bromaigh a bheadh inti, cheapfainn. Chomh luath is a bheas an cró réidh, níorbh fhearr do ghearrbhodach mar thú rud a dhéanfadh sé ná geadáinín de ghearrchaile a sholáthar dó fhéin. Ach i nDomhnach, ní mholfainn duit aon phlé a bheith agat lena leithéid sin. Bheadh sí go maith i ndiaidh bromaigh ceart go leor, ach . . .

"Ara, cén!" a deir an gearrbhodach.

Tháinig bruilín amach ansin, ar nós an phuic sin a theagas ag foghlaeireacht tigh Jeaic na Scolóige, agus bhí sé ag caint leis an mbeirt bhan. Thosaigh sé ag sua an aeir lena lámha. Tháinig gillín eile amach. Macasamhail an duine uasail sin a bhíos ag iascach tigh Neil Pháidín—Lord Cockton. Dúirt Mae West caint eicínt leis. M'anam muise gur inis an gearrbhodach dhom céard í fhéin, ach mo cheann fine ní fhéadfadh cuimhneamh uirthi anois . . .

Chuir an bruilín pluic air féin, mar a bheadh eadromán ina bhéal, agus leag súil a láimhe anuas ar a easnachaí. Bhí sé anotraithe, agus saothar diabhalta ann. Déarfainn gur fear é a raibh croí fabhtach aige, go bhfóire Dia orainn! . . .

— . . . Uair amháin, a Chite. Sin é a raibh mé ag na pictiúir riamh. B'fhearr liom ná fios mo shaoil a bhfeiceáil arís. Ba é an t-am é a raibh luí seoil ar m'iníon atá pósta sa nGealchathair. Chaith mé féin seachtain thíos ag tabhairt aire di. Bhí finnéirí uirthi an uair seo. Tháinig a fear isteach tráthnóna ó obair. D'ith sé a dhinnéar agus ghléas sé é fhéin.

"An raibh tú ag na pictiúir riamh, a Bhríd Thoirdhealbhaigh? a deir sé.

"Céard iad sin?" arsa mise.

"Tá: chuile chineál pictiúr atá á 'spáint in áit thuas ansin," a deir sé.

"Ag teach an phobail?" a deirimse.

"A! Ní hea," a deir sé, "ach pictiúir."

"Pictiúir Íosa Críost agus na Maighdine Muire, agus an Naomh Pádraig, agus an Naomh Joseph?" a deirimse.

"Ara ní hea," a deir sé, "ach tíortha coimhthíocha agus beithígh éigéille agus daoine aisteacha."

"Tíortha coimhthíocha, agus beithígh éigéille agus daoine aisteacha," a deirim féin. "M'anam nach dtaobhóidh mé chor ar bith iad. Cá bhfios dom, i bhfad uainn an anachain agus an urchóid! ... "

"Intinn na tuaithe atá agat," a deir sé, agus é i lagracha gáirí fúm. "Níl iontu ach pictiúir. Ní fhéadfaidh siad aon dochar a dhéanamh dhuit."

"Beithígh éigéille agus daoine aisteacha," arsa mise. "Cá bhfios goidé sin? ... "

"Pictiúr faoi Mheiriceá a bheas ann anocht," a deir sé.

"Meiriceá," a deirimse. "Meas tú a bhfeicfinn mo Bhríd bhán agus mo Nóirín—céad slán dóibh!—agus Anna Liam ... "

"Feicfidh tú daoine mar iad," a deir sé. "Feicfidh tú Meiriceá."

Agus ar ndóigh chonaiceas. Dheamhan a leithéidí d'iontais! Nach mairg nach bhféadfainn caoi a chur orthu! An tine bhradach sin a bhain an mheabhair in éindí asam! ... Ach go deimhin duit, a Chite, bhí chuile shórt chomh follasach dom agus dhá mbeinn thall buailte orthu. Bhí seanbhean ann agus ceirt aici ag cuimilt an dorais, agus strainc uirthi mar a bhíodh ar Chaitríona Pháidín an tráth a bhfeiceadh sí Neil agus Jeaic na Scolóige ag dul thairti suas abhaile ón aonach ...

— Ab bu búna! ...

— Agus bhí seomra breá áirgiúil ann agus round table ar nós an cheann sin, a Chite, ar thug tú an punt do Chaitríona lena cheannach, agus nár íoc sí riamh leat ...

— Thug tú éitheach ...

— Agus bhí taepot airgid, mar atá tigh Neil, leagtha air. Agus d'oscail fear a raibh éadaí dubha air, agus cnaipí óir iontu, an doras. Shíl mé gurb é an póilí rua é, nó gur chuimhnigh mé gur i Meiriceá a bhí siad. Tháinig fear eile isteach agus caipín air mar d'fheicfeá ar bhuachaill posta agus thosaigh sé féin agus fear an tí ag cailicéireacht le chéile. Rug sé féin agus fear na gcnaipí óir ar fhear an tí agus chaith siad síos le fána é. Shíl mé go raibh sé ina chuailín cnámh, mar bhí trí nó ceathair de staighrí roimhe. Ansin chuir siad amach an doras i ndiaidh a mhullaigh é agus dóbair gur bhaine sé tradhall as an tseanbhean. Tá a fhios ag mo chroí, a Chite, go raibh trua agam di. Tháinig ré roithleagán ina ceann.

Ansin bhreathnaigh fear an tí ina dhiaidh agus thomhais sé a dhorn leis an bhfear a chaith amach é. Shíl mé gurb é an Máistir Mór a bhí ann—an gheanc agus na súile rite céanna—agus gurb é Bileachaí an Phosta a chaith amach é, nó gur chuimhnigh mé gur i Meiriceá a bhí siad. Bhí a fhios agam pé ar bith céard a dhéanfadh an Máistir Mór le bheith i Meiriceá nach bhféadfadh Bileachaí a bheith ann agus cúram an phosta chuile lá air ...

— An bacach! An crúbálaí! An ...

— Chuaigh an fear seo a d'aithneofá as Bileachaí suas an staighre arís, go dtí an seomra, agus bhí bean istigh ann a raibh feisteas dubh uirthi, agus pósaetha air.

"Sin í an Mháistreás, má tá sí beo," a deirimse liom féin. Ach chuimhnigh mé ansin gur i Meiriceá a bhí siad, agus go raibh an Mháistreás ag múineadh scoile sa mbaile cúpla lá roimhe sin ...

— An easair ...

— De grace, a Mháistir ... Anois, A Dotie ...

— D'oscail fear na gcnaipí óir an doras arís. Tháinig bean eile isteach a raibh srón bheag gheancach uirthi, agus cóta fionnaigh, macasamhail an cheann a bhí ar Bhaba Pháidín an t-am a raibh sí sa mbaile as Meiriceá, nó go mb'éigean dí a chaitheamh i leithrigh de bharr na bpráibeanna súiche a thit air tigh Chaitríona ...

— Thug tú éitheach, a strachaille ...

— ... Ó, pictiúr smashing, a Dotie! Honest! Bhí lionra agus anbhá ann. Dá bhfeictheá an chuid sin di ar dhúirt Eustasia le Mrs. Crookshank:

150

"My dear," a deir sí. "Níl gar a bheith ag scoilteadh cainte faoi. Tá mise agus Harry pósta. Pósadh in Oifig Cláraitheora ar an Séú hAibhiniú ar maidin muid. Ar ndóigh my dear, tá Bob ansin i gcónaí" ...

Agus shníomh sí a guaillí go caithréimeach. Ó! ba mhór an feall nach bhfeicfeá, a Dotie, an dreach a tháinig ar Mrs. Crookshank, agus gan focal den chaint fanta aici. Ní fhéadfainn gan cuimhniú—slán an tsamhail chultúrtha é!—ar an rud a dúirt Neil Pháidín le Caitríona:

"Fágfaidh muid Briain Mór agatsa, a Kay."

— A ribeacháinín! ... A So an' So ... A Mhuraed! a Mhuraed! An gluin tú? An gcluin tú sneácháinín na gCosa Lofa, agus Bríd Thoirdhealbhaigh? Pléascfaidh mé! Pléascfaidh mé! ...

6

Agus chaith Neil fear an leoraí! Tar éis gur ar an taobh contráilte den bhóthar a bhí a mac. Breitheamh gan aon mheabhair a bhí ann. Cá mb'fhíor don strachaille Bríd Thoirdhealbhaigh nach bhfágfadh an dlí bonn bán uirthi. Agus fuair sí ocht gcéad punt ina dhiaidh sin! An sagart, deile? Agus bhí sé d'éadan ag an smuitín a dhul ag cur Aifrinn le m'anamsa ...

Tá bóthar á dhéanamh isteach go teach chuici. Bóthar nach bhféadfaí a dhéanamh murach chomh simplí is a bhí mo Phádraigse. Tá sí ag imeartas anois air, mar d'imir sí ar Jeaic na Scolóige faoin Leabhar Eoin. Dá mbeinnse beo ...

Níl smid ná smeaid faoin gcrois anois. Agus an rud a dúirt an scóllachán gránna: "Is olc an aghaidh crois an mhagarlach sin." Nach beag d'fhaitíos é roimh Dhia ná Mhuire! Agus é gar don chéad! Nár mhaire sé a aistear go Baile Átha Cliath muis! ...

Tá dearmad déanta orm os cionn talún. Sin é an chaoi, go bhfóire Dia orainn! Shíl mé nach ngabhfadh Pádraig siar ar a ghealladh. Má thóig an stócach sin an scéal ceart? Ní móide gur thóg. Bhí sé rólíofa ar a dhul go Sasana ...

Dá mbeadh a fhios ag mo Phádraig cén bhail atá ag dul orm i gcré na cille! Is geall le giorria mé a bheadh i dteannta ag confairt. Mé reicthe feannta ag Seáinín Liam, ag Cite, ag Bríd Thoirdhealbhaigh, acu ar fad. Mé ag iarraidh a bheith ag coinneáil choic leo i m'aonraic. Agus gan duine ná deoraí agam a chuirfeadh ar mo shon. Ní bheidh a sheasamh agam. Pléascfaidh mé ...

An coileán sin, Nóra na gCosa Lofa, atá á saighdeadh ar fad ...

Is diabhlaí an t-athrú a tháinig ar a hiníon. Agus mé siúráilte gur fadó a bheadh sí anseo. Is cumasach an bhean í. Tá ríméad orm anois gurb í a phós Pádraig. Níl aon mhaith a rá ach an ceart. Diabhal mé go bhfuil. Mhaithfinn chuile shórt di dhá ndearna sí fhéin agus a máthair orm riamh, as ucht Neil a chaitheamh ar chúl a cinn sa tine, agus gan foithnín gruaige ná liobar leathair ná folach éadaigh a fhágáil thuas ar iníon Bhriain Mhóir. Agus bhris sí na gréithe. D'iompaigh sí an chuinneog a raibh iníon Bhriain Mhóir agus Neil ag déanamh maistridh inti. D'éirigh sí i mullach ál óg éanacha ar an urlár. Rinne sí steig meig in aghaidh an bhalla den taepot airgid a bhí ar bharr an dreisiúir á 'spáint ag Neil. Agus chuir sí an clog a bhronn Baba ar an smuitín amach tríd an bhfuinneog. Sin é a dúirt an stócach ...

An-bhean í. Faraor má rinne mé an oiread géaraíocht uirthi. Neil a chur ar chúl a cinn sa tine! Sin rud nach raibh sé de rath ormsa a dhéanamh riamh ...

Agus tá an tinneas caite i gcártaí aici anois. Cearca agus muca agus laonta á dtógáil aici. Má mhaireann di, déanfaidh sí bun ...

Ach Neil a chaitheamh ar chúl a cinn sa tine! Loisceadh an cúl fionn aici. Níor chuimhnigh mé a fhiafraí den stócach ar loisceadh a cúl fionn. B'fhearr liom ná ar shantaigh mé riamh dá bhfeicinn í ag caitheamh Neil sa tine. Nach mairg nach raibh mé beo!

Chroithfinn lámh léi, phógfainn í, bhuailfinn bosóg sa dromán uirthi, chuirfinn fios ar cheann de na buidéil órga ar fhuinneog Pheadair an Ósta, d'ólfadh muid sláinte a chéile, chuirfinn beannacht Dé le hanam a máthar agus chuirfinn faoi deara Nóra a bhaisteadh ar an gcéad naíonán mná eile a bheadh aici. Ach céard sin orm? Nach bhfuil Nóra cheana ann! ...

152

Cré na Cille

Dar mo choinsias, glaofaidh mé ar Nóra Sheáinín, inseoidh mé di faoin ngníomh a rinne a hiníon agus faoin mbroid oibre atá inti anois, agus déarfaidh mé léi gur mór an phráinn liom gurb í atá pósta ag mo mhac ...

Ach céard a déarfas Muraed, Cite, Bríd Thoirdhealbhaigh agus a bhfuil acu ann? Go mbínn ag díbliú uirthi; ag tabhairt raicleach agus Nóra na gCosa Lofa uirthi; nach vótálfainn di sa togha ...

Déarfaidh. Déarfaidh siad freisin—agus is fíor dóibh é—gur chuir sí bréaga orm: gur dhúirt sí gur robáil mé Tomás Taobh Istigh, go bhfuair a hiníon sé scóir spré ...

Ach bíodh acu. Mhaithfinn rud ar bith di as ucht gur chaith a hiníon Neil ar chúl a cinn sa tine ...

A Nóra ... Hóra, a Nóra ... A Nóra chroí ... Is mé Caitríona Pháidín ... A Nóra ... A Nóra chroí ... Ar chuala tú an scéal nua sin ón talamh thuas? ... faoi d'iníon ...

Céard sin, a Nóra? Céard a deir tú? ... Ab bu búna! Nach bhfuil aon ionú agat a bheith ag éisteacht le seafóid shuarach an tsaoil thuas! ... Chuaigh tú ag plé le suaraíl sa Togha, agus níor fhág sí ort ach séala na créafóige! Dar príosta! ... Ní fiú leat éisteacht le mo scéal ... Faoi chúrsaí suaracha é ru! ... Caithfidh tú do chuid ama ar fad feasta le ... le ... le ... le ... Céard a thug tú air? ... le cultúr ... Níl aon am agat éisteacht le mo scéalsa faoi rá is nach mbaineann sé le ... le cultúr ... A Mhic Dé na nGrást anocht! Nóirín na gCosa ... Nóirín na gCosa Lofa as an nGort Ribeach ag caint ar ... ar chultúr ...

Abair an bolgam Béarla sin arís. O b'annamh leis an gcat srathar a bheith air Béarla a bheith sa nGort Ribeach. Abair arís é ...

— "Art is long and Time is fleeting."

— "Fleet!" "Fleet!" Is é an "Fleet" an chloch mhór ar do phaidrín. "Fleet" agus mairnéalaigh. Ó a mhuire anocht, nach beag de mheas a bhí agam orm féin a dhul ag cur aighnis ar bith ort, a So an' So ...

153

EADARLÚID A SÉ

1

IS mise Stoc na Cille. Éistear le mo ghlór! Caithfear éisteacht...

Anseo sa gcill tá an póilí uathlathach is dorchas. Is é a bhata an lionndubh nach mbristear le scéimh-mheangadh bruinnile. Is bolta den neamhaithne a bholta, agus ní scaoilfidh drithle an óir é ná briathra sleamhaine an cheannais. Is í a shúil an scáile ón gcrann smola i mbéal casán na coille. Is í a bhreith an bhreith dhaor nach sáraíonn lann aon ridire gaisce í ar fhód an bháis.

As cionn talún tá an Sorchas faoina chulaith ghaisce. Tá leann ghréine air a bhfuil cnaipí róis uirthi, fáithim den mhuircheol, uaim den éancheol, scothóga d'eití féileacán agus crios de réalta as Bealach na Bó Finne. Is de chaillí brídeog a sciath. Is de bhréagáin leanbh a chlaíomh solais. Is í a chonách ghaisce an iothchraobh atá ag scinneadh chun déise, an néal a gcuireann grian óighe na maidine scolb air, an ainnir a bhfuil úraisling an ghrá ag lasadh a roisc...

Ach tá an snobh ag triomú sa gcrann. Tá guth óir an smólaigh ag déanamh copair. Tá an rós ag sleabhcadh. Tá an mheirg dhubh a mhaolaíos, a rodas agus a dhreos ag foirgeadh béal lainne an ridire.

Tá ag dul ag an dorchas ar an sorchas. Éilíonn an chill a cuid ... Is mise Stoc na Cille. Éistear le mo ghlór! Caithfear éisteacht...

2

Cé seo agam? ... Máirtín Crosach, mo choinsias! Bhí sé in am agat a theacht! Is fada mise anseo, agus ba mé do chomhaois ... Is ea, is mé an bhean chéanna, Caitríona Pháidín ...

Anacair leapa a bhí ort, a deir tú ...

154

Cré na Cille

— A Chaitríona, a chuid, bhí an leaba an-chrua. An-chrua go deo ar mo mhása bochta, a Chaitríona. Bhí mo dhroim tógtha fré chéile. Ní raibh liobar leathair ar mo cheathrúna agus bhí sáimhín aireach i mo bhléin. Ba bheag an dochar dhom, a Chaitríona a chuid, agus luiteachas trí ráithe orm. Ní raibh cor ná car ionam. Thagadh mo mhac isteach, a Chaitríona, agus d'iompaíodh sé ar an gceathrú eile mé. "Ní fhéadaim sraith cheart a thabhairt do mo cholainn," a deirinnse. "Is fada an luiteachas é," a deirinn. "Ní dhearna an luí fada bréag a riamh," a deireadh sé. A Chaitríona a chuid, bhí an leaba an-chrua go deo faoi mo mhása bochta …

— Is beag a d'airigh do mhása é, a Mháitín Chrosaigh. Bhí brabach orthu … Bhuel, má bhí anacair leapa ort is mór an leas duit é, le thú féin a thaithiú le na cláir anseo … Bid Shorcha, a deir tú. Tá sí os cionn talún fós. Ní fearr linn anseo í. Ba ghránna an feic os cionn talún í, ní ag baint fogha ná easpa aisti é, agus ní mheasaim go gcuirfeadh an áit seo aon fharasbarr slachta uirthi ach oiread … Bhí tú féin agus Bid ag coimhlint le chéile go bhfeiceadh sibh cé agaibh ab fhaide a mhairfeadh, a deir tú. Is ea, a mh'ainín. Is ea. Is amhlaidh a bhíos sé, a Mháirtín Chrosaigh … Agus chuir sí roimpi thú! Diabhal neart a bhíos air sin féin, a Mháirtín bhoicht. Díol cam uirthi, murab í atá saolach! Is fadó an lá a bhí aici bás a fháil, murach í a bheith gan náire … Is fíor dhuit sin, a Mháirtín, ba mhór an t-ionadh ná tháinig anacair leapa uirthi agus an cion a bhí ar an leaba. Dheamhan lá riamh nach tinn a bhíodh sí, ach lá sochraide. Chuile lá eile bheadh slócht slaghdáin uirthi. Ach ba bheag a bheadh ar a glór an lá sin. "Murach go raibh piachán orm," a déarfadh sí leat, tar éis na sochraide, "is mise a chaoinfeadh é." An laisceach bhradach! Ag tarraingt pinsin agus leathchrónacha fós, agus dhá mámadh isteach i naprún bhean a mic. An fhad is a choinneos sí an t-airgead sa naprún, ní ligfidh bean a mic aon anacair leapa uirthi, deirimse leat! Gabhfaidh im ar a mása agus ar a ceathrúnaí sin … Ní chaoineann sí duine ar bith anois, a deir tú. An steallaire! … Tom Rua buailte suas. Ceann eile … Níor thit an bothán fós ar Thomás Taobh Istigh, a deir tú … ab bu búna! Chuir Neil isteach bord dó … agus drisiúr … agus leaba. Leaba féin ru! Ba bheag an leaba a chuirfeadh sí isteach d'aon duine murach airgead mailíseach. Ó, breitheamh gan aon mheabhair ... Faitíos a bhí uirthi go dtiocfadh anacair leapa air sa tseanleaba. Faitíos nach bhfaigheadh sí a chuid talún, a Mháirtín Chrosaigh ...

Briain Mór, a deir tú? Ní chaillfear choíchin é sin nó go mbuailtear searróg ola mhór air, agus cipín a chur ann ... Sin í an fhírine, a Mháirtín Chrosaigh. Ní bheidh aon anacair leapa ar an scóllachán gránna sin ... Imeacht in éindí muis. I bhfad uainn a chual cnámh! ...

Céard sin? ... Drochthinneas arís i Leitir Íochtair! Ba mhinic leo, ní á roinnt leo é. Is fearadh ar an gcill seo iad sin muis. Ramhróidh agus bodhróidh siad í ...

Baba se'againne buailte suas i Meiriceá! Ha Dad! ... Ara, cén! Anacair leapa uirthi siúd, a Mháirtín Chrosaigh! Bhí mása aici faoi dhó ní ba raimhre ná agatsa. Agus féadfaidh sí leaba bhog a choinneáil fúithi féin, níorbh é sin duitse é, a Mháirtín Chrosaigh ... Bíodh unsa céille agat, a dhuine sin.

Síleann tú má d'airigh tú do sheanleaba féin crua go bhfuil chuile leaba eile crua freisin ... Beannacht Dé dhuit, tá leapacha boga i Meiriceá, don té a bhfuil airgead aige ... Ní bhfuair tú tuairisc ar bith mar sin ar scríobh sí abhaile. Níor chuala tú go raibh Neil go dtí an sagart le gairid? ... Bí siúráilte go raibh, a Mháirtín. Alpóidh sí an uacht, nó is cinniúint uirthi é ... An sagart atá ag scríobh di? 'Deile? ...

Ara, níl aon mhaith sa máistir scoile sin atá ag scríobh don mhuintir se'againne ... Diabhal foghlaim air, a Mháirtín. Is fíor dhuit sin. Tá an scéal ceart go leor mura n-insí sé don tsagart é ... Is minic a bhíos an sagart agus an máistir scoile ag spaisteoireacht in éindí a deir tú ... Tá an bóthar nua go tigh Neil i ndáil le bheith críochnaithe. Ó, nach air an bpleoitín de mhac sin agam a bhí an léan agus an Leacach Ard a thabhairt di! ...

Neil ag caint ar theach ceann slinne a dhéanamh? Teach ceann slinne! Nár mhaire sí a teach ceann slinne muis, an cocailín! Mura cuid den uacht a bheadh faighte aici? Fuair an dream sin i nDoire Locha riar di sul ar bhásaigh a ndeartháir beag ná mór ... Ach ar ndóigh bhí airgead na cúirte aici. Níl baol ar bith nach ar Áit an Phuint a chuirfear anois í ...

Tá Jeaic ag fuasaoid i gcónaí. An duine bocht! Á, nach í

Neil agus iníon Bhriain Mhóir, an cuaille, a d'imir air faoin Leabhar Eoin! … Níor chuala tusa caint ar bith ar Leabhar Eoin! … Chuala tú rud muis! Meas tú a n-inseoidís duitse faoi! …

Bean Phádraig ina suí leis an éan chuile mhaidin! Nár laga Dia í! … Tá go leor gamhna ar thalamh Phádraig, ab ea? … An chomhairle bainte ag an mbean ar fad de Phádraig! … Í féin a níos díol agus ceannach anois. Féach sin! Agus mé ag ceapadh go mbeadh sí anseo lá ar bith! … Ar ndóigh ní bheadh a fhios agat tada faoi cheann óg? … Bhí rud ar d'aire. Anacair leapa … Is furasta aithint go bhfuil tú nua-aoiseach anseo agus thú ag caint mar sin, a Mháirtín Chrosaigh. Nach bhfuil a fhios agat go gcaithfidh siocair bháis eicínt a bheith ag duine, agus ní measa anacair leapa ná rud eile …

Ab bu búna! Chuala tú go raibh an chrois caite suas! Chuala tú é sin! … Anois, a Mháirtín Chrosaigh, b'fheidir nach shin é a chuala tú, ach gur thóg tú an scéal contráilte i ngeall ar anacair leapa a bheith ort … Chuala tú go raibh sí caite in aer … Go raibh Neil ag caint le Pádraig faoin gcrois … Níl a fhios agat, leisce na bréige, céard a dúirt sí leis. Anois, a Mháirtín Chrosaigh, lig de do chuid "leisce na bréige."

"Leisce na bréige!" Is beag an leisce a bheadh ar Neil bréag a chur ortsa muis, dá bhfeileadh di … Go gcuire Dia an t-ádh uirthi agat! Tá tú réidh léi mar leaba níos mó. Inis amach do scéal … Níl a fhios agat cén luí a bhí air! Bhí anacair leapa ort! Éist anois, ala an chloig. B'fhéidir gur dhúirt Neil mar seo le mo Phádraigse: "Mh'ainín, a Phádraig chroí, go bhfuil do sháith ag glaoch ort seachas crois" … Ó, dúirt iníon Nóra Sheáinín é sin! Dúirt bean Phádraig é sin! … "Is maith a bheas muid os cionn an tsaoil nuair a ghabhfas muid ag ceannach croiseannaí … Is iomaí duine chomh maith léi gan crois ar bith … Bíodh sí buíoch agus í a bheith curtha i reilig fhéin, agus an saol atá ann." Déarfadh sí é! Eireog na gCosa Lofa! Ach is Neil béal a múinte. Nár thaga corp chun cille chun tosaigh uirthi! … Ní thabharfaidh Pádraig aon aird orthu …

Tá iníon Phádraig sa mbaile … Máirín sa mbaile! An bhfuil tú siúráilte nach scíth atá aici ón scoil? … Chlis sí sa scoil.

Cré na Cille

Chlis sí! ... Níl sí le dhul ina máistreás scoile chor ar bith ...
Ó, shoraí dhi! Shoraí dhi! ...

Tá mac mhic Nóra Sheáinín as an nGort Ribeach imithe ...
Ar shoitheach as an nGealchathair ... Fuair sé post ar bord ...
Ba dual mamó dhó luí a bheith aige le na mairnéalaigh ...

Abair é sin arís ... Abair arís é ... Go bhfuil mac mhic Neil
ag dul ina shagart. Mac iníon Bhriain Mhóir ag dul ina
shagart! Ina shagart! An cocscabhtaeirín sin ag dul ina
shagart ... Go bhfuil sé imithe chuig coláiste sagart ... Go
mbíodh an chulaith air sa mbaile ... Agus an bóna ... Agus
prayerbook mór míllteach ag imeacht faoin ascaill aige ... Go
mbíodh sé ag léamh a thrátha suas anuas an bóthar nua ag an
Leacach Ard! Shílfeadh duine nach mbeadh sé ina shagart de
ghorta gharta mar sin ... Ó, níl sé ina shagart fós, ach go
bhfuil sé ag dul chuig an gColáiste. Dheamhan is móide
sagart a dhéanfaí choíchin dhe, a Mháirtin Chrosaigh ...

Is ea, céard a dúirt Briain Mór? ... Ná bí á chomhchangailt
chor ar bith ach abair amach é ... Tá leisce ort, a deir tú! Tá
leisce ort ... I ngeall go bhfuil cleamhnas ag Briain Mór
liomsa! Níl aon chleamhnas aige liomsa. Leis an gcocailín is
deirfiúr dhom atá sé aige. Abair amach é ... "Tá airgead ag
m'iníonsa le cailleadh le sagairt a dhéanamh." "Le cailleadh
le sagairt." An scóllachán! ... Abair amach é, i dtigh diabhail
duit! Déan deabhadh nó beidh tú ardaithe leo acu. Ar ndóigh
ní cheapann tú gur síos san uaigh seo a ligfeas mise thú, fear
atá foirgthe le anacair leapa le trí ráithe ... "Ní hé sin do mhac
Chaitríona Pháidín é" ... Abair amach an chuid eile, a
Chrosacháin ... "nach raibh an oiread aige is a chuirfeadh
liobairín de phetticoat coláiste ar a iníon." ... Briain scóllach!
Ó, Briain scóllach! ...

Lomán ort! Tá tú ag mugailt aríst. Bíonn Neil ag gabháil
"Eileanóir na Ruan" ag dul suas an bóthar nua chuile lá! Glan
leat, a Chrosacháin an deargadh tiaraí. Níor mhinic an deá-
scéal agat féin, ná ag do chineál ...

3

— ...Meas tú nach é Cogadh an Dá Ghall é an cogadh
seo? ...

158

— ... Mise ag tabhairt focal ar an bpionta don Ghaeilgeoir Mhór, agus eisean ag tabhairt pionta ar an bhfocal domsa ...

Soir agus anoir arís lá ar na mhárach. An tríú lá thug sé an mótar faoina thóin. Bhí an t-aistear soir agus anoir ár dtuirsiú.

"A Phóil chroí," a deir mo mháthair liom féin, an tráthnóna sin, "ba cheart go mbeadh iarracht mhaith triomaigh ar an bhféar feasta."

"Ara cén triomach, a mháthair ó?" a deirimse "Ní féidir an féar luibheannach siúd a thriomú ..."

Bhí sé coicís idir chamáin sula ndearna mé cocaí móinéir dhe. Lig mé amach arís as na cocaí é, nó gur iompaigh, gur athiompaigh agus gur bharriompaigh mé é.

Mar sin a bhí nuair a tháinig an ráig bháistí agus an bheirt againn tí Pheadair an Ósta. B'éigean dom a leagan as an athdhéanamh arís le tamall eile gréine a thabhairt dó.

Ansin thóg mé na claiseanna, leag mé na claíochaí agus bhioraigh mé arís iad, bhain mé féar colbhacha, raithneach agus driseacha. Rinne mé tóchair. Chaith muid bordáil míosa ar fad sa ngarraí, ach go mbíodh muid soir agus anoir sa mótar go tigh Pheadair an Ósta ...

Ní fhaca mé aon fhear riamh ba ghnaíúla ná é. Agus ní cheal meabhair a bhí air ach oiread. Thógadh sé ó scór go dtí deich bhfocal fhichead Gaeilge chuile lá. Bhí dalladh airgid aige. Post ard faoin nGovernment ...

Ach lá a ndeachaigh sé soir de m'uireasa féin chuir Iníon Pheadair an Ósta chun parlúis é agus chuimil sop na geire dhó ...

Bhí an-chaitheamh ina dhiaidh agam. Seachtain tar éis dó imeacht buaileadh síos le tinneas mo bháis mé ... Ach, a Mháistreás an Phosta ... Hóra, a Mháistreás an Phosta—cén chaoi a raibh a fhios agatsa nár íoc sé a lóistín? D'oscail tú an litir a chuir mo mháthair suas ina dhiaidh go dtí an Government ...

— Cén chaoi, a Mháistreás an Phosta, a raibh a fhios agat nach nglacfadh an Gúm le mo chnuasach dán—"Na Réalta Buí"? ...

— Ar ndóigh, ní trua ar bith thú. Is fadó a bheidís i gcló dá ndéanthá mo chomhairlesa agus scríobh ó bhun an leathanaigh leat suas. Ach féach mise ar eitigh an "tÉireann-achán." mo ghearrscéal—"An Fuineadh Gréine"—a chur i gcló, agus bhí a fhios ag Máistreás an Phosta sin ...

— Agus bhí a fhios ag Máistreás an Phosta cén chomhairle a thug mé don Cheanannach, le foireann Chiarraí a dhonú, sa litir a chuir mé chuige dhá lá tar éis an leaschraobhchluiche ...

— Cén chaoi, a Mháistreás an Phosta, a raibh a fhios agat céard a scríobh mé faoi Chineál na Leathchluaise chuig an nGiúistís an t-am a raibh mé chun dlí leo? ...

— Cén chaoi, a Mháistreás an Phosta, a raibh a fhios ag d'iníon, atá ina máistreás posta anois, sula raibh a fhios agam féin é, nach ligfí go Sasana mé, agus gurbh eitinn ba chiontach? ...

— D'oscail tú litir a chuir Caitríona Pháidín chuig Mainnín an Cunsailéir faoi Thomás Taobh Istigh. Bhí a fhios ag an saol céard a bhí inti:

"Tabharfaidh muid go dtí an Ghealchathair i ngluaisteán é. Dallfaidh muid é. Dá mbeadh cúpla gearrchaile slachtmhar san Oifig agat ag saighdeadh faoi, b'fheidir go síneodh sé an talamh dúinn. Bíonn an-tóir aige ar na cailíní ar a bhogmheisce ... "

— Ab bu búna! ...

— D'oscail tú litreacha a chuireadh bean as gealloifig sa nGealchathair chuig an Máistir Beag. Ba túisce a bhíodh na lidí faoi na capaill agat ná aige fhéin ...

— D'oscail tú litir a chuir Caitríona Pháidín chuig Briain Mór ag tairiscint dó go bpósfadh sí é ...

— Ab bu búna búna búna! Go bpósfainnse Briain scóllach ...

— Go deimhin, a Mháistreás an Phosta, ní fhéadfainnse a bheith buíoch duit. Bhíodh an citeal ag síorfhiuchadh sa seomra cúil agat. D'oscail tú litir a scríobh mo mhac chugam as Sasana le rá gur phós sé Giúdach. Bhí fios ag an tír air, agus gan muid féin ag caintiú beag ná mór faoi. Dar a shon, ...

— D'oscail tú litir a scríobh mo mhac chugam as Sasana le rá gur pós sé Black. Bhí a fhios ag an tír é, agus gan muid féin ag caintiú dubh ná dath air ...

Cré na Cille

— Scríobh mé litir chuig Éamon de Valéra ag moladh dhó cén sórt gairmscoile ba chóir a chur amach chuig Muintir na hÉireann. Choinnigh tú i dteach an phosta í. Ba mhór an feall...

— Gach litir ghrá dá scríobhadh Pádraig Chaitríona chuig m'iníon d'osclaiteá roimh ré iad. Níor oscail mé ceann riamh acu bhfaca mé do roiseadh. Honest! Chuimhnínn ar na litreacha a d'fhaighinn féin blianta roimhe sin. Chuir mé parúl ar fhear an phosta iad a sheachadadh dom i mo ghlac. Cumhracht choimhthíoch. Páipéar coimhthíoch. Scríbhinn choimhthíoch. Stampaí coimhthíocha. Postshuaitheantais choimhthíocha arbh fhilíocht iontu féin iad: Marseilles, Port Said, Singapore, Honolulu, Batavia, San Franscisco ... Grian. Oráistí. Farraigí gorma. Cneasa órbhuí. Insí coiréalacha. Brait óirghréas. Draid eabhair. Liopaí trí lasadh ... Dhiúrnaínn le mo chroí iad. Phógainn le mo bhéal iad. Shilinn deoir ghoirt orthu ... D'osclaínn iad. Thógainn amach an *billet doux*. Ansin, a Mháistreás an Phosta, a d'fheicinn do ladhar bhealaithe thíriúil orthu. Uch!...

— D'oscail tú an litir a chuir mé abhaile chuig mo bhean, agus mé ag obair ar an móin i gCill Dara. Bhí naoi bpunt inti. Choinnigh tú iad...

— Why not? Breá nár chláraigh tú í?...

— Nach síleann sibh gur chóir go mbeadh rud eicínt le rá ag seanfhondúir na cille? Cead cainte dhom. Cead...

— Go deimhin, a Mháistreás an Phosta, níor chomaoin domsa a bheith buíoch duit féin ná do d'iníon, ná do Bhileachaí a thugadh lámh chúnta duit sa seomra cúil. Níl aon litir dár tháinig chugam as Londain, tar éis dhom a theacht abhaile as, nár oscail sibh. Bhí *affaire de coeur*, mar a deir Nóra Sheáinín, i gceist. D'inis sibh don tír é. Chuala an sagart agus an Mháistreás—mo bhean—faoi...

Sin clúmhilleadh, a Mháistir. Dá mba os cionn talún a bheinn chuirfinn dlí ort...

— An t-am ar scríobh Baba chugam as Meiriceá faoin uacht, bhí Neil, an claibín, in ann a inseacht do Phádraig céard a dúirt sí:

"Ní dhearna mé m'uachta fós. Tá súil agam nach

161

n-éireoidh aon bhás de thimpiste dhom, mar a shamhlaigh
sibh i bhur litir … "

D'oscail tú í, a ghorún clamhach … Thóg tú an chrúibín
cham ó Neil.

— Not at all, a Chaitríona Pháidín, níorbh í litir na huachta
a d'oscail mé chor ar bith, ach an litir a tháinig ón Aturnae Ó
Briain as an nGealchathair chugat, ag fógairt dlí ort i gceann
seacht lá, mura n-íocfá le gnólucht Uí Olláin an round table a
cheannaigh tú cúig nó sé de bhlianta roimhe sin …

— Ab bu búna! Ná creidigí í, an chlaimhsín! A Mhuraed! A
Mhuraed! … Ar chuala tú an rud a dúirt Máistreás an Phosta?
Pléascfaidh mé! Pléascfad …

4

— … Inseoidh mise scéal duit anois, a dhuine chóir:

"Bhí Colm Cille in Árainn san am ar tháinig an Naomh Pól
go dtí é ann. Ba teannach le Pól an t-oileán ar fad a bheith
faoi fhéin.

"Osclóidh mé pán," a deir Pól.

"M'anamsa nach n-osclóidh," a deir Colm Cille, "ach go
ndeirimse de ghlan Ghaeilge go gcaithfidh tú crapadh leat."

Labhair sé sa mBéarla Féne leis ansin. Labhair sé i Laidin
leis. Labhair sé i nGréigis leis. Labhair sé sa teanga leanbaí
leis. Labhair sé san Esperanto leis. Bhí seacht dteangacha an
Spiorad Naomh ag Colm Cille. Ba é an t-aon duine amháin é
ar fhág na haspail eile an gifte sin aige, agus iad ag fáil
bháis …

"Very well," a deir Colm Cille, "nuair nach gcrapfaidh tú
leat, i bhfeidhmiú na gcumhacht a bheirtear dom, réiteoidh
muid mar seo é. Gabhfaidh tusa go hIar-Árainn agus
gabhfaidh mise sa gCeann Thiar den Oileán ag Bun Gabhla.
Déarfaidh chaon duine againn Aifreann le héirí gréine
amárach. Siúilfidh muid ansin faoi dhéin a chéile, agus an
méid den Oileán a bheas siúlta ag gach duine againn nó go
gcasa muid ar a chéile, an méid sin a bheith aige."

"Bíodh sé ina mhargadh," adeir Pól, in Idis. Dúirt Colm
Cille an tAifreann agus shiúil sé leis soir ag triall ar Iar-

Árainn, gur de sin atá an seanfhocal: "a theacht aniar aduaidh ort." ...

— Ach a Chóilí, deireadh Seán Chite i mBaile Dhoncha nár dhúirt Colm Cille Aifreann ar bith ...

— Dúirt Seán Chite é sin! Eiriceach é Seán Chite ...

— Cén mhaith do Sheán Chite a bheith ag caint? Nár thug Dia—moladh go deo Leis!—an taispeánadh ansiúd. Bhí an ghrian ina suí chomh uain is bhí Colm Cille ag rá an Aifrinn. Chuaigh sí faoi ansin arís, agus choinnigh Dia faoi í nó go raibh an tOileán siúlta ag Colm Cille go dtí Iar-Árainn. Sin é an uair a chonaic an Naomh Pól ag éirí i dtosach í! ...

"Bailíodh leat go beo gasta anois, a Ghiúdaigh," a deir Colm Cille, "fágfaidh mise sproch ort ag dul ar ais go Múr na nDeor: an horsewhipeáil chéanna a thug Críost duit as an Teampall cheana. Mura beag an náire thú! Cén bhrí ach thú chomh sleamhain chomh bealaithe ag imeacht! ...

Sin é an fáth nach ndearna aon Ghiúdach tíochas in Árainn riamh ó shin ...

— Is é an chaoi a gcloisinnse an scéal sin, a Chóilí, ag seandaoine an bhaile se'againn féin: an t-am a raibh an dá Phádraig—Sean-Patraicc, alias Cothraighe, alias Calprainnovetch, agus Patraicc Óg—ag dul thart ar fud na hEireann, ag iarraidh an tír a athrú ...

— An dá Phádraig. Sin eiriceacht ...

— ... Bhí a leithéid de lá ann, a Pheadair an Ósta. Ná séan é ...

— ... A Mháistir, a chuid, bhí an leaba an-chrua. An chrua go deo faoi mo mhása bochta, a Mháistir ...

— Ní raibh mé féin inti ach mí, a Mháirtín Chrosaigh, agus d'airigh mé sách crua í ...

— Bhí mo dhroim tógtha fré chéile, a Mháistir. Ní raibh liobar leathair ar mo cheathrúna ...

— Dheamhan liobar muis, a Mháirtín bhoicht ...

— Dheamhan liobar muis, a Mháistir, a chuid, agus bhí sáimhín aireach i mo bhléin. Bhí an leaba ...

— Caithfidh muid tharainn í mar leaba go dtí uair eicínt eile. Cogar mé seo leat, a Mháirtín Chrosaigh, cén chaoi a bhfuil ...?

— An Mháistreás, a Mháistir. Ina bíthin óg, i nDomhnach.

Ag saothrú a cuid airgid ag an scoil chuile lá, a Mháistir, agus ag tabhairt aire do Bhileachaí ó oíche go maidin. Sciorrann sí soir ón scoil faoi dhó sa ló ag breathnú air, agus deir siad gur beag néal a chodlaíos an créatúr ach ina suí ag colbha na leapa agus ag tarraint phasóideacha chuige ...

— An raibiléara ...

— Ar chuala tú, a Mháistir, gur thug sí triúr dochtúirí as Baile Átha cliath chuige? Tagann an dochtúir se'againn féin go dtí é chuile lá, ach déarfainn, a Mháistir, gur Bileachaí é a bhfuil a chuid maitheasa ar iarraidh. Tá sé ina luí chomh fada anois is nach bhféadfadh sé gan anacair leapa a bheith air ...

— Luí fada gan faoilte air! Seacht n-aicíd déag agus fiche na hÁirce air! Calcadh feadáin agus stopainn air! Camreilig agus goile trasna air! An Bhuí Chonaill air! Plá Lasaras air! Éagnach Job air! Galar na muc air! Snaidhm ar bundún air! Galar trua, brios brún, péarslaí, sioráin maotháin agus magag air? Glogar Chaoláin ní Olltáirr ann! Galraí seanaoise na Caillí Béara air! Dalladh gan aon léas air agus dalladh Oisín ina dhiaidh sin! Tochas Bhantracht an Fháidh air! An Gala glúiníneach air! Deargadh tiaraí air! Gath dreancaidí air! ...

— Anacair leapa is measa acu ar fad, a Mháistir, a chuid ...

— Anacair leapa freisin air, a Mháirtín Chrosaigh.

— Déanann sí turas na gCros dhá cheann de lá dhó a Mháistir, agus turas go dtí Tobar Chill Íne uair sa tseachtain. Rinne sí turas an Chnoic dó i mbliana, turas na Cruaiche, Tobar Cholm Cille, Tobar Muire, Tobar San Aibhistín, Tobar Éinne, Tobar Beirneáin, Tobar Cáilín, Tobar Síonach, Tobar Bóidicín, Leaba na Condeirge, Doigh Bhríde, Loch na Naomh agus Loch Dearg ...

— Nach mairg gan mé beo! Thaoscfainn Tobar Briocáin ar an ngadaí, ar an ...

— Dúirt sí liom, a Mháistir, murach an chaoi a bhfuil an saol ar forbhás go ngabhfadh sí go Lúird.

"Is measa Loch Dearg ná ceachtar acu, a Mháirtín Chrosaigh," a deir sí. "Bhí mo chosa ag cur fhola i gcaitheamh trí lá. Ach níor chás liom a bhfuilingeoinn, dá mba rud é a dhéanfadh maith do Bhileachaí bhocht. Ghabhfainn ag lámhacán as seo go ...

— An raibiléara ...

Cré na Cille

— "Bhí dobróin orm i ndiaidh an Mháistir Mhóir," a deir sí...

— Ó, an raibiléara ... Dá mbeadh a fhios agat, a Mháirtín Chrosaigh! Ach ní thuigfeá é. Níor ghar dom é a inseacht dhuit...

— Bhuel, is é an chaoi é, a Mháistir, bhí an leaba chomh crua sin...

— I dtigh diabhail agat í mar leaba, agus éist léi! ... Ó, na rudaí a dúirt an raibiléara sin liomsa, a Mháirtín! ...

— M'anam gur dóigh é, a Mháistir...

— Muid beirt inár suí thíos sa gCrompán. Tonnaíl lách na taoille ag líochán na leice ag ár gcosa. Faoilleán óg á mhaíomh ag a athair agus a mháthair ar a chéad oscar eiteallaí, fearacht brídeog chuthal ag dul chun na haltóra. Scáilí an chrónacháin ag sméaracht ar chosa gréine an fhuinidh ar uachtar toinne, mar a bheadh gasúr an phúicín ag sméaracht le na malraigh eile a dhó. Maidí rámha curaí a bhí ag filleadh ón muráite ag plubaíl san uisce. Í i m'ucht agam, a Mháirtín. Dlaoi dá carnfholt ag cuimilt le mo ghrua. A lámha aniar faoi mo bhráid. Mise ag aithris fhilíochta:

"Gleann Masáin:
Ard a creamh, geal a gasáin.
Do-nímís codladh corradh
Ós inbhear mongach Masáin."

"Má thagann tú, a stóirín, teara go Caoithiúil.
Teara ag an doras nach ndéanann aon ghíoscán.
Má fhiafraíonn m'athair dhíom cé dhár díobh thú,
Déarfaidh mé leis gur siolla den ghaoth thú." ...

Sin nó ag inseacht scéalta grá di, a Mháirtín...

— Tuigim thú, a Mháistir...

— Clann Uisneach, Diarmaid agus Gráinne, Tristan agus Iseult, Tomás Láidir Mhac Coistealbha agus Úna Bhán Nic Dhiarmada Óig, Cearbhal Ó Dálaigh agus Eileanóir na Ruan, "An Chaor-Phóg," "An Pufa Púdair" ...

— Tuigim thú, a Mháistir...

— Cheannaigh mé gluaisteán d'aon uaim, a Mháirtín, lena

tabhairt ag déanamh aeir. Ba dona a bhí mé ina acmhainn, ach níor mhór liom di ina dhiaidh sin é. Théadh muid bail a chéile chuig pictiúir sa nGealchathair, chuig damhsaí go Doire na nDamh, chuig cruinnithe múinteoirí ...

— M'anam go dtéadh, agus Bóthar an tSléibhe, a Mháistir. Lá dá raibh mé ag iarraidh cairrín móna, bhí do mhótar chois an bhóthair ag an Airdín Géar agus an bheirt agaibh thoir sa ngleann ...

— Caithfidh muid tharainn é sin go dtí uair eicínt eile, a Mháirtín Chrosaigh ...

— M'anam, a Mháistir, go gcuimhním ar an lá a bhfuair mé an páipéar faoin bpinsean. Ní raibh a fhios ag aon duine sa teach againn, ó ardbhonnacha an diabhail, céard a bhí ann. "An Máistir Mór an buachaill," a deirimse. Chuaigh mé chomh fada le tigh Pheadair an Ósta agus d'fhan mé ann nó gur bhailigh na scoláirí siar. Soir liom, ansin. Ag teacht chuig geata na scoile dhom ní raibh uch ná ach ná éagaoine istigh. "Lig mé rófhada é," arsa mise, "ag déanamh cuibhiúlacht má b'fhíor dom féin. Tá sé imithe abhaile." Bhreathnaigh mé isteach tríd an bhfuinneog. M'anam, i gcead duitse, a Mháistir, go raibh tú á cláradh istigh ...

— Ní raibh. Ní raibh, a Mháirtín Chrosaigh.

— M'anam go raibh, a Mháistir, nach bhfuil rud ar bith is fearr ná an fhírinne ...

— Ha dad, a Mháistir! ...

— Is beag an dochar duit náire a bheith ort, a Mháistir.

— Cé cheapfadh é, a Bhríd? ...

— Bhí ar gcuid clainne ag dul chuige, a Chite ...

— Dá mbeireadh an sagart air, a Shiúán ...

— Luan Cincíse a bhí ann, a Mháirtín Chrosaigh. Bhí an lá ina shaoire agam. "B'fhearr duit a theacht go dtí Caladh an Rosa," arsa mise léi, tar éis am dinnéir. "Déanfaidh an t-éirí amach leas duit." Chuaigh. Shíl mé, a Mháirtín Chrosaigh, gur thuig mé a rún tharas riamh, an oíche úd i gCaladh an Rosa ... Bhí an lá fada samhraidh ag dul ó sholas faoi dheireadh agus faoi dheoidh. Bhí an bheirt againn ligthe anuas ar charraig ag breathnú ar na réalta ag ruithneadh sa bhfarraige ...

— Tuigim thú, a Mháistir ...

166

Cré na Cille

— Ag breathnú ar na coinnle á lasadh i dtithe ar reanna an chladaigh, taobh thall de chuan. Ag breathnú ar an tine ghealáin ar an snáth feamainne ar an meath-thrá. Ag breathnú ar an gceann síne ina dheannach ghleorach amach ar bhéal an Chaoláire. Mhothaíos mé féin an oíche sin, a Mháirtín Chrosaigh, i mo chuid de na réalta agus de na soilse; den tine ghealáin, den cheann síne agus d'osnaíl chumhra mara agus aeir ...

— Tuigim thú, a Mháistir. M'anam gur dhóigh é ...

— Dúirt sí liom, a Mháirtín Chrosaigh, go mba doimhne a grá dom ná an fharraige; go mba bhuaine é ná tuile agus trá, ná na réalta agus ná na cnoic, arae go raibh sé ann roimh thaoille, réalt agus cnoc. Dúirt sí gurbh é a grá dom an tsíoraíocht féin ...

— Dúirt, a Mháistir ...

— Dúirt, a Mháirtín Chrosaigh. Dúirt, 'mo choinsias! ... Ach foighid ort. Bhí mé ar leaba mo bháis, a Mháirtín Chrosaigh. Tháinig sí isteach tar éis Turas na gCros a dhéanamh agus shuigh ag colbha na leapa. Rug sí ar lámh orm. Dúirt sí dá n-éiríodh aon cheo dhom nár bheo léi a beo i mo dhiaidh agus nár bhás léi a bás ach muid beirt bású bail a chéile. Mhionnaigh agus mhóidigh sí dá mba fada gearr a saol i mo dhiaidh gur ag déanamh leanna a chaithfeadh sí é. Mhionnaigh agus mhóidigh sí nach bpósfadh sí arís ...

— Mhionnaigh anois, a Mháistir ...

— Dar diagaí mhionnaigh, a Mháirtín Chrosaigh! ... Agus ina dhiaidh sin, féach féin go raibh an nathair nimhe ina croí. Gan mé faoi na fóide ach bliain—bliainín ghágach le hais na síoraíochta a mhóidigh sí dhom—san am a raibh a móide á dtabhairt aici d'fhear nach mé, a raibh póga fear nach mé ar a béal, agus grá fear nach mé ina croí. Mise, a céadsearc agus a céile, faoi na fóide fuara agus ise i mbaclainn Bhileachaí an Phosta ...

— I mbaclainn Bhileachaí an Phosta muis, a Mháistir! Chonaic mé féin ... Is mór atá ag duine a ligean thairis, a Mháistir ...

— Agus anois tá sé ar mo leabasa, agus í ag tabhairt fuíoll na bhfuíoll dó, á ghiollaíocht ó oíche go maidin, ag déanamh turais dó, ag cur fios ar thriúr dochtúirí go Baile Átha Cliath

... Dá dtugadh sí dochtúir amháin féin chugamsa as Baile Átha Cliath, bheadh an báire liom ...

— An gcreidfeá céard a dúirt sí liom fút, a Mháistir? Chuaigh mé isteach chuici le máilín fataí seachtain tar éis thú a chur. Caintíodh ort. "Is mór an scéal é an Máistir Mór," a deirim fhéin, "agus nach raibh siocair ar bith ag an duine bocht. Dá luíodh sé leis an slaghdán sin, aire a thabhairt dó féin, braonacha fuisce a ól, agus fios a chur ar an dochtúir san am ar bhuail sé i dtosach é ... " "An bhfuil a fhios agat cén scéal é, a Mháirtín Chrosaigh?" a deir sí. Cuimhneoidh mé go brách ar an gcaint a chaith sí, a Mháistir. "An bhfuil a fhios agat cén scéal é, a Mháirtín Chrosaigh, leá na bhFiann ní leigheasfadh an Máistir Mór. Bhí sé rómhaith le haghaidh an tsaoil seo ... " Is ea a mhaisce, a Mháistir, agus dúirt sí rud eile nár chuala mé riamh cheana. Is cosúil gur seanchaint í, a Mháistir. "An té a mbíonn grá na ndéithe air, básaíonn sé óg ... "

— An raibiléara! An raibiléara! An raibiléirín fairsing ...

— De grace, a Mháistir. Bíodh fios do labhartha agat Ná déan Caitríona Pháidín dhíot fhéin. Tháinig an séiplíneach isteach chuici lá. Bhí sé nua-aoiseach sa bpobal. Ní raibh a fhios aige cá raibh tigh Neil. "Neil, an raicleach," a deir Caitríona. Honest! ...

— A phlandóg na gCosa Lofa! A So an' So! ... A Mhuraed ...

5

— ... Bhíodh sé in éadan Bhriain Mhóir ag an bpinsean chuile Aoine. "Is fearr duit slaimín árachais a chaitheamh ort féin feasta, a Bhriainí," a deireadh an bithiúnach. "Lá ar bith anois gabhfaidh tú Bealach Chondae an Chláir ..."

— "Níl aon ní cruthaithe nach nglacfadh an snagstucairín sin árachas air," a deir Briain Mór lion féin Aoine amháin i dteach an Phosta, "cés moite de ghadhairín le Neil Pháidín a bhfuil sé d'fhaisean aige, ag dul an bóithrín dó, a dhul isteach ag sireoireacht ar urlár Chaitríona."

— Bhí mé thoir ag tógáil an phinsin le Briain an lá ar cuireadh é.

Cré na Cille

"Is gearr a mhair Fear an Árachais féin," a dúirt mise.

"Siúd é siar anois é, an siodchabairín," a deir Briain, "agus más Suas a ghabhfas sé, sáróidh sé an Fear Thuas ag seamsánacht faoin timpiste sin a tharla fadó, agus ag iarraidh Air a phroperty naomh agus aingeal a chur faoi árachas ar aithinní an Fhir Thíos. Más é an Fear Thíos a gheobhas é, sáróidh sé é sin ag tuineadh leis an ghlaicín ghríosaí sin atá aige a chur faoi árachas ar chocanna an Fhir Thuas. Ní bheadh cleas ar bith ab fhearr dóibh beirt a dhéanamh leis an bpluicsheadáinín sin anois, ná cleas Thomáis Taobh Istigh:

Chuile uair nach dtaitníonn beithígh Neil leis ar a gheadán talún cuireann sé isteach ar thalamh Chaitríona iad, agus beithígh Chaitríona ar chuid Neil … "

— Ar chuala tú céard a dúirt sé nuair a bhásaigh Fear Cheann an Bhóthair:

"Dar príocaí, a bhuachaillí, is maith nach mór don Naomh Peadar a bheith ag aireachas ar a chuid eochracha anois, nó ardóidh an tionónta nua seo atá faighte aige uaidh iad … "

— Ara, cén bhrí ach an rud a dúirt sé le Tomás Taobh Istigh ar bhású do Chaitríona:

"A Thomáis, a Aingil ghléigil," arsa seisean, "is minic a bheas ort féin, ar Neil, ar Bhaba agus ar iníon Nóra Sheáinín a dhul go dtí an t-úmadóir le bhúr sciatháin bhriste a dheasú, má thugann Dia dhaoibh a bheith ar aon fharadh léi siúd. Déarfainn gur caolsheans atá agamsa ar aon sciathán a fháil. Ní cheapfadh Caitríona go bhfuil mo valuation sách mór. Ach dar diagaí dhuit, a Thomáis, a choilm bheannaithe, níor bhaol do do chuid sciathán dá n-éiríodh liomsa ábhach beag ar bith de lóistín a fháil ina haice … "

— Ab bu búna! Briain scóllach i m'aice! Nár lige dia anocht! Óra, céard a dhéanfainn? …

— Séard dúirt Máistreás an Phosta faoi mo bhás-sa gur chinn uirthi litir ar bith a oscailt na laethanta sin ag freastal do shreangscéalta …

— Bhí mo bhás-sa sa bpáipéar …

— Bhí mo bhás-sa i dhá pháipéar …

— Éist leis an gcuntas a bhí sa "Scéalachán" faoi mo bhás-sa:

"Ba de sheanteallach clúitiúil sa gceantar é. Ghlac sé páirt

169

shuntasach sa ngluaiseacht náisiúnta. Ba chara phearsanta dhó Éamon de Valéra ... "

— Seo é an cuntas a bhí san "Éireannachán" fúmsa:

"Ba de theallach a bhfuil gnaoi mhór orthu sa gceantar é. Chuaigh sé i bhFianna Éireann ina ghasúr, agus ina dhiaidh sin in Óglaigh na hÉireann. Ba chara theanntásach d'Art Ó Gríofa é ... "

— ... D'inis Cóilí "Scéal na hEireoige a Rug ar an gCarnaoiligh" ar do thórramh freisin.

— Thug tú éitheach! A leithéid de scéal le n-inseacht ar thórramh ghnaíúil ar bith! ...

— Nach raibh mé ag éisteacht leis! ...

— Thug tú éitheach, ní raibh ...

— ... Siúite ar do thórramhsa! Siúite san áit nach raibh ach dhá sheanphinsinéir!

— Agus duine acu sin féin chomh bodhar le Tomás Taobh Istigh, san am a gcaintíodh Caitríona leis ar theacht in éindí léi go dtí Mainnín an Cunsailéir faoin talamh.

— Is ea cheana, agus gan soitheach sa teach nach lán le uisce coisricthe a bhí.

— Bhí siúite ar mo thórramhsa ...

— Bhí. Thóg Tomás Taobh Istigh suas ar Bhriain Mhór a rá leis:

Tá an oiread de leamhnacht Éamonn na Tamhnaí caite agat, ó tháinig tú isteach, a Thomáis, agus gur cheart go mbeadh díol maistridh cruinnithe agat feasta."

— Dhá leathbhairille a bhí ar mo thórramhsa ...

— Bhí trí cinn ar mo thórramhsa ...

— Bhí muise, a Chaitríona, trí cinn ar do thórramhsa. Sin í corp na fírinne duit, a Chaitríona. Bhí trí cinn ann—trí cinn bhreá mhóra—agus scairdín as oibreachaí uisce Éamonn na Tamhnaí freisin ... Má ba mé féin an seanfhear d'ól mé dhá mhuigín déag dhe. Déantas na fírinne, a Chaitríona, ní bheadh baol orm an méid sin a chaitheamh dá mbeadh a fhios agam go raibh mo chroí fabhtach. Séard a dúirt mé liom féin, a Chaitríona, agus mé breathnú ar an bhfrasaíl phórtair: "B'fhearr don fhear seo go mór dá gceannaíodh sé bromach ná a bheith ag dalladh sclaibéirí ... "

— A bhrogúis! ...

— Ní dada eile a bhí iontu. Bhí cuid acu sínte ina smístí i

mbealach chuile dhuine. Is é an áit ar thit Peadar Neil isteach ar an leaba a raibh tú leagtha amach inti, a Chaitríona. Ní raibh aon tapa cheart sa gcois a gortaíodh aige.

— An sniogshúdaire salach!

— Cén bhrí ach an uair a thosaigh mac Bhríd Thoirdhealbhaigh agus mac Chite ag rúscadh a chéile, nó gur bhris siad an round-table sular féadadh a ndealú ...

— Ab bu búna ...

— Chuaigh mé féin eatarthu. M'anam dá mbeadh a fhios agam go raibh an croí fabhtach ...

— ... Facthas dom muise gur leagadh amach an-ghaelach thusa, murab ar mo shúile a bhí sé ...

— Ar do shúile a bhí sí nach bhfaca tú an dá chrois a bhí ar mo bhrollach ...

— Bhí dhá chrois agus Brat na Scaball ormsa ...

— Pé ar bith céard a bhí ormsa ná nach raibh, a Chite, ní scaoilteog shalach a chuaigh orm mar chuaigh ar Chaitríona ...

— Ab bu búna! Ná creidigí an chlaimhseoigín ...

— ... Cónra a rinne siúinéir beag an Ghoirt Ribigh a bhí ortsa. Rinne sé ceann eile do Nóra Sheáinín agus ba gheall le cliabhán éanacha í ...

— Cónra siúinéara a bhí ortsa féin chomh maith ...

— Má ba ea, níorbh é gobán an Ghoirt Ribigh a rinne í, ach siúinéir a chuir a théarma ar fad isteach. Bhí dintiúir aige ón Tec ...

— Chuaigh mo chónrasa deich bpunt ...

— Shíl mé gur ceann de chuid na ocht bpunt a chuaigh ort: leathcheann chónra Chaitríona ...

— Thug tú éitheach, a mhagarlach! Chuaigh an chónra ab fhearr tigh Thaidhg orm ...

— Ba í Cáit Bheag a leag amach mise ...

— Ba í agus mise, agus chaoin sí thú. Tá fearsad eicínt i scornach Bhid agus ní scoilteann sí go dtí an seachtú gloine. Is ansin a thosaíos sí ar "Let Erin Remember" ...

— Sílim dheamhan ar caoineadh Caitríona Pháidín chor ar bith, murar chaoin bean a mic ná Neil aon dreas ...

— ... Ní raibh d'altóir ortsa ach sé phunt coróin ...

— Bhí deich bpunt ormsa.

— Fóill ort anois, go bhfeice mé cé mhéad a bhí ormsa; ...

171

20 faoi 10 móide 19, comhionann le 190 … móide 20, comhionann le 210 scilling …comhionann le 10 bpunt 10 scilleacha. Nach ea, a Mháistír? …

— Bhí altóir mhór ar Pheadar an Ósta …

— Agus ar Nóra Sheáinín …

— I nDomhnach bhí altóir mhór ar Nóra Sheáinín. Bheadh altóir mhór orm féin freisin ach ní raibh a fhios ag aon duine é, arae d'imigh mé róthobann. An croí, go bhfóire Dia orainn! Ní mó dá mbeadh luí fada agus anacair leapa orm …

— Bheadh ceithre phunt déag go díreach ormsa, murach scilling fhabhtach a bhí ann. Ní raibh inti ach leithphínn a raibh páipéar na bhfeaigs taobh amuigh uirthi. Briain Mór a thug faoi deara í, agus ba í an mhuic a bhraith sé. Deir sé gurb í Caitríona Pháidín a leag ann í. B'iomaí drochscilling mar í a leag sí ar altóir. Bhíodh sí ag iarraidh a bheith ar chuile altóir agus gan í ina acmhainn, an bhean bhocht …

— A scraideoigín na mbréag …

— Ó, maithimse dhuit, a Chaitríona. Níor mhiste liomsa beirthe é, murach an sagart. "Is gearr gurb iad a gcuid sean-fhiacla a bheas siad a leagan ar bord chugam," a dúirt sé …

— Ní bhíodh ann ach "Pól" anseo agus "Pól" ansiúd agat féin agus ag d'iníon, a Pheadair an Ósta, san am a ndearna sí cleas an pharlúis ar an nGaeilgeoir Mór. Ach ba bheag an chaint a bhí agat scilling a chur ar m'altóir …

— Tar éis dhá phionta agus dá fhichead a bheith ólta agam cheangail mé Tomáisín, agus diabhal thiomanta mac an aoin as a theach a thabhaigh mo shochraid ina dhiaidh sin, agus iad ar aon bhaile liom. Ba ar éigean Dé a chuir siad scilling ar m'altóir. Slaghdán orthu uilig, a dúirt siad. Ba shin é mo bhuíochas, ainneoin é a bheith i ngreim sa tua. Meas tú, dá mbeadh sé le ceangal aríst …

— Ní raibh aon tsochraid mhór ormsa. Bhí muintir Bhaile Dhoncha imithe go Sasana, agus muintir an Ghoirt Ribigh, Chlochar Shaibhe …

— … Céard deir tú le Caitríona Pháidín, a Chite, nár sheas istigh ar m'urlár ó shéalaigh m'athair nó gur cuireadh i gcónra é, tar éis a liachtaí punt breá dá chuid tae a d'ól sí …

— Ba shin iad na laethanta a raibh sí ag Mainnín an Cunsailéir faoi thalamh Thomáis Taobh Istigh …

— An gcluin sibh an strachaille Bríd Thoirdhealbhaigh, agus Cite chlamhach na mBruithneog? ...

— B'éigean dom bos a chur trí huaire ar bhéal an tsean-bhlaoiscéara seo thall, an áit a raibh sé ag gabháil: "Bhí iníon ag Mártan Sheáin Mhóir" ar do shochraidse, a Churraoinigh ...

— Bhí an tír ar fad ar an tsochraid se'againne, lucht páipéar agus pictiúir agus ...

— Ba mhaith an fáth! An *mine* a mharaigh sibh. Dá bhfaigheadh sibh bás ar an tseanleaba mar a fuair mise, ba bheag an lucht páipéar nuachta a bheadh ann ...

— Bhí bien de monde ar mo shochraid á moi. Tháinig Le Ministre de France ó Dublin agus leag sé couronne mortuaire ar m'uaigh ...

— Bhí ionadaí ó Éamon de Valéra ar mo shochraidse, agus brat na dtrí ndath ar mo chónra ...

— Tháinig sreangscéal ó Art Ó Gríofa ar mo shochraidse agus scaoileadh urchair as cionn m'uaighe ...

— Thug tú éitheach!

— Thug tusa éitheach! Ba mé an Chéad Leifteanant den chéad Chomplacht den Chéad Chath, den Chéad Bhriogáid ...

— Thug tú éitheach! ...

— Dia á réiteach, go deo deo! Nach mairg nár thug siad mo chual cré thar Ghealchathair soir ...

— Tháinig an Búistéir Mór as an nGealchathair ar mo shochraidse. Bhí meas aige orm, agus meas ag a athair ar m'athair ...

— Tháinig an dochtúir ar mo shochraidse. Ba suarach an t-ionadh sin, ar ndóigh. Tá beirt mhac le mo dheirfiúr Cáit ina ndochtúirí i Meiriceá ...

— Anois a dúirt tú é! Ba suarach an t-ionadh sin. Ba le bheith gan náire ar fad dó—agus ar fhág tú d'airgead aige le na blianta—nach dtiocfadh sé ar do shochraid. Do rúitín amuigh agat chuile ré solais ...

— Bhí an Máistir Mór agus an Mháistreás ar mo shoch-raidse ...

— Bhí an Máistir Mór agus an Mháistreás agus an Póilí Rua ar mo shochraidse ...

Cré na Cille

— Bhí an Máistir Mór agus an Mháistreás agus an Póilí Rua agus Deirfiúr an tSagairt ar mo shochraidse ...

— Deirfiúr an tSagairt! Arbh é an treabhsar a bhí uirthi ru? ...

— Ba diabhlaí nach dtáinig Mainnín an Cunsailéir ar shochraid Chaitríona Pháidín ...

— Ba diabhlaí, ná Deirfiúr an tSagairt ...

— Ná an Póilí Rua féin ...

— I ndiaidh madraí i mBaile Dhoncha a bhí sé an lá sin ...

— Ní mhairfeadh aon mhada ar choncáin dreancaideacha do bhailese ...

— ... "Bhí Tomás Taobh Istigh ann is drandal spóirtiúil air,
  Gurb í Neil a thógfadh é, ó bhí Caty í gcill ... "

— Go deimhin duit, a Chaitríona Pháidín, dá mbeadh féith de mo chroí air bheinn ar do shochraid. Níor chomaoin domsa gan a theacht ar shochraid Chaitríona Pháidín dá mba ar mo ghlúine a ghabhfainn ann. Ach dheamhan smid a chuala mé faoi go dtí an oíche ar cuireadh thú ...

— Is tusa an sclaibéir, Stiofán Bán. Cáid ó tháinig tú? Ní raibh a fhios agam go raibh tú ar fáil chor ar bith. An drochthinneas ...

— ... Bhí go leor ar mo shochraidse. An Sagart Paráiste, an Séiplíneach, Séiplíneach Chois Locha, Proinsiascánach agus beirt Bhráthar as an nGealchathair, Máistir agus Máistreás Dhoire Locha, Máistir agus Máistreás an Cheann Thiar, Máistir Chlochar Shaibhe, Máistir na Glinne Bige, agus an Fho-Mháistreás. Cúntóir Chill ...

— Bhí a mh'anam, a Mháistir a chuid, agus Bileachaí an Phosta. Leis an gceart a dhéanamh ba soilíosach é an lá sin. Is é a dhaingnigh na boltaí ar an gcónra, agus bhí sé fúithi ag dul amach as an teach, agus ba é a d'ísligh síos san uaigh í. Mh'anam leis an gceart a dhéanamh nach raibh leisce ná leontaíocht air. Chaith sé dhe a shaicéad ansiúd, agus rug sé ar a shluasaid ...

— An gadaí! An cocbhodal! ...

— ... Bhí cúig mhótar ar mo shochraidse ...

— Rinne mótar an líob sin a fuair an uacht i nDoire Locha staic i mbéal an tseoil agus bhí uair moille ar do shochraid dhá bharr ...

174

— Bhí chomh maith le deich gcinn fhichead acu ar Pheadar an Ósta. Bhí dhá hearse faoi ...

— M'anam muise mar a deir tusa, go raibh hearse fúmsa freisin. Ní bheadh aon sásamh ag an seanchailín ann nó go bhfaigheadh sí ceann: "Chroithfí a phutóga bochta ró-mhór ar ghuaillí daoine nó ar sheanchairt," a deir sí ...

— Ó b'fhurasta di, a fhear Cheann an Bhóthair, le mo chuid mónasa ...

— Agus mo chuid feamainne gaoithese ...

— ... Ní raibh an oiread ann le teann frasaíl óil, is a d'iompródh Caitríona chun an phobail. Thosaigh an méid sin féin ag sceaimhínteacht achrainn. B'éigean an corp a leagan anuas faoi dhó leis an gcaoi a bhí orthu. I nDomhnach b'éigean: ar lom an bhóthair ...

— Ab bu búna! ...

— Agamsa atá an fhírinne, a Chaitríona chroí. Ní raibh ann ach seisear againn ó theach ósta an Bhreathnaigh siar. Chuaigh an chuid eile isteach go dtí an Breathnach, nó loiceadar faoi bhealach. Shíl muid go gcaithfí mná a chur faoin gcorp ...

— Ab bu búna! Ná creidigí é, an brogús ...

— Sin í lom na fírinne, a Chaitríona. Bhí an-mheáchan ionat. Ní raibh luí fada ná anacair leapa ort.

"Caithfidh an bheirt sheanfhear a dhul fúithi," a deir Peadar Neil thiar ag Bóithrín Chlochar Shaibhe. Ba mhaith ann na seanfhir, a Chaitríona. Bhí Peadar Neil féin ar na maidí croise agus mac Chite agus mac Bhríd Thoirdhealbhaigh ag sclamhairt ar a chéile arís: chaon duine acu ag iarraidh an milleán a chur ar an duine eile faoin roundtable a bhriseadh aréir roimhe sin. Níl rud ar bith is fhearr ná an fhírinne, a Chaitríona chroí. M'anam nach ngabhfainn féin fút, ná dheamhan troigh den bhealach a dhéanfainn thú a thionlacan, dá mbeadh a fhios agam an uair sin go raibh an croí chomh fabhtach agam ...

— Róleasaithe ag sú faochan, a dhradbhrogúisín ...

— "Is mian léi cleas an mhúille a dhéanamh anois féin. M'anamsa ná raibh ag an diabhal más olc maith léi é go ngabhfaidh sí chun an phobail agus chun na cille," a deir Briain Mór, agus é féin agus mé féin agus mac Chite ag dul fút le thú a thabhairt isteach casán an tséipéil ...

"Diabhal focal bréige agat, a chliamhain," a deir Peadar Neil, agus caitheann sé uaidh na maidí croise, agus fáisceann sé féin fút ...

— Apupúna go deo deo! Mac an smuitín fúm! Briain Mór fúm! An scóllachán féasógach. Ar ndóigh má bhí an basachán cromshlinneánach sin fúm, bhí leathmhaing ar an gcónra. Ab bu búna búna! ... Briain Mór! ... Mac Neil! A Mhuraed! A Mhuraed! ... Dá mbeadh a fhios agam é, a Mhuraed, phléascfainn. Phléascfainn ar bhall na háite ...

6

— ... Muise an ndeir tú liom nach dtógfá árachas ar bhromaigh? ...

— Ní thógfadh mo leithéidesa de ghníomhaire árachais é, a Sheáinín.

— Shílfeá nach mbeifeá ag dul in amhantar ar bith le bromach breá óg. Ba mhór a b'fhiú do dhuine, dá n-éiríodh aon cheo di, crúb airgid a fháil ...

— Dóbair gur éirigh crúb liom féin, a Sheáinín, i gCrosfhocal an "Domhnacháin." Cúig chéad punt ...

— Cúig chéad punt! ...

— Is ea, a mh'anam, a Sheáinín. Ní raibh orm ach litir amháin iomraill ...

— Tuigim thú ...

— Séard a theastaigh focal ceithre litir ag críochnú le "e". Dúirt "gaoth na bhfocal" gurb é an chiall a bhí leis, "teallach".

— Tuigim thú.

— Chuimhnigh mé féin ar an bpointe ar an bhfocal "teine," ach bhí cúig litir ansin ...

— Thuigim thú.

— "Ní shin é é," arsa mise. Chaith mé an-fhada ag cur scrúdaithe orm féin agus ag braiteoireacht. "Fine" a chuir mé síos sa deireadh ...

— Thuigim thú.

— Meas tú nuair a tháinig a fhuascailt amach ar an bpáipéar nach "tine" a bhí ann! Mo dhíomú go deo ar an litriú simplí, a Sheáinín! Dhá mbeadh gunna soláimhsithe

176

agam dhéanfainn dubhní orm féin. Bhí sé ina chionsiocair
mhaith le giorrú liom ...

— Anois a thuigim thú.

— ... Dar dair na cónra seo, a Stiofáin Bháin, thug mé an
punt di, do Chaitríona ...

— ... Bhí an meangadh glé ar a ceannaghaidh ...

— Is maith an t-amhantar an meangadh glé sin ag an
Máistir Beag muise! Tarlóidh cleas an Mháistir Mhóir dó,
mura bhfuil ag Dia. Tá geir eicínt ar an scoil se'againne nach
n-éiríonn a gcuid ban le na máistrí inti ...

— ... Is é an chomhairle a scríobh mé chuig an
gCeanannach tar éis dó leaschraobh na hÉireann a
ghnóthachan do Ghaillimh:

A Cheannannaigh chroí," arsa mise, "mura n-éirí leat an
liathróid a bhualadh sa gcraobhchluiche in aghaidh Chiarraí,
buail rud eicínt. Ní mór cothromacan síne a bheith ann.
Beidh an moltóir ar thaobh Chiarraí, ar an chor. Agatsa atá a
dhéanamh. Tá an spreacadh agus an stuaim ionat. Chuile
uair dá mbuailfidh tú rud eicínt ligfidh mé trí gháire cnoic
duit" ...

— Mo ghrá é Hitler! Ach a dtaga sé anall go Sasana! ... Tá
mise ag ceapadh go sluaisteálfaidh sé i dtigh diabhail agus
deamhain as ar fad í, mar Shasana: go dtabharfaidh sé
fuadach mhaith an asail le gaoth don chéisín bhuinneach: go
gcuirfidh sé *mineanna* milliún tonna faoina himleacán ...

— Go dtarrthaí Dia sinn! ...

— M'anam muise nach bhfuil Sasana le cáineadh. Tá
saothrú mór ann. Céard a dhéanfadh aos óg Bhaile Dhoncha
dá uireasa, ná muintir an Ghoirt Ribigh, ná Chlochair
Shaibhe ...

— Ná an seanchleabhar seo thall a bhfuil roinn thalún i
mbarr an bhaile aige nach bhfuil cinneadh go deo léi ag cur
cruth ar bheithígh ...

— Après la fuite de Dunkerque et le bouleversement de
Juin 1940, Monsieur Churchill a dit qu'il retournerait pour
libérer la France, la terre sacrée ...

— Níor cheart duit ligean d'eiriceach dubh ar bith do
chreideamh a mhaslú mar sin, a Pheadair. A Thiarna, nach
mairg nach mise a bhí ann! D'fhiafróinn mar seo dhe, a

Pheadair: "an bhfuil a fhios agat go bhfuil Dia ar bith ann? Ar
ndóigh is geall le bó nó gamhain thú, nó le … nó le coileán
gabhair." Ní bhíonn ag cur imní ar ghadhar ach a bholg a
líonadh. D'íosfadh gadhar freisin feoil Dé hAoine, d'íosfadh
sin. Ó dheamhan a dhath col a bheadh aige léi. ach ní hé
chuile ghadhar a d'íosfadh, ach oiread … Bhí ruainnín feola
d'fhuílleach agam sa mbaile uair. "Leagfaidh mé suas go
Satharn í," arsa mise. "Amárach lá sheachanta an spóla" …
Tar éis am dinnéir Dé hAoine bhí mé ag teacht isteach as an
ngarraí le glaicín fhataí san am a bhfaca mé an Ministir ag dul
tharam suas ag foghlaeireacht. "D'éireodh dhuit, a eiricigh
dhuibh," arsa mise. "Ní ligfidh tú an Aoine féin thart gan
feoil úr. Ar ndóigh is geall le bó nó gamhain thú … nó le
coileán gadhair." Ar a dhul isteach dhom le mo ghlaicín
fhataí, bhí an drol bainte den drisiúr romham. Diabhal cos na
feola nach raibh imithe! "Cat nú gadhar go siúráilte," arsa
mise. "Ach a bhfaighe mise greim ort, ní rachaidh leat. A
dhul ag ithe feola Dé hAoine. Tuilleadh glugair agam nár
chuir amach iad agus an doras a dhúnadh i mo dhiaidh!" Ar
an tsráid ó thuaidh a fuair mé iad. Mada an Mhinistir ag
slamairt na feola, agus an mada se'agam féin ag sclafairt air,
ag iarraidh é a bhacadh. Fuair mé féin an píce. "Is furasta
aithint cé leis thú," arsa mise, "ag ithe feola Dé hAoine." Shíl
mé an píce a chur go feirc ann. Thug an rud brocach na
haobha leis. Shín mé an fheoil ag an mada se'againn féin. Go
maithe Dia dom é! Níor cheart dom a dhul ag cur cathaithe
air. Diabhal a ndrannfadh sé léi. Diabhal é, muis. Anois, a
bhfuil biseach agat? Fios a bhí aige nach raibh sé ceart …
Breá nár dhúirt tú sin leis, a Pheadair agus gan cead a
thabhairt dó do chreideamh a mhaslú. A Thiarna, dá mba
mise a bheadh ann …

— Cén chaoi a bhféadfainn? Níor thug mada an mhinistir
aon bhlas feola uaimse riamh …

— Ach itheann na Spáinnigh feoil chuile Aoine dá
n-éiríonn orthu, agus is Caitlicigh iad …

— Thug tú éitheach, a bholgán béice …

— Thug an Pápa cead dóibh …

— Thug tú éitheach. Eiriceach dubh thú …

— … Muise an ndeir tú liom é, a Mháistir, a chuid? Dá

178

gcuimlítí—cén t-ainm é sin a thug tú air, a Mháistir? ... ó is ea, biotáile mhiotalaithe—dom in am, nach dtiocfadh aon anacair leapa orm. Ara, a Mháistir, a chuid, ní raibh aon duine den rath do mo chumhdach. Dallaráin. Ní féidir an fhoghlaim a shárú ina dhiaidh sin. Biotáille mhiotalaithe. Nach mairg nach raibh a fhios agam é! I mbuidéal a bhíos sí, a deir tú. Dar fia muise, a Mháistir, caithfidh sé gurb shin iad na buidéil a cheannaíos an Mháistreás ó Iníon Pheadair an Ósta. Dúradh liom go gceannaíonn sí an draoi acu. Do Bhileachaí ...

— Ní hiad, a Mháirtín Chrosaigh. Ní i dteach ósta a bheidís chor ar bith. Ag ól atá sí, an raibiléara. Ag ól go siúráilte. Sin nó tá Bileachaí ag ól. Nó an cúpla. Is deas an chaoi ar airgead é, a Mháirtín Chrosaigh ...

— Go deimhin dhuit, a Mháirtín Chrosaigh, dá mbeadh féith de mo chroí air, bheinn ar do shochraid. Níor chomaoin domsa gan a theacht ar shochraid Mháirtín Chrosaigh, dá mba ar mo ghlúine a ghabhfainn ann ...

— A Mhuraed! A Mhuraed ... An gcluin tú Stiofán Bán ag sclaibéireacht aríst? Is mór an uais é ... Hóra, a Mhuraed! An gcluin tú? Nóra, a Mhuraed ... Tá tú an-neamhairdiúil le gairid. An gcluin tú mé, a Mhuraed? ... Bhí sé in am agat labhairt ... Ag caint faoin sclaibéir sin Stiofán Bán a bhí mé. Ní raibh a fhios agam go raibh sé ar fáil chor ar bith go dtí le tamaillín. Is daoithiúil an bhaicle atá anseo, a Mhuraed. Ní inseoidís dada do dhuine. Féach an chaoi ar ceileadh orm faoi Stiofán Bán ...

Ó, is feasach mé, a Mhuraed, gur tháinig Máirtín Crosach. Bhí mé ag caint leis. Shíleadar a chur os mo chionn ...

Is fíor dhuit sin, a Mhuraed: duine ar bith a bhfuil crois air, is furasta aithint a uaigh. Ní hé an t-achar is faide é go mbeidh mo chrois féin réidh anois, ach deir siad go bhfuil glaschloch an Oileáin dhá hídiú: gur deacair cloch cheart croise a fháil ann; deir Máirtín Crosach gur le fabhar mór a gheofá cloch ar bith anois ann. Dúirt sé liom go raibh dlús á chur leis an gcrois mar sin féin ...

Níor dhúirt, a deir tú, a Mhuraed ... Tá an oiread den ghlaschloch ar an Oileán agus nach mbeidh ídithe go deo! Anois, a Mhuraed, níl aon mhaith san aisiléireacht sin. Dar a

179

Tomás Taobh Istigh

shon go gcuirfinnse bréag ar an bhfear croí. Ní ag fás suas ar a chéile i ngort na mbréag atá mise ná eisean, ó crapadh go dtí an iothlainn seo muid ...

Deir tú gur dhúirt bean mo mhic é sin, a Mhuraed: "is maith a bheas muid os cionn an tsaoil nuair a ghabhfas muid ag ceannach croiseannaí." Tuigim, a mhaisce. Bhí tú ag éisteacht sna doirse dúnta arís, a Mhuraed, mar a bhíteá ar an Talamh Thuas ... Anois, a Mhuraed, níl gar á shéanadh. Bhíteá ag éisteacht sna doirse dúnta. An scéal a d'inis tú do Dotie agus do Nóra Sheáinín anseo faoi mo shaolsa, cá bhfuair tú é ach i mo dhoras dúnta? ...

Ó, ag éisteacht liom ag caint liom féin ar an mbóthar a bhíteá! ... agus ar chúl an chlaí nuair a bhínn ag obair sa ngarraí! Bhuel, a Mhuraed, nach bhfuil sé chomh gnaíúil éisteacht sa doras dúnta le éisteacht ar an mbóithrín agus ar chúl an chlaí ...

Cogar anseo, a Mhuraed? Cén fáth a bhfuil lucht na Cille ar fad i m'aghaidhse? Tuige nach bhfaigheann siad cangailt chíre eicínt eile seachas mise? Faoi rá is ...

Ní faoi rá is nach bhfuil aon chrois orm, a deir tú! Deile? Deile? ...

Níor thaitin mé le lucht na reilige ó chuaigh mé in aghaidh comhair. Ó chuaigh mé in aghaidh comhair! Cén chaoi a dhul in aghaidh comhair, a Mhuraed? ...

Tuigim anois thú. Vótáil mé in aghaidh Nóra Sheáinín! Nach bhfuil a fhios ag do chroí istigh, a Mhuraed, nach bhféadfainn a athrú a dhéanamh? Coigealach na gCosa Lofa. Torchaire na Mairnéalach, an "So an' So" ...

Ba í comhiarránach na gCúig Déag í ina dhiaidh sin, a deir tú.Agus ba chuma libh faoi chosa lofa, ná faoi lachain, ná faoi mhairnéalaigh, ná a bheith ag ól ar chúla téarmaí, ná í a bheith ina So an' So, a Mhuraed ...

Céard a thug an Máistir orm, a deir tú? ... "Scab." "Scab" a thug sé orm faoi vótáil in aghaidh lucht na gCúig Déag. Ach níor vótáil mé in aghaidh lucht na gCúig Déag, a Mhuraed. In aghaidh Nóra thiarpach Sheáinín a vótáil mé. Tá a fhios agat féin gur mar a chéile a vótáladh an mhuintir se'againne as cionn talún i gcónaí. Neil a bhí malairteach. Neil, an smuitín, a bhí fealltach. Vótáil sí don dream nua seo as ucht bóthar a fháil isteach chuig an teach ...

Thug an Máistir é sin orm freisin. Abair arís é, a Mhuraed
… *Bowsie! Bowsie,* a Mhuraed! …faoi gur ghlaoigh mé ar
Shiúán an tSiopa tar éis í do mo mhaslú roimhe sin! Ó, a
Dhia láidir! Níor ghlaoigh mé riamh uirthi, a Mhuraed. Í féin
a ghlaoigh ormsa, a Mhuraed. Inseoidh mé sin don Mháistir.
Inseoidh agus gan frapa gan taca. "A Chaitríona," a deir sí, "a
Chaitríona Pháidín, an gcluin tú?" a deir sí. "Tá mé buíoch
duit as ucht gur thug tú do vóta dúinn. Bean mhisnigh a bhí
ionat" …

Níor lig mé orm amháin, a Mhuraed, gur chuala mé an tóin
ghortach. Dhá bhfreagraínn chor ar bith í, séard a déarfainn
léi: "a chaile leitheadach, ní duitse ná do Pheadar an Ósta, ná
do lucht an Phuint a vótáil mé beag ná mór, ach in aghaidh
an 'So an' So' sin Nóra Sheáinín" …

Dúirt sé gur *turncoat* mé faoi ghlaoch ar Nóra Sheáinín …
le carthanas a bhrú uirthi … tar éis ar thug mé de dhíbliú di ó
a tháinig mé don reilig … A Dhia agus a Chríosta, a
Mhuraed! Mise ag glaoch ar Nóra Sheáinín! … Céard sin, a
Mhuraed? … Thug sé sin orm. An Máistir! Ar Nóra Sheáinín
a thug sé é, a Mhuraed. Deile! …

Thug sé "So an' So" ormsa, a Mhuraed. "So an' So!"
Pléascfaidh mé. Pléascfaidh mé. Pléascfaidh …

EADARLÚID A SEACHT

1

IS mise Stoc na Cille. Éistear le mo ghlór! Caithfear éisteacht...

Anseo sa gcill atá an pár arb é gréasán aislingí an duine a chuid friotal doiléir; arb í coraíocht dhúshlánach an duine a dhúch tréigthe; arb iad aoiseannaí uallacha an duine a chuid leathanach dreoite...

Os cionn talúna, is scríbhinn úr ornáideach tír, muir agus spéir. Is cuar maorga gach fál. Is sruthlíne datha gach bóithrín. Is litir órga gach gort arbhair. Is abairt chomhshuite-ach den áille gach barrshliabh griansholais, agus gach glaschuan camasach gona chuid gealsheol. Is séimhiú ghlórmhar gach néal ós ceannlitreacha corcora barra beann. Is uaschamóg idir leathrann amhra na spéire agus leathrann amhra na talún an tuar ceatha. Óir is é saothar an scríobhaí seo soiscéal na scéimhe a fhoilsiú ar phár tíre, mara agus spéire...

Ach cheana is abairt bhearnaithe na crainnte dídhuilleacha ar mhaoilinn an chnoic. Is lánstad dorcha í an aill ar bhruach rite na mara. Ansiúd ag bun na spéire tá an litir leathchumtha ag críochnú ina práib dhúigh...

Tá an lí ag triomú ar an rónóg, agus tálach ag teacht i lámh an scríobhaí...

Éilíonn an chill a cuid...Is mise Stoc na Cille. Éistear le mo ghlór! Caithfear éisteacht...

2

— ...Cé thú féin?... Cé thú féin, a deirim?... An bodhar atá tú? Nó balbh... Cé thú féin?... D'anam cascartha ón diabhal, cé thú féin?...

— Níl a fhios agam...

— Dar uacht an chinn chruacháin! Tom Rua! Cén coimhthíos atá ort, a Tom? Mise Caitríona Pháidín ...

— Caitríona Pháidín. Is tú Caitríona Pháidín. Anois ru. Caitríona Pháidín. Caitríona Pháidín ru ...

— Is ea. Caitríona Pháidín. Ní call scéal an ghamhna bhuí a dhéanamh dhe. Cé mar tá siad suas ansin? ...

— Cé mar tá siad suas ansin? Suas ansin. Suas ansin muis ...

— Breá nach dtabharfá freagra ar an té a labhródh leat, a Tom Rua? Cé mar tá siad suas ansin? ...

— Cuid acu go maith. Cuid acu go dona ...

— Slán an scéalaí! Cé tá go maith agus cé tá go dona? ...

— Is críonna an té a déarfadh, a Chaitríona. Is críonna an té a déarfadh, a Chaitríona. Is críonna an té a déarfadh cé atá go maith agus cé atá go dona. Is críonna, a mh'anam ...

— Nach bhfuil a fhios agat, agus thú sa mbaile is gaire dóibh, an go maith nó go dona atá Pádraig se'againne, a bhean, Jeaic na Scolóige? ...

— M'anam muise go raibh mé sa mbaile ba ghaire dóibh, a Chaitríona. Sa mbaile ba ghaire dóibh, siúráilte go leor. Diabhal bréag ar bith nach raibh mé sa mbaile ba ghaire dóibh, muis ...

— Bíodh gus eicínt ionat, a deirim leat. Níl call coimhthís ar bith anseo duit, ach an oiread is a bhí os cionn talún. Cé atá go maith agus cé atá go dona? ...

— Bíonn Cáit Bheag agus Bid Shorcha tinn. M'anam go dtiocfadh dóibh a bheith go dona féin ...

— Nach breá an scéal atá agat! Ní fhaca mise aon lá riamh nach tinn a bhí siad, ach nuair a bhí coirp le leagan amach nó le caoineadh. Tá sé in am acu a bheith go dona feasta choíchin. An bhfuil siad Bid Shorcha agus Cáit Bheag ar a gcailleadh? ...

— Deir daoine go n-éireoidh siad. Deir daoine nach n-éireoidh. Is críonna an té a déarfadh ...

— Agus Jeaic na Scolóige? ... Jeaic na Scolóige, a deirim? Cén chaoi a bhfuil sé? ... An scoilteachaí atá ar do theanga? ...

— Jeaic na Scolóige. Jeaic na Scolóige anois. Is ea a mh'anam, Jeaic na Scolóige. Deir daoine go bhfuil sé go dona. Deir daoine go bhfuil sé go dona, siúráilte. Thiocfadh dhó. Thiocfadh, a mh'anam … Ach is iomaí rud a deirtear nach mbíonn i gclár ná i bhfoirm. Is iomaí, a mh'anam. Dheamhan is móide donacht ar bith air …

— Nach bhféadfá ligean de do chuid leiciméireacht agus a inseacht dhom an bhfuil Jeaic na Scolóige ag coinneáil na leapa …

— Níl a fhios agam, a Chaitríona. Níl a fhios agam, i nDomhnach. Mura n-insínn bréag duit.

— "Mura n-insínn bréag duit!" Shílfeá go mba í an chéad cheann agat í! Céard is cor do Neil? … Céard is cor don smuitín Neil? …

— Neil. Is ea, a mhaisce. Neil. Neil, a mhaisce. Neil agus Jeaic na Scolóige. Neil Pháidín …

— Is ea. Is ea. Neil Pháidín. D'fhiafraigh mé dhíot céard ba chor di …

— Deir daoine go bhfuil sí go dona. Deir daoine go bhfuil sí go dona, siúráilte …

— Ach an bhfuil? Nó ab é a cuid ealaíne é? …

— Deir daoine go bhfuil. Deir go siúráilte. Thiocfadh di, a mh'anam. Diabhal baol ar bith nach dtiocfadh. Ach is iomaí rud a deirtear …

— Scread mhaidne ar do dhrandal! Ar ndóigh chuala tú má bhí Neil ag dul isteach agus amach, nó má bhí sí ag coinneáil na leapa …

— Ag coinneáil na leapa. Thiocfadh di, a mh'anam. M'anam muise go dtiocfadh …

— A Dhia agus a Chríosta! … Éist liom, a Tom Rua. Cén chaoi a bhfuil Baba se'againne atá i Meiriceá? …

— Baba se'agaibhse atá i Meiriceá. Baba Pháidín. Tá sí i Meiriceá go siúráilte. Tá Baba Pháidín i Meiriceá, tá sin …

— Ach cén chaoi a bhfuil sí?

— Níl a fhios agam. M'anam nach bhfuil a fhios, a Chaitríona …

— Is é díol an diabhail é nó chuala tú caint eicínt ag dul thart fúithi. Go raibh sí go dona, b'fhéidir …

— Deir daoine go bhfuil sí go dona. Deir go siúráilte. Thiocfadh di …

— Cé a deir é? …

— M'anam mara n-insínn bréag dhuit, a Chaitríona, nach bhfuil a fhios agam. Níl a fhios muis. Diabhal is móide donacht ar bith uirthi …

— Cé a gheobhas a cuid airgid? … Cé a gheobhas airgead Bhaba? …

— Airgead Bhaba Pháidín? …

— Is é. Deile? Airgead Bhaba … Cé a gheobhas airgead Bhaba? …

— Muise dheamhan a fhios agam féin, a Chaitríona …

— An ndearna sí aon uacht? … An ndearna Baba se'againne aon uacht fós? Nach diabhlaí neamh-airdiúil thú …

— Muise dheamhan a fhios agam féin sin, a Chaitríona. Is críonna an té a déarfadh …

— Ach céard a deir muintir an bhaile se'againne faoi, nó muintir an bhaile se'agaibh fhéin? … Ar dhúirt siad go bhfaigheadh Pádraig é? Nó gurb í Neil a gheobhas é?

— Deir daoine gurb í Neil a gheobhas é. Deir daoine gurb é Pádraig a gheobhas é. Is mó a deirtear nach mbíonn i gclár ná i bhfoirm. Is mór muis. Dheamhan a fhios agam féin cé acu a gheobhas é. Is críonna an té a déarfadh …

— A phúcbhobarúin bhradaigh! Bhí caoi éicint ar chuile dhuine riamh acu nó gur tháinig tusa! Céard is cor do Thomás Taobh Istigh? … Thomas Taobh Istigh. An gcluin tú leat mé? …

— Cluinim, a Chaitríona. Cluinim é sin go siúráilte. Tomás Taobh Istigh. M'anam muise go bhfuil a leithéid ann, go bhfuil sin, go siúráilte. Diabhal bréag ar bith nach bhfuil Tomás Taobh Istigh ann …

— Cá'il sé anois? …

— Ar an mbaile se'agaibhse, a Chaitríona. Deile? Ar an mbaile se'agaibhse atá sé go siúráilte. Shíl mé go raibh eolas maith agat cá raibh sé, a Chaitríona. Ar an mbaile se'agaibhse a bhí sé chuile lá riamh, feictear dom, nó ab ea? …

— Péarslaí ar do straois? Séard a d'fhiafraigh mé cá raibh sé anois … Cá'il Tomás Taobh Istigh anois? …

— Dheamhan a fhios agam, mura n-insínn bréag duit, cáil sé anois, a Chaitríona. Dá mbeadh a fhios agam cén tráth de ló é, ach níl a fhios. Níl a fhios muis. Thiocfadh dhó a bheith …

186

— Ach sula a bhfuair tú bás cá raibh sé? ...

— Ar an mbaile se'agaibhse, a Chaitríona. Ar an mbaile se'agaibhse a bhíodh sé, go siúráilte. Ar an mbaile se'agaibhse muis ...

— Ach cén teach? ...

— Muise dheamhan a fhios agam féin, a Chaitríona ...

— Ach tá a fhios agat má d'fhág sé a theach féin le báisteach anuas ná eile ...

— Deir daoine gur tigh Neil atá sé. Deir daoine gur tigh Phádraig atá sé. Is mór a deirtear nach ...

— Ach níl sé ina theach féin? ... An gcluin tú? Níl Tomás Taobh Istigh ina theach féin? ...

— Tomás Taobh Istigh ina theach féin? Ina theach féin ... Tomás Toabh Istigh ina theach féin. M'anam go dtiocfadh dhó muis. Thiocfadh, a mh'anam. Is críonna an té a déarfadh ...

— A streilleacháin, ós tusa é, a Tom Rua! Cé aige a bhfuil talamh Thomáis Taobh Istigh? ...

— Talamh Thomáis Taobh Istigh? I nDomhnach muis, tá talamh aige. Tá talamh ag Tomás Taobh Istigh, go siúráilte. Tá muise, talamh ag Tomás Taobh Istigh. Tá talamh aige ...

— Ach cé aige a bhfuil a chuid talún anois? An bhfuil an talamh fós ag Tomás féin, nó an bhfuil sé ag Pádraig se'againne, nó an ag Neil atá sé? ...

— Pádraig? Neil? Tomás Taobh Istigh? Is ea, anois, Pádraig. Neil ...

— Loirg an diabhail duit, agus inis dom cé aige a bhfuil talamh Thomáis Taobh Istigh! ...

— Deir daoine gur ag Pádraig atá sé. Deir daoine gur ag Neil atá sé. Is mór a deirtear nach mbíonn i gclár ...

— Ach tá tú siúráilte nach bhfuil an talamh ag Tomás Taobh Istigh féin? ... Tá tú siúráilte, a Tom Rua, nach bhfuil an talamh ag Tomás Taobh Istigh féin? ...

— Talamh ag Tomás Taobh Istigh féin? I nDomhnach thiocfadh dhó, thiocfadh sin. Is críonna an té a déarfadh cé aige a bhfuil talamh Thomáis Taobh Istigh ...

— A chonúis chaca! Is deas an féirín a bronnadh orm: Tom Rua! Cual aicíde! An drochthinneas a thug anseo thú. Murach sin diabhal teacht nú go leáfá. Go deimhin, ní bhfaighfeá aon iarraidh mharfach de bharr do theanga, ar chaoi ar bith! Is fearadh ar an gcill thú, a chonúis rua! Gread! Soit ...

3

— ... Titim de chruach choirce ...

— ... Láirín cheannann ...

— ... Go ropa an diabhal agat iad, mar fhearsaí fánacha! Nach bhfeiceann tú go bhfuil rud ar m'aire agus gan a fhios agam nach í siúd sa mbaile thabharfadh an gabháltas don mhac is sine ...

— ... Bhí roinn thalún agamsa i mbarr an bhaile ...

— ... "Bhí iníon ag Mártan Sheáin Mhóir,
    Agus bhí sí chomh mór le fear ar bith ... "

— ... Monsieur Churchill a dit qu'il retournerait pour libérer la France, la terre sacrée. Mon ami, gabhfaidh na Francaigh Gaullistes agus les Américains agus les Anglais la France. Tá sin promis ag Messieurs Churchill et Roosevelt ... Sin prophétie ... prophétie ... Tairngreacht, je crois en Irlandais ...

— An tairgín a thugas muide ar chlár gléigeal an Achréidh uirthi. Sin í an tsean-Ghaeilge cheart ...

— Óra, an gcluin sibh arís í ...

— Bhí sé sa tairngreacht go mbeadh an gleann chomh hard leis an gcnoc. Cuimhnínnse ar an am nach ligfeadh an faitíos do dhuine gan lámh a chur ina hata do bháillí agus do stíobhaird an Iarla, ní áirím dó féin. Is mó an tsúil atá ag na daoine anois go gcuirfeadh seisean lámh ina hata dóibhsean. Mo choinsias chonaic mé féin lá é ag umhlú do Neil Pháidín.

— An smuitín! an cocbhúrlamáinín! Thugadh sí stocaí agus sicíní in aisce dhó leis an mbóthar a fháil di. Ba bheag an néal a bhí uirthi sin. B'fheasach di go ndéanfadh sé leas dó féin ag dul ag foghlaeireacht ...

— Chonaic mise lá eile é ag umhlú do Nóra Sheáinín.

— Is duine cultúrtha é an tIarla. Honest ...

— Honest ar do chairín, a Nóirín na gCosa Clamhach ...

— ... Bhí an "ubh mhailíseach" sa tairngreacht. Sin í an *mine* a mharaigh muide ...

Cré na Cille

— ...Go dtiocfadh Antichrist roimh dheireadh an domhain agus go n-iompódh trí chuid de na daoine leis. Is mór mo bharúil gur gearr uaibh anois é. Agus an deis atá ar an saol: lucht dole ag slamairt fheola ar an Aoine chomh faobharghoileach le eiriceach dubh ar bith ...

— ...Sula dtagadh deireadh an domhain go mbeadh muilleoir thart síos agus dhá sháil ar leathchois leis. Peadar Risteard a bheas air. Chuala mé chuile lá riamh é. Bhí mé ag caint leis an Máistir Beag, gairid tar éis a theacht sa scoil se'againne dó. Tharraing má anuas chuige é. "M'anam," a deir sé, "go bhfuil sé sin san áit se'againne." D'inis sé an áit dom freisin dá bhféadainn cuimhniú air. Áit eicínt thart síos é, ar chuma ar bith. "Tá, mo choinsias," a deir sé. "Tá aithne mhaith agam air, agus dheamhan smid bhréige sa méid sin: tá an dá sháil ar leathchois leis. Is muilleoir é, agus Peadar Risteard atá air," ...

— ...Go gcaithfeadh chuile dhuine a chuid aráin a thomadh in allas a mhala fhéin. Agus nach dtomann? ...

— Tomann muis! Féach Bileachaí an Phosta á thomadh in allas an Mháistir Mhóir, agus meas tú an ina chuid allais féin atá mac Neil Pháidín, ar éirigh an oiread seo céadta punt leis, á thomadh? Agus Tomás Taobh Istigh á thomadh riamh in allas Chaitríona Pháidín agus Neil. Is gearr anois go dtomfaidh Neil a cuid féin in allas Bhaba ...

— Ab bu búna! Nár fhaighe sí de shaol é! ...

— ...Go mbeadh fear a dtabharfaí an Dúil Aeir air os cionn na hÉireann. Agus nach bhfuil? ...

— Ara, ní hí Tairngreacht Cholm Cille atá agatsa chor ar bith ...

— Thug tú éitheach! Sí tairngreacht Cholm Chille atá agam ...

— Ná géill do thairngreacht Cholm Cille mura bhfaighe tú an leabhar ceart. Níl fíor ach leabhar amháin ...

— Sin í atá agamsa: "The True Prophecies of Saint Columkille."

— Foighid oraibh, anois. Ligí dhomsa labhairt. is scríbhneoir mé. "The True Prophecies of Saint Columkille," ba leabhar é a cuireadh amach le mealladh a bhaint as an bpobal ...

189

— Thug tú éitheach, a bholgán béice! ...

— Ó, go deimhin thug agus a dheargéitheach! ...

— Is scríbhneoir mé ...

— Dá mbeadh an oiread scríofa agat is nach dtuillfeadh ar an spéir, tá tú ag déanamh na mbréag. Fear naofa mar Cholm Cille ag scríobh leabhar le mealladh a bhaint as an bpobal! ...

— Go díreach! Fear naofa. Tá tú ag maslú an chreidimh. Is eiriceach thú. Ní iontas Antichrist féin a bheith ar ghort an bhaile. An bhfuil a fhios agat go bhfuil Dia ar bith ann? ...

— Seanfhondúr na cille. Cead cainte dom ...

— Níl fíorthairngreacht Cholm Cille anois ach ag fear amháin: Seán Chite i mBaile Dhoncha ...

— Nach tráthúil! Do chol ceathar féin ...

— Tá sí ag an Ruaiteach i mBaile Dhoncha freisin ...

— Is cosúil go ndearna na fáithe imirce go garráin neantógacha Bhaile Dhoncha, agus go bhfuil sé ina Mhón naofa acu anois ...

— Tá fíorthairngreacht Cholm Cille ann ar chaoi ar bith, rud nach bhfuil ar chnocáin dhreancaideacha do bhailesa ...

— An-tairngire é Liam an bhaile se'againne. Chaithfinn dhá lá mo shaoil ag éisteacht leis. M'anam go bhfuil meabhair mhór ina chuid cainte, feictear dhom, agus cuid mhaith dhi istigh cheana ...

— Tairngreacht bhréagach Liam Chlochar Shaibhe.

— Ní tairngreacht bhréagach muis. Is í tairngreacht ghlan Cholm Cille atá aige, an tairngreacht deiridh a rinne sé. Ach ba mhinic a deireadh Liam nach dtiocfadh isteach di ach trian, an áit ar fhág Colm Cille dhá dtrian dá thairngreacht bréagach ...

— Thug tú éitheach! Fear naofa mar Cholm Cille ...

— O, ná déanaigí aon iontas má fheiceann sibh AntiChrist chugaibh pointe ar bith anois!

— Beannacht Dé dhaoibh féin agus do Cholm Cille! Tá tairngreacht an Gharlaigh Choileánaigh ar an mbaile se'againne ...

— Tá tairngreacht Chonáin ar an mbaile se'againne ...

— Tairngreacht Mhac Mhrucha Stoca ar Poll atá ar an mbaile se'againne ...

— Chuala mise tairngreacht Chathail Bhuí ag fear as an gCeann Siar ...

190

Cré na Cille

— Bhí tairngreacht Shnaidhm ar Bundún ag fear as an mbaile se'againne. Tá sé i Meiriceá ...

— Bhí tairngreacht Mhaoilsheachlainn na nAmhrán ag fear as an mbaile se'againne. Phós sé i gCois Locha. Deireadh sé gur duine naofa a bhí i Maoilsheachlainn. I nDúiche Sheoigeach a bhí sé ...

— Bhí tairngreacht Uí Dhúgáin ag deartháir mo mháthar. Riail Uí Dhúgáin a bhí aige uirthi ...

— Tá fear beo sa mbaile se'againne fós agus tairngreacht Déan Swift aige ...

— ... Go mbeadh "bóthar ar gach feadán agus Béarla is gach bothán." Agus tá. Tá greadadh Béarla ag Nóra Sheáinín as an nGort Ribeach agus níl feadán isteach go tigh Neil Pháidín anois nach bhfuil droichead air ...

— ... Go bpósfadh "na Rómhánaigh" eiricigh. Agus nár phós a gclann seo thall Aidhteailean, Giúdach, agus Black! ...

— Bígí ar bhur son féin anois! Ní hé an t-achar is faide go bhfeice sibh AntiChrist. Ag pósadh eiricigh ... An bhfuil a fhios acu go bhfuil Dia ar bith arnn? ...

— Tá a fhios ag mo mhacsa go bhfuil Dia ann chomh maith leatsa, tar éis gur phós sé Aidhteailean ...

— ... Go n-iompófaí an seanfhear trí huaire ar an leaba ...

— Faraor, a chuid, nár hiompaíodh mise scaití. Dá n-iompaítí, ní bheadh mo mhásaí bochta chomh tógtha is a bhí ...

— ... Go ngnóthódh Gaillimh craobh na hÉireann i 1941 ...

— In 1941, ab ea? B'fhéidir gur bliain eicínt eile? ...

— Níorbh ea. Níorbh ea. Tuige go mba ea? 1941. Deile? An dúil atá agat a dhul in aghaidh na Tairngreachta?

— Seo é Cogadh an dá Ghall. Bhí sé sa tairngreacht: "An séú bliain déag beidh Éire dearg le fuil ... " Agus nach bhfuil i mbliana? Bhí troid i mBaile Átha Cliath agus ar an Achréidh faoi cháisc ...

— Dúisigh suas, a dhuine. Tá sin deich mbliana fichead ó shin, nó tarraingt air ...

— Ara cén deich mbliana fichead? Faoi Cháisc a bhí an troid, agus bhásaigh mé faoi Fhéil Muire ...

— Dúisigh suas, a dhuine! Shílfeá gur i mbliana a tháinig tú anseo ...

— Is fíor dó é faoin séú bliain déag …

— Ara, a mhac Phádraig Labhráis, bíodh unsa céille agat. Níor dhúirt Colm Cille é sin riamh …

— Murar dhúirt dúirt Briain Rua é. Tairngreacht Bhriain Rua atá aige. Sí atá ag m'uncail freisin:

"An séú bliain déag i ndiaidh an deich fichead beidh Éire dearg le fuil.

Agus an seachtú bliain déag, is ea a fhiafrós na mná: 'mo léan cá ndeachaigh na fir!"

Tá mná Bhaile Dhoncha, an Ghoirt Ribigh, Chlochar Shaibhe, Gleann na Buaile, Dhoire Locha, agus Sheana-choille á fhiafraí cheana. Cén chaoi a mbeidh siad faoi cheann cúpla bliain eile meas tú, nuair nach mbeidh oiread is fear amháin fanta?

Chuala mé m'uncail ag rá go raibh sé i dtairngreacht Bhriain Rua go mbeadh bean agus a hiníon ina seasamh ar Dhroichead Dhoire Locha agus go bhfeicfidís an fear chucu anoir. Black a bheadh ann, ach m'anam go mba bheag an locht leo é. Thabharfadh an bheirt áladh an mhada faoi, agus d'fhostóidís é. Bheadh scanradh a chroí ar an bhfear. Ach d'áiteoidís féin a chéile ansin, agus gach aon duine acu ag rá go mba léi féin é. Thabharfadh an fear an eang uathu le chuile údragáil. Sin é an uair a bheas na fir gann!

— Is suarach an t-ionadh agus iad ag pósadh Aidhteaileans, Giúdaigh, agus Blacks.

— Ó tháinig an scéala sin abhaile diabhal fear ar bith nach go Sasana atá ag gabháil. Comhairim gur gearr uainn "fómhar na mban fann" anois, mar a deir m'uncail. Cinnfidh sé ar mhná an Ghoirt Ribigh cinnirí a fháil, ná ar mhná Bhaile Dhoncha ná Chlochar Shaibhe. Nach shin é an fonn a bhí orm féin ar fad a dhul go Sasana: streachlódh na mná ó chéile eatarthu mé …

Bheinn i mo Bhileachaí an Phosta …

— A mhac Phádraig Labhráis, chuir tú fhéin agus d'uncail míchlú ar mhná na hÉireann …

— Nach ndéanann an Máistir Mór chuile phointe é! …

— A mhac Phádraig Labhráis, mhaslaigh tú féin agus t'uncail an creideamh. Eiricigh dhubha …

— Deir chuile dhuine gurb iad scoth na bhfear atá ag dealú

as an tír. Is é an fáth é sin, cheapfainnse, mar tá muid ag tarraingt ar Antichrist agus ar dheireadh an tsaoil, agus má tá i ndán is gur sa taobh tíre seo atá an bealach síos go hIfreann ní bheidh ríochan ar bith lena dtriallfaidh de bhligeards orainn as an nGealchathair, anuas as Baile Átha Cliath, agus ar ndóigh Sasana as éadan. Tá mé i bhfaitíos dár gcuid deirfiúrachaí...

— Éist do bhéal, a ghrabairín Phádraig Labhráis...

— Éist do bhéal, a ghrabairín...

— Ara tá mise ag ceapadh gur gearr anois go mbeidh Sasana cartaithe as i dtigh diabhail uilig. Hitler...

— Tá sé i dTairngreacht Chaitríona Pháidín go mbeidh bean a mic anseo ar an gcéad abhras eile clainne...

— Ab bu búna!...

— Chreidfinn féin i dtairngreacht. Níorbh ait liom go mbeadh aon mhíthuiscint faoi seo. Ní abraím go ngéillim do thairngreacht áirid ar bith, ach is léar dom go dtiocfadh do dhaoine an bua sin a bheith acu. Tá buanna ann nach feasach an eolaíocht dhamhnach faic fúthu, faoi nach féidir a léiriú le turgnaimh. Is ionann an file agus an fáidh ar a liacht bealach. "Vates" a bhí ag na Rómhánaigh ar fhile: duine a dtiocfadh fís nó léargas dó. Thrácht mé féin ar an bpointe sin sa "Réalt Eolais" atá i mo chnuasach filíochta "Na Réalta Buí"...

— Go ropa an diabhal thú! Ní dhearna tú de mhaith ná de mhaoin riamh os cionn talún ach fearsaí fánacha...

— Éist do bhéal, a dhailtín. Ba deacair duit aon mhaith a dhéanamh os cionn talún, nuair nár chuir d'athair ná do mháthair fír na maitheasa ionat. D'fhágaidís istigh thú ag buachailleacht na splaince agus ag rámhaillí, agus iad féin sáraithe ag obair...

— ...Is é an chaoi a raibh sé geallta sa Tairngreacht go dtiocfadh na Gaill i dtír ag an gCeann Siar, agus go sraonfaidís leo aniar...

— Beidh neart fear ansin ag mná an Ghoirt Ribigh, Baile Dhoncha agus Chlochar Shaibhe...

— Tá tú ag maslú an chreidimh...

— Gabhfaidh Ginearál mór a bheas orthu síos san abhainn ag Droichead Dhoire Locha le deoch a thabhairt dá chapall. Scaoilfidh Éireannach faoi agus marófar an capall...

193

— Diabhal easna den Ghinearál mór sin nach dtóróidh capall eile. Meas tú dá bhfeiceadh sé bromach maith mór nach n-ardódh sé leis é! ...

— Seo é Cogadh an Dá Ghall. Thuas ar an lagpholl ag gróigeadh móna a bhí mé nuair a tháinig Peaitseach Sheáinín go dtí mé. "Ara, ar chuala tú an scéal nua?" a deir sé.

"Dheamhan é," a deirim fhéin.

"An Kaiser a d'ionsaigh na Belgies bhochta inné," a deir sé. "Is mór an díol trua iad," a deirimse. "Meas tú nach é Cogadh an Dá Ghall é?" a deirimse.

— Dúisigh suas, a dhuine. Tá an cogadh sin thart le fada ...

— ... Dúirt an Máistir Mór an lá cheana go gcaithfeadh sé gurb sheo é Cogadh an Domhain agus chomh malartach is atá na mná ...

— Dúirt Tomás Taobh Istigh é freisin. "D'anam ón docks é, a stór," a deir sé, "is é deireadh an tsaoil é, agus an chaoi a bhfuil an soilíos imithe as na daoine. Féach mo bhotháinín gan díon deor ... "

— Níl teach ar bith dá dtéadh Fear an Árachais seo thall isteach ann an t-am ar thosaigh sé, nach n-abraíodh sé gurbh é Cogadh na Tairngreachta é.

"Anois, seachas riamh, tá agaibh slaimín árachais a chaitheamh oraibh féin," a deireadh sé. "Ní baol go maróidh siad an té a bheas faoi árachas, mar dá maraíodh bheadh an iomarca airgid le n-íoc acu ag deireadh an Chogaidh. Níl agat ach do pháipéar árachais a bheith ar iompar agat síoraí, agus é thaispeáint má ... "

— Ó, nár imir an spriosáinín orm ...

— Cleis na ceirde ...

— Deir Caitríona í féin an lá cheana go gcaithfidh sé gurb é Cogadh na gCríoch é. "Tá glaschloch an Oileáin ídithe," a deir sí, "agus bhí sé sa Tairngreacht nuair a bheadh glaschloch an Oileáin ídithe gur ghearr uait deireadh an domhain."

— Ab bu búna! Glaschloch an Oileáin. Glaschloch an Oileáin. Glaschloch an Oileáin! Pléascfaidh mé! ...

— ... Foighid, a Chóilí. Foighid ...

— Tabhair cead dom mo scéal a chríochnú, a dhuine chóir: "Rug mé ubh! Rug mé ubh! Te bruite ar an gcarn aoiligh ... "

— Is ea, a Chóilí. Cé nach bhfuil ealaín ar bith ann is dóigh liom go bhfuil ciall dhomhain dhiamhair eicínt ag siúl leis. Bíonn i gcónaí i scéalta dá shórt. Tá a fhios agat céard a dúirt Fraser sa "Golden Bough" ... Gabh mo leithscéal, a Chóilí. Níor chuimhnigh mé nach raibh tú in ann léamh ... Anois a Chóilí, lig domsa labhairt ... A, a Chóilí, lig domsa labhairt. Scríbhneoir ...

— ... Honest, a Dotie. Chlis Máirín. Dá dtéadh sí liomsa nó le m'iníon ní chlisfeadh. Ach le muintir Pháidín agus le na Loideánaigh a chuaigh sí. Chinn sé dubh agus dubh ar na mná rialta sa gcoinbhint aon cheo a chur ina ceann. Meas tú, a Dotie, nár thosaigh sí ag glaoch smuitín agus raicleach ar a cuid múinteoirí! ... Honest engine, a Dotie. Níorbh fhéidir focla míchaoithiúla a bhaint as a béal. D'éireodh di, agus a bheith ag éisteacht leo ó rugadh í, in aon teach le Caitríona Pháidín ...

— Ab bu búna! Nóirín ...

— Ná lig ort féin go gcloiseann tú chor ar bith í, a Dotie chroí. Nach léar duit féin anois go raibh "an leatrom ó thús i gcinniúint" Mháirín mar a deir Blinks sa "Caor-Phóg" é ... Tá tú ceart, a Dotie. Is col ceathar do Mháirín é. Ní iontas ar bith é sin a bheith ag dul ina shagart, a Dotie. Bhí cuid mhaith den chultúr timpeall air ó rugadh é. Thagadh an sagart chun an tí ann gach geábh fiach dá ndéanadh sé. Bhíodh taithí foghlaeirí agus sealgairí ón nGealchathair, ó Bhaile Átha Cliath agus ó Shasana ann chomh maith. Sí Neil, ar ndóigh, a sheanmháthair agus é bail sí i gcónaí. Is bean chultúrtha í Neil ...

— Ó ... Ó ...

— Bhí a mháthair—iníon Bhriain Mhóir—i Meiriceá, agus bhuail daoine cultúrtha léi ansin. Áit mhór chultúir é Meiriceá, a Dotie. Sciorradh an seanathair Briain Mór anoir ar cuairt ann scaití, agus ainneoin nach gceapfadh duine é, a

Dotie, is fear cultúrtha ar a bhealach féin Briain Mór ... Tá sé mar a deir tú, a Dotie, ach bhí an méid seo cultúir air, ar aon nós, nach bpósfadh sé Caitríona Pháidín. Honest ...

— Ó! ... A chíor mheala na ndreancaidí ...

— Ná lig ort féin go gcloiseann tú chor ar bith í, a Nóra ...

— Yep, a Dotie ... Nach mór a bhíos idir dhá theallach daoine mar sin féin! ... Is col ceathar eile do Mháirín é mac mo mhicse sa nGort Ribeach: an stócach a mbíonn an Máistir Mór ag caint air. D'éirigh leis a dhul ina pheite-oifigeach loinge, a Dotie. Nach méanair dó! Marseilles, Port Said, Singapore, Batavia, Honolulu, San Francisco ... Grian. Oráistí. Farraigí gorma ...

— Ach tá sé an-bhaolach ar farraige ó thosaigh an cogadh ...

— "Ní thomhaiseann giolla na gaisce dúléim na guaise," mar a deir Frix i "Beirt Fhear agus Pufa Púdair." Aoibhinn, aoibhinn beatha an mhairnéalaigh, a Dotie. Éadaí áille rómánsúla air, arb iad buaic croí gach mná iad ...

— Dúirt mé cheana leat, a Nóra, gur cadramán tíre mise ...

— Rómánsaíocht, a Dotie. Rómánsaíocht ... Thug mé searc agus róghrá dhó, a Dotie. Honest! Ach ná labhair amach as do bhéal faoi sin. Tuigeann tú, a Dotie chroí, gur tú mo chara. Ní bheadh ó Chaitríona Pháidín ach údar béadáin. Ó tharla gan cultúr ar bith a bheith uirthi féin ba bharúil an-tuatúil a bheadh aici faoi rud den sórt sin ...

— Ná lig ort féin, a Nóra, go gcloiseann tú chor ar bith í ...

— Yep, a Dotie. Thug mé searc agus róghrá dhó, a Dotie. Ba dealbh nuaghlan umha é a gcuirfí séideog na beatha faoi. Ba í réalt an tseaca ag scartadh i linn shléibhe mac imrisc a shúl. Bhí a fholt ina síoda dubh ... Ach a liopaí, a Dotie. A liopaí ... Bhíodar trí lasadh ... Trí lasadh, a Dotie. Ba í an Caor-Phóg féin a ngoradh ...

Agus na scéalta a d'insíodh sé dhom faoi thíortha coimhthíocha agus faoi bhailte cuain ar an gcoigríoch. Faoi fharraigí callóideacha agus an ghealstoirm ag siabadh bruth bán go barr na slata seoil. Faoi inbhir ghléghainimh i lúibinn ros mongach. Faoi shléibhte sceirdiúla sneachta. Faoi bhuailí breoghréine ar cholbh foraois dhuaibhseach ... Faoi éanacha gallda, éisc aduaine agus beithigh éigéille. Faoi threibheanna nach bhfuil d'airgead acu ach clocha, agus faoi threibheanna eile a chuireas cogadh d'fhonn céilí a ghabháil ...

— Tá sin cultúrtha go leor, a Nóra ...

— Faoi threibheanna a adhras an diabhal, agus faoi dhéithe a théas ag suirí i ndiaidh cailíní crúite ...

— Tá sin cultúrtha freisin, a Nóra ...

— Agus faoi na heachtraí a bhain dhó féin i Marseilles, i bPort Said, i Singapore ...

— Eachtraí cultúrtha, is dóigh ...

— Ó thabharfainn an deoir dheireanach d'fhuil mo chroí dhó, a Dotie! Ghabhfainn i mo chumhal leis go Marseilles, go Port Said, go Singapore ...

— Rop sibh a chéile ina dhiaidh sin ...

— Ba ghearr ár n-aithne ar a chéile an uair sin. Gnáth-"tiff" díl-leannán, a Dotie. Ba shin é an méid. É ina shuí le m'ais ar an tolg. "Tá tú go hálainn, a Nóróg," a deir sé. "Is loinnirí d'fholt ná an t-éirí gréine ar bheanna sneachta Inse Tuile." Honest dúirt, a Dotie. "Is gleoraí do rosc, a Nóróg," a deir sé, "ná an Réalt ó Thuaidh ag nochtadh thar bhun na spéire don mharaí agus é ag trasnú na Buinglíne." Honest dúirt, a Dotie. "Is áille do cheannaghaidh, a Nóróg," a deir sé "ná bráithre bána ar mhínthránna Hawaii." Honest dúirt, a Dotie. "Is stáidiúla do chaomhchorp, a Nóróg," a deir sé, "ná pailmchrann le múr Seraglio i Java." Honest dúirt, a Dotie. "Is caoine d'aolchorp," a deir sé, "ná an teach solais a threoraíos mairnéalaigh go caladh na Gealchathrach, agus a sméideas ormsa chuig dílbharróig mo bhán-Nóróige." Honest dúirt, a Dotie. Chuir sé barróg orm, a Dotie. Bhí a liopaí trí lasadh ... Trí lasadh ...

"Is dealfa dea-chumhtha do chosa, a Nóróg," a deir sé, "ná an ghealach ina droichead airgid ar bhá San Francisco," Rug sé greim colpa orm ...

— Rug sé greim colpa ort, a Nóróg. Huga leat anois! ...

— Honest rug, a Dotie. "De grace," arsa mise. "Ná bí ag breith ar cholpaí orm." "Is gleoite cuar do cholpaí, a Nóróg," a deir sé, "ná tradhall faoileáin i sliocht loinge." Rug sé ar cholpa arís orm. "De grace," arsa mise, "lig do mo cholpaí." "Is bláfaire do cholpaí, a Nóróg," a deir sé, "ná an ceann síne

agus é caite ar a dhroim, ó dheas i bhfarraigí fraochmhara."
"De grace," arsa mise, "caithfidh tú ligean do mo chuid
colpaí." Rug mé ar leabhar a bhí mé a léamh d'íochtar na
fuinneoige, agus bhuail mé lena corr ar an mbunrí é …

— Ach dúirt tú liom, a Nóróg, gur lúb pota a thóg tú
chuige, mar a thóg mise …

— Dotie! Dotie! …

— Ach dúirt tú liom é, a Nóra …

— De grace, a Dotie …

— Agus gur tharraing sé scian, a Nóróg, agus gur thug
obainn ar thú a shá; gur ghabh sé a leithscéal ansin agus gur
dhúirt sé gurbh é gnás a thíre féin má ba le duine láíocht a
dhéanamh le duine eile go mbéarfadh sé ar cholpaí air …

— De grace, a Dotie. De grace …

— Go ndearna sibh athmhórtas ansin, agus nach
mbaineadh sé méar dá shróin, gach uair dá sroicheadh a long
an Ghealchathair, nó go dtagadh sé chomh fada leat …

— De grace, a Dotie. "Méar dá shróin." An-neamh-
chultúrtha …

— Ach sin é an luí ceannann céanna a chuir tú féin air, a
Nóróg. Dúirt tú freisin go scríobhadh sé chugat as San
Francisco, as Honolulu, as Batavia, as Singapore, as Port
Said, agus as Marseilles. Agus go raibh tú achar fada ag
déanamh leanna, an áit nach raibh aon litir ag teacht uaidh,
nó gur inis mairnéalach eile dhuit gur criogadh é le sá scine i
mbistro i Marseilles …

— Uch! Uch! A Dotie. Tuigeann tú go bhfuil mé íogmhar.
Ghoillfeadh sé go mór orm dá gcloiseadh aon duine an scéal
sin. Honest, ghoillfeadh, a Dotie. Is tú mo chara, a Dotie. Ba
mhíchlú mhór dom ar dhúirt tú ar ball beag. Go
dtarraingeodh sé scian! Go ndéanfainnse rud chomh neamh-
chultúrtha le lúb pota a thógáil chuig aon duine! Uch! …

— Sin é a dúirt tú liom scaitheamh maith ó shin, a Nóróg,
ach ní raibh an oiread cultúir ort an uair sin is atá anois …

— Hum, a Dotie. Ní mó ná duine tuatúil ar nós Chaitríona
Pháidín a dhéanfadh cleas den sórt sin. Chuala tú Muraed
Phroinsias ag rá gurbh é an t-uisce bruite a thóg sí chuig
Briain Mór. Chaithfeadh sé gur fíoramhas í. Honest! …

— Faraor géar deacrach nár chuir sé an scian go feirc ionat,

Cré na Cille

a mhír na mairnéalachta. Cén áit é sin ar dhúirt tú ar shuigh sé síos in éindí leat? A Thiarna, Thiarna, níorbh iad barúintí a leasa a bhí faoin duine dona. B'fhurasta aithint gurb é a shá a dhéanfaí as a dheireadh, agus suí in aice Chineál na gCosa Lofa. Ba mhaith é a bhronntanas ag imeacht uaitse muis: stuáil shneá …

— Ná lig ort féin go gcloiseann tú chor ar bith í, a Nóróg …

— … Anois, a Tom Rua, faoi bhíthin Dé thú agus éist liom. Tá mé ag uallfairt ort le uair an chloig agus gan d'aird agat orm ach an oiread is dá mba síol fraganna mé. Cén chiall nach ndéanfá teanntás orm? Nach raibh na seacht n-aithne agat orm os cionn talúna? …

— Na seacht n-aithne, a Mháistir. Na seacht n-aithne muis …

— Ceist agam ort, a Tom Rua. An bhfuil Bileachaí an Phosta go dona? …

— Bileachaí an Phosta? Bileachaí an Phosta anois. Bileachaí an Phosta. Bileachaí an Phosta ru. M'anam go bhfuil a leithéid ann, a Mháistir. Tá Bileachaí an Phosta ann, go siúráilte …

— Ara, i dtigh diabhail agus deamhain agus na seacht ndiabhail déag agus fiche milliún a bhí ag leaba bháis Alastar Borgia go raibh sé, mar Bhileachaí an Phosta! Nach bhfuil a fhios agam go bhfuil sé ann! Ab éard a shíleas tú, a Tom Rua, nach bhfuil a fhios agam go bhfuil Bileachaí an Phosta ann? An bhfuil sé go dona, an breillbhodairlín? …

— Deir daoine go bhfuil, a Mháistir. Deir daoine nach bhfuil. Is mór a deirtear nach mbíonn i gclár ná i bhfoirm. Ach thiocfadh dhó a bheith go dona. Thiocfadh, a mh'anam. Thiocfadh go siúráilte. Is críonna …

— Iarraim ort go humhal ceansa, a Tom Rua, a inseacht dom go bhfuil Bileachaí an Phosta go dona …

— Ó b'fhéidir sin, a Mháistir. B'fhéidir sin, i nDomhnach. Thiocfadh dhó, a Mháistir. Thiocfadh go siúráilte. Muise dheamhan a fhios agam féin …

— Impím ort, in ainm nós cianaosta an béadáin chomharsanúil, a inseacht dom go bhfuil Bileachaí an Phosta go dona … Maith an fear, a Tom Rua … Mo sheacht ngrá thú, a Tom Rua. M'úillín óir thú, a Tom Rua, ach inis dom an bhfuil

Bileachaí an Phosta go dona, nó an bhfaighidh sé aon bhás go luath?

— Is críonna an té ...

— Impím ort, a Tom Rua, mar dhuine ba séidigh do mhnaoi—m'fhearacht féin—a inseacht dom an bhfuil Bileachaí an Phosta go dona ...

— Thiocfadh dhó ...

— Mo chuid den saol thú, gealacán mo shúl thú, mo chabhair ón mbeatha thú, a Tom Rua ... An gcreideann tú i maoin phríobháideach chor ar bith? ... In ainm an dualgais atá ar chách fondúireacht aiceanta an phósta a chothú, m'achainí ort, a Tom Rua, inseacht dom an bhfuil Bileachaí an Phosta go dona ...

— Dá n-insinn faic, a Mháistir, d'inseoinn duit féin é chomh luath le aon duine, ach ní inseoidh mé faic, a Mháistir. B'fhearr do dhuine a bhéal a choinneáil ar a chéile in áit den sórt seo, a Mháistir. Ní áit do dhuine é le cúl a chainte a bheith leis. Tá poill ar na huaigheanna ...

— Go mba seacht ngáirmheasa a bheas tú anocht agus amárach agus bliain ó amárach, a Chomhuintirigh, a Fhais-istigh, a Naitsí, a ainchreidmhigh, a ainChríostaí rua, a fhíor-gháilleog den Lóbasfhuil, a bhréandeascaidh de thuaith na bhfos méise, a fhuílleach na haicíde, a gheis na cuile, na cruimhe agus na hagaille, a shampla shnagaigh a chuir faitíos ar an mbás féin nó go mb'éigin dó drochthinneas a chur faoi do dhéin, a scearacháin, a sproschadramáin, a raicleach rua ...

— De grace, a Mháistir. Coinnigh guaim ort féin. Cuimhnigh gur duine uasal cultúrtha Críostaí thú. Má mhaireann duit is gearr go mbeidh tú in ann coc achrainn a choinneáil leis an amhas sin, Caitríona Pháidín féin ...

— A Mháistir, a Mháistir, freagair í. Tá an fhoghlaim ort, a Mháistir. Freagair í. Freagair Nóirín ...

— Ná lig ort fhéin, a Mháistir, go gcloiseann tú an So an' So chor ar bith ...

— So an' So! So 'an So! Nóirín Sheáinín ag tabhairt So an' So orm! Pléascfaidh mé! Pléascfaidh ...

Brian Mór

— ... Drochbhuidéal ru. Drochbhuidéal. Drochbhuidéal ...

— ... Chonaic mé uair eile an bheirt acu ar an teach: Pádraig Chaitríona agus Peadar Neil ...

— An síleann tú nach bhfuil a fhios agam é? ...

— ... Go deimhin duit, a Bhríd Thoirdhealbhaigh, dá mbeadh féith de mo chroí air, bheinn ar do shochraid. Níor chomaoin domsa gan a theacht ar shochraid Bhríd ...

— ... Stiofán Bán ag sclaibéireacht arís, nó ab ea? Chí Muire gur deacair dhomsa scéal ar bith a bheith agam anseo. An agaill bhradach sin, léanscrios uirthi. Ní dhéanfadh áit ar bith í ach a dhul trí pholl mo chluaise! Anall díreach ó uaigh Mhuraed Phroinsiais a tháinig sí. Tá an uaigh sin faoi agaillí, as éadan. Má tá féin ghreamaigh sin do Mhuraed. Áras brocach a bhí aici os cionn talún féin. Airde crann loinge de shalachar ar a hurlár, agus cairt ar chuile bhall troscáin faoi chaolacha an tí. Ní hionadh ar bith go bhfuil sí ar a sáimhín só sa gcréafóg anois. Cén bhrí ach í féin. D'fhásfadh fataí ina cluasa, agus níor ghlan sí a bróga ag dul chuig an Aifreann riamh. D'aithneofá na scráibeanna marla as poll an tslogaide sa tsráid thoir a d'fhágadh sí ina diaidh síos ar feadh theach an phobail. Agus ní chónódh sí nó go gcocálfadh sí í féin le hais na haltóra ar aghaidh Shiúán an tSiopa agus Neil—an raicleachín. Dá bpósadh Muraed Briain Mór ba mhaith ina chéile an bheirt. Níor nigh seisean é féin riamh ach oiread, murar nigh an bhean ghlún é. Deir siad go bhfuil suáilce sa nglaineacht, ach dheamhan a fhios agam. Rathaíonn lucht an tsalachair féin. Choinnigh mise teach glan chuile lá riamh. Ní raibh oíche Shathairn dár éirigh ar mo shúil nár nigh agus nár sciúr mé a raibh faoi cheithre roithleáin an tí. Dá mbeinn gan éirí i mo sheasamh a bheith ionam, dhéanfainn é. Agus sé a raibh dá bharr agam gur thug mé giorrachan saoil dom féin ...

Céard seo? Cén sórt toirnéis í seo? Tar éis chomh calctha is atá mo chluasa, tuilleann sin iontu ar chaoi ar bith ... Corp eile. An drochthinneas ... Níl sa gcónra ach seanbhosca cearc. Dheamhan é muis. Chaithfidís tincéir ar bith anuas os mo chionn anois ...

Cé thú féin? … Loirg an diabhail duit agus abair amach é! Tá mo chluasa calctha … Dúirt siad thú a chur san uaigh seo bail do mháthair. Ní aithním do ghlór muis. Ach is bean thú. Bean óg … Ní raibh tú ach dhá bhliain agus fiche. Tá faitíos orm go bhfuil fóidín meara ort. Dá bhféadtá d'aisléine a iompú taobh bun sa cionn, b'fhéidir go ndéanfá eolas. Tá mo chlann iníonsa básaithe le fada riamh … Nach breá nach labhrófá amach agus a inseacht dom cé thú féin! … An dteastaíonn aon chúnamh spioradáilte uaim! … Cén sórt cúnamh spioradáilte sin ort? … Céard é cúnamh spioradáilte? …

Iníon Choilm Mhóir ru! Is é Briain Mór d'uncail! Is fada ón stuaim an stocaireacht duit a bheith ag iarraidh a dhul in aon uaigh liomsa. An iomarca de do chineál atá teorainneach liom anseo. Níl gaol ná páirt agamsa leat. Gabh síos go dtí do mháthair ansin thíos. Is gearr ó chuala mé ag cuachaíl í. Ag teacht óna sochraid a tholg mé an fabht ar dtús. Steallaire tuaifisceach de lá a bhí ann …

Soit! Fan uaim! Drochthinneas Leitir Íochtair. Fan uaim má tá do leas ar Dhia. Ba doicheallach an áit a dhul ag brú isteach chuig d'uncailín Briain Mór …

Céard sin a deir tú ru? … Is agatsa atá a fhios go mba doicheallach! … Bhí tú ina aghaidh … Níor thaobhaigh tú a theach le bliain. Níor dhonaide thú sin, a dheirfiúr ó … Abair é, a dheirfiúr ó! Nach é a dúirt mé ar ball. Dheamhan boslach muis a bhuail sé air féin ó rugadh é … Dar príosta níl a fhios agam nach fíor dhuit é: go mba fear glan a bhí i d'athair. Ní aithneofaí dubh ná dath as an scóllachán eile é. Lena mháthair a chuaigh d'athair. Duine tláth a bhí ann … Chuaigh tú go dtí Briain Mór bliain ó shin … d'fhiafraigh tú dhe an bhféadfá aon chúnamh spioradáilte a thabhairt dó. Ó, nach dona na gnaithí a bhí ort cúnamh ar bith a thairiscint don scóllachán gránna! … Ó, ar shon an Léigiúin a chuaigh tú go dtí é … Is fíor dhuit sin, dheamhan Paidrín Páirteach a dúirt sé ó rugadh é … Sin é a dúirt sé leat … Dúirt sé leat gur jennetacha a bhí sa Léigiún! Sin é nach bhfuil an bheann aige ar Dhia ná ar Mhuire …

Tá an scóllachán ag ceasacht faoi dheireadh. Loirg an diabhail dhó, tá sé in am sin aige … Sin é a dúirt sé:

"Sílim go dtabharfaidh mé *tour* siar lá ar bith feasta ... Agus go deimhin agus go dearfa dhuit beidh sé ina aimsir sna poill údaí thiar ... Má bhíonn múille Pháidín ... " Tá tú siúráilte anois nár chríochnaigh sé a chuid cainte ...

Nár dhúirt mé cheana leat nach dteastaíonn ... cén t-ainm é sin a thug tú air? ... cúnamh spioradáilte, uaim ... Neil ag caint ar theach nua ceann scláta a dhéanamh ... Tá siad ag briseadh cloch faoina chomhair. Ab bu búna! ... Sin é a deir an droinnín: nár mhór dóibh é anois agus an bóthar nua déanta go doras. Ó, an tiarachín! ... "gur gearr go mbeadh sagart sa teach, go lige Dia slán na daoine." Ó, an raicleach! ... Tá sí á bualadh suas sna cosa. Ba deas an bhail uirthi mura mbeadh sí in araíocht an bóthar nua a shiúl go deo ... Na rudaí nach bhfuil a fhios agat anois, bheadh a fhios agat go barainneach faoi cheann seachtaine eile iad ... Ach níor lig an scáth d'aon duine a theacht ag an teach chugat ...

Céard deir tú? ... Go raibh Jeaic na Scolóige go dona tinn. Sin é tinneas a bháis anois. An Leabhar Eoin. Gheobhaidh Neil agus iníon Bhriain Mhóir slam eile airgid ... Níor chuala tusa caint ar bith ar an Leabhar Eoin ... Ní raibh a fhios agat gur theastaigh aon chúnamh spioradáilte ó Jeaic. Teastaíonn a bhfaighidh sé de chúnamh uaidh anois, an duine bocht ...

Chuaigh an ola ar Bheartla Chois Dubh ... Tá Cáit Bheag agus Bid Shorcha an-chloíte, a deir tú ... Ní chorraíonn siad amach as an teach dubh ná dath anois. Ní shínfidh ná ní chaoinfidh siad aon smíste feasta, mar sin ...

Chuaigh crois ar Mháirtín Crosach an lá cheana ... agus ar Tom Rua freisin. Ar ndóigh diabhal a bhfuil an conús rua sin achar ar bith anseo ... Sin é a chuala tú: gur chuir Neil comhairle ar Phádraig gan crois de ghlaschloch an Oileáin a chur orm ... Bheadh a fhios agat go barainneach faoi cheann seachtaine eile é. Slán an scéalaí! ... Ó, bí siúráilte, a dheirfiúr ó, gur fíor é. Déarfadh sí é—an raicleach—agus iníon Bhriain Mhóir agus iníon Nóra Sheáinín ag moladh léi ... Dúirt Brian Mór é sin:

"Dá mba mise Pádraig, thabharfainnse a sáith de ghlaschloch an Oileáin don chailleachín bhreilleach sin ... A tochailt aníos as an bpoll siúd ... A hardú isteach ar an Oileán ... Í a chocáil thuas ar an splinc is airde ann ... Ar nós fear na

Cloiche Móire i mBaile Atha Cliath ... " Ó, mo léan, ní hí anáil an Tiarna atá ina bhéal, tar éis go bhfuil sé ar adhastar ag an mbás ... Deirim leat nach dteastaíonn aon chúnamh spioradáilte uaim ...

Tá iníon Nóra Sheáinín, Neil agus iníon Bhriain Mhóir ag caint le chéile arís? B'fhurasta aithint. Ara diabhal is móide troid ar bith a bhí ann luath ná mall ach bréaga an ghrabairín sin ag Pádraig Labhráis ... Is fíor dhuit, a dheirfiúr ó. Troid na mbó maol. Tincéirí iad trína chéile ... Bheadh a fhios agat go barainneach faoi cheann seachtaine ...

Tháinig litir mar sin? ... Níor dhúirt sí cé aige a bhfágfadh sí an t-airgead ... Ó, scríobh sí chuig Pádraig freisin ... Nár chunórach an rúisc anois í a dhul ag scríobh tigh Bhriain Mhóir, agus gan gaol ná dáimh aici leis ... Dúirt sí siúráilte go raibh sí go dona ... Agus go raibh a huacht déanta aici. Ha-Dad! ... Agus go raibh tuamba i bhfocal aici i Reilig Bhoston. Tuamba féin ru! Mar atá ag an Iarla. Tuamba ar Bhaba se'againne. Léanscrios uirthi, mura dtagadh sí le rud ní ba réchúisí ná tuamba! ... Chuir sí airgead i mbanc le go bhfaigheadh an tuamba aire go brách. Dar sliabh ru! ... Agus airgead le haghaidh Aifrinn ... Dhá mhíle go leith punt le haghaidh Aifrinn! Dhá mhíle go leith punt! Is beag is fiú an uacht anois. Chluicheálfaidh clann Bhriain Mhóir atá i Meiriceá an chuid eile di. Diabhal an fearr liom beirthe é. Is beag é cion Neil di anois. Ní bheidh sí ag gabháil "Eileanóir na Ruan" feasta ag dul suas thar an teach se'againne ...

Síleann tusa nár scríobh Pádraig ar ais chuig Baba. D'imigh an diabhal air murar scríobh! ... An éistfidh tú liom faoin bhfios barainneach a bheadh agat faoi cheann seachtaine! Cén mhaith domsa an fios a bheadh agat faoi cheann seachtaine? ... Ní scríobhann an Máistir Beag litir d'aon duine anois ... An iomarca cruóige ... Céard a bhí sé a dhéanamh, a deir tú? ... Ag déanamh staidéir ar fhoirm ... Ag déanamh staidéir ar fhoirm. Sin caint an-aisteach go deo ... Ag cur ar chapaill rása. Ó, huga leat! Ní dhéanann sé smeach sa scoil ach ag léamh fúthu ... Tá an sagart ina aghaidh. Shíl mé, i nDomhnach, go mbíodh an bheirt ag spaisteoireacht in éindí. Nó ar bhréag é? Ní cóir smid ar bith a chreidiúint anseo ... Thug sé seanmóir faoi ... Ar ndóinín, bheadh a fhios ag chuile dhuine cé a bheadh sé a rá, gan trácht ina ainm ná ina shloinne air … "Ag diomallú a gcuid ama agus a gcuid airgid le cearrbhachas, agus ag imeacht le druncaeir mná sa nGealchathair," a deir sé … "Chuala mé faoi fhear den phobal seo a d'ól dhá phionta agus dá fhichead, ach craosáiníní mná atá in ann bairille beag brandaí a chráineadh gan call dionnóid phúdair dá gceannaghaidh ina dhiaidh …" A dhiabhail, dá mbeadh a fhios aige faoi Nóra Sheáinín! … Tá caint go ndíbreoidh sé an Máistir Beag … Ó, nach sheo é arís é! Bheadh a fhios agat go barainneach faoi cheann seachtaine … Beidh a fhios agat rudaí faoi cheann seachtaine, a iníon ó! …

Ab bu búna! Na litreacha Meiriceá a scríobh an Máistir Beag do Phádraig, níor chuimhnigh sé a gcur i bposta chor ar bith … San am ar athraigh sé a lóistín uaithi fuair Bean an Chéidigh iad i sean-éadaí a d'fhág sé ina dhiaidh … Ab bu búna! D'inis sí do Neil gach a raibh iontu …

Tá smál eicínt ar Phádraig: breá nár thug sé leis iad é féin agus a gcur i bposta? Meas tú ar fhág mise mo chuid litreacha i mo dhiaidh riamh ag an Máistir Beag ná ag an Máistir Mór? Is aisteach an dream máistrí scoile. B'fhurasta aithint dhom riamh féin go mbíodh rudaí thar mo chuid litreachasa sa gcuircín acu. Nach bhfeicinn an Máistir Mór ag scríobh dhom agus é ina spól fíodóra ó bhord go fuinneog féachaint an mbeadh aon amharc ar an Máistreás ag dul an bóthar! …

Ní scríobhfadh an Mháistreás litir d'aon duine ach an oiread, a deir tú … An iomarca ar a haire ag breathnú i ndiaidh Bhileachaí. An stropairlín bradach! Ó, dá ndéanadh Pádraig mo chomhairlese ní bheadh sé i gcleithiúnas aon duine, ach a dhul isteach chuig Mainnín an Cunsailéir. Sin é an buachaill nach mbeadh i bhfad ag scríobh litir chumasach ar sheacht agus sé pínne. Ach ba mhór le iníon Nóra Sheáinín scaradh le leithphínn ar bith … Chuala tú nach riabh leath suim ag Pádraig san uacht … Sin tuilleadh de chluanaíocht Neil … Ar ndóigh ní shíleann tú gur scrupall atá aici imirt ar mo mhacsa agus í á dhéanamh ar a fear féin … "Go raibh Pádraig ceart go leor ó bhásaigh Beisín." Déarfadh Briain Mór é … an ligfidh tú dhom le do chuid cúnamh spioradáilte! …

Cré na Cille

Tá Máirín le dhul chuig coláiste arís. Déanfaidh sí cúis an babhta seo. Ara, níor cuireadh amach chor ar bith í, an geábh deiridh, ach í féin a theacht abhaile. Cumha a bhí ar an gcréatúr. Níl a fhios agat cé air a bhfuil sí ag dul isteach? ... Ina máistreás scoile, is dóigh ... Sin é ar chuala tú fúithi ...

Tá go leor beithíoch ar an talamh ag Pádraig. Chonách sin air! ...

Tá Tomás Taobh Istigh imithe as a theach féin ... An bháisteach anuas a ruaig é ... B'fhadó an lá a bhí aici a ruaigeadh. Sin é a dúirt sé: "d'anam ón docks é go raibh an braon á bhualadh idir an gob agus an tsúil orm, ba chuma cén áit sa teach a gcuirfinn an leaba. Sílim go ngabhfaidh mé ag cuimilt leis an uaisle an chuid eile de mo shaol" ... Tháinig sé dhá oíche tigh Phádraig agus ansin d'aistrigh sé tigh Neil uilig. Ag Neil mar sin atá an talamh ... Níl a fhios agat ar shínigh sé dhi é nó nár shínigh? Ní mó ná Mainnín an Cunsailéir a mbeach a fhios aige é sin ... Nach cuma sa diabhal céard a bheadh a fhios agat go barainneach faoi cheann seachtaine! Is é an rud atá a fhios agat anois ... Dúirt Tomás Taobh Istigh é sin: "ba dea-chroíúla go fada Neil ná Caitríona. Is fearr liom fanacht tigh Neil san áit a gcuimleoidh mé le na huaisle. Ní thaobhaíonn duine uasal ar bith tigh Chaitríona." Is breá an feic ag uaisle cloigeann cruacháin Taobh Istigh! ... "Bíonn togha tobac ag na huaisle agus mná breá in éindí leo." Is gearr go gcuirfidh an smuitín siúd mná ar an ngoile aige. Má airíonn sí aon cheo á bhualadh féin, gheobhaidh sí Leabhar Eoin ón sagart, agus is é Tomás Taobh Istigh a chuirfeas sí chun tiomána. Nach mairg gan duine maith eicínt as cionn talún a chuirfeadh ar an airdeall an duine dona! M'anam gur sa saol a tháinig sé Tomás streilleach Taobh Istigh a bheith ag cuimilt le uaisle ...

Thagadh Lord Cockton ag iascach chuile lá i mbliana ar chuid Neil. D'fhéad sé an mótar a thabhairt isteach go béal an dorais ann ... Tugann an sagart an mótar go teach aici freisin ... Ab bu búna! Thug Lord Cockton amach sa mótar an glibíneach ... Thug sé ag déanamh aeir go Caladh an Rosa í. Ó, nach beag de mheas a bhí aige ar a mhótar ag cur raicleachaí mar sin isteach ann ...

Bhí deirfiúr an tsagairt thuas ann ag foghlaeireacht freisin.

207

An treabhsar nó gúna a bhí uirthu ru? … An treabhsar … Bhí sí féin agus Lord Cockton ag foghlaeireacht in éindí. Nach diabhlaí nach mbacfadh an sagart iad! Is dóigh gur eiriceach dubh é Lord Cockton sin. Bhí caint mhór go raibh sí le máistir scoile Dhoire Locha a phósadh … O bhó go deo, bheadh a fhios agat go barainneach faoi cheann seachtaine é! Caithfidh muid cead a fháil duit a dhul suas arís go ceann seachtaine …

Ceapann tú go bhfuil an pósadh caite in aer? Shíl mé gur fear gnaíúil a bhí i máistir scoile Dhoire Locha sin, agus nach n-ólfadh sé an striog féin … Céard a deir tú? Tá mo chluasa calctha … Go bhfuil sí ag tabhairt chomhluadair do mhac Fhear Cheann an Bóthair: go bhfuil deirfiúr an tsagairt ag tabhairt chomhluadair do mhac fhear Cheann an Bhóthair! Dar fia is barúil an saol é! …

Dúirt mac Cheann an Bhóthair é sin le Lord Cockton: gan a dhul ag foghlaeireacht in éindí léi ní ba mhó mura mbeadh sé féin i láthair … Chuala mac Sheáinín Liam é á rá leis …

Céard seo? Cá'il tú agam? … Tá siad do do scuabadh leo … Tuigeann siad anois nach í seo d'uaigh … Go ngnóthaí Dia dhuit, a chuid! Má tá tú muintreach ag Briain Mór féin is suáilceach uait labhairt. Is beag is ionann thú agus an conús sin Tom Rua …

6

— … Mise ag tabhairt focal ar an bpionta don Ghaeilgeoir Mhór …

— … Ba mhinic a dúirt an Búistéir Mór liom go raibh meas aige féin ormsa i ngeall ar an meas a bhí ag a athair ar m'athair …

— … Agus mise taobh leis an aon scilling …

— Mura bhfuil an Máistir Beag taobh leis an aon scilling anois …

— … "Rug mé ubh! Rug mé ubh! …"

— C'est l'histoire des poules, n'est-ce pas?

— … Honest, a Dotie. Tá m'intinn ina spaid ar fad le scaitheamh. Teastaíonn cultúr chomh géar uaimse is a theastaíos grian ón gcraobh arbhair. Agus níl cultúr ar bith

anseo anois. Is náire bhruite don Mháistir Mhór é. Ba chóir
nuair a thiocfadh duine don chill go bhfágfadh sé suaraíl
fhánach an tsaoil thuas ina dhiaidh agus go mbainfeadh sé
leas as a chuid ama lena intinn a fhoirfiú. Is minic a deirim
sin leis an Máistir, ach ní gar é. Níl neart aige trácht ar aon ní
anois ach ar an Máistreás agus ar Bhileachaí an Phosta.
Caithfear rud eicínt a dhéanamh lena tharrtháil. Honest,
caithfear, a Dotie. Ní hé an oiread sin daoine cultúrtha atá
againn is go dtig linn déanamh d'uireasa aon duine acu. Ní
mór a choisceadh ó bheith ag aithris ar sciolladóireacht
Chaitríona Pháidín. Tá chaon "raicleach" agus "raibiléara"
agus "cocsmuitin" ina bhéal anois aige. Is drochthionchar air
Caitríona. Thíos ar Gharbhchríocha na Leathghine a bhí
aici sin a bheith …

— Nóirín chlamhach …

— Ná lig ort féin go gcloiseann tú chor ar bith í, a
Nóróg …

— Yep, a Dotie. Tá fúm a dhul chun cinn ar m'aghaidh féin
agus cumann cultúrtha a chur ar siúl. Measaim gur féidir a
lán a dhéanamh le intinn an dream atá anseo a fheabhsú agus
leithead agus airde a thabhairt dá mothúchán cultúrtha. Sa
gcumann a chuirfeas mé ar bun pléifear cúrsaí forleathna,
idir cheisteannaí polaitíochta, caidriúchais, geilleagair,
eolaíochta, léinn, oideachais, agus eile. Ach pléifear
go cuibhiúil acadúil iad, ar neamhchead do ghnéas, cine,
agus creideamh. Ní bheidh bacainn ar dhuine ar bith dá
nglacfar sa gcumann a bharúil fhoilsiú, agus ní bheidh de
cháilíocht chomhaltais againn ach gur cara don chultúr é …

— Measann tú nach í gabháil an chultúir a bhí ag giniúint
ionamsa nuair a thógas lúb an phota agus a bhuaileas …

— De grace, a Dotie. "Maitheann Dia na peacaí móra, ach
muid féin nach bhféadann na peacaí beaga a mhaitheamh
dúinn féin," mar a dúirt Eustasia le Mrs Crookshanks agus
iad ag troid faoi Harry. Féachfaidh muid le faisnéis a chraobh-
scaoileadh faoi ghnéithe eile den tsaol — gnéithe
coimhthíocha go sonrach — agus dá réir sin tuiscint a
thabhairt do dhaoine agus do dhreamanna ar leith de na
daoine ar a chéile. Beidh díospóireachtaí againn go féiltiúil,
léachtaí, *soirées*, Tráth Ceist, Symposium, Tréimhseachán

Teann, Colloquium, Caibidil, Scoil Shamraidh, Deirí
Seachtaine, agus Faisnéis Más É Do Thoil É do Chríocha na
Leathghine. Acra mór i gcúis an chultúir fhorleathain agus na
síochána a bheas sa gcumann seo. Rotaraí a tugtar ar a
leithéid. ag daoine cultúrtha fearacht an Iarla a bhíos baint
leis an Rotaraí ...

— Agus ag mairnéalaigh ...

— Ná lig ort féin, a Nóróg, go gcloiseann tú chor ar
bith í ...

— Yep, a Dotie. Ní ligfead. Ach sin sampla maith den
chineál barúla a chaithfear a phlúchadh le crann soilse an
Rotaraí. Ní ag Caitríona amháin atá aigne den sórt sin. Dá
mba ea níor mhiste, ach tá sí coitianta go leor. Is dream
inspéise mairnéalaigh. Intinn chúng neamhshaothraithe a
ghabhfadh á gcáineadh ...

— Murach na sceana sin a bhíos acu, a Nóróg ...

— De grace, a Dotie. Sin barúil eile a chaithfear a léir-
scrios ...

— Cé eile a bheas sa Rótaraí, a Nóróg?

— Níl mé barainneach amach agus amach fós. Tú féin, a
Dotie. An Máistir Mór. Peadar an Osta. Siúán an tSiopa ...

— An file ...

— Go ropa an diabhal é, an dailtín ...

— ... Ach níor léis "Na Réalta Buí," a Nóra.

— No infernal odds, old man! Ní ghlacfar thú. Honest! Tá
tú decadent! ...

— Ba cheart Bríd Thoirdhealbhaigh a ghlacadh. Bhí sí ag
na pictiúir sa nGealchathair uair ...

— I nDomhnach, bhí mise in éindí leis an ngearrbhodach
acu, an uair a cheannaíomar an bromach ...

— Foighid oraibh, anois. Is scríbhneoir mise ...

— Ní fhéadfar thú a ghlacadh. Má tá i ndán is go nglacfar
déanfaidh muid círéabacha den chill. Mhaslaigh tú Colm
Cille.

— ... Ní gar duit é a léamh. Ní éistfidh mé le d'"Fhuineadh
Gréine." Honest! Ní éistfead ... Níl aon mhaith dhuit ag
tuineadh liom: ní éistfead. Tá intinn an-liobrálach agam, ach
mar sin féin ní foláir roinnt áirid den chuibhiúlacht a
choinneáil ... Is bean mé ... Ní éistfead. Honest! ... Ní

ghlacfar leat. Tá do shaothar Joysúil … Níl aon mhaith dhuit liom. Ní éistfidh mé leis "An Fuineadh Gréine." Intinn íseal-íseal atá agat agus rud mar sin a scríobh … Tá tú ag gabháil do "Bhrionglóid an Dinosaur" … Ní éistfead. Brionglóid an Dinosaur" … Ní éistfead. Brionglóid an Dinosaur. Gaileota Joysúil dáiríre. Gné an-íseal den Dúil Bheo thú … Ní ghlacfar leat nó go bhfoghlaimí tú gach focal de *Sheanmóin agus Trí Fichid* de ghlanmheabhair …

— Molaimse go nglacfaí an Francach. Is Gael dúthrachtach é. Tá sé ar a mhine ghéire ag foghlaim na teanga …

— Tá sé ag scríobh tráchtais faoi na consain ghéaráin i gcanúint na Leathghine. Deir sé go bhfuil na carbaid sách maol acu faoi seo le gur féidir staidéar léannta a dhéanamh ar a gcuid fuaimeanna …

— Measann an Institiúid go bhfuil an iomarca Gaeilge—de chineál nach bhfuil marbh ar feadh na tréimhse sceidealta—foghlamtha aige, agus ó tharla go bhfuiltear in amhras gur Revival Irish corrfhocal di, ní foláir dó gach siolla a dhífhoghlaim sula mbeidh sé cáilithe leis an staidéar sin a dhéanamh i gceart.

— Tá faoi freisin an béaloideas caillte uilig a bhailiú agus a shábháil i riocht is go mbeidh a fhios ag na glúinte Gaelchorp a thiocfas cén cineál saoil a bhí i bpoblacht na nGaelchorp rompu. Deir sé nach bhfuil macasamhail Chóilí de sheanchaí le fáil níos gaire ná an Rúis anois, agus nach mbeidh a leithéid arís ann. Síleann sé gur furasta Musaem Béaloidis a dhéanamh den Chill agus nach mbeidh stró ar bith deontas a fháil faoina chomhair sin …

— Óra, nach raibh an géadshomachán ag troid in aghaidh Hitler …

— Glactar é …

— Go raibh maith agaibh, mes amis! Merci beaucoup …

— Tá Hitler in aghaidh Rótaraí …

— Óra má tá, bíodh an diabhal agaibh féin agus ag bhur gcuid Rotaraí! …

— … Fear a d'ól dhá phionta agus dhá fhichead! Ní ghlacfaí muis, ná in Alcoholics Anonymous ná i Mellerae. Áit ar bith ach i "Meisceoirí Teoranta" …

— Éist do bhéal, a ghrabairín.

— Ar ndóigh ní féidir go nglacfadh sibh aon duine de Chineál na Leathchluaise ru. Má ghlacann, is sáite a bheas sibh...

— ... Cén chaoi a ligfí i Rótaraí tusa agus gan do chuid táblaí agat? ...

— Ach tá. Éist liom. Dó dhéag faoi aon, dó dhéag; dó dhéag faoi dhó ...

— ... Dar a shon go nglacfaí: fear a mharaigh é féin ag dul ag breathnú ar an gCeanannach? Bás an-neamhchultúrtha a bhí ann ...

— Glacfar fear dhíolta na leabhar. Láimhsigh sé na mílte leabhar ...

— Agus Gníomhaire an Árachais. Níodh sé Tomhaiseanna Crosfhocal ...

— Agus Stiofán Bán. Sochraideach maith a bhí ann ...

— ... Cén chiall nach nglacfaí thú? Nach bhfuil do mhac pósta ag Black! Daoine cultúrtha iad na Blacks.

— Is cultúrtha iad ar chaoi ar bith ná na hAidhteaileans a bhfuil duine acu pósta ag do mhacsa ...

— Ba cheart Caitríona Pháidín a ghlacadh. Tá round table aici sa mbaile ...

— Agus comhra Nóra Sheáinín ...

— Bhí eolas mór aici ar Mhainnín an Cunsailéir ...

— Agus tá iníon a mic ag dul ina máistreás scoile ...

— Ba cheart iníon Choilm Mhóir a ghlacadh. Bhí sí sa Léigiún. Tugann sí cúnamh spioradáilte do dhaoine ...

— Is furasta aithint, agus a bhfuil de bhéadán aici! Níor tháinig iamh ar a béal ó stríoc sí caladh ...

— Tá tú ag maslú ...

— Más cúrsaí mar sin é, ba chóir Máistreás an Phosta a ghlacadh. B'oifigeach faisnéise agus taiscéalaíochta í sa Léigiún, agus ní fhéadfadh sí gan cultúr a bheith uirthi agus ar léigh sí ...

— Agus Cite. Ba corparál lainse é a mac sa Léigiún, agus bhí Corparáid Creidiúnais aici féin ...

— Agus fear Cheann an Bhóthair. Chuir a sheanchailín hearse faoi ar fhaitíos a gcraithfí a phutóga bochta ...

— M'anam muise, mar a deir tusa ...

— Bhí a raibh tigh Cheann an Bhóthair sa Léigiún ...

— Agus tá a mhac mór le deirfiúr an tsagairt ...

— Ghoid a raibh ina theach mo chuid mónasa ...

— Agus m'oirdínsa ...

— Tá sibh ag maslú an chreidimh. Is eiricigh dhubha sibh ...

— ... Glacfar thú. Bhí an Búistéir Mór ar do shochraid, nach raibh? ...

— Ba fear maith Rótaraí a bheadh i Tomás Taobh Istigh. Cara don chultúr é.

— Agus Briain Mór. Bhí sé i mBaile Átha Cliath ...

— Agus Neil Sheáinín. Castar go leor de lucht an Rótaraí uirthi. Lord Cockton ...

— Cead cainte dhomsa. Cead cainte ...

— Is é Seáinín Liam a thabharfas an chéad léacht don Rótaraí. "Mo Chroí." ...

— Cite ansin: "Airleacan" ...

— Dotie: "Clár Gléigeal an Achréidh."

— Máirtín Crosach: "Anacair Leapa" ...

— An Máistir Mór ansin: "Bileachaí an Phosta" ...

— É seo thall: "An Modh Díreach le Rúitíní a Chur Amach" ...

— Caitríona Pháidín: "Scéimh Bhriain Mhóir" ...

— Óra, Briain scóllach basach ...

— Tom Rua ansin ...

— Ní abróidh mé faic. Dheamhan é muis. Faic ...

— ... Tabharfaidh tusa léacht faoi fháithe Bhaile Dhoncha ...

— Agus tusa faoi chnocáin dhreancaideacha do bhaile féin ...

— Honest, a Dotie, ní raibh aon lá riamh nach raibh mé líofa chuig an gcultúr. An té a dúirt leatsa gur anseo a thosaigh mé leis, deirimse go bhfuil sé claonbhreathach. An uair a bhí mé sa nGealchathair i mo ghirseach, níor thúisce a bhínn sa mbaile ón gcoinbhint agus mo dhinnéar ite agam ná a théinn amach i gcóir caidrimh chultúrtha. Sin é an uair a casadh an mairnéalach dom ...

— Níor inis tú dhom riamh, a Nóróg, go raibh tú ag dul chun na coinbhinte ...

— De grace, a Dotie. D'inis go minic, ach tá dearmad

déanta agat air. Tuigeann tú gur ag cur bail chríoch ar mo chuid oideachais a bhí mé sa nGealchathair, agus ag bean mhuintreach dhom de Chlainn Mhic Fheorais, baintreach, a bhíos ar lóistín ...

— Thug tú do dheargéitheach, a Nóirín na gCosa Lofa. Ní raibh gaol ná páirt agat léi. Ar aimsir aici a bhí tú. Ba mhór an t-ionadh gur lig sí isteach ina teach chor a bith thú féin ná do stoc dreancaidí. Ach ar an dá luath is a bhfuair sí amach go raibh tú ag imeacht le mairnéalaigh thug sí neantóg sa mása abhaile duit go Gort Ribeach na Lachan, na Lochán, na nDreancaidí agus na gCosa Lofa. Cén bhrí ach ag rá go raibh sí ag dul chuig an scoil sa nGealchathair ...

— Ná lig ort féin go gcloiseann tú chor ar bith í ...

— My goodness me, a Dotie, níl cead cainte ar bith ag an strachaille sin. Í ansin gan chrois gan chomharthaíocht mar litir a phostálfaí gan aon seoladh ...

— Bhí buíoch don amadán is dearbháir duit, a Nóirín ...

— Tá do mhac sa mbaile, agus é ag cinnt air an t-árachas a thóg tú ar Thomás Taobh Istigh a íoc. Agus ar an dá luath is a bhfuair Tomás amach é sin, d'imigh sé as do theach agus chuaigh sé go dtí Neil ...

— Ó! Ó! ...

— Más Ó nó P é, siúd é an scéal. Tá a chuid talún ligthe ag do mhac Pádraig le Neil, agus is beithígh cíosa le Neil atá ar do ghabháltas fré chéile anois ...

— Ó! Ó! Ó! ...

— Má mhaireann dó i bhfad eile mar atá sé, caithfidh sé an talamh a dhíol thar barr amach. B'olc an aghaidh bean fear nach bhfuil in ann a tógáil. Thug mé m'iníon dó, arae níorbh áil liom treampán a chur ar shlí an ghrá chásmhair. Ba ar an gcuntar sin amháin a fuair sé í. Bhí mé rómánsúil riamh. Ach rómánsúlacht ná eile, dá dtuiginn i gceart mé féin, agus fios barainneach a bheith agam cá raibh sí ag dul ...

— ... Céard sin? ... Is corp thú ... Corp nua ... Ní bheidh aon ghlacadh agamsa leat san uaigh seo. Is í uaigh coirp a chaisleán. Tá ómós anseo do cheart na maoine príobháidí ...

— ... Crap leat! Dar dair na cónra seo, ní thiocfaidh tú anuas os mo chionnsa. Tá mise le dhul i Rótaraí ...

— ... Suaimhneas atá uaimse, agus ní comhluadar. Tá mé le dhul i Rótaraí ...

Cré na Cille

— ... Ghortófá mise. Tá anacair leapa orm cheana ...

— ... Tá an croí fabhtach agamsa ...

— ... Dealaigh leat as an uaigh seo. Ní inseoidh mé faic dhuit. Tá poill ar an huaigheanna. Shílfeá gurbh fhurasta aithint dhuit muide ar fad. Tá croiseanna orainn. Má tá féin ligeadar d'uaigh anall rómhór le m'uaighse. Ól! Gabh anonn ansin thall chuig Caitríona Pháidín. Anonn chuig Caitríona ...

— Bíonn an-fháilte aici roimh gach corp nua. Coinneoidh sí neart cúlchainte leat ...

— Is uirthi síos a chaitear duine ar bith nach féidir aon áit eile a fháil dó sa gcill.

— Bhí fóidín meara ort nach chuici a chuaigh. Níl aon chrois uirthi ...

— Agus ní ghlacfar i Rótaraí í ...

— Tom Rua! Tom Rua! Muraed! Cite! Bríd Thoirdhealbhaigh! Máirtín Crosach! Seáinín Liam! Tom Rua! Tom Rua agus caint tagtha dhó! Pléascfaidh mé!

EADARLÚID A hOCHT

1

IS mise Stoc na Cille. Éistear le mo ghlór! Caithfear éisteacht...

Is doicheallach é taobh dearg an fhóid lena oighearlíonán. Is aigéadghoirt í eithne na cré. Óir is í seo cluan na ndeor...

Tá nuachulaith an Earraigh á cumadh d'uachtar talún. Tá cuáin mhánla na ngasán, agus an glasmheanga atá ag madhmadh ar an gcré lom, ina ngúshnáth faoin gculaith seo. Siad ruithní na gréine—ina n-ór loiscthe ar ghuaillí néal—atá ag dul d'fháithimeanna inti. Siad a cuid cnaipí na crobhaingí samharcán atá ag fearainn as baclainn na gcraobhmhúr i lúibinn gach fáil, agus faoi scáth gach boirinne. Is líonán uirthi laoi cumainn na fuiseoige ag teacht as froighí fíormaiminte trí smúit éadrom an Aibreáin, chuig an oireamh, agus an mhuine atá ina caoin-chláirsigh ag ceiliúr cúplála na lon. Tá aoibheall an mhalraigh a fuair toirtín d'uan óg anois ar na barra garbha, agus port meanmnach an bhádóra ag píceáil a ghleoiteoige i mbréidín lách bhéal na toinne, ina n-uaim dóchais a fhuas áille dhíomuan na súl agus an chroí, don ghlóir shuthain is taobh bun os cionn d'ionar shochaite seo tíre, mara agus spéire...

Ach cheana, is tuar ceatha mílíoch na tuinte atá an táilliúir a chur trí chró a shnáthaide. Tá siosúr an ghála ag scothadh na gcnaipí. Tá an t-éadach á roiseadh ag cangailt an chorráin bhlasta. Tá an fháithim óir ag scéitheadh sa ngort a bhfuil an t-arbhar ag titim dhá cheann ann...

Tá an chuaifeach shíghaoithe ag ropadh san iothlainn agus ag scuabadh léi gach dias, gach sop agus gach cáithnín dár fhan d'fhuílleach Fhómhar na bliana anuraidh...

Tá criotán i bhfonn an chailín bleáin agus í ag filleadh ón airí shamhraidh. Is feasach í nach fada go n-aistrítear an

216

airnéis go dtí an athbhuaile cois tí ...

Óir tá Earrach agus Samhradh téaltaithe. Tá siad cnuasaithe ag an iora ina phrochóg faoi bhun an chrainn. Tá siad imithe le fána ar eití na fáinleoige agus na gréine ...

Is mise Stoc na Cille. Éistear le mo ghlór! Caithfear éisteacht ...

2

— ... "Hó-ó-ró a Mhá-áire, do mhá-álaí 'sdo bheilteanna,
   A's a bhea-a-an an Stá-á-icín Eo-orna ... "

— Céard seo? ... Beartla Chois Dubh mo choinsias, agus é ag gabháil fhoinn dó féin ag teacht. Is é do bheatha, a Bheartla! ...

— "Hóró a Mháire, do mhálaí 'sdo bheilteanna ... "

— M'anam gur croíúil an mhaise dhuit é, a Mhic na Coise Duibhe ...

— Bloody Tour an' Ouns é, cé atá agam ann? ...

— Caitríona. Caitríona Pháidín ...

— Bloody Tour an' Ouns é mar scéal, a Chaitríona. Beidh muid inár gcomharsana arís ...

— Ní san uaigh cheart atá siad do do chur, a Bheartla.

— Bloody Tour an' Ouns é, a Chaitríona, cé miste do dhuine cá gcaithfear a chual seanchnámh. "Hóró a Mháire ... "

— Shílfeá dheamhan mórán mairge a chuir an bás ort, a Bheartla.

— Bloody Tour an' Ouns é, a Chaitíona, nach bhfuil a fhios agat nach seasann an rith maith don each i gcónaí, mar a deir Briain Mór faoi ...

— Ó, an glaomaire scóllach ...

— Diabhal siocair ar bith ach síneadh siar agus gan deoir fanacht ionam. Bloody Tour an' Ouns é, nach shin é do dhóthain de shiocair! "Hóró ... "

— Cén bláth atá orthu ansin suas, a Bheartla? ...

— Bloody Tour an' Ouns, a Chaitríona, mar chonaic tú riamh iad. Duine orthu agus duine dhíobh agus duine idir eatarthu. Nach shin é an chaoi a mbíonn sé agus a gcaithfidh sé a bheith, ar nós gunna á lódáil agus á loscadh, mar a deir Briain Mór ...

217

— Óra, m'anam gurb eisean an gunnadóir …

— Níor chorraigh sé amach, a Chaitríona, ó bhí sé ag breathnú ar Tom Rua tar éis na hola a dhul ar Tom. Bhí anbhrón air i ndiaidh Tom …

— Ba mhaith ina chéile iad, an brogúisín rua agus an scóllachán smaoiseach …

— Bhí mé ag éisteacht leis an oíche sin ag cur chomhairle ar Tom thuas sa seomra. "Bloody Tour an' Ouns é," a deir sé, "má tá i ndán is go dtabharfaidh tú an tour anonn, a Tom Rua, agus go gcasfar í siúd i do shiúlta leat, seachain a bhfaigheadh sí brabach ar bith ar do chuid cainte. D'athraigh sí go mór nó beidh sí ag tóraíocht béadáin" …

— Ach cé hí siúd, a Bheartla? …

— Bloody Tour an' Ouns, a Chaitríona, ní bheadh sé cóir ná cuibhiúil agamsa rud den sórt sin a inseacht …

— Ó, a Bheartla, ar son Dé ná déan Tom Rua dhíot féin. Sin í an cheird atá air ó tháinig sé i gcré na cille …

— Bloody Tour an' Ouns é, má tá sé ina raic bíodh sé ina raic. Thú féin. Deile, a Chaitríona? …

— Mise, a Bheartla? Mise ag tóraíocht béadáin! Thug sé a dheargéitheach. Beidh cúl a chainte leis an scóllachán choíchin nó go ngabha slaidín an bháis ina theanga …

— Déarfainn nach é an t-achar is faide é sin féin anois, a Chaitríona.

— Fáilte an diabhal roimhe …

— Bloody tour an' Ouns é, nach bhfuil a fhios agat gur fear réidh é, lá is nach raibh sé de mhisneach aige a dhul ar shochraid Jeaic na Scolóige! …

— Ab bu búna búna! Sochraid Jeaic na Scolóige! Sochraid Jeaic na Scolóige! Jeaic! Jeaic! Ag scilligeadh bréag atá tú, a Mhac na Coise Duibhe …

— Bloody tour an' Ouns é, nach bhfuil sé anseo le trí seachtaine! …

— Ó bhó go deo deacrach! Jeaic na Scolóige anseo an t-achar sin agus ní inseodh Muraed ná ceachtar acu dhom é. Ó, tá an áit seo ina bhaileabhair ag Nóirín na gCosa Lofa, a Bheartla. Sin a thomais ort, céard atá ar siúl anois aici? … Rótaraí! …

— Bloody Tour an' Ouns é, Rótaraí féin ru. "Hóró a Mháire, do mhálaí … "

218

— Jeaic na Scolóige! Jeaic na Scolóige! Jeaic na Scolóige anseo! B'fhurasta aithint gur gearr an saol a gheobhadh an duine bocht. An Leabhar Eoin ...

— Bloody Tour an' Ouns, Leabhar Eoin féin, a Chaitríona ...

— An Leabhar Eoin a mheall an smuitín siúd ón sagart, deile? Jeaic na Scolóige! Jeaic na Scolóige! Jeaic na Scolóige sa gcill le trí seachtaine gan fhios dom. Ní inseodh na púcaí atá anseo dada do dhuine, go háirid ó bhí an Togha mallaithe siúd ann. Bhúrláfaí Seáinín Liam, an cluasánach, agus Bríd Thoirdhealbhaigh, an strachaille, agus Tom Rua, an brogúisín, anuas in aon uaigh liom. Jeaic! Jeaic na Scol ...

— Bloody Tour an' Ouns é, a Chaitríona, nach cuma do dhuine—mura leis díth céille a bheith air!—cé a chuirfear in aon uaigh leis. "Hóra a Mháire ... "

— Mo léan, bhí floscaíocht agus gan trua ar bith don chréatúr bhocht a bhí os cionn cláir. Ar Áit an Phuint a chuir sí é, ar ndóigh? ...

— Uaigh le hais Shiúán an tSiopa í. Is olc an earra atá in aice le Jeaic bocht. Reicfidh an ruibhseach sin é. Ach cér mhiste le Neil, an ghlibíneach, ach é a chaitheamh síos i bpoll ar bith? ...

— Bloody Tour an' Ouns é, a Chaitríona, nach bhfuair sí uaigh thirim phuint dó le hais Shiúán an tSiopa, agus Pheadair an Osta; nár chuir sí hearse faoi; nach raibh fuíoll na bhfuíoll ar an tórramh agus ar an tsochraid, ach nár lig sí d'aon duine titim ar meisce; nach raibh Ard-Aifreann air mar bhí ar Pheadar an Ósta, agus ar Shiúán an tSiopa; ceathrar nó cúigear sagairt ag gabháil fhoinn ann, an tIarla thuas ar an áiléar bail Lord Cockton agus an foghlaeir eile sin a thagas ann ...

Bloody Tour an' Ouns é, céard eile a d'fhéadfadh sí a dhéanamh? ...

— Tá an-chion aici ar na sagairt agus ar na Lordannaí i gcónaí: Ach cuirfidh mé mo rogha geall nár chaoin sí aon deoir i ndiaidh an duine bhoicht. Ara, ba chuma sa tubaiste léi féin ná le iníon Bhriain Mhóir é, ach an créatúr a bheith scuabtha as an teach as an mbealach orthu ...

— Bloody Tour an' Ouns é, a Chaitríona, chaoin sí féin agus Iníon Bhriain Mhóir go bog úr é. Agus deir chuile dhuine nár chuala siad racht ní ba bhreácha riamh ag Bid Shorcha...

— Bid Shorcha! Shíl mé go raibh an súdaire sin ag coinnéail na leapa as éadan anois...

— Agus Bloody Tour an' Ouns é, nach bhfuil freisin! Nach éard a deir Briain Mór fúithi féin, faoi Cháit Bheag agus faoi Bhileachaí an Phosta. "Tá an oiread ola caite ag an sagart ar an triúr sin," a deir sé, "agus nach mbeidh sileadh ar bith dúinne, nuair a thiocfas muid ina call"...

— Go deimhin is mór a theastódh ola ó Bhriain scóllach! Agus tháinig Bid Shorcha go dtí Neil?...

— Bloody Tour an' Ouns é, nár chuir Neil mótar ina coinne féin agus Cháit Bheag! Ach tháinig Cáit de shiúl a cos ...

— Boladh an choirp, deile?...

— "Bloody Tour an' Ouns é," a deir sí, agus í ag leagan Jeaic amach, "ar ndóigh dá mbeinn le dhul ar na maidí amáireach mé féin, ní fhéadfainn gan a theacht, agus an té a chuir fios orm."

— Bid Shorcha, an súdaire! Cáit Bheag, an draidín! Chuaigh siad chuig Neil, ach ní thiocfaidís chuig daoine gnaíúla chor ar bith. Ní bheinn ina dhiaidh ar Jeaic na Scolóige, an créatúr, murach an ghlibíneach eile. Jeaic na Scolóige! Jeaic...

— Is gearr gur duine eicínt a chaithfeas Bid Shorcha féin a chaoineadh, muis. Bloody Tour an' Ouns é, nár thit sí faoi bhealach abhaile ó shochraid Jeaic, agus nárbh éigean an mótar a chur go teach léi arís...

— Óltach! Ba mhinic léi...

— Donacht a tháinig uirthi. Níor éirigh sí ó shin. "Hóró a Mháire, do mhálaí 'sdo bheilteanna..."

— Níl cuimhne ar bith ag Neil féin a theacht anseo?...

— Deir sí nach bhfuil ar fónamh di. Ach Bloody Tour an' Ouns é mar scéal, tháinig sí ag breathnú ormsa, agus déarfainn nach raibh sí ina bíthin óg riamh mar atá sí...

— Le gliondar é sin gur chuir sí Jeaic bocht chun tiomána. Jeaic! Jeaic...

— Bloody Tour an' Ouns é, a Chaitríona, nach di is fusa agus mótar faoina tóin le dul ina rogha áit...

— Mótar Lord Cockton. Nach beag de chuibhiúlacht ná náire í ag imeacht le haer an tsaoil! Jeaic na Scolóige ...

— A cuid féin? ...

— Ní raibh de chaitheamh i ndiaidh an tsaoil agam ach nach bhfuair mé marcaíocht ar bith ann. Bhí sé geallta aici féin agus ag Peadar dom mé a thabhairt áit ar bith a dtogróinn sa gcontae, ach Bloody Tour an' Ouns é, shín mé siar agus níor fhan deoir ionam! ...

— Ab bu búna! Ní féidir, a Mhac na Coise Duibhe, gur léi féin an mótar! ...

— Léi féin agus lena mac Peadar. Bloody Tour an' Ouns é, a Chaitríona, cheal nár chuala tú gur cheannaigh sí mótar do Pheadar? ...

— Ó, níor cheannaigh! Níor cheannaigh, a Bheartla Chois Dubh ...

— Bloody Tour an' Ouns é, a Chaitríona, cheannaigh. Níl sé in araíocht aon obair throm a dhéanamh leis an gcois. Is beag teanntás a dhéanfas sé go brách uirthi, tar éis nach n-aithneofá céim bhacaíle ar bith ann. Tá sé ag déanamh an-saothrú leis an mótar ag tabhairt daoine in áiteacha le cruóg ...

— Is dóigh nach bhfuil a fhios cén torann a níos sí leis ag dul thar an teach se'againne. Nach aoibhinn dom nach bhfuil mé beo, a Bheartla ...

— Bloody Tour an' Ouns é, nach mbíonn hata uirthi freisin lá ar bith a dtéann sí i bhfad ó bhaile! ...

— Hata chomh péacach is atá ar bhean an Iarla ...

— Ní chreidfinn ón saol a Bheartla nach bhfuil cuid den airgead meallta aici ó Bhaba ...

— Bloody Tour an' Ouns é, a Chaitríona, nach bhfuil agus le ceithre mhí! Dhá mhíle punt! ...

— Dhá mhíle punt! Dhá mhíle punt, a Bheartla Chois Dubh! ...

— Dhá mhíle punt, a Chaitríona! Bloody Tour an' Ouns é, nach as a cheannaigh sí an mótar, agus nach bhfuil sí le fuinneog ghalánta a chur i dteach an phobail! ...

— Is fiú di a bheith buíoch don sagart. Thabharfainn an leabhar bheannaithe muis, a Bheartla, nach mbogfadh Baba a crúb ar a cuid airgid nó go mbásaíodh sí! ...

221

— Bloody Tour an' Ouns é, nach bhfuil sí básaithe le fada! Fuair Neil míle sular bhásaigh sí, agus míle ó shin. Tá na céadta corra le fáil fós aici, agus sínfidh sí isteach thíos sa mbanc iad le cailleadh leis an gceann siúd atá ag dul ina shagart ...

— Ab bu búna! Ní bhfaighidh mo Phádraigsa folach a bhoise ...

— Deir daoine go bhfaighidh agus go leor, ach nach bhfaighidh sé an oiread le Neil. Bloody Tour an' Ouns é, diabhal caidéis atá an conán a chur faoi! ...

— Ciméara é sin atá ag Neil air ...

— "Hóró a Mháire, do mhálaí 'sdo bheilteanna ... "

— Ó, a Dhia láidir! Uacht Bhaba. Jeaic bocht, mar chipín dóite, caite aici sa gcosamar, agus a mac coinnithe beo le Leabhar Eoin. Bóthar nua go teach aici. Mac a mic ag dul ina shagart. Teach ceann slinne á dhéanamh ag an smuitín. Mótar. Talamh Thomáis Taobh Istigh. Jeaic ...

— Bloody Tour an' Ouns é, a Chaitríona, níl talamh Thomáis Taobh Istigh ag aon duine.

— Ach nach tigh Neil atá sé? ...

— Bloody Tour an' Ouns é, níl ná le fada. Tigh Phádraig se'agaibhse atá sé, agus is le Pádraig na beithígh atá ar a chuid talún. Níor thaitin na huaisle a thagadh tigh Neil leis. "D'anam ón docks é, níl siad leath chomh flaithiúil is atá a gcáil," a deir sé le Pádraig. "Bhí sé cinnte orm aon néal codlata a thabhairt liom ansin thuas. Mótair ag toirnéis ar an tsráid ann ó oíche go maidin: tuadóireacht, ordlaíocht agus "Bleaisteáil" ó mhaidin go faoithin. Is mór a theastaíos uathu tithe ceann slinne a dhéanamh. D'anam ón docks é, féach mise nach raibh aon áit sa mbothán dá n-athróinn an leaba ann nach mbuailfí an braon anuas idir an gob agus an tsúil orm ... "

— Diabhal focal bréige a bhí aige faoi na tithe ceann slinne ...

— D'fhág Baba dhá chéad punt aige ina huacht, agus Bloody Tour an' Ouns é, ar ndóigh níor thóg sé a smut as an ól ó shin. Is fada leis suas ó na hóstaí atá tigh Neil ...

— An conús, ós é Tomás Taobh Istigh é! ...

— Conús muis, Sin í glan na fírinne, a Chaitríona. Conús

muis. Bloody Tour an' Ouns nach minic a dúirt mé féin gur conús é. Fear ar bith a d'fhag tigh Neil le stuaid nuair nach ligfí sa mótar é ...

— Nach raibh sé féin, a Bheartla, chomh maith leis an ngrifisc a théadh ann? ...

— Bloody Tour an' Ouns é mar scéal, a Chaitríona, an chéad uair a bhfuair Neil an mótár ní fhágadh sé amach beag ná mór é. Ag imeacht ag tabhairt aer na tíre dá streille chuile lá—go dtí an Ghealchathair, go cois Locha, go Caladh an Rosa—é féin agus Briain Mór ...

— An scóllachán ...

— Bloody Tour an' Ouns é, 'ar ndóigh ní raibh gair ag Peadar Neil suí isteach sa mótar nach mbeadh an cúpla istigh leis an gceathrú aige. Bhí seisean ag iarraidh a bheith ag saothrú pínneacha airgid, agus níor fheil dó na seanbhreilleacháin sin a bheith ag déanamh leaba dhearg ina mhótar. Deir daoine gurb shin é a thug meathlaíocht ar Bhriain Mhór, gur bacadh é faoi dhul sa gcarr. Lena linn, ar chaoi ar bith, a thosaigh sé ag coinneáil an tí ...

— Diomú Rí an hAoine dhó, nach raibh sé in am sin aige! Ba bhreá an feic i mótar é Brian breilleach! ...

— Bloody Tour an Ouns é, a Chaitríona, nach raibh sé chomh cuidsúlach i mótar le Tomás Taobh Istigh! Thóg Mac Cheann an Bhóthair Peadar Neil oíche le é féin agus deirfiúr an tsagairt a thabhairt go dtí damhsa sa nGealchathair. Bhí Tomás Taobh Istigh tar éis a theacht abhaile ó tigh Pheadair an Ósta, agus Bloody Tour an' Ouns, meastú nár shuigh sé isteach sa mótar! "Gabhfaidh mise chuig an damhsa freisin," a deir sé. "D'anam ón docks go mbeidh mná breátha ansin."

— An seanstreilleachán ...

— Bhí sé ag stolladh tobac agus Bloody Tour an' Ouns é, murar chaith sé cráisiléad de smugairle amach! Níor dearnadh mórán cainte faoi, a Chaitríona, ach chuala mé gur dhúirt Briain Mór ina dhiaidh sin go mb'éigean do dheirfiúr an tsagairt malairt treabhsair a chur uirthi féin sula ndeachaigh sí chuig an damhsa ...

— Sin é d'fheil di, an tsuaróigín, a dhul i mótar phriocsmuit ...

— Dúirt Peadar Neil le Tomás a dhul isteach abhaile. "D'anam ón docks é, ní ghabhfad," a deir sé ...

— Go lige Dia a shaol agus a shláinte dhó! ...

— D'iarr iníon Bhriain Mhóir air a dhul isteach ... "D'anam ón docks é, gabhfaidh mise chuig an damhsa," a deir sé.

— Is maith a rinne sé é, gan comhairle iníon Bhriain ghránna a dhéanamh ...

— Bloody Tour an' Ouns é, mura mbeireann mac Cheann an Bhóthair i ngreim bundúin air, caitheann amach ar an mbóthar idir thóin agus cheann é, agus tugann dhá shalamandar de dhá chic dó! Bloody Tour an' Onus é, mura dtéann sé síos tigh do Phádraigse ar an toirt, agus tá sé téaltaithe ann ó shin ...

— Ba ghleoite an bhail ar Neil é! Fágfaidh sé an talamh thar barr amach ag Pádraig ...

— Bloody Tour an' Ouns é mar scéal, a Chaitríona, níl a fhios ag aon duine cé dhó a dtabharfaidh Tomás Taobh Istigh a gheadán talún. An t-am a mbídís ag imeacht sa mótar, bhíodh Briain Mór ag tuineadh leis féachaint an síneodh sé é dá iníon, ach mo léan géar! ...

— Ba é an bhail ar an scóllachán Briain agus ar Neil ghlibíneach é! Níor chuala tú dada faoi chrois, a Bheartla? ...

— Croiseanna. Bloody Tour an' Ouns é, níl caint ar dada eile ar na bailte. Crois Sheáinín Liam, crois Bhríd Thoirdhealbhaigh, crois Tom Rua, crois Jeaic na Scolóige nach bhfuil faoi réir fós ... Bloody Tour an' Ouns é, a Chaitríona, nach cuma faoi adharca na gealaí do dhuine crois air ná dhe! "Hóró, a Mháire ... "

— Ní shin é a déarfas tú, a Bheartla, ach a mbeid tú anseo tamall ag éisteacht le Nóra Sheáinín. Shílfeá gurb í máthair an Iarla í. Ach níor chuala tú go raibh Pádraig le crois a chur ormsa go gairid?

— Is minic a bhíos sé féin agus Neil imithe sa mótar ó cuireadh Jeaic na Scolóige. Cúrsaí croiseanna, nó cúrsaí uachta ...

— Ó, ní dhéanfaidh sé a leas ag imeacht in éindí leis an smuitín slíoctha sin ...

— Bloody Tour an' Ouns é, a Chaitríona, nach bhfuil sé ag déanamh bun ar aon, bail ó Dhia agus ó Mhuire ar an bhfear!

Cré na Cille

Ní raibh an oiread beithíoch ar a chuid talún riamh sa saol. Chuir sé dhá fhoireann muc amach le rídheireanas: muca móra millteacha a raibh ceathrúna chomh te orthu le bulóg as an mbácús. Bloody Tour an' Ouns é nach bhfuil beirt leis imithe chuig coláiste! ...

— Beirt? ...

— Beirt. Is ea. An gearrchaile is sine agus an ceann ina diaidh ...

— Go saolaí Dia iad! ...

— Agus beidh an ceann ina dhiaidh sin arís ag imeacht sa bhFómhar, a deir siad. Bloody Tour an' Ouns é, nach éard a dúirt Briain Mór! ... "Hóró a Mháire, do mhálaí ..."

— Céard a dúirt Briain scóllach? ...

— "Hóró a Mháire, do mhálaí 'sdo bheilteanna ... "

— Ach céard dúirt sé, a Bheartla? ...

— Bloody Tour an' Ouns é, nach sciorradh focail a d'éirigh dhom, a Chaitríona! "Hóró ... "

— Ach cén dochar, a Bheartla. Ní hé a chasadh leis a fhéadfas mé a dhéanamh. Go gcuire Dia an t-ádh ort, a Bheartla, agus inis dom é. Déanfaidh sé maith dhom ...

— Bloody Tour an' Ouns é, Ní dhéanfaidh sé aon mhaith dhuit, a Chaitríona, ná cuid de mhaith. "Hóró a Mháire ... "

— Déanfaidh sé maith dhom, a Bheartla. Ní chreidfeá ach an mhaith a níos scéal nua do dhuine anseo. Ní inseodh lucht na cille aon cheo dhuit dá bhfaighidís a dhul ar ais beo arís as a ucht. Féach Jeaic na Scolóige atá i gcill le trí seachtaine. Jeaic na Scolóige! Jeaic ...

— "Hóró a Mháire ... "

— A, inis dhom é! Maith 'fear, a Bheartla Chois Dubh! ... go beo anois. Is gearr go mbeidh a fhios acu seo as ár gcionn gurb sheo uaigh chontráilte ...

— Bloody Tour an' Ouns é, a Chaitríona, nach cuma do dhuine cén uaigh a gcaithfear a sheanchual cnámh ...

— A, inis dom a Bheartla céard a dúirt Briain breilleach ...

— Ó tá sé ina raic bíodh sé ina raic, a Chaitríona. "Tá sruth agus gaoth le Pádraig," a deir sé "ó d'fhág sé an bheisín is máthair dó sa bpoll siúd thiar. Is fadó riamh an lá ó bhí aige pota a fháil, splaincín tine a chur faoina bhéal agus bás an chait a thabhairt di sa deatach ... "

225

— Tá tú scuabtha uaim acu, a Bheartla Chois Dubh! ...
Jeaic na Scolóige! Jeaic na Scolóige! ...Jeaic na Scolóige! ...

3

— ... Rinne mo chroí smúdar nuair a cuireadh an Graf
Spee go tóin poill. Bhí mé anseo coicís ón lá sin ...
— Thug an *mine* bás dúinne ar ín ar ea. Murach sin bhí
Mruchín leis an gcíonán ón lá sin ...
— ... Mé a shá trí sceimhil na n-aobha. Bhí an buille feille
riamh féin i gCineál na Leathchluaise ...
— ... Slaghdán a tholg mé as allas agus as an gcodladh
amuigh, an t-am a ndeachas ar an rothar go Baile Átha Cliath
go bhfeicinn an Ceanannach ...
— ... Titim de chruach choirce agus mo cheathrú a
bhriseadh ...
— Faraor nár bhris, agus do theanga! ...
— B'fhada suas a thug do chosa thú, ar chruach choirce ...
— Rachaidh mé faoi dhuit nach dtitfidh tú d'aon chruach
choirce arís. Bí dearfa nach dtitfidh ...
— Murach gur thit tú de chruach choirce, ba bás ar chaoi
eicínt eile é. Bhuailfeadh capall cic ort; nó ní fhanfadh aon
lúd i do chosa ...
— Nó thabharfadh sé drochbhuidéal duit ...
— Nó ní bhfaighfeá do dhóthain le n-ithe ó bhean do
mhic, ó tharla gur cuireadh as an bpinsean thú faoi airgead a
bheith i mbanc agat.
— Bí siúráilte go bhfaighfeá bás ar aon nós ...
— Is bocht an rud titim ...
— Dá dtiteá sa tine mar thit mise ...
— An croí ...
Anacair leapa. Dá gcuimlítí biotáille dhom ...
— A Shiúán spleách! Tá mo bhás ort. Cheal fags ...
— Do chuid caife, a Shiúán ghránna ...
— M'anam muise, mar a deir tusa, gurb é an tsiocair a bhí
agamsa ...
— Bloody Tour an' Ouns é, dheamhan siocair ar bith a bhí
agamsa ach síneadh siar agus gan deoir fanacht ionam ...
— Is é an tsiocair a bhí ag an Máistir Mór ...

— Grá cásmhar. Shíl sé dá mbásaíodh sé féin nár bheo leis an Máistreás a beo ina dhiaidh ...

— Ní hea, ach facthas dó go mbeadh sé ag déanamh éagóir ar Bhileachaí an Phosta dá bhfanadh sé beo ní b'fhaide ...

— Ní hea ná chor ar bith, ach Caitríona a rinne eascaine air, tar éis dó litir a scríobh di chuig Baba. "Nár thé corp chun cille chun tosaigh air sin istigh!" a deir sí. "Ag dul ón mbord go dtí an fhuinneog ... "

— Is é an tsiocair a bhí ag Jeaic na Scolóige gur chuir Neil chun tiomána é ar Leabhar Eoin ...

— Éist do bhéal, a ghrabairín! ...

— Is fíor dhó é. Is fíor dhó é. Fuair an raicleachín Leabhar Eoin ón sagart ...

— ... Náire a thug bás duitse. Do mhac ag pósadh Black i Sasana ...

— Ba mhó an t-údar náire go mór dá bpósadh sé Aidhteailean mar phós do mhacsa. On lá sin amach níor ól tú aon deoir bhainne sláinte. Chonaic mé ag dul soir an bóthar thú lá. "Sin fear réidh," arsa mise liom féin. "Tá caide an éaga cheana air. Ó tháinig an scéala gur phós a mhac 'Aidhteailean'. a bhuail an mheathlaíocht sin é. Corp náire. Is suarach an t-ionadh ... "

— ... Briseadh croí a bhí ar Fhear Thaobh Thoir an Bhaile gur ligeamar uainn margadh Shasana ...

— ... Cantal a bhí air sin go raibh ar feadh míosa agus é ag cinnt air a rúitín a chur amach ...

— Dúirt Briain Mór gur bhásaigh an Curraoineach le diomú, in áit nár fhéad sé dhá leith droimscoilte, le buille de thál anuas ar an gcrois a dhéanamh d'asal an Chraosánaigh, a fuair sé ina chuid coirce ...

— Shíl mé gurb é asal Cheann an Bhóthair é ...

— Go ropa an diabhal é, ba é asal Cheann an Bhóthair é, ach b'aite liom go mór dá mba í a iníon a bheadh in áit an asail! ...

— Bhásaigh iníon Choilm Mhóir le ...

— Drochthinneas Leitir Íochtar ...

— Ba bheag an baol. Ach ó bhuail an drochthinneas í, ní thaobhaíodh an teach ach an dochtúir, agus ní raibh aon luaidreáin ag éirí léi ...

227

— Tá tú ag maslú an chreidimh. Eiriceach dubh …

— … Litir amháin a bhí fear an Árachais amú sa gCros-fhocal. Is é a ghiorraigh leis …

— Ba é an tsiocair a bhí ag Tom Rua fad a bheith ar a theanga …

— Cén tsiocair a bhí agam? Cén tsiocair a bhí agam ru? Cén tsiocair a bhí agam? Is críonna an té a déarfadh …

— Bhásaigh Stiofán Bán le diomú nár chuala sé aon smid faoi shochraid Chaitríona Pháidín …

— … M'anam muise mar a deir tusa, gurb é an tsiocair a bhí agamsa na putóga …

— … Óra, an gcluin sibh? Na putóga ru! Na putóga! Óra muise, ba é díoltas Dé gur bhásaigh tusa, a Fhear Cheann an Bhóthair. Ghoid tú mo chuid móna …

— … Le cantal faoi nach ndéanfaí Ard-Chúistiúnach dhe …

— … Díoltas Dé, a Pheadair an Ósta. Bhítheá ag cur uisce tríd an bhfuisce …

— Creachadh i do theach mé, a Pheadair an Ósta …

— Agus mise …

— … Cóir Dé, a Chraosánaigh. dhá phionta agus dá fhichead a ól …

— "Ní fhéadfaidh aon duine go deo a rá gur spagán gaoithe mé," arsa mise. "A dhul idir an chaor-anachain sin agus an tua! Dá mbeadh Gníomh Croíbhrú féin ráite agam, ach ní raibh mé thar an dara beár den Chré nuair a tháinig an gearrchaile thoir sa teach i mo choinne. Bígí buíoch, a mhuintir Thomáisín, go bhfuil dhá phionta agus dá fhichead ólta agam … "

— … D'agraigh Dia ort, a Fhear an Árachais, gur imir tú ar Chaitríona Pháidín faoi Thomás Taobh Istigh …

— Ab bu búna! Níor imir. Níor imir …

— Is fíor dhuit, a Chaitríona. D'imir agus níor imir. Cleis na ceirde …

— … In áit nach nglacfadh an 'Gúm' le mo chnuasach dán "Na Réalta Buí" …

— Is fearr básaithe thú ná beo, a dhailtín. Istigh ar an teallach i d'aonraic ag guí na luaithe. "A Luaith Naofa! … A fhuil chuisnithe a dóirteadh ar shon mo bhaill bheatha a ghrísghoradh! … "

— Eiriceach dubh é …

— ... Ní raibh *An tÉireannachán* sásta "An Fuineadh
Gréine" a chur i gcló. Ní éistfeadh aon duine ar na sé bhaile
liom á léamh ...

— Cóir Dá go cinnte! Dúirt tú go ndearna Colm Cille
tairngreacht le mealladh a bhaint as an bpobal ...

— ... Ní iontas ar bith go bhfuair tusa bás. Chuala mé an
dochtúir ag rá nach bhféadfadh aon duine a shláinte a fháil ar
gharráin neantógacha Bhaile Dhoncha ...

— Dúirt an sagart liom féin go n-íocadh naoi dteach déag
é, tá fiche bliain ó shin, ar chnocáin dhreancaideacha do
bhailese, ach anois ...

— Sochraid Jeaic na Scolóige a thug bás domsa. D'éirigh
mé de mo leaba lena dhul á chaoineadh. Thit mé as mo
sheasamh ag teacht abhaile. Thosaigh mé ag cur allais. Bhí an
sruth allais liom arís nó gur shéalaigh mé ...

— Sochraid Jeaic na Scolóige a thug bás domsa freisin.
Thosaigh mé ag líonadh ina diaidh ...

— Ab bu búna! Ba bheag an dochar duit, agus an sacadh a
thug tú ar do bhoilgín mínáireach ann! Cáid ó tháinig tú, a
shúdaire Shorcha, ná thusa, a Cháit an draidín? ...

— Bloody Tour an' Ouns é, a Chaitríona, nach beag nach
raibh siad crinnte liom féin ag teacht. Sé lá de thosach a bhí
agam ar Bhid Shorcha, agus deich lá ar Cháit Bheag ...

— Múinfidh sin arís iad fanacht ina leaba! Ba mhór a
theastaigh uathu a dhul go dtí an glibín Neil. Cunórtas. Ní
thiocfaidís go dtí daoine gnaíúla leath chomh maith ...

— Ní bheidh aon duine ann anois le Tomás Taobh Istigh
ná Neil Pháidín a shíneadh ná a chaoineadh ...

— Ó, nach breá an bhail uirthi é, an smuitín! ...

— ... Díoltas Dé go cinnte a thug bás do Chaitríona
Pháidín. Honest ...

— Thug tú éitheach, a Nóirín ...

— D'agraigh Sé uirthi Tomás Taobh Istigh a chreachadh,
tae athair Bhríd Thoirdhealbhaigh, fataí Chite agus faochain
Sheáinín Liam a ghoid ...

— Níorbh ea, a Nóra Sheáinín, ach leabhar Eoin a fuair
Neil ón sagart do t'iníonsa. Caitríona a chuir siad chun báis
ina leaba. Murach sin, nach mbeadh t'iníonsa anseo ar an
abhras clainne sin. Bhí sí meaththinn riamh nó gur bhásaigh
Caitríona. Ansin scinn sí amach ...

— Ab bu búna búna! Diabhal focal bréige agat! Dar an

229

leabhar muis níor chuimhnigh mo chroí air! ...

— ... Is é an bás a thabharfainnse do Shiúán an tSiopa cur faoi deara di a cuid caife féin a ól ...

— ... A cuid clogs féin a chaitheamh.

— Is é an bás a thabharfainnse duitse, a Chraosánaigh, piontaí pórtair a chur ort nó go dtagadh sé amach i do pholláirí, i do shúile, i do chluasa, faoi d'ingne, i bpoll d'ascaill, faoi do mhailí, i do ladhracha, i d'ioscaidí, i d'uillineacha, i bhfréamhacha do chuid gruaige, nó go gcuirfeá seacht n-allas pórtair ...

— ... Ba é bás do dhiongmhálasa thú a fhágáil beo nó go bhfeicfeá Ciarraí ag bualadh na Gaillimhe i gCraobhchluiche na hÉireann i 1941, agus "Rós Álainn Thrá Lí" dá sheinm ar leath deiridh an Cheanannaigh ...

— ... Is é an bás a thabharfainn duitse agus do chuile ghinealach eile de chineál fealltach na Leathchluaise, sibh ...

— Cur faoi deara dóibh "De Valéra Abú" a fhógairt ...

— ... Ní hea, ach is é an bás a thabharfainnse d'fhear Cheann an Bhóthair ...

— É a fhágáil fúmsa nó go gcuirinn ceann de mo chuid scolb siar an dúdán, síos an feadán, agus tríd an bputóg siúd aige ...

— A fhágáil fúmsa nó go gcnagainn é le m'oirdín a ghoid sé ...

— B'umhal éasca a bhainfinnse an ceann de le mo chorrán ...

— Níorbh éasca ná chrochfainnse é le mo théad ...

— ... Peadar an Ósta, ab ea? É a bhá ina sceidín fuisce agus uisce ...

— ... Pól? É a choinneáil ar phíobán spalptha, ag éisteacht leis an nGaeilgeoir Mór ag léamh an lesson ...

— ... Go ropa an diabhal é féin agus a chuid fearsaí fánacha! Gan a thabhairt le n-ithe don dailtín, don chúl-le-rath, ach a chuid "Luaithe Naofa" ...

— Is é an bás a thabharfadh Caitríona Pháidín do Nóra Sheáinín iallach a chur uirthi í féin a dhíghalrú, agus go háirid a cosa ...

— Éist do bhéal, a ghrabairín ...

— ... An scríbhneoir, ab é? Mhaslaigh sé Colm Cille, an

sorairín coileáin. Iallach a chur air gach re turas a dhéanamh
a níos an Mháistreás do Bhileachaí an Phosta ...

— Iallach a chur air "Seanmóin agus Trí Fichid" a stuáil ina
ghoile ...

— Iallach a chur air a chuid eiriceachta agus an masla a
thug sé do Cholm Cille a shéanadh i láthair an phobail;
maiteanas umhal a iarraidh as ucht ar scríobh sé riamh; as
ucht a liacht maighdean bog óg a chuir a chuid
claonscríbhneoireachta dá dtreoir; as ucht a liacht lánúin
arbh é ba siocair scartha dóibh; as ucht a liacht teallach
sonasach a dhíscaoil sé; as ucht é a bheith ina réamtheachta
ag Antichrist. Ansin é a chur faoi choinnealbhá, agus dó an
chuail a thabhairt air ina dhiaidh. Ní mhúinfidh a athrú
eiricigh ...

— ... Is é an bás a thabharfadh an Máistir Mór do
Bhileachaí ...

— An gadaí! Is é an bás a thabharfainn don bhreill-
bhodairlín sin ...

— ... Máistreás an Phosta! A coinneáil seachtain gan aon
litir a léamh ach a cuid dílis féin ...

— Is fíor dhuit. Thug seachtain d'uireasa béadáin bás
d'iníon Choilm Mhóir ...

— Deir siad gur dhúirt an Mháistreás gurb éard a thug bás
don Mháistir Mhór ...

— Go raibh sé rómhaith le haghaidh an tsaoil seo ...

— M'anam muise gur dhúirt. Cuimhneoidh mé go brách
ar an gcaint a chaith sí. "An té a mbíonn grá na ndéithe air
... "

— Ó, an raibiléara! An ghlibíneach! An cocsmut! ...

— De grace, a Mháistir. Ag aithris arís ar Chaitríona! ...

— ... Nach gcuimhníonn sibh gur mé seanfhondúir na
cille! Cead cainte dhom ...

— ... Cáit Bheag! A coinneáil ó choirp ...

— Mo chreach mhaidne ghéar thú! An Africa Korps ní
dhéanfadh é ó gheobhadh sí a mboladh ...

— Is é an bás a thabharfadh Briain Mór do Chaitríona
Pháid ...

— Bás an Chait bhradaigh faoi bhéal an phota? ...

— Iallach a chur uirthi seasamh ar a sráid féin; Neil faoina hata péacach a dhul síos thairsti ina mótar; meangadh beag dheirceach uirthi isteach le Caitríona agus í ag séideadh an bhonnáin ar a dícheall ...

— Ó éist liom! Éist liom! Phléascfainn ...

— Nach shin é a dúirt mé!

— Phléascfainn! Phléascfainn! ...

4

—... "An ngluaisfeá fé-é-in abhaile liom: tá á-á-it duit faoi
   mo she-á-ál,
   A's go deimhin, a Jea-a-ic ... "

— Écoutez-moi, mes amis. Les études celtiques. Beidh Colloquium againn anois.

— Colloquium, a bhuachaillí! Hóra, a Bhríd Thoirdhealbhaigh, a Stiofáin Bháin, a Mháirtín Chrosaigh! Colloquium ...

— Colloquium, a Tom Rua! ...

— Ní abróidh mé faic. Faic ...

— Nach mairg gan Tomás Taobh Istigh anseo! Fear maith Colloquium a bheadh ann ...

— Toradh mo chuid fionnachtana ar chanúint na Leathghine. Is eagla liom nach Colloquium iomchuí a bheas sa gceann seo. An t-aon teanga ar féidir colloquium a dhéanamh go hiomchuí inti, níl sí sách gasta agamsa ná agaibhse ...

— Gasta? ...

— Gasta, mes amis. An chéad cháilíocht i gcóir colloquium, gastacht. Ní mór dom a rá, a chairde Gael, gur chuir mo chuid taighde diomú mór orm ...

— Muise, Dia linn, a dhuine bhoicht! ...

— Mes amis, ní féidir taighde léannta a dhéanamh ar theanga a bhfuil a lán daoine á labhairt fearacht an Bhéarla agus na Rúisise ...

— Is mór m'amhras gur eiriceach dubh é ...

— Ní féidir taighde a dhéanamh—ná fiú é a dhéanamh—ach ar chanúint nach bhfuil ar eolas ach ag beirt, nó triúr ar a mhéad. Caithfidh trí phislín seanaoise a theacht in aghaidh gach focail ...

— … Bhí a leithéid de lá ann, a Pheadair an Ósta. Ná séan é …

— Ní fiú taighde a dhéanamh ar chaint duine ar bith nach mbíonn gach focal ar scaradh gabhail ar a chéile aige …

— … Ocht i ocht sin a haon; ocht i sé déag sin a dó …

— … Is deis ó neamh é an Colloquium seo domsa leis "An Fuineadh Gréine" a léamh …

— Pas du tout! Colloquium convenable é seo …

— Ní éistfidh mé leis "An Fuineadh Gréine." Ní éistfead Honest! …

— Foighid ort anois, a Fhrancaigh chóir! Inseoidh mise scéal duit …

— Écoutez Monsieur Cóilí. Colloquium atá ar siúl anois agus ní léacht ollscoile ar litríocht na Gaeilge …

— Inseoidh mé scéal duit. M'anam féin go n-inseoidh! "An pisín cait a rinne míchuíúlacht ar bhráillíní geala Leath Chuinn fré chéile … "

— … "Bhí iníon ag Mártan Sheáin Mhóir
        Agus bhí sí chomh mór … "

— … "Ag Áth Cliath Mheáraí a casadh Moghchat na másaí eochairmhéith dó. "Ná téirigh níos faide," arsa an Moghchat. "Tá mise tar éis filleadh ó Áth Cliath anois, agus an mhíchuíúlacht bheag sin déanta agam ar a bhfuil de bhráillíní gléigeala ann. "Áth Cliath Duibhlinne" a bheas air feasta. D'fhag mé an mhísc bhreá fheiceálach seo—Eiscir Riada—ar mo shliocht anuas, agus roimhe sin bhí smearacháinín mísce déanta agam ar bhráillíní gnaíúla Leithe Mhogha as éadan … Leath Mhogha, a dhuine chóir, ó Mhoghchat: cat mór sa tSean-Ghaeilge … "

— Ce n'est pas vrai! Mathchat é an focal. Matou. Mathshlua. Mathghamhain.

— Gast a bhí ar chat boineann sa tSean-Ghaeilge Cheart …

— Mais non! Gaiste, dol, paintéar, sás, inneall, áis. "A ghast na ngast i ngast ag gast atáim," a deir Snaidhm ar Bundún agus an fhallaing á ropadh dhe …

Nua-Bhriotáinis: gast: bean a mbíonn both earraí beannaithe aici le airgeadh a chruinniú do na boicht ag pardon i Leon. I gcanúint Gwened … Chaithfinn mo chuid nótaí a cheadú, a Chóilí, go bhfeicfinn sin. Ach tá an thèse ceart: Sean-Ghaeilge: Gast; S ag seirgeadh roimh T; Gât: Cat: Pangar Bán: Paintéar: Panther: Mathchat Mór Gasta an Léinn ...

— Foighid anois, a dhuine chóir, agus inseoidh mise dhuit an chaoi ar ropadh an fhallaing de Shnaidhm ar Bundún ...

— A Chóilí, deir Seán Chite sa mbaile se'againne gurb í a cailleadh a rinne sé ...

— Seán Chite sa mbaile se'agaibhse! Ba mhinic le fear as an mbaile se'agaibhse a bheith ...

— ... Dar dair na cónra seo, a Cháit Bheag, thug mé an punt di, do Chaitríona Pháidín ...

— ... Cóta mór fionnaigh uirthi, a Tom Rua, macasamhail an cheann a bhíodh ar Bhaba Pháidín, nó go mb'éigean di a chaitheamh i leithrigh, de bharr na bpráibeanna súiche a thit ar tigh Chaitríona ...

— Thug tú éitheach, a Bhríd Thoirdhealbhaigh ...

— Suaimhneas atá mise a iarraidh. Tóg aghaidh do bhéil díom, a Chaitríona ...

— ... An bhféadfainn aon chúnamh spioradáilte a thabhairt duit, a Stiofáin Bháin? ...

— ... Bileachaí an Phosta, a Mháistir? Bloody Tour an' Ouns é, má fhaigheann duine bás gheobhaidh sé bás. Má tá an bás ar Bhileachaí, Bloody Tour an' Ouns é, a Mháistir, sínfidh sé siar agus ní fhanfaidh deoir ann ...

— ... Deir tú leis an mbroimín a cailleadh! ...

— Deir tú leis an láirín a cailleadh! ...

— Is fadó an lá a bhí an scéal sin ann, ach dúirt Beartla Chois Dubh liomsa gur gearr an broimín caillte ...

— Is fadó an lá ó bhí sí agam muis. B'ait í. Ar aonach na Féil San Bairtliméad a cheannaigh mé í. Níor tholgán di tonna go leith a thabhairt in aghaidh aird ar bith. Dhá bhliain go díreach a bhí sí agam ...

— Chomh luath is a dúirt Beartla Chois Dubh liom gur cailleadh an broimín, "amlua a fuair sí," a deirimse. "Ní raibh an ceann ar an gcró ag an ngearrbhodach, agus d'fhág sé rófhada gan cur isteach í." "Bloody Tour an' Ouns é, níorbh ea, ná chor ar bith," a deir sé ...

— Laethanta na Féile San Bairtliméad a bhí ann thar laethanta an domhain. Bhí mé ag athrú an láirín anuas go dtí an Garraí Nua ag an teach. Bhí barr an bhaile crinnte go grinneall aici. Casadh Neil agus Peadar Neil liom ag Ard an Mhóinéir agus iad ag dul suas abhaile. "Ní bheadh aon mheaits agat?" a deir Peadar. "I nDomhnach, b'fhéidir dhom," a deirimse. "Cá rachaidh tú leis an láirín, bail ó Dhia uirthi?" a deir sé. "Dá hathrú síos sa nGarraí Nua," a deirimse ...

— "Soráin mar sin," a deirim fhéin. "Bloody Tour an' Ouns é, níorbh ea ná chor ar bith," a deir Beartla Chois Dubh ...

— "Is gleoite an láirín í, bail ó Dhia uirthi féin agus ort féin," a deir Neil. "Ba ea," a deir Peadar, "dá mbeadh aon ordú uirthi." "Aon ordú uirthi!" a deirimse. "Ní tolgán di tonna go leith a thabhairt in aghaidh aird ar bith." ...

— "Fothach," a deirimse. "Bloody Tour an' Ouns é, fothach," a deir Beartla. "Níorbh ea, muis" ...

— "Níl aon bhrath agat a cur ar an bhFéil San Bairtliméad, bail ó dhia uirthi?" a deir Peadar.

"Muise dheamhan a fhios sin agam," a deirimse. "Hob ann and hob as. Is mór liom scaradh léi. An-láirín í. Ach dheamhan mórán farae agam an geimhreadh seo."

— "Péiste," a deirimse. "Bloody Tour an' Ouns é," a deir Mac na Coise Duibhe ...

— "Cé mhéad a bheifeá a iarraidh uirthi anois, bail ó Dhia uirthi?" a deir Neil. Muise dá dtéinn chun an aonaigh léi, d'iarrfainn trí phunt fhichead," a deirimse. "Ara, cén trí phunt fhichead!" a deir Peadar, agus bhog leis suas an bóithrín. "An nglacfá sé phunt déag?" a deir Neil. "Go deimhin muise, a Neil, Ní ghlacfainn," a deirim féin. "Seacht bpunt déag," a deir sí. "Ara, cén seacht bpunt déag sin ort!" a deir Peadar. "Fág seo." Bhog an mháthair suas ina dhiaidh, agus gach re breathnú aici anuas ar an láirín cheannann ...

— "Cén sórt péiste!" a deir sé. "Bloody Tour an' Ouns é, ní raibh aon phéist inti ach an oiread is a bhí ionamsa! Nár osclaíodh í! ... "

— Tháinig Caitríona Pháidín anoir as Páircíní na Sceachóirí se'aici féin. "Céard a bhí an smuitín sin a rá?" a deir sí. "Thairg sí seacht bpunt déag dom ar an láirín cheannann," a deirimse.

"M'anam go ligfinn léi ar scór í, nó ar na naoi gcinn déag

féin. Thabharfainn punt níos saoire di í ná d'fhear thar baile
amach. Ba lóchrann ar mo chroí í a fheiceáil ag dul
tharam chuile lá. Déarfainn ón taitneamh a thug sí di, go
mbeadh sí féin nó an mac anuas chugam roimh mhaidin arís.
Ní ligfidh siad mé chun an aonaigh léi."

"Ara, ab í an smuitín sin?" a deir Caitríona. "Bascfaidh sí
do láirín cheannann ag dul suas na strapaí siúd. Má
cheannaíonn sí í muis, nár éirí sí léi! ... "

— "Dheamhan a fhios agam cén tsiocair a bheadh ag an
mbroimín mar sin," a deirimse. "Ar ndóigh ní croí fabhtach a
bheadh aici? ... "

— M'anam muise gur dhúirt sí sin, a Sheáinín Liam.
"Gabh ar an aonach," a deir sí, "le do láirín cheannann, agus
faigh a luach uirthi, agus ná géill do bhladar an smuitín
mhilis sin ... "

— "Bloody Tour an' Ouns é," a deir Mac na Coise Duibhe,
"cén tsiocair a bheadh aici ach síneadh siar agus bás a
fháil? ... "

— "Téirigh ar an aonach le do láirín cheannann," a deir
Caitríona aríst. Dheamhan suntas ar bith a thabharfainn nach
raibh sí ag cur aon "bhail ó Dhia" uirthi, murach chomh
scéiniúil is a bhí na súile aici ar an láirín ...

— Is mór an babhta ar an ngearrbhodach bocht gur imigh
an broimín. Gheobhaidh sé rud le déanamh anois agus bean
a fháil ...

— An tráthnóna sin, bhí puthaíl chasacht ar an láirín.
Maidin lá arna mhárach le giolcadh an éin bhí Peadar Neil
anuas chugam. Chuaigh an bheirt againn soir sa nGarraí nua.
Ba í an chreach í, a Sheáinín Liam! Bhí sí sínte siar ó chluais
go rioball agus gan smeach inti ...

— Mar bhí an broimín go díreach ...

— "Tá sin amhlaidh," arsa mise. "Drochshúil."

— Deir siad muis go raibh an drochshúil ag Caitríona. Ní
cheannóinnse aon bhromach an fhad is a mhair sí ...

— Ab bu búna! Neil an smuitín a rinne drochshúil di.

— Chuaigh sí tharamsa gan aon "bhail ó Dhia" a chur orm
agus ní raibh dhá dhornán eile ar an gcruach choirce agam
san am ar thit mé di ...

— M'anam muise nár chuir sí aon "bhail ó dhia" ormsa,

agus gur chuir mé mo rúitin amach an lá céanna ...

— Ar ndóigh ní fhaca an Máistir Mór aon lá dá shláinte ó scríobh sé an litir di. Eascaine ...

— Chaithfeadh sé nach ndearna sí drochshúil do Mhainnín an Cunsailéir, mar tá sé beo fós ...

— Ná creid iad, a Jeaic! A Jeaic na Scolóige! ...

— ... Cheal nár chuala tú, a Chite, go ndearna Tomás Taobh Istigh imirce eile? ... Rinne muis, tá coicís ó shin ...

— Ab bu búna! ...

— Bhí sé ag cinnt air aon tionúr codlata a fháil tigh Phádraig Chaitríona le muca ag gnúsacht ó oíche go maidin. Bhí bainbh ag an gcráin, agus tugadh isteach sa teach iad. "Is mór a theastaíos cránacha uathu," a deir sé. "Féach mise nach raibh aon chráin agam riamh! Gabhfaidh mé suas sa teach nach bhfuil aon ghnúsacht muc ann, agus a mbeidh slinn as mo chionn." Ar a bhealach suas tigh Neil ruaig sé beithígh Phádraig amach dá gheadán talúna ...

— ... An cocspreallaire, ós é Tomás Taobh Istigh é ...

— ... Ba mhó an t-údar náire go mór dhuit, mar a deir tusa, dhá bpósadh do mhac Aidhteailean. Daoine síodúla iad na Blacks sin. Nach bhfaca tú an Black a bhí ina bhuitléir ag an Iarla fadó?

— M'anam go raibh an Black sin sách gairgeach freisin ...

— Scaití, mar a deir tusa, bhíodh sé sách gairgeach. Bhuel, níl a fhios agam, go gcuire Dia ar a leas é, céard a dhéanfas an ceann seo sa mbaile agamsa. D'iarr deirfiúr an tsagairt air í a phósadh. Tá siad ag comhrá le chéile le scaitheamh ...

— Nach shin é a d'éirigh do mo mhacsa i Sasana freisin! Bhí sé tamall maith ag comhrá leis an mBlack seo, agus d'iarr sí air í a phósadh. Meas tú nár imigh an pleoitín agus nár phós sé í! ...

— Dar príosta mar a deir tusa, sin é an chaoi a mbíonn sé. Leads dhíchéillí. Chuala mé go raibh an-spleodar ar an seanchailín sa mbaile as Neansaí—Neansaí atá uirthi sílim— ach dá mbeinnse beo séard a déarfainn leis: "Breathnaigh romhat go maith anois. Céard atá an gearrchaile sin i riocht a dhéanamh i dteach tuaithe? Meas tú an scarfadh sí sin barr móna, nó an iompródh sí cliabh feamainne? ... "

— Nach é an rud céanna a scríobh mé féin go Sasana chuig

mo mhac! "Is deas an tseafaide a phós tú," a deirimse. "Má thagann tú abhaile go brách, is dathúil na samplaí a bheas ar adhastar agat ag teacht chun tíre: Blackín, agus ál Blackíní óga ag rith ar fud an bhaile. Gabhfaidh do cháil faoi Éirinn. Thiocfadh daoine i bhfad agus i ngearr ag breathnú orthu. Ar ndóigh ní foghail atá sí in ann a dhéanamh ar thalamh ná ar thrá. Diabhal feamainn ná móin a bhí san áit ar tháinig sí sin as ... "

— Cár fhág tú an díth céille ina dhiaidh sin, mar a deir tusa! An ceann se'againne, ní raibh aon chomhairleachan ina chionn. Séard a bhí ann chuile lá riamh ... Cén t-ainm é seo a thug Nóra Sheáinín air? ...

— Cocstucairín? ... Bowsie? ... Scabhaitéir? ...

— M'anam nach ea. Ní scabhaitéir a bhí ann ar aon chor. Thóg mé go múinte cneasta é, ní as ucht mise á rá é. Nach breá nach gcuimhním ar an gcaoi ar chóirigh Nóra Sheáinín é? ...

— Adonis! ...

— M'anam muise, mar a deir tusa, gurb shin é é. D'ardaigh Neansaí go dtí an Ghealchathair é, nó gur chuir sé fáinne pósta uirthi. Bhí cluaisíní croí ar an seanchailín ...

— Nach raibh agus ar mo sheanchailín féin! Shíl sí gur *lady* mhór eicínt an *negress* nó gur inis mise di gur de ghné craicinn an bhuitléara a bhí ag an Iarla í. B'éigean fios a chur ar an sagart ansin di ...

— Sin é an chaoi a mbíonn sé, mar a deir tusa. Bhí an sagart ag iarraidh ar Neansaí máistir scoile Dhoire Locha a phósadh, ach m'anam gur dhúirt sí amach leis, gan leathbhord ar bith a thabhairt dá teanga, nach bpósfadh. "Tá an sproschuimleachán sin pósta leis an scoil cheana," a deir sí, "agus cén ghnaithe a bheadh aige mise a phósadh ansin? Ní thaitníonn máistir scoile Dhoire Locha liom," a deir sí. "Ar ndóigh dheamhan preab ar bith ann! Sean phlúithid é sin ... "

— Ba phlúithid é mo mhacsa, ar chuma ar bith. Nach gann a chuaigh an saol air anois a dhul ag pósadh Black i Londain, áit a bhfuil an oiread daoine agus atá in Éirinn ar gad, deir siad ... Tá gruaig uirthi, chuala mé, chomh catach leis an madra uisce? ...

238

— Díth céille, mar a deir tusa. "Ní phósfaidh mise plúithid Dhoire Locha," a deir Neansaí. "Tá rothar tine ag mac Fhear Cheann an Bhóthair. Is foghlaeir, is iascaire, is veidhleadóir, agus is daimhseoir thar cionn é. is cuidsúlach uaidh é féin a ghléasadh. Thairg sé Lord Cockton a chaitheamh dá bhfeiceadh sé in éindí liom arís é. Is geall le vile—vile a dúirt sí, a mh'anam!—a theach, tá sé chomh háirgiúil ornáilte sin. Baineann sé na leamhain as mo chroí chuile uair dá dtéim isteach ann ... "

— Is duit is fusa gláiféisc a dhéanamh, a Fhear Cheann an Bhóthair, faoi do theach ornáilte. Ornáilte ...

— De bharr mo dhuid feamainne gaoithese ...

— ... Honest, a Dotie. B'fhíor dom chuile fhocal de. Níor íoc Caitríona Pháidín faic riamh: an round table, ná punt Chite ...

— Thug tú éitheach ...

— Agus tá a mac mar sin, a Dotie. Tá a cónra gan íoc fós tigh Thaidhg, agus ól a tórraimhe agus a sochraide tigh Shiúán an tSiopa ...

— Thug tú éitheach, a Nóirín ...

— Nach dtagann éileamh chaon dara lá ar a mac fúthu. Honest. Sin é an fáth a bhfuil Peadar an Ósta agus Siúán an tSiopa chomh diomúch di anseo ...

— Ab bu búna, a Nóirín, a Nóirín ...

— Níor íocadh dubh na fríde a bhain lena cur, a Dotie, ach gur íoc mo mhacsa as an nGort Ribeach ar an tobac agus ar an snaoisín ...

— Ó, a Nóirín, a chrann soilse na Mairnéalach! Ná creid í, a Jeaic na Scolóige ...

— D'agródh Dia orainn ...

— D'íoc Neil freisin ar a huaigh anseo le corp náire ...

— Ó, an smuitín, níor íoc, níor íoc! Ná creidigí Colpaí Lofa an Ghoirt Ribigh! Ná creid í, a Jeaic! Pléascfaidh mé! Pléascfaidh mé! Pléascfaidh mé! ...

5

— ... Is mé a shín ar fad sibh, a chomharsana na páirte ...

— Ba mhaith thú leis an gceart a dhéanamh, a Cháit Bheag ...

— Níor ghlac mé punt, scilling ná pínn riamh ó aon duine. An t-am a bhfuair máthair an Iarla bás, chuir an tIarla fios orm. Nuair a bhí sí cóirithe agam, "Cé mhéad a bhainfeas tú amach?" a deir sé. "Breith do bhéil féin ... "

— Chuirfí príosún le do ló ort, a Cháit Bheag, dá bhféachthá le ladhar a leagan uirthi, ná drannadh amháin leis an seomra a raibh sí os cionn cláir ann ...

— Ba mé a leag amach Peadar an Ósta ...

— Ní thú, a Cháit Bheag, ach beirt nursanna as an nGealchathair faoi chultacha agus faoi chaipíní geala. Deir daoine gur mná rialta a bhí iontu ...

— Ba mé a shín an Francach ...

— Dá leagthá lámh air, a Cháit Bheag, chuirfí i bpríosún thú faoi bheith ag briseadh neachtaracht na hÉireann ar uair chogaidh ...

— Ba mé a shín Siúán an tSiopa ...

— Tá tú ag déanamh na mbréag. Ní thabharfadh mo chlann iníon ciondáil do leathpholláire duit den aer a bhí in aon seomra le mo chorp. Dar a shon? Thusa a dhul do mo chrúbáil! ...

— Ní raibh ach amharc ciondáilte ar chorp Shiúáine, a Cháit ...

— An Máistir Mór ...

— Ní thú muis, a Cháit Bheag. Bhí mise ag obair i nGarraí an Bhóthair se'againn féin, ansiúd cois an tí aige. D'fhuagair Bileachaí an Phosta orm:

"Tá sé siúd ag dul in oifig na litreacha fáin," a deir sé. Bhí mise agus tusa, a Cháit Bheag, isteach an doras ar aon bhuille amháin. Chuamar suas an staighre agus dúramar cuaifeach phaidreacha bail an Mháistreás agus Bileachaí.

"Tá an Máistir bocht séalaithe," a deir an Mháistreás agus meacan an ghoil inti. "B'fhurasta aithint. Bhí sé rómhaith le haghaidh an tsaoil seo ... "

— Ó, an raibiléara! ...

— Chuaigh tusa anonn, a Cháit Bheag, agus shín tú amach do lámh le na hordóga a chur air. Bhac an Mháistreás thú.

Déanfaidh mise a bhfuil le déanamh leis an Máistir Mór bocht," a deir sí ...

— Ó, an chocraicleachín! ...

— Anois, a Mháistir, cuimhnigh go bhfaca Máirtín Crosach thú sa scoil ...

— M'anam nach bhfuil rud ar bith chomh maith leis an bhfírinne, a Mháistir …

— "Téirigh thusa síos sa gcistin agus lig do scíth, a Cháit Bheag," a deir sí. Dúirt sí liom féin agus le Bileachaí a dhul ag iarraidh lóin agus óil agus tobac. "Ná spáráil dada," a deir sí le Bileachaí. "Ní mór liom don Mháistir Mór bocht é" …

— Le mo chuid airgidse! Ó! …

— Ar a theacht ar ais dúinn, bhí tú sa gcistin go fóill, a Cháit Bheag. Chuaigh Bileachaí suas go dtí an Mháistreás a bhí ag plobarnaíl chaoineacháin thuas …

— Ó, an bacach! An bodairlín bíogach! …

— Ar a theacht anuas dó labhair tusa leis, a Cháit Bheag. "Tá ceart ag an gcréatúr sin thuas a bheith sáraithe," a deir tú. "Gabhfaidh mé suas nó go ní mé a chúnamh dhí é." "Lig do scíth ansin, a Cháit Bheag," a deir Bileachaí. "Tá an oiread dobróin ar an Máistreás i ndiaidh an Mháistir Mhóir bhoicht is go mb'fhearr léi aisti féin scaitheamh," a dúirt sé. Tharraing sé rásúr amach as caibhéad agus choinnigh mise an bheilt dó, nó gur chuir sé faobhar uirthi …

— Mo rásúr agus mo bheilt féin! In uachtar an chaibhéid a bhídís. Nach é a fuair amach iad, an gadaí …

— Bhí tusa chomh luainneach ar fud na cistine le gadhar a mbeadh dreancaidí air, a Cháit Bheag.

— Eist do bhéal, a ghrabairín …

— "Ní mór domsa a dhul suas lena choinneáil deisithe ar a thaobh chomh uain is a bheas tusa ag bearrach a leath-leicinn," a deir tú. "Déanfaidh an Mháistreás é sin," a deir Bileachaí. "Lig thusa do scíth ansin, a Cháit Bheag' …

— Ó, an chuingir chlamhach! …

— Ná géill dó sin, a Mháistir Mhóir. Mise a leag amach thú. Ba bhreá cuidsúlach an corp thú, bail ó Dhia ort! Sin é a dúirt mé leis an Máistreás agus thú cóirithe againn. "Ní náire dhuit é, a Mháistreás," a deirimse. "Is breá cuidsúlach an corp a rinne sé, go ndéana Dia grásta air, ach d'eireodh dhó: fear breá mar an Máistir Mór … "

— I nDomhnach, a Cháit, ba cuma cén chaoi a sínfí duine againne, ach feictear dhom go mbeifeá an-ghaelach ag crúbáil le máistir scoile …

— … Cúig lá a bhí mé ag forcamás ort, a Fhear Thaobh Thoir an Bhaile; suas agus anuas go teach chugat; suas agus anuas go dtí an tAirdín le breathnú soir ar an teach agat, féachaint an mbeadh aon chosúlacht ort. Thú ag rámhaillí agus gan de shlamsán agat ach roinn thalún i mbarr an bhaile nach raibh cinneadh go deo léi ag cur cruth ar bheithígh. Shílfeá gur mó dá fhonn a bhí ort gan imeacht chor ar bith nó go dtugthá leat í ...

— Agus an oiread gaotaireacht ag an gcleabhar faoi mhargadh Shasana ...

— ... Ba mé a shín thú muis, a Churraoinigh, agus má ba mé fhéin, ba drogallach uait bailiú leat. Níl baol ar bith nach ndeachaigh tú sna céadéaga. Bhínn i gcónaí ar thí na hordóga a chur ort san am a ndúisítheá aniar. Rug do bhean ar chuisle ort. "Tá sé séalaithe, go ndéana Dia grásta air!" a deir sí.

"Muise calm agus deá-lá dá anam!" a deir Briain Mór, a tharla ann. "Tá a phaisinéireacht faighte sa deireadh aige. Dar diagaí, shíl mé nach seolfadh sé muise gan iníon Cheann an Bhóthair a thabhairt ar bord leis."

"Go mba gheal a leaba sna Flaithis anocht!" a dúirt mé fhéin, agus d'ordaigh mé tobán uisce a chur faoi réir. Ná raibh ann mura músclaíonn tú aniar an mhionóid chéanna! "Seachain nach é Tom a gheobhadh an gabháltas mór," a dúirt tú. 'B'fhearr liom é a fheiceáil fuadaithe léi ag an ngaoth ná é a bheith ag an mac is sine, mura bpósa sé bean eicínt thar iníon Cheann an Bhóthair." Mhúscail tú aniar arís: "Má fhaigheann an mac is sine an talamh uait," a dúirt tú le do bhean, "mo chorp ón diabhal go mbeidh mo thaibhse i ngreim rapair ionat d'oíche agus de ló! Nach mairg nach ndeachaigh mé chuig aturnae agus uacht dhúshlánach a dhéanamh! ...

Mhúscail tú an tríú huair: "an lái sin a thug iníon Thomáisín léi aimsir na bhfataí céadfhómhair, téadh duine agaibh ina coinne, nuair nach bhfuil sé de ghnaíúlacht iontu féin a chur ar ais. Go ropa an diabhal iad! Seachain nach dtabharfadh sibh summons ar an gCraosánach seo thuas faoina chuid asail a dhul sa gcoirce. Mura bhfaighe sibh sásamh maith sa gcúirt, an chéad uair eile a mbéarfaidh sibh orthu taobh istigh den chlaí agaibh, tiomáinigí tairní crú capaill trína gcrúba. go ropa an diabhal aige iad! Ná bíodh leisce ná leontaíocht oraibh éirí roimh lá ag faire bhur gcuid móna, agus má bheireann sibh ar fhear Cheann an Bhóthair ... "

— Shíl mé gurbh í a sheanchailín a ghoideadh í ...

— Ní raibh díogha ná rogha air féin ná ar a sheanchailín ná ar a cheathrar clainne ...

— ... Bhí tú in achar an anama ar a theacht isteach dom. Chuaigh mé ar mo ghlúine le haghaidh na liodáin. Bhí tú ag síor-rá an uair sin féin. "Jeaic. Jeaic. Jeaic," a deirtheá. "Nach maith a chuimhníos an duine bocht ar Jeaic na Scolóige," a deirim féin le Neil Pháidín a bhí ar a glúine le m'ais. "Ach ba dhá chomrádaí mhóra riamh iad." "Go dtuga Dia ciall duit, a Cháit Bheag!" a deir Neil, "nach Black, Black, Black, atá sé a rá! An mac ... "

— Chuala mé, a Cháit, gurb é an fainic dheiridh a chuir Caitríona Pháidín ar a mac ...

— A cur ar Áit an Phuint ...

— Crois de ghlaschloch an Oileáin a chur uirthi ...

— Ab bu búna! ...

— A dhul go dtí Mainnín an Cunsailéir le litir chumasach a scríobh faoi uachta Bhaba ...

— Cead titim a thabhairt don teach ar Thomás Taobh Istigh ...

— Nimh a thabhairt do Neil ...

— Ab bu búna! Ná creid é, a Jeaic ...

— Mura mbásaíodh iníon Nóra Sheáinín ar an gcéad abhras eile clainne, colscaradh a fháil uaithí ...

— Tá tú ag maslú an chreidimh, a ghrabairín. Is gearr uaibh Antichrist ...

— ... Ara, bhí sé ina ruaille buaille ar fud an bhaile ar an toirt:

"Titim de chruach choirce.

"Titim de chruach choirce.

"É siúd a thit de chruach choirce."

Suas liom chun an tí chugat ar ala na huaire. Bhí mé siúráilte gur corp nua glan a gheobhainn romham. Ina leaba sin céard a fuair mé ach thú i do liúdramán ansiúd ag inseacht do chuile dhuine cén chaoi ar sciorr do chois chlí ...

— M'anam a Cháit, go ndearna mé dhá leith do mo cheathrú ...

— Cén éadáil a bhí dhomsa ansin? Shíl mé go mbeadh corp nua glan romham ...

— Ach bhásaigh mé, a Cháit ...

— ... Ní fhaca mé smíste ar bith i leaba ba mhíshuaimhní ná thusa. Bhí do leathchois ar an talamh ...

— D'aithin mé, a Cháit, go raibh mé ag saothrú báis agus shíl mé éirí go dtéinn chomh fada leis, agus go maraínn an murdaróir. "Ól dhá spunóg den bhuidéal seo ... "

— Bloody Tour an Ouns é, mar scéal ...

— ... Shaibhsigh mé do phíobán. "Cáil an cnámh a thacht í?" a deirimse. "Bhain an dochtúir amach é," a deir do dheirfiúr. "Nár ba lúide an trócaire ar Dhia!" a deirimse. "Níor cheart d'aon duine craos a dhéanamh. Murach go raibh an bhean sin chomh hantlásach ag ithe a coda, ní á síneadh a bheadh muid" ...

"Níor bhlais sí d'aon ghreim feola cheana ó Fhéil Mártan," a deir do dheirfiúr ...

— Bloody Tour an' Ouns é nach éard a dúirt Briain Mór go mbeadh sí beo beithíoch inniu, murach gur dhíbhir sí mada Chaitríona Pháidín as a teach, roimh an dinnéar. "Bhí sé chomh suaite amplach sin," a deir sé "agus nach mbeadh mairg ar bith air a dhul síos píobán an doichill aici, agus an cnámh a thabhairt aníos ... "

— Ó, Briain scóllach! ...

— ... Ba é an samhradh a bhí ann, agus bhí an t-allas téachta isteach i do chraiceann. "Ní fhéadfadh gan boladh an allais a bheith air," a deir mo mháthair. "Mac díchéillí a bhí i mo mhuirnín bocht, agus tá a shliocht air, anois. An tuairt sin a chur air féin go Baile Átha Cliath ar sheanrothar, agus codladh amuigh an oíche chéanna! Tá súil agam nach n-agróidh Dia air é ... "

— Ó, dhá mbeinn beo mí ón lá sin d'fheicfinn an Ceanann-ach ag bualadh Chiarraí ...

— I 1941, ab ea? Más ea ...

— ... Liath tú mo cheann féin agus ceann Mhuraed Phroinsiais. Sciúr muid agus sciúr muid agus sciúr muid thú, ach b'aon mhaith amháin é. "Ní salachar ar bith iad sin," a dúirt mé féin le Muraed, faoi dheireadh. "Tá cúig nó sé de cheanna acu ann," a dúirt Muraed. "Suaitheantais iad a bhaineas le Hitler," a deir t'iníon. Nach dearmadach mé anois nach gcuimhním cén t-ainm a thug sí orthu ...

— Tatú.

— Swastika ...

244

— Dar brí an leabhair, is ea. Bhí trí phota uisce bhruite caite againn leat, ceithre phunt gallaoireach, dhá bhosca Rinso, cnap Monkey Brand, dhá bhuicéad gainimh, ach amach ní thiocfaidís. Cén bhrí, ach dheamhan bláth ná buíochas agat orainn tar éis a bhfuaireamar de d'anró ...

— Gheobhadh sibh tuilleadh murach an Graf Spee, arae bhrandálfainn chuile mhionmhullóg dhíom féin. Ba mhaith an aghaidh ar Hitler é ...

— "Ara ball séire air! Fág mar sin iad," a dúirt Muraed. "Ní fhéadfaí bóthar a ligean ar an gcaoi sin leis," a deirim féin. "Nach shin é chomh crosach le litir strae é! Cuirigí pota eile uisce ar an tine, in ainm Dé."

Tharla Briain Mór ann an pointe céanna. "Tá brath agaibh, dar liom féin, scólladh na muice a thabhairt do mo dhuine bocht," a deir sé ...

— Óra, b'eisean féin an scóllachán agus an scóllachán gránna! ...

— ... Ach an oiread leis an gceann ar ball, bhí mé sáraithe do do níochán. Ní raibh míor meacan de do chorp nach raibh faoi dhúch. "Is cosúil é seo le fear a bheadh ar bogadh i gcoire dhúigh," a deirimse. "B'ionann is go raibh," a dúirt do dheirfiúr. "Is é an dúch a ghiorraigh leis. Á shú isteach ina chuid scamhóga ó mhaidin go faoithin, agus ó oíche go maidin ... "

— Tálach scríbhneora a bhí air, dar leis féin ...

— Ba bheag an scéal é pé ar bith céard a bhí air. Eiriceach dubh a bhí ann. Níor cheart a ligean i gcré choisricthe chor ar bith. B'iontas nach ndearna Dia sampla dhe ...

— ... Fuair mé é chomh luath is a tháinig mé isteach sa seomra chugat. "Ar dóirteadh aon phórtar ná eile anseo?" a deirimse, le bean an Churraoinigh a bhí ann. "Dheamhan an feasach dom gur dóirteadh," a dúirt sí ...

— Ba bheag an dochar dhó: fear a d'óladh dhá phionta agus dá fhichead ...

— Ní raibh deoir i mo bholg an lá ar bhásaigh mé. Dheamhan an deoir muis! ...

— Is fíor dhuitse sin. Ní raibh. Ba shin iad gnaithe Cháit Bheag, an draidín. Ag tnúthán le ól a bhí sí nuair a dúirt sí é sin le bean an Churraoinigh ...

— ... Ba shiúd é a bhí orm, a Cháit Bheag. Lobh sé mo

stéigeacha, caife Shiúán an tSiopa.

— … Bhí do chosa-sa chomh briosc le adhmad a bheadh ag déanamh mine, lionscraí dubha iontu, agus iad ag smeachadh mar a bheadh bó brios brún …

— 'Clogs' Shiúán an tSiopa, ar ndóigh …

— Ní dóigh go raibh bonn agat chomh fada leis an nGort Ribeach, a Cháit Bheag. Dá bhfeictheá cosa Nóra Sheáinín nár chaith aon chlogs riamh! Is é sin más fíor do Chaitríona é …

— Éist do bhéal, a ghrabairín …

— … Ar an dá luath is ar tháinig mé faoin doras, fuair mé boladh na bruithneoige agaibh, a Chite. "Caithigí suas na bruithneoga seo," a deirimse, "nó go mbeidh an marbhán cóirithe." "Níl bruithneog ar bith thíos," a deir Micil. "Agus faraor má bhí ó mhaidin, ach oiread. An iomarca fataí bruithneoige a d'ith sí. Bhí siad róthromchroíoch. Rinneadar leac ar a goile" …

— Bloody Tour an' Ouns é mar scéal, shín Cite siar agus níor fhan deoir inti …

— … Níor tapaíodh thú nó gur fhuaraigh tú. Bhí tú craptha ansin agus ceathrar againn i d'éadan agus thú ag cinnt orainn. "Téadh duine amach i gcoinne oirdín an fhir seo thuas, a deir Briain Mór, "agus feicfidh sibh féin air go sínfidh mise na glúine aige ansin" …

"Bloody Tour an' Ouns é," a deir Mac na Coise Duibhe, "nár ghoid fear Cheann an Bhóthair uaidh é!" …

— Ba é a ghoid é, muis. Oirdín gleoite …

— … Bhí lorg an chléibh fhataí a thug tú aniar as an nGarraí Páirteach i gclár do dhroma, a Sheáinín Liam …

— Nuair a bhí mé á leagan díom féin istigh sa teach, shníomh an iris agus tháinig sé anuas ar leathmhaing. Bhain mé stangadh beag as mo thaobh. Thosaigh an drisiúr ag damhsa. Chuaigh an clog ón mballa go simléar, chuaigh an simléar sa doras, d'éirigh on bromach a bhí amach ar m'aghaidh i nGarraí an Tí suas san aer, agus síos síos an bóithrín agus soir an bóthar. "An bromach!" a deirimse, agus rinne mé ar an doras, nó go dtéinn ina diaidh. An croí …

— Fuair mé boladh na leapa ar an toirt ort, a Mháirtín Chrosaigh …

— M'anam muise gur le anacair leapa a d'imigh mé ...

— ... Is beag is ait liom a phoibliú, a fhile, ach bhí coirt shalachair ó mhullach do chinn go dtí ladhar do choise ort ...

— ... A chuid "Luaithe Naofa." Go ropa an diabhal é, an dailtín! Níor nigh sé é féin riamh ...

— Nocht mé féin agus d'aint díot é, nó nach raibh ort ach spota ar do cheathrú. Bhí sé sin ag cinnt orainn. "Giúirinneacha salachair atá i bhfostú anseo ann," a deirim féin le d'aint. "Neart uisce bhruite agus gainimh." Bhí do mháthair amuigh ag tóraíocht aiséadaí. Tháinig sí isteach ar ala na huaire. "Sin ball dóráin," a deir sí. "Gach uair dá mbuaileadh daol filíochta mo mhaicín bán, thosaíodh sé á thochas féin ansin, agus thagadh an chaint leis ar ín ar ea" ...

— Bhí sé ina ghillín, ina shochmán, ina mheall saille. Fuaireamar cnámh le crinneadh agus a iompar anseo dubh ná dath ...

— Ní fhaca mé corp ar bith riamh ar dheacra na súile a dhúnadh aige ná Fear Cheann an Bhóthair. Bhí ordóg agamsa ar leathshúil leis, agus ordóg ag a sheanchailín ar an leathshúil eile, ach níor thúisce mo thaobh fhéin dúnta agamsa ná a d'osclódh taobh an tseanchailín ...

— Féachaint a bhfeicfeadh sé aon oirdín ar sliobarna a bhí sé ...

— Ná aon fheamainn ghaoithe ...

— Ní bhfuair mé aon bholadh riamh ní ba chumhra ná a bhí ar Mháistreás an Phosta ...

— Boladh na ndrugaí a bhíodh aici ag oscailt agus ag athghreamú na litreacha. Ar ndóigh ba gheall le siopa poiticéara an seomra cúil ...

— Not at all! Bhí an citil OK lena aghaidh sin. Cumhracháin an dabhach folctha. Thug mé folcadh dom féin go díreach sula bhfuair mé bás ...

— Is fíor dhuit, a Mháistreás an Phosta. Níor chall do chorp a níochán beag ná mór ...

— Níl a fhios agatsa, a Cháit Bheag, ar chall nó nár chall. Gosh! Dá ndrannthá le mo chorpsa chuirfeadh an tAire Poist agus Teileagraif dlí ort ...

— ... Pé ar bith cé a leag amach thusa déarfainn go bhfuair sé boladh neantóga Bhaile Dhoncha ort ...

— B'fhiúntaí sin féin ná an rud a bhí ortsa ...

— Ní fhaca mé aon chorp riamh ba ghlaine ná corp Jeaic na Scolóige. Níor tháinig caide an éaga dubh ná dath air. Ba gheall le pósae é. Ba shíoda é a chraiceann, dar leat féin. Shílfeá nach raibh sé ach sínte thairis ag ligean a scíthe ... Cén bhrí, ach chuile shnáth éadaigh dá raibh ina thimpeall chomh gléigeal leis an bplúr sin a croitheadh ar an Iarla ag doras an tséipéil maidin a phósta! Ar ndóigh ní bheidís i dteach Neil Pháidín gan a bheith amhlaidh ...

— An smuitín! An phrioc-chocailín! ...

— Deir siad, a Cháit, nach raibh corp Chaitríona ...

— Corp Chaitríona! Í sin! Cuireadh fios orm ann, ach ní gabhfainn i ngair ná i ngaobhar a coirp ...

— Ab bu búna! ...

— Bheadh consaeit agam léi ...

— Ab bu búna! Cáit Bheag, an draidín! Cáit Bheag, an draidín! Pléascfaidh mé! Pléascfaidh mé! ...

6

... Níl Dia thuas nó agróidh Sé ar an gcúpla sin é! B'fhurasta a aithint. Ní raibh gárphian ar bith orm. Dúirt an dochtúir nach dtabharfadh na duáin aon bhás dom go ceann suim achair. Ach mheall an smuitín Neil an Leabhar Eoin ón sagart d'iníon Nóra Sheáinín, agus cheannaíodar ticéad singil domsa go dtí an lóistín seo, ar nós Jeaic na Scolóige, an duine bocht. Nár léir do sheancharcair ghiúsaí murach go raibh cluicheáil eicínt ann go mbeadh iníon Nóra Sheáinín anseo ar an gcéad bhleaist eile clainne. Ina leaba sin is é an chaoi nár fhan pian ná tinneas uirthi ...

Mo léan, ba í an smuitín siúd nach raibh an néal uirthi! Bhí a fhios aici an fhad is a bheadh ceobáinín ar bith anála ionamsa, go gcoinneoinn dol ar an dol léi faoi uacht Bhaba agus faoi thalamh Thomáis Taobh Istigh. Ach féadfaidh sí a rogha dallach dubh a chur ar Phádraig ...

Dhá mhíle punt. Teach ceann slinne. Mótar. Hata ... Dúirt Mac na Coise Duibhe go bhfaigheadh Pádraig lán ladhaire, ach cén mhaith sin nuair nach é a gheobhadh an uacht ar fad! D'éagóir Dé don cheann thall nach ag sagairt a d'fhág gach

248

leithphínn shlíoctha ag gabháil léi! ...
Trí phunt fhichead altóra ar Jeaic na Scolóige. Agus nár lig sí
scilling ar aon tsochraid amach as a teach féin riamh! ... Ard-
Aifreann. Sagairt. An tIarla. Lord Cockton. Ceithre
leathbhairille pórtair. Fuisce. Feoil fhuar ... Agus nach maith
a chuimhnigh an phriocachín dhá choinneal déag a lasadh i
dteach an phobail air! Le bheith cab as mo chionnsa. Deile?
Ní bheinn i ndiaidh dada ar Jeaic bocht murach gur le corp
gairéid a rinne an smuitín é. Is furasta di—le sciorrachán na
caillí ...

Ní dhéarfadh Jeaic na Scolóige amhrán an lá deireanach.
Tá an chroíúlacht caillte ar fad aige. Is beag an dochar dó
agus a shaol caite aige leis an raicleach siúd. Agus gan
d'ómós aici dhó sa deireadh ach Leabhar Eoin a fháil lena
chur chun báis! ...

Nuair a d'inis mé sin dó an lá cheana níor dhúirt sé smid
ná smeaid, ach "D'agródh Dia orainn ... " Déarfaínn go
bhfuil bruitíneach fheirge amuigh faoi seo aige i ngeall ar an
mbail a chuir sí air ... Agus níor bhraith an pleoitín féin chor
ar bith é. Duine gan aon ghangaide a bhí ann chuile lá riamh.
Murach go mba ea, thuigfeadh sé gur ag imeartas air a bhí an
stroimpiléidín Neil, nuair a d'iarr sí air a pósadh. "Tá Jeaic
agamsa," a deir sí. "Fágfaidh muid Briain Mór agatsa, a
Chaitríona." ... Ach is gaire mise anois do Jeaic ná í féin.
Féadfaidh mé labhairt leis i mo rogha uair ...

Murach go ndearna Pádraig comhairle iníon Nóra
Sheáinín bheinn ar Áit an Phuint buailte air. Is í an
ruibhseach sin Siúán an tSiopa atá lena ais. Cuirfidh sí
droch-cháil orm leis. Tá bolg bréag insithe cheana féin aici
dhó. Sin é an mífhonn atá air ...

Cén bhrí ach aoileann na gCosa Lofa ag iarraidh é a
mhealladh isteach ina cuid Rótaraí! Agus Bid Shorcha agus
Cáit Bheag ag síorgheonaíl faoina shochraid. Diabhal aithne
orthu nach é an duine bocht a thug bás dóibh. M'anam nach
ea, ach gurb é an chaoi a bhfuil an smuitín a chuir ina suí dá
leaba iad molta go huachtar cré acu ...

Tá tálach ar an teanga ag Muraed Phroinsiais, ag Cite na
mBruithneog, ag Bríd Thoirdhealbhaigh, ag Seáinín Liam, ag
an gConús Rua agus ag Máirtín Crosach ag moladh Neil

freisin. Agus ní labhróidh siad amach as a mbéal liomsa nuair nach molfainn féin í ...

Dheamhan labhairt ná labhairt. Shílfeá gur teir atá acu orm. Ba bhreá an rud duine a throidfeadh amach go fearúil thú ... Is measa an chill seo anois, ná na háiteacha sin a raibh an Francach ag trácht orthu an lá faoi dheireadh: Belsen, Buchenwald agus Dachau ...

— ... Dá mbeinnse beo muis bheinn ar do shochraid, a Jeaic na Scolóige. Níor chomaoin domsa ...

— ... Fan ort anois, a dhuine chóir. Ar chuala tú riamh cén forainm a bhí ag Conán ar Oscar? ...

— Dar dair na cónra seo, a Bhid Shorcha thug mé an punt di, do Chaitríona agus ní fhaca mé pínn riamh dhe ...

— Ag scilligeadh bréag atá tú, a thóinín charrach! A Mhuraed! A Mhuraed! An gcluin tú céard a deir Cailleach na mBruithneog aríst? ... A Mhuraed, a deirim! Hóra, a Mhuraed! Breá nach dtugann tú aon toradh orm? ... A Mhuraed, a deirim! ... Ní labhróidh tú? Tá mé i mo chlabaire, a deir tú! ... Is é mo bhuac a bheith ag ullmhúchán scléipe! ... Bhí suaimhneas i gcré na cille nó tháinig mé, a deir tú! Nach beag an náire ort, a Mhuraed, clú duine a reic mar sin! ... Tá an áit ina Fhleidh Bhricreann agam le mo chuid bréag! Anois ru, a Mhuraed! Ba ghearr ó do chaolán féin ba chall duit a dhul le lucht na mbréag a fháil. Ní raibh scéalta ná bréaga agamsa riamh, míle buíochas le Dia! ...

Hóra, a Mhuraed! An gcluin tú mé? Ba iad do chineálsa cineál na mbréag ... Ní thabharfaidh tú aird ar bith ar mo chuid cocaireacht feasta, a deir tú. Cocaireacht ru! Agus gurb í an fhírinne ghléigeal í! ... Hóra, a Mhuraed! A Mhuraed! ... Deamhan labhairt muis! Hóra, a Mhuraed! ... Cén fáth nach ndúisíonn tú do theanga? ...

Hóra, a Cháit Bheag! ... A Cháit Bheag! ... Ní hé comhar na gcomharsan é, a Cháit Bheag ... A Sheáinín Liam! ... An gcluin tú, a Sheáinín Liam? ... Diabhal an smid! ...

Hóra, a Bhríd Thoirdhealbhaigh! ... A Bhríd Thoirdheal-bhaigh! ... Inis dom, a Bhríd Thoirdhealbhaigh, céard a chuir mé as duit riamh? ...

A Mháirtín Chrosaigh! ... A Mháirtín Chrosaigh! ... A Chite! ... A Chite! ... Caitríona atá ann. Caitríona Pháidín ... A Chite a deirim! ...

250

Cré na Cille

A Jeaic! A Jeaic! ... A Jeaic na Scolóige! ... Hóra, a Jeaic na Scolóige, mise atá ann. Caitríona Pháidín ... A Lucht an Phuint fógraigí ar Jeaic na Scolóige! Abraigí leis go bhfuil Caitríona Pháidín ag glaoch air! ... A Jeaic, a deirim! ... A Shiúán, agus glaoigh ar Jeaic na Scolóige! Tá sé le d'ais ansin ... A Shiúán! ... A Jeaic! ... A Jeaic! A Jeaic! ... Pléascfaidh mé, pléasfaidh, pléascfaidh mé, pléascfaidh ...

EADARLÚID A NAOI

1

— Is liom spéir, muir agus tír ...

— Is liomsa an taobh cúil, an taobh bun os cionn, an taobh inmheánach, an íosana. Níl agatsa ach na foirimill agus na haicidí ...

— Is liom lóchrann gréine, gealach ghreadhnach, réalt ghleorach ...

— Is liomsa cúl diamhair gach uachaise, tóin droibhéalach gach duibheagáin, croí dorcha gach cloiche, ionathar do-aithnide gach cré, feadáin fholaithe gach blátha ...

— Is liom an deisiúr, an sorchas, an grá, dearg an róis, agus gean gáire na maighdine ...

— Is liomsa an tuathúr, an dorchas, an ghruaim, an fréamhra a chuireas an snofach go dtí bileog an róis, agus an chóir fhéitheacha a thugas fuil mhorgtha an lionnduibh ag madhmadh ar gháire na grua ...

— Is liom an ubh, an ros, an síol, an sochar ...

— Is liomsa ...

2

— ... Monsieur Churchill a dit qu'il retournerait pour libérer la France. Vous comprenez, mon ami? ...

— Tá a chuid Gaeilge ag imeacht uaidh go breá arís, ó chuaigh sé san ardfhoghlaim ...

— ... Titim de chruach choirce, a Stiofáin Bháin ...

— ... Chuala mo dhá chluais féin "Haw Haw" ag gealladh go mbainfí díoltas amach as ucht an Ghraf Spee ...

— ... Tháinig an Búistéir Mór ar mo shochraidse, a Stiofáin Bháin ...

— ... Tiocfaidh Hitler, é féin féin, anall go Sasana, agus

252

brúifidh sé féin féin baimbín, tuairim is méid bulóige, síos taobh istigh den treabhsar mór luchtmhar siúd atá ar Churchill...

— ...Ag tabhairt cúnamh spioradáilte do dhaoine a bhímse. Má shíleann tú go dteastóidh aon chúnamh spioradáilte uait uair ar bith...

— Ní theastóidh, a deirim leat. Agus tá mé ag tabhairt fógra in am duit, a iníon Choilm Mhóir, na heiricigh dhubha atá anseo a fhágáil fúmsa, agus gan do ladar a bhualadh sa scéal beag ná mór, nó m'anamsa...

— Crois Críosta orainn, má hurscartar Sasana ar an gcaoi sin, cá bhfaighidh na daoine margadh? Níl aon talamh barr baile agatsa...

— Mon ami, tá na Náisiúin Aontaithe, Sasana, les États Unis, la Russe, et les Français Libres ag cosaint na gceart daonna in éadan ...quel est le mot? ... In éadan barbarachta des Boches nazifiés. D'inis mé cheana duit faoi na campaí géibhinn. Belsen...

— Ar thaobh Churchill atá Neil Pháidín. Foghlaeirí agus iascairí ó Shasana, ar ndóigh...

— Bhí sí fealltach riamh féin, an raicleachín! Up Hitler! Up Hitler! Up Hitler! Meas tú má thagann sé anall nach leagfaidh sé an teach nua go féar arís uirthi?

— Ar thaobh Hitler atá Máistreás an Phosta. Deir sí gur feidhmeannach ríthábhachtach í an mháistreás posta sa nGearmáin, agus má bhíonn aon amhras aici ar dhuine gur cuid dá dualgais litreacha an duine sin a léamh...

— Ar thaobh Hitler atá Bileachaí an Phosta freisin. Deir sé...

— Ó, an glibstropailín! Deile cén taobh a mbeadh sé? Ar ndóigh níl creidiúint ar bith aige sin sa maoin phríobháideach ná i meanmarc maireachtála traidisiúnta Iarthair na hEorpa. Is Comhmhuintreach é, neamh-thraidisiúnaí, múirthéachtaí, ainchríostaí, brombhligeairdín, ainsprid díreach mar Hitler féin. Churchill Abú! ... Dún suas do chlab cocach, a Nóra Sheáinín! Is clú thú don bhantracht! Ag rá gur duine rómánsúil é an socbhobailín salach siúd!...

— Mo ghrá ansin thú, a Mháistir! Ná lig do do ghoradh téachtadh anois ar Lao Gael na gCosa Lofa!...

— Deir Tom Rua i dtaobh Thomáis Taobh Istigh ...

— Tomás Taobh Istigh? Cén taobh a bhfuil Tomás Taobh Istigh? Is críonna an té a déarfadh cén taobh a bhfuil Tomás Taobh Istigh ...

— ... Ab éard a shíleas tú nach bhfuil a fhios agam é? ...

— Ní bheadh a fhios ag aon duine ceart é, ach an té a bheadh ar aon bhaile leo ... Bhí Tomás Taobh istigh chomh ceanúil ar an bprochóigín de bhothán siúd agus a bhí sé ar a dhá shúil ...

— D'anam ón docks, a stór, nár thug siad cead don bhothán titim os mo chionn sa deireadh! ...

— Ab bu búna! Tomás Taobh Istigh anseo! ...

— Bhí an braon anuas á bhualadh idir an gob agus an tsúil orm ba chuma cén áit sa teach a gcuirfinn an leaba. Ba dona iad. Ba dona a stór. Bhí leoiste de mhac ag Caitríona Pháidín agus leoiste eile ag Neil, agus nárbh olc na daoine muintreacha iad nach gcuirfeadh stráicín tuí ar mo bhothán! ...

— Tomás Taobh Istigh curtha ar Áit na gCúig Déag, a Chite! ...

— Is ea, i nDomhnach a Bhríd, Tomás Taobh Istigh ar Áit na gCúig Déag! ...

— Ba é an rud ba lú dóibh a chur ar Áit na gCúig Déag. Tá a gheadán talúna acu, agus gheobhaidh siad lán ladhaire ón Árachas ...

— Ach deir Nóra Sheáinín nár choinnigh Pádraig Chaitríona an tÁrachas íoctha tar éis bás a mháthar.

— Má choinnigh féin cén éadáil dó a bhfaighidh sé d'Árachas, agus a raibh íoctha ar Thomás? Níorbh anáil ghabhair faoi Thomás a raibh de ghuí ar shon a bháis ag Caitríona. Fiafróidh muid d'Fhear an Árachais é ...

— Cáid anseo thú, a Thomáis Taobh Istigh? ...

— D'anam ón docks é, níl ann ach go bhfuil mé ar fáil ar éigean, a Chaitríona, a stór. Ní raibh pian ná tinneas riamh orm, agus nach diabhlaí a fuair mé bás ina dhiaidh sin! D'imigh mé chomh maith le duine a mbeadh. Séard dúirt an dochtúir liom ...

— Is beag an mhaith dhuit anois céard a dúirt an dochtúir leat. Chuir Neil roimpi thú ...

— Tá sí lag slán, a Chaitríona. Lag slán. Chaith sí trí

seachtaine nó mí ar an leaba, ach tá sí ar a seanléim arís ...

— An raicleach, bheadh ...

— Agus féach mise, a Chaitríona, nach raibh pian ná tinneas riamh orm, agus nach diabhlaí a fuair mé bás ina dhiaidh sin! ...

— An súil a bhí agat go mairfeá coíchin? ...

— D'anam ón docks go sílim, a Chaitríona, nach raibh an sagart buíoch chor ar bith dom, nach raibh sin. An lá a raibh sé ag breathnú ar Neil, scoith sé mé ar an mbóithrín, agus mé ar mo bhealach soir go bhfaighinn gráinne tobac tigh Pheadair an Ósta ...

— Tá maith ar an tobac tigh Pheadair an Ósta thairis in áit ar bith eile ...

— Tá a Chaitríona, a stór, agus leithphínn saorgála ann. "I nDomhnach, tá an bhean bhocht seo thuas sách cloíte, a shagairt," a deirimse ...

— A chonúis! ...

— Ní hé a cosúlacht go bhfuil sí ar fónamh," a deir sé. "Is fada liom atá sí ag coinneáil na leapa. Cáil d'imirce anois, a Thomáis Taobh Istigh?" a deir sé.

"Ag dul soir ag iarraidh gráinnín tobac, a shagairt," a deirimse. "Chuala mé, a Thomáis Taobh Istigh," a deir sé, "gur leannán leis an áit seo thoir thú; nach dtógann tú ceann ar bith as an ól" ...

— Ó, an smuitín a d'inis dó é. Bhí sí fealltach riamh féin ...

— "D'anam ón docks, ólaim braonta ar nós mo leithéid riamh, a shagairt," a deirimse. "Bheadh ciall braon, a Thomáis Taobh Istigh," a deir sé, "ach deirtear liom nach bhfuil a fhios cén oíche a bhfaighfear básaithe faoi bhealach abhaile thú." "Dheamhan lá mairge orm, a shagairt," a deirimse. "Ní raibh pian ná tinneas riamh orm, míle buíochas le Dia, agus ar ndóigh tá an bóthar nua faoi mo chois agam isteach go doras Neil anois."

— Réabfaidh Hitler an bóthar sin arís, le cúnamh Dé!

— "Mo chomhairle dhuit, agus is ar mhaithe leat atá mé, a Thomáis Taobh Istigh," a deir sé, "ná taobhaigh an áit sin soir ach a laghad is a fhéadfas tú, agus éirigh as na ráigeanna óil. Ní hiad a fheileas duit feasta choíchin. Agus tá a ndóthain ar aire an dream seo thuas, seachas a bheith amuigh le thú a thabhairt abhaile chuile oíche … "

— A Rí na nGrást nach é atá cuachta ag an gcocraicleachín. Ní chuachfaidh sí Hitler chomh réidh sin …

— "D'anam ón docks nach bhfuil mótar acu, a shagairt!" a deirimse. "Ma tá, a Thomáis Toabh Istigh," a deir sé, "níl ola sna caochphoill. Féach mise a chaitheas imeacht ar mo rothar! Deirtear liom freisin, a Thomáis Taobh Istigh," a deir sé, "gur geall le tralaí na sinseála i siopa thú ag tointeáil idir an dá theach. Cheapfá, a Thomáis Taobh istigh," a deir sé, "go mbeadh camhaoineach bheag chéille agat feasta choíchin agus tíochas a dhéanamh thíos nó thuas. Go soirbhí Dia dhuit, a Thomáis Toabh Istigh," a deir sé, "agus ná lig mo chomhairle thar do chluasa." "Más cúrsaí mar sin é," a deirimse liom féin, "ní chuirfidh mise d'anró orthu mé a thabhairt abhaile chuile oíche feasta. Tá an iomarca sagairt ar fad timpeall an tí seo thuas. Is mór a theastaíos sagairt uathu … "

— Diabhal focal bréige a dúirt tú, a Thomáis Taobh Istigh …

— "Gabhfaidh mise síos tigh Phádraig Chaitríona san áit a mbeidh suaimhneas agam," a deirimse. Chas mé siar bóithrín beag na hAille le faitíos a mbeadh aon bheithíoch le Neil ar mo gheadán talún. Ach ní raibh. Bhí cúpla brúisc de chlaí tite.

"Déarfaidh mé le Pádraig Chaitríona a theacht aníos ar maidin, agus na claíocha sin a thógáil, agus a chuid beithíoch a chur isteach ar mo gheadán talún," a deirimse liom fhéin …

— Bhí lomlán an chirt agat, a Thomáis Taobh Istigh …

— Tháinig mé aniar chuig ceann an bhóithrín arís, agus bhog mé liom féin síos go dtéinn tigh Phádraig. D'anam ón docks, a stór mo chroí thú, diabhal coiscéim shiúil ná focal cainte a d'fhan agam de dhorta dharta! Bhí mo leath marbh agus mo leath beo. Ní raibh pian ná tinneas riamh orm, a Chaitríona, agus nach maith a fuair mé bás! …

— Pléascadh i leataobh an bhóthair mar dhéanfadh éadromán rothair! Sin é dealg Neil agat, a dhuinín dhona! …

— Ní bhfuair mé aon bhás i leataobh an bhóthair, a stór. Tháinig Peadar Neil go tráthúil, agus chroch sé suas go teach mé sa mótar. Agaibhse a gheobhainn bás murach sin, a Chaitríona. Ach bhí mé ar an leaba tigh Neil sul ar tháinig

aon fhocal cainte dhom in athuair, agus níor chuibhiúil liom
a rá ansin leo mé a thabhairt síos tigh Phádraig...

— Ní raibh aon lá riamh féin nach í an chiotaíl a rinne tú, a
Thomáis Taobh Istigh...

— Níor mhair mé ach cosamar deich lá. Bhíodh an chaint
ag teacht agus ag imeacht. M'anam nach bhfuil a fhios agam
ar chuidigh an sagart liom. Ní raibh pian ná tinneas riamh
orm...

— Níor thug tú aon tsiocair duit féin, a leadaí...

— D'anam ón docks, a Chaitríona, a stór, nínn tuairteanna
móra oibre. M'anam gur shaothraigh mé an saol...

— M'anam má shaothraigh, a Thomáis Taobh Istigh, nach
le teann do chuid maitheasa é. Shaothraigh tú an saol de
bharr do chuid óil agus ruacántacha...

— M'anam leis an gceart a dhéanamh, a Chaitríona, go
mbíodh póit orm corr-Shatharn, i ndiaidh na hAoine...

— M'anam go mbíodh, a Thomáis Toabh Istigh, agus
chuile Shatharn, agus chuile Dhomhnach, agus chuile Luan,
agus cuid mhaith Máirteanna agus Céadaoineacha freisin...

— Tá an teanga ullmhaithe i gcónaí agat, a Chaitríona.
Dúirt mé riamh féin go mba dea-chroíúla í Neil go fada ná
thú...

— A bhromáinín!...

— M'anam muise go n-abraínn, a Chaitríona. "Dheamhan
breathnú i mo dhiaidh a dhéanfadh Caitríona beag ná mór,
ach le olc ar Neil," a deirinnse. Dá bhfeictheá an aire a thug sí
dhom ó buaileadh síos mé, a Chaitríona. Beirt dhochtúirí...

— Di fhéin a chuir sí fios orthu, a Thomáis Taobh Istigh.
Óra, is beag an néal ar an gclaimhsín sin!...

— Domsa muis a chuir sí fios orthu, a Chaitríona. Ar an dá
luath is ar tugadh chun an tí chuici mé, d'éirigh sí dá leaba le
dhul ag giollaíocht orm...

— D'éirigh sí dá leaba!...

— M'anam gur éirigh, a Chaitríona, agus gur fhan sí ina
suí...

— Ó, a phleoitín! A phleoitín! D'imir sí ort! D'imir sí ort!
Ar ndóigh ní raibh pian ná tinneas riamh ort, a Thomáis
Taobh Istigh...

— Diabhal é muis, a Chaitríona, agus nach breá go bhfuair
mé bás ina dhiaidh sin chomh maith le duine a mbeadh.

D'anam ón docks go bhfuil mé ag ceapadh nár chuidigh an sagart liom ...

— Tabhair do leabhar air, a Thomáis Taobh Istigh. Mheall an cocailín Leabhar Eoin uaidh an tráthnóna sin, agus thug sí bóthar duitse ina leaba féin, mar a rinne sí le Jeaic na Scolóige ...

— Me'ann tú, a Chaitríona? ...

— Ní léar duit féin é, a Thomáis Taobh Istigh! Bean a bhí ar a tarr in airde ar feadh míosa ag éiri ina féileacán mar sin! Ba é a bhí tú a thuaradh dhuit féin agus an raicleach a thaobhú luath ná mall. Dá bhfanfá ag mo Phádraigse, bheifeá beo beithíoch inniu. Ach céard a rinne tú le do gheadán talún? ...

— Muise, a Chaitríona, a stór, d'fhág mé acu siúd é: ag Pádraig agus ag Neil ...

— D'fhág tú leath an duine acu, a spreasbhobairlín!

— D'anam ón docks níor fhág, a stór. Níor fhág ná cuid de leath. Deirinn mar seo liom féin, a Chaitríona, nuair a theagadh an chaint dom: "Dá mba cuid is mó ná sin é, ní bheinn ina dhiaidh fré chéile ar cheachtar acu. Ní fiú a dhul ag déanamh leitheacha dhe. Deireadh Briain Mór i gcónaí nach raibh cuid na roinnte ann ... "

— Ar ndóigh deireadh féachaint a bhfágfá ag a iníon féin uilig é ...

— "Caithfidh mé a fhágáil aici, agus mé ag fáil bháis ina teach" ...

— Ó, a chonúis! A chonúis! ...

— Bhí an sagart ann ag scríobh mo chuid cainte nuair a thagadh sí liom: "Déan dhá leith dhe, a Thomáis Taobh Istigh," a deir sé. "Sin nó fág ag ceann eicínt den dá theach é."

— Shílfeá sa tubaiste, a Thomáis Taobh Istigh, go gcuirfeá cuma eicínt ort féin thairis sin. Cén chiall nár bhuail tú isteach go breá gnaíúil go dtí Mainnín an Cunsailéir sa nGealchathair? ...

— D'anam ón docks é, a Chaitríona, ní thagadh mo chuid cainte liom ach scaití, agus m'anam nárbh fholáir do dhuine tairní seaca a bheith sa teanga aige le dhul ag scoilteadh focal le Mainnín an Cunsailéir. Pé acu sin é, a Chaitríona, ba bheag ab ait liom an Mainnín céanna a thaobhú aon lá riamh ... Bhí do Phádraigse ann: "Níl mise á iarraidh," a deir sé. "Tá fuílleach de mo chuid féin agam cheana."

— Ó, an pleoitín! Bhí a fhios agam go gcuirfeadh Neil dallach dubh air. Airíonn sé uaidh mise ...

— Nach shin é a dúirt Briain Mór! ...

— Briain breilleach ...

— I nDomhnach muise, a Chaitríona, chuir sé fios anoir ar an mótar gur tháinig sé ag breathnú orm ...

— Le cúnamh a thabhairt do Neil faoi do gheadán talún. Murab ea ní ar mhaith leat é, a Thomáis Taobh Istigh. Fios a chur anoir ar an mótar! Ba bhreá an ball i mótar é. Roilléire féasóige. Starrógaí. Cromshlinneán. Caochshrón. Camreilig. Athchraiceann brocamais. Níor nigh sé é féin riamh ...

— "Dá mbeadh an t-eadarghuítheoir atá sa mbinn siúd thiar anseo," a deir sé, "déarfainn nach thusa, a shagairt, ach Mainnín an Cunsailéir, a bheadh ag tionlacan Milord Taobh Istigh thar an ngandal ... " Bhuail Neil bos ar a bhéal. Chuir an sagart turraing amach doras an tseomra ann ... "Ní theastaíonn do chuid talún uainne ach oiread, a Thomáis Taobh Istigh," a deir Neil ...

— Thug sí a deargéitheach, an cocstocairín! Tuige nach dteastódh sé uaithi? ...

— "Fágfaidh mé agaibh an geadán talún: ag Pádraig Chaitríona agus ag Neil Sheáinín," a deirimse nuair a tháinig an chaint dom arís. "Níor mhór liom daoibh é." "Níl fuis ná fais ar do chuid cainte, a Thomáis Toabh Istigh," a deir an Sagart. "Clampar agus dlí a tharraingeodh sí, murach a bhfuil de chiall ag na daoine geanúla seo ..."

— Daoine geanúla! O! ...

— Níor tháinig aon fhocal cainte dhom féin ní ba mhó, a Chaitríona. Dheamhan pian ná tinneas a bhí riamh orm, agus nach maith go bhfuair mé bás! ...

— Ní samhaoine mhór beo ná marbh thú, a lóbaisín! ...

— Éist, Thomas! That's the dote! Ní dhéanfaidh an *tiff* sin le Caitríona ...

— D'anam ón docks é "tiff"?

— Ní dhéanfaidh an sciolladóireacht sin ach d'intinn a vulgarisáil. Ní foláir domsa caidreamh a bhunú leat. Is mé

259

oifigeach caidrimh chultúrtha na cille. Tabharfaidh mé
léachtaí dhuit ar "Ealaín na Maireachtála."

— D'anam ón docks é, "Ealaín na Maireachtála . . ."

— Mhothaigh dream léarsannach againn anseo go raibh
dualgais orainn dár gcomhchoirp, agus chuireamar Rótaraí
ar bun . . .

— Is mór a theastaíos Rótaraí uaibh! Féach mise . . .

— Go díreach, Thomas. Féach thú féin! Ruabhoc
románsúil thú, a Thomáis. Ba ea riamh. Ach ní mór don
románsaíocht stafóga an chultúir faoina cosa, lena hardú suas
as an bhfód fiáin, agus Rí-chorr comhéigneach na Fichiú
hAoise ag ardchéimniú i gcluana gréine Chiúpaid a
dhéanamh dhi, mar a deir Mrs. Crookshanks le Harry . . .

— Foighid ort, anois a Nóra chóir. Inseoidh mise duit
céard a dúirt Aoibheall Bhreoilleach le Snaidhm ar Bundún i
"Roiseadh na Fallainge" . . .

— Cultúr, Thomas.

— D'anam ón docks, ab í Nóirín Sheáinín as an nGort
Ribeach atá agam ann chor ar bith? . . . Muise meas tú an
dtiocfaidh canúint mar sin ormsa i gcré na cille? Diabhal
mé a Nóra, go mbíodh caint bhreá Ghaelach agat sa
seanreacht! . . .

— Ná lig ort féin, a Nóróg, go cloiseann tú chor ar bith é.

— Gug gúg, a Dotie! Gug gúg! Déanfaidh muid stroipín
beag comhrá ar ball. Eadrainn féin, mar a déarfá. Aighnisín
beag lách eadrainn féin, tá a fhios agat. Gug gúg!

— Bhí an cultúr orm riamh, a Thomáis, ach ní raibh tú in
ann a fhiúntas a mheas. B'fhollasach dom é sa gcéad affaire
de coeur a bhí riamh agam leat. Murach sin b'fhéidir go
ndéanfainn thú a ghreasacht beagán. Uch! Fear gan chultúr!
Comrádaí ba chóir a bheith sa gcéile. Tabharfaidh mé léacht
duit, le cuidiú an Scríbhneora agus an Fhile, ar an ngrá
platónach . . .

— Ní bheidh plé ar bith agam leat, a Nóra Sheáinín.
M'anam nach mbeidh! . . .

— Mo chuach ansin thú, a Thomáis Taobh Istigh! . . .

— Bhínnse ag cuimilt leis an uaisle tigh Neil Sheáinín . . .

— A chonúisín! . . .

— Óra muise, is mór an spóirt iad na ceanna coimhthíocha
sin, a Chaitríona. Bhíodh smáileog mhór bhuí ag iascach in

éindí le Lord Cockton i mbliana, agus chaithfeadh sí a raibh
de feaigs déanta. Chaithfeadh agus deirfiúr an tSagairt
freisin. Bíonn siad i mboscaí móra i bpóca a treabhsair aici.
Tá Mac Cheann an Bhóthair scriosta á gcoinneáil léi.
Tuilleadh diabhail aige, an bacach! Ach i nDomhnach duit, tá
sise go gleoite. Shuigh mé isteach sa mótar bail sí. "Gug gúg,
a Neansaí," a deirimse ...

— Cré amh chaobach í d'intinn, a Thomáis dote, ach
déanfaidh mise í a shua, a chumadh, a chruaghoradh agus a
líomhadh nó go mbeidh sí ina soitheach álainn cultúir ...

— Ní bheidh plé beag ná mór agam leat, a Nóra Sheáinín.
M'anam nach mbeidh. Fuair mé mo dhóthain díot. Ní bhíodh
neart agam mo chois a chur isteach tigh Pheadair an Ósta,
nach mbíteá istigh leis an tsáil agam, ag súdaireacht. Ba iomaí
pionta breá a sheas mé riamh duit, ní á mhaíomh ort é! ...

— Ná lig ort féin, a Nóróg ...

— Nár lagtar ansin thú, a Thomáis Taobh Istigh! Go lige
Dia mór do shaol agus do Shláinte dhuit! Tabhair fúithi anois
é te bruite, faoi Nóirín na gCosa Lofa. Ag imeacht ag
súdaireacht! An raibh tú tigh Pheadair an Ósta, a Thomáis
Taobh Istigh, an lá ar chuir sí an pocaide ar meisce? ... Go
gcuire Dia an rath ort, agus inis é sin don chill! ...

3

— ... Chaoin mé uile sibh, a chlann ó! Óchón agus óchón
ó! Chaoin mé uile sibh, a chlann ó! ...

— Bhí racht breá bogúrach agat leis an gceart a dhéanamh,
a Bhid Shorcha ...

— ... Óchón agus óchón ó! Thit tú den chruach bhradach, a
stór ó!

— Diabhal aithne oraibh nach titim de bhád aeir a rinne
sé! Ar scáth titim de chruach choirce! Ar ndóigh ní
thabharfadh sin bás d'aon duine, ach do dhuine a bhí
básaithe ó Dhia agus ón saol. Dá n-óladh sé an buidéal a d'ól
mise! ...

— Óchón agus óchón ó! D'ól tú an buidéal bradach, a
mhuirnín ó! ...

— Tá caint mhór ar do bhuidéal agat. Dá n-ólthá dhá

phionta agus dá fhichead mar a d'ól mise ...

— Óchón agus óchón ó! Ní ólfaidh tú aon phionta arís go deo deo deo! Agus a liachtaí pionta mór a chuaigh riamh i do shlús-scóig ...

— Ara, tá poll tarathar déanta trí chré mo chluaise agat, le do dhá phionta agus dá fhichead! Dá súitheá an oiread bairillí dúigh isteach i do scamhóga agus a shúigh an Scríbhneoir ...

— Óchón agus óchón ó! Mo scríbhneoir breá ar lár choíchin agus go deo deo ...

— Dia á réiteach go deo deo! ...

— An maoithneas aríst ...

— Chaoin mé thusa, a Dotie, a Dotie! Mo stóirín ó, mo stóirín ó! Nach fada ó chré an chláir a bhí fód do bháis, mo bhrón! Mo sheacht scrúduithe agus mo lom dóláis, ruaig siad anoir thú ar dhíobháil eolais! Bhí tú ar fán, ó bhaile is ó ghaolta! Fuair tú bás chois na toinne craosaí! Sínfear do chnámha ...

— I gcré aimrid na hainleoige agus na feamainne gainimh ...

— Chaoin mé uilig sibh, a chlann ó! ... Mo stóirín ó, mo stóirín ó! ... Go brách ná go deo, ní scríobhfaidh sé ceo! ...

— Ní fearr a scríobh dhó. Eiriceach mallaithe! ...

— ... Chaoin mé thú muis. Ba mé a chaoin! Óchón ó! Mo chreach go deo! Roinn bhreá thalún i mbarr an bhaile! Ní leagfaidh sé cois uirthi i bhFómhar ná in Earrach! ...

— Ar dhúirt tú, a Bhid, nach raibh cinneadh go deo léi ag cur cruth ar bheithígh?

— M'anam gur dhúrais, a Bhid Shorcha: go raibh mé ag éisteacht leat. Agus ansin thosaigh tú ar "Lament of the Ejected Irish Peasant" ...

— ... Chaoin mé thú! Chaoin mé thú! Óchón agus óchón ó! Ní éireoidh sé i ndiallait ar láirín cheannann go deo deo deo ...

— A! rinne Caitríona Pháidín drochshúil di! ...

— Thug tú éitheach! Neil ...

— ... Chaoin mé uisce mo chinn os do chionn, a Mháistir Mhóir. Óchón go deo deo! An Máistir Mór ag dul i gcill go hóg! ...

— Anois, a Bhid Shorcha, níor chaoin tú an Máistir Mór

dubh ná dath. Is agamsa atá a fhios é, mar bhí mé ann ag cur clár ar an gcónra in éindí le Bileachaí an Phosta ...

— An bacach! ...

— Bhí an Mháistreás ag snagaíl. Rug tusa ar lámh uirthi, a Bhid Shorcha, agus thosaigh tú ag réiteach do sceadamáin. "Níl a fhios agam," a deir Bileachaí an Phosta, "cén duine den bheirt agaibh—thú féin, a Bhid Shorcha, nó an Mháistreás—is lú ciall!" ...

— Ó, an gadaí! ...

— "Amachaigí libh agus síos an staighre, chuile dhuine agaibh nach sa Ríocht Thall atá a sheoladh, nó go dté an clár ar an gcónra," a deir Bileachaí. Chuaigh a raibh ann síos cés moite duitse, a Bhid Shorcha. "Ach caithfear an Máistir Mór bocht a chaoineadh, "a deir tusa leis an Máistreás. "Ba mhaith an aghaidh air é, an créatúr," a deir an Mháistreás ...

— Ó, an raibiléara! ...

— "Más caoineadh ná caoineadh anois é," a deir Bileachaí, "mura dté tusa síos as mo bhealach a Bhid Shorcha ní bheidh sé in am do sheachadadh an lae inniu." Tháinig tú anuas ansin, a Bhid Shorcha, go dtí bun an staighre agus thú ag sprocharnaíl. Bhí toirnéis an tsaoil mhóir ag Bileachaí thuas ag fáisceadh agus ag tiomáint scriúnaí. "Í siúd ní fhágfaidh sé tar éis Bhileachaí," a deir Briain Mór. "Ní mó ná dá dtéadh an oiread sin scriúnaí i dteanga Mhainnín an Cunsailéir go ngabhfadh Caitríona ag dlíodóir eicínt eile faoi uacht Bhaba" ...

— Ab bu búna! An scóllachán breilleach! ...

— An pointe céanna tháinig Bileachaí amach ar bharr an staighre. "Fáiscigí faoi anois, ceathrar agaibh," a deir sé.

— Is maith a chuimhním air. Chuir mé mo rúitín amach ...

— "Ní cuibhiúil an rud é seo, an Máistir Mór a ligean amach as an teach gan deoir a chaoineadh air," a deir tusa, a Bhid Shorcha, agus suas leat an staighre in athuair. Bhac Bileachaí thú. "Caithfidh sé a dhul chun na cille,' a deir Bileachaí. "Níl aon ghnaithe a bheith á bhuachailleacht anseo níos faide ... "

— Ó, an sprochaillín uaibhreach! ...

— "M'anam nach bhfuil aon ghnaithe a bheith á bhuachailleacht," a deir Briain Mór, "mura i bpicill a chuirfeas sibh é! ...

Cré na Cille

— Chaoin tú mise, a Bhid Shorcha, agus ní buíoch ná leathbhuíoch na cuid de bhuíoch duit a bhí mé. Ó, go deimhin rinne tú neart fothramáin os mo chionn, ach ag caitheamh leis an gcearc a bhí tú nuair ba chóir duit caitheamh leis an sionnach. Níor dhúirt tú smid ar bith faoi Phoblacht na hÉireann ná faoi Chineál fealltach na Leathchluaise a sháigh mé as ucht a bheith ag troid di ...

— Dúirt mé go raibh na daoine buíoch ...

— Thug tú éitheach, níor dhúrais! ...

— Ní bhíodh aon bhaint ag Bid Shorcha le polaitíocht ach an oiread liom féin ...

— A chladhaire, faoin leaba a bhí tú agus Éamon de Valera ag imirt a anama ...

— Ní raibh aon rath ort, a Bhid Shorcha, nuair a bhí tú do mo chaoineadhsa nár dhúirt amach os comhair chuile dhuine gurbh é caile Shiúán an tSiopa a thug bás dom ...

— Agus gur chreach Iníon Pheadair an Ósta mise ...

— Agus mise ...

— Níor dhúirt tú a dhath, agus thú do mo chaoineadhsa, gur ghoid Fear Cheann an Bhóthair mo chuid móna ...

— Ná mo chuid feamainne gaoithese ...

— Ná go bhfuair sé seo thíos bás as ucht gur phós a mhac Black ...

— Sílim gurbh fhíor don fhear ar ball é, nach mbíodh aon bhaint ag Bid Shorcha le polaitíocht ...

— ... Chaoinfinn níb fhearr thú murach go raibh piachán orm an lá sin. Bhí triúr eile caointe agam an tseachtain chéanna ...

— M'anamsa nach piachán muise, ach ól. Balbh ón ól a bhí tú. Nuair a shíl tú tosaí ar "Let Erin Remember," mar a nítheá i gcónaí, ba é "Will Ye No Come Back Again" a tháinig uait ...

— Go deimhin níorbh é, ach "Someday I'll go back across the sea to Ireland" ...

— Ghabhfainn do do chaoineadhsa, a Bheartla Chois Dubh, ach ní raibh éirí den leaba ionam an uair sin ...

— Bloody Tour an' Ouns é, a Bhid Shorcha, cé miste do dhuine é a chaoineadh nó gan a chaoineadh! "Hóró, a Mháire ... "

— Cén fath, a Bhid Shorcha, nár tháinig tú le Caitríona

264

Pháidín a chaoineadh, agus fios ag dul ort?

— Is ea, cén fáth nár tháinig tú le Caitríona a chaoineadh? ...

— Is maith a chuaigh tú tigh Neil tar éis go mb'éigean duit éirí as do leaba ...

— Ní bhfaighinn i mo chlaonta Neil a eiteach, agus chuir sí a mótar go béal an dorais faoi mo dhéin ...

— Bainfidh Hitler an mótar di ...

— Chaoinfinn thú, a Chaitríona, gan bhréag ar bith, ach níor mhaith liom a dhul ag comórtas leis an triúr eile: Neil, Iníon Nóra Sheáinín, agus Iníon Bhriain Mhóir. Bhí siad ag smutaireacht ...

— Neil! Iníon Nóra Sheáinín! Iníon Bhriain Mhóir! ... An triúr a fuair Leabhar Eoin ón sagart le mé a chur chun báis. Pléascfaidh mé! Pléascfaidh mé! Pléascfaidh mé! ...

4

— ... A Jeaic, a Jeaic, a Jeaic na Scolóige! ...

— ... Gug gúg, a Dotie! Gug gúg! Déanfaidh muid stroipín beag comhrá anois ...

— ... Céard a déarfása, a Tom Rua, le fear ar phós a mhac Black? Sílimse gur eiriceach é féin chomh maith leis an mac ...

— I nDomhnach thiocfadh dhó, thiocfadh sin ...

— Ídítear peaca na clainne ar na haithreacha ...

— Deir daoine go n-ídítear. Deir daoine nach n-ídítear ...

— Nach n-abrófása, a Tom Rua, gur eiriceach é fear ar bith a d'ól dhá phionta agus dá fhichead? ...

— Dhá phionta agus dá fhichead. Dhá phionta agus dá fhichead ru. Dhá phionta agus dá fhichead ...

— M'anam muise gur ólas ...

— Bhíodh Tomás Taobh Istigh ag cuimilt le eiricigh ...

— Tomás Taobh Istigh. Tomás Taobh Istigh ru. Is críonna an té a déarfadh céard é Tomás Taobh Istigh ...

— M'anam nach bhfuil mé róshiúráilte faoin Máistir Mór ach oiread, a Tom Rua. Tá mé san airdeall air le scaitheamh. Ní abróidh mé dada nó go bhfeice mé liom ...

— B'fhearr do dhuine a bhéal a choinneáil ar a chéile in

áit den sórt seo. Tá poill mhóra mhillteacha ar na huaigheanna ...

— Tá amhras agam ar Chaitríona Pháidín freisin. Mhionnaigh sí dhom gur fearr an Caitliceach í ná Neil, ach má tá i ndán agus go raibh drochshúil aici ...

— Deir daoine go raibh. Deir daoine ...

— Thug tú éitheach, a phúcbhobarúin rua ...

— ... D'anam ón docks, nach bhfuil a fhios agat go maith go bhfaighidh sé bás, a Mháistir, a stór. Féach mise nach raibh pian ná tinneas riamh orm, agus nach diabhalaí a fuair mé bás ina dhiaidh sin! D'imigh mé chomh maith le fear a mbeadh ...

— Ach meas tú dháiríre, a Thomáis, an mbásóidh sé? ...

— Nach bhfuil a fhios agat go maith, a Mháistir, gur gearr go mbeidh an chopóg trína chluais! ...

— Meastú, a Thomáis? ...

— Ná bíodh faitíos ort, a Mháistir. Gheobhaidh sé bás, a stór. Féach mise! ...

— Dá dtugadh Dia dhó, an stroipléidín! ...

— A muise a Mháistir, is gleoite í féin ...

— Ó, an raibiléara! ...

— An dteastaíonn aon chúnamh spioradáilte uait, a Mháistir? ...

— Ní theastaíonn. Ní theastaíonn, a deirim leat. Lig dom féineacht! ... Lig dom féineacht, ar chraiceann do chluas! ...

— D'anam ón docks é, a Mháistir, a stór, chuala mise go mbíodh pailitéirí istigh aici sa gcistin, agus thú thuas ar leaba do bháis ...

— Qu'est ce c'est que pailitéirí? Cén sórt rud pailitéirí? ...

— Ní pailitéir é Tomás Taobh Istigh mar bhí geadán deas talúna aige. Ná Fear Thaobh Thoir an Bhaile, ach oiread. Bhí roinn aige i mbarr an bhaile nach raibh cinneadh go deo léi ag cur cruth ar bheithígh. Ach ba phailitéir é Bileachaí an Phosta. Ní raibh aige ach gairdín tí an Mháistir ...

— Bhíodh Bileachaí istigh aici muis, a Mháistir. Chuala mé dá chrosta dá mbeadh an lá go dtagadh sé ag cur do thuairisce ...

— Ó, an bacach! An phéacallach bheadaí! ...

— A muise, a Mháistir, níl aon mhaith a rá ach an ceart ina

dhiaidh sin. Is gleoite í an Mháistreás. Bhínn féin agus í féin in éindí tigh Pheadar an Ósta. Murach go mbíodh a pholláirí siosúir sáite isteach is chuile áit ag Bileachaí chomh uain is a sheas siúl agus aistir dhó! Casadh dhom í ag an Airdín Géar ar bhóthar an tSléibhe, cúpla mí tar éis thú a chur. "Gug gúg, a Mháistreás!" a deirimse. "Gug gúg, a Thomáis Taobh istigh!" a deir sí. Ní raibh faill againn aon stroipín comhrá a dhéanamh, mar b'sheo anuas chugainn Bileachaí ar a rothar, tar éis litreacha a fhágáil ...

— ... Deir siad mura líontar an chéad pháipéar ceart gur furasta thú a chur as *dole* ina dhiaidh sin. Máistir Dhoire Locha a líon domsa é, an chéad uair in Éirinn ar tháinig an *dole* amach. Scríobh sé rud eicínt anonn trasna an pháipéir le dúch dearg. Saol fada go bhfaighe sé, níor baineadh *dole* dhíom riamh ó shin! ...

— M'anam muise gur baineadh díomsa é. An Máistir Mór a líon dom é. Ní dhearna sé a dhath leis ach stríoc a tharraingt leis an bpeann ar an bpáipéar. M'anam nach dúch dearg a bhí aige ach oiread ...

— Bhíodh an Máistir Mór bocht corrmhéiniúil ag cuimhneamh ar an Máistreás. Nár chuala tú faoin gceird a bhíodh air ag breathnú amach an fhuinneog agus é ag scríobh litreacha do Chaitríona! ...

— Ná raibh fuilleamh uirthi aige, mar Mháistreás, nach bhféadfadh sé páipéar *dole* a líonadh do dhuine mar ba cheart! ...

— D'fhaighinn féin ocht scilleacha i gconaí. An póilí rua a rinne dom é ...

— Ba mhaith an fáth. Bhíodh sé ag cláradh d'iníne i ngaráin neantógacha Bhaile Dhoncha ...

— Cuireadh as an *dole* ar fad mise. Duine eicínt a scríobh isteach orm go raibh airgead i mbanc agam ...

— Beannacht Dé dhuit, a mhic ó. Is mór le daoine biseach ar bith a theacht ar a gcomharsa. Nach bhfeiceann tú mac Neil Pháidín a mbíodh *dole* aige ar feadh na bliana, in áit nach raibh a chuid talún measta os cionn dhá phunt, agus chuir Caitríona as é ...

— Níor thuill sé é! Níor thuill sé é! Bhí airgead i mbanc aige, agus é ag fáil cúig déag *dole* go síoraí. Ba bhreá an sásamh ar an smuitín é! ...

— M'anam muise, mar a deir tusa, go raibh *dole* mór agamsa ...

— Bhí *dole* mór agat muise, a Fhear Cheann an Bhóthair ...

— Ó, níor shéid síon riamh, a Fhear Cheann an Bhóthair, nach mb'fhearrde thusa í. An chaoirín strae is agat a d'fhanfadh sí ...

— An cláirín a thiocfadh faoi thír sa gCaladh Láir, is agat a d'fhanfadh sé ...

— Agus an fheamainn ghaoithe ...

— Agus an mhóin ...

— Agus na scoilb ...

— Chuile shórt dá raibh ar sliobarna timpeall ar tigh an Iarla riamh, b'agat a d'fhan siad ...

— Nach agat a d'fhan cois mhaide an Bhlackín siúd a bhí ag an iarla? Chonaic mé eireog leat ag breith ina sliasaid, agus chuir tú an troigh ar chaipín simléir Chaitríona ...

— Má ba í deirfiúr an tsagairt féin í a bhíodh ag imeacht ag feadaíl agus ag méanfach lena treabhsairín, ba ag do mhac a d'fhan sí ...

— Óra, an gcluin sibh an táilliúir ag floscaíocht? Rinne tú báinín dom agus bheadh bus ag dul amú istigh ann ...

— Rinne tú treabhsar do Jeaic na Scolóige agus ní ghabhfadh cosa aon duine sa tír síos ann ach cosa Thomáis Taobh Istigh ...

— D'agródh Dia orainn ...

— D'anam ón docks muise, a stór, go ndeachaigh mo chosasa ann, agus go spleodrach ...

— Nárbh fhurasta aithint dhaoibh gur mar sin a bheadh, agus bhur gcuid éadaigh a thabhairt chuig Cineál Tháilliúir na Leathchluaise a sháigh mé! ...

— Ara, cén mhaith dhuit a bheith ag caint, a Shiúinéirín an Ghoirt Ribigh? Nach raibh Nóra Sheáinín le feiceáil ag an tír sa gcónra a rinne tú di! ...

— Ba í an chéad duine de Chineál na gCosa Lofa í a ndeachaigh clár ar bith de chónra uirthi ...

— B'fhearr di, a Chaitríona, d'uireasa na cónra siúd. Bhí sí chomh scagach le na simléir a níodh Fear Cheann an Bhóthair ...

Cré na Cille

— Cén neart a bhí agamsa ar bhur gcuid simléir nuair nach n-íocadh sibh mé?

— D'íoc mise thú …

— Ar dóigh mar a deir tusa, má d'íoc tusa mé, bhí ceathrar in aghaidh an duine nár íoc …

— D'íoc mise mise freisin thú, a chneamhaire, agus ba mhó an mhímhaith ná an mhaith a rinne tú do mo shimléar …

— D'íoc tusa mé, mar a deir tusa, ach bhí teach eile ar an mbaile ar dheasaigh mé simléar ann scaithín roimhe sin, agus diabhal saoradh ná séanadh a fuair mé ar mo chuid airgid riamh ann …

— Arbh shin é an t-údar go bhfágfá marach ar mo shimléarsa, a chneamhaire? …

— Ach dúirt mé leat scuab dhreancáin a dhéanamh …

— Agus rinne. Agus chíor mé ó sháil go rinn é, ach d'fhág tú marach air …

— Ní raibh a fhios agamsa, mar a deir tusa, cé a d'íocfadh mé nó nach n-íocfadh. Tháinig bean den bhaile go dtí mé. "Beidh an sagart againn," a deir sí. "Bíonn an simléar ag puthaíl ar ghaoth anoir. Dá mba gaoth anoir a bheadh ann lá an tsagairt bheinn náirithe. Tarraingíonn simléar Neil ar chuile ghaoth." "Cuirfidh mise ó phuthaíl ar ghaoth anoir é, mar a deir tusa," a deirimse. Thug mé athdhéanamh ar a bharr. "Feicfidh tú féin anois," a deirimse, nach mbeidh aon phuthaíl aige ag gaoth anoir, mar a deir tusa. Ní leanfaidh mé daor thú, ós comharsa thú agus eile, mar a deir tusa. Coróin agus punt." "Gheobhaidh tú é lá an aonaigh le cúnamh Dé," a deir sí. Tháinig lá an aonaigh, ach ní bhfuair mise mo choróin agus punt. Ó, diabhal soaradh ná séanadh a fuair mé ar mo chuid airgid ó Chaitríona" …

— Nach shin é a dúirt mé leat, a Dotie, nár íoc Caitríona dada riamh! Honest! …

— Dar a shon go n-íocfainn an cneamhaire—Ceann an Bhóthair—as ucht cúpla cláirín a shocrú ar a bharr le sméideadh chucu ar an ngaoth! Tar éis gur gaoth aniar a bhí ann ní raibh sé ina raicleach riamh le giorranáil mar bhí lá an sagairt. Tharraingeodh sé an páiste den teallach roimhe sin ar ghaoth aniar. Ar a bheith réidh leis d'Fhear Cheann an

Bhóthair ní tharraingeodh sé smeamh ar ghaoth ar bith ar aer ach ar ghaoth anoir. Thairg mé a íoc dá dtarraingíodh sé ar chuile ghaoth ar nós simléar Neil. Ach ní leagfadh sé lámh air, ní ba mhó. Neil, an smuitín, a thug an chúb cham dó ...

— Is fíor dhuit sin, a Chaitríona. Ghlacfadh Fear Cheann an Bhóthair an chúb cham.

— Fear ar bith a ghoid mo chuid feamainne.

— Leis an gceart a dhéanamh a Chaitríona, níorbh é Fear Cheann an Bhóthair, dá dhonacht é, ba chiontaí le do shimléar, ach Neil a fuair Leabhar Eoin ón sagart dá simléar féin ...

— Agus an deatach a bhualadh thall ar Chaitríona, mar shíl sí Briain Mhór a bhualadh ...

— Óra! Óra! Pléascfaidh mé! Pléascfaidh mé! ...

5

— ... D'fhéadfainnse dlí a chur air faoi nimh a thabhairt dom. "Ól dhá spunóg den bhuidéal seo roimh a dhul a chodladh dhuit, agus ar céalacan aríst," a deir an murdaróir. Ó, diabhal céalacan a bhí ann! Ní raibh mé ach i mo luí sa leaba ...

— Bloody Tour an' Ouns é, nár shín tú siar agus nach bhfuair tú bás! ...

— "Ha," a deir sé liomsa, ar an dá luath is a bhfaca sé mo theanga. "Caife Shiúán an tSiopa ... "

— "Ní raibh pian ná tinneas riamh orm, a stór," a deirimse leis, lá dá raibh sé istigh tigh Pheadair an Ósta. "Mura raibh féin, a Thomáis Taobh Istigh," a deir sé, "tá tú ag ól an iomarca pórtair. Ní fheileann pórtar d'fhear atá i d'aois-sa. B'fhearr dhuit go mór corrleathghloine fuisce." "D'anam ón docks é, a stór, nach é a d'ólainn ar fad roimhe seo!" a deirimse. "Ach tá sé ar a ghainne agus ar a dhaoirse anois." "Tabharfaidh iníon Pheadair an Ósta anseo corrleathghloine dhuit," a deir sé. Thugadh, a mh'anam, agus gach a n-iarrainn, ach ón dara ceann amach bhaineadh sí ceithre boinn díom, agus ón séú ceann ocht bpínn déag. Dúirt an dochtúir a thug Neil ag breathnú orm as an nGealchathair gurb é an fuisce a ghiorraigh liom, ach séard a bhí mé féin

270

agus Caitríona Pháidín a cheapadh gurb é an sagart ...

— D'agródh Dia orainn dada a rá faoinár gcomharsa ...

— Séard dúirt sé leis an Máistir Mór: "Tá tú rómhaith le haghaidh an tsaoil seo" ...

— Éist do bhéal, a ghrabairín ...

— An dochtúir a bhí istigh san ospidéal chuir sé an buidéal faoi mo shrónsa agus mé sínte ar an mbord. "Céard é sin, a dhochtúir!" a deirmise. "Deideighe," a deir sé ...

— Bloody Tour an' Ouns é mar scéal ba bhreá gnaíúil an rud do dhuine, mar a deir Briain Mór, síneadh siar ar a leaba agus bás a fháil, thairis síneadh siar ar bhord istigh san ospidéal agus gan éirí níos mó, agus é chomh sclártha is a bhíodh *free beef* bhúistéirín Chlochar Shaibhe."

— ... "Thuas atá an fabht," a deirimse. "Isteach ansin i mbéal mo chléibh."

— ... "M'anam nach thuas," a deir sé, "ach thíos:thíos sna cosa. Bain díot do bhróga agus do stocaí."

"Diabhal call leis, a dhochtúir," a deirimse. "Thuas atá an fabht. Isteach ansin i mbéal mo chléibh." Dheamhan aird a bhí aige luath ná mall ar bhéal mo chléibh.

"Caith dhíot anuas do bhróga agus do stocaí," a deir sé.

"Dheamhan is móide a mbeadh aon chall leis, a dhochtúir," a deirimse. "Níl dada thíos orm." ...

"Mura mbaine tú dhíot anuas do bhróga agus do stocaí go beo gasta," a deir sé, "cuirfidh mise san áit thú a mbainfear dhíot iad ... Ba dhoiligh dhuit gan a bheith tolgtha," a deir sé. "Ar nigh tú aon chois ó rugadh thú?" "Thíos ag an gcladach, a dhochtúir, sa samhradh arú anuraidh ... "

— Ceangailte i mo cholainn a bhí mé. Bhínn síorcheangailte. Bheadh leisce ar dhuine rud mar sin a inseacht. "Tá leisce orm é a inseacht dhuit, a dhochtúir," a deirimse. "Ní scéal róchuíúil é."

— Sin é an chaoi a mbíonn sé, mar a deir tusa. Dhúisigh mé féin aniar. Bhí Fear Mhionlach Uí Mhainnín sa leaba ba ghaire dhom mar bhíodh i gcónaí: "shíl mé nach raibh siad le hoscailt ortsa go ceann dá lá fós," a deirimse ... "Seo, dúisigh suas," a deirimse, "agus ná bí i do mhála gainimh ansin níos faide." "Lig dó féineacht," a deir an nurse. "Nuair a tugadh thusa síos go dtí seomra an tsaillte bhuail cumha a chuid

phutóga-san. Tháinig snaidhm thobann air agus b'éigean é
féin a chur á shailleadh. Níor cuireadh an oiread siúcra ar an
scian dó is a cuireadh duitse. Sin é an fáth nár dhúisigh sé
fós." Bíonn na nursannaí sin neamodhach beag, mar a deir
tusa.

— "Cuibhiúlacht!" a deir sé. "Ara cén!" a deir sé.
"Cuibhiúlacht liomsa! Ar mharaigh tú fear ná eile?" "Crois
Críost orainn, a dhochtúir," a deirimse, "níor mharaíos!"
"Céard tá ort mar sin?" a deir sé. "Loisc amach é." "Muise ní
scéal cuibhiúil é le n-inseacht, a dhochtúir," a deir mé féin.
"Ceangailte atá mé" ...

— Ceangailte, mar a deir tusa. Níor tháinig aon ghoile
dhom féin go ceann ceathair nó cúig de laethanta. "Arán te,"
a deirimse leis an nurse. "Ara, ag an diabhall go raibh tú!" a
deir sí. "Síleann tú nach bhfuil faic ar m'airese ach arán te a
fháil dhuitse!" Sin é an chaoi a mbíonn a leithéidí sin, mar a
deir tusa. D'iarr mé an t-arán te ar an dochtúir maidin lá arna
mhárach. "Caithfidh an fear gnaíúil seo arán te a fháil feasta,"
a deir sé leis an nurse. M'anam gur dhúirt. Diabhal smid ná
smeaid a d'fhan aici ...

— ... "Mo rúitín atá amuigh," a deirimse ...

— "Ceangailte atá mé." "Ceangailte," a deir sé. "I gcead
duitse, a dhochtúir, is ea," a deir mé féin. "Ceangailte i mo
cholainn." "Ó, más sin é a bhfuil ort!" a deir sé.
"Leigheasfaidh mise é sin. Déanfaidh mé buidéal maith suas
duit." Chur sé rud geal agus rud dearg trína chéile. "Ní
fhágfaidh sé seo fiacha ort," a deir sé ...

— ... "Is mór an díol trua na Belgies bhochta," a deirim
féin le Paitseach Sheáinín. "Meas tú ab é Cogadh an Dá Ghall
é? ...

— Dúisigh suas, a dhuine. Tá an cogadh sin thart le deich
mbliana fichead ...

— Dúirt sé é, mar a deir tusa. "B'fhearr dhuit cur faoi
ndeara di arán fuar a fháil domsa," a deir fear Mhionlach Uí
Mhainnín leis. "Céard seo?" a deir an dochtúir. "Nach bhfuil
an t-arán atá anseo sách fuar ag aon duine?" "Ach arán te a
bhím a fháil," a deir fear Mhionlaigh. "Ó, cuimhním ort
anois," a deir an dochtúir. "Rinne tú fiacha suite dhe an t-am
ar tháinig tú isteach, ag iarraidh aráin the. Bhí an t-arán anseo

272

rófhuar agat." Bhí sé ag gíoscán le olc. Sin é an chaoi a mbíonn a leithéidí sin, mar a deir tusa. "Ní leagfaidh mé smut ar aon ghreim aráin the," a deir fear Mhionlaigh. "Tá mise ag íoc anseo agus caithfidh mé an rud atá feilteach dhom a fháil." Dúirt, a mh'anam. Bhí sé an-dórsainneach leo. "Ach cheap tú nach raibh arán fuar feilteach dhuit nuair a tháinig tú isteach," a deir an dochtúir. "Tusa ba cheart a bheith i do dhochtúir anseo!" "Is iomaí leiciméireacht a níos goile dhuine nuair a osclaítear air, creidim," a deir fear Mhionlaigh…

— … "Is é. Mo rúitín atá amuigh," a deirimse.

— "Dheamhan fiacha muise a fhágfas sé seo ort," a deir sé. "Goirim agus coisricim thú, a dhochtúir!" a deir mé fhéin. "Seo togha buidéil," a deir sé. "Tá na rudaí atá ann daor. An gcreidfeá anois céard a tharraing lán an bhuidéil bháin sin orm, istigh sa nGealchathair?" "Pínn mhaith cheapfainn, a dhochtúir," a deir mé fhéin. "Coróin agus dhá fhichead," a deir sé…

— M'anam muise gurb shin é, mar a deir tusa. Ón lá sin amach ní thabharfainn féin bolg d'arán fuar agus ba domlas le fear Mhionlach Uí Mhainnín aon ghreim te a thairiscint dó. Dá leagtaí chuile phínn d'fhiacha na siméar chugam as a ucht, ní fhéadfainn drannadh leis an bpíopa ó shin, tar éis chomh dúlaí is a bhí mé ann roimhe sin. Céard a deir tú le fear Mhionlaigh a stollfadh móinteán tobac, fear nár chuir aon phíopa ina bhéal nó go ndeachaigh sé san ospidéal!…

— "Tá chuile rud ina ór ó thosaigh cogadh an bhall séire seo," a deir sé, "agus níor chás é dá mbeidís le fáil mar sin féin. "Óra, a dhochtúir," a deirimse, "nach bhfuil na daoine thart! Má mhaireann dó ní bheidh a sheasamh againn, ach grásta Dé"…

— M'anam muise go bhfuil na daoine thart, mar a deir tusa. "Tá mo phutóga scabhartha ar fad," a deir fear Mhionlaigh liom fhéin, agus muid ag spaisteoireacht síos aníos taobh amuigh, cúpla lá sul ar cuireadh abhaile muid. "Feictear dhom go bhfuil mo phutóga ar nós treabhsar a bheadh róchúng dom, nó diabhal eicínt. Ní bhíonn dhá ghreim ite agam nuair a thagas corp orm. Féach anois mé!… Tá mo bholg bocht chomh coilgneach anois le cual de shreang frídíneach," a deir sé. Cleithire mór diabhalta a bhí ann. Bhí an ceann agus na guaillí aige tharamsa, agus é bríomhar dá réir. "Diabhal mé," a deirimse, "mar a deir tusa, go sílfeá nach bhfuil mo phutóga féin ar fónamh ach oiread.

Ní líonfadh a bhfuil de bheatha san ospidéal iad. Tá siad slograch, mar a bheidís cúpla méid rómhór agam. Má chorraím dubh ná dath is geall le úth bó iad ag dul anonn agus anall" ...

— ... Is minic a dúirt an Búistéir Mór liom go raibh meas aige féin ormsa i ngeall ar an meas a bhí ag a athair ar m'athair ...

— "Seacht agus sé pínne a bheas an buidéal seo ort," a deir sé. "Is é an togha é." "Gairim agus coisricim thú, a dhochtúir!" a deir mé fhéin. "Murach thú níl a fhios agam céard a dhéanfadh na daoine chor ar bith. Níl a fhios, i nDomhnach. Is maith thú d'fhear an anó. Níl leisce ná leontaíocht ort ... "

— Fear an anó, mar a deir tusa. Uaidh sin amach scríobhainn fhéin agus fear Mhionlach Uí Mhainnín chuig a chéile chuile sheachtain. Séard a deireadh sé is gach litir go raibh a ghoile athraithe ar fad. Bhíodh sé ag fuasaoid nach bhféadfadh sé blaiseadh d'fhata ná d'fheoil ná de chabáiste anois. Thabharfadh sé an talamh faoi agus an t-aer os a chionn ar tae agus ar iasc, earra a raibh mé féin gránaithe ar fad orthu. Ach, mar a deir tusa, dheamhan rud a chonaic tú riamh ab iontaí ná é. Ní raibh aon tóir agam ar fheoil ná ar chabáiste riamh, ach ó bhí mé san ospidéal chrúbálfainn aníos leathbhruite as an bpota iad. Sin agus fataí. Trí thrá fataí sa ló dá bhfaighinn iad ...

— ... "An seanrúitín atá amuigh arís," a deir sé. "Dar mogallra gaothach Ghalen agus dar sreang imleacáin leá na bhFiann, má thagann tú chugamsa arís le do sheanrúitín buinneach" ...

— "Seacht agus sé pínne," a deir sé. "Níl mise i ndiaidh seacht agus sé pínne ort," a deir mé fhéin. "Tabharfaidh mé dhuit é, ach a ndéana an buidéal maith dhom" ...

— Maith a dhéanamh dhuit, mar a deir tusa. Ach ní dhéanfadh dada maith dhomsa. Bhí na putóga slograch i gcónaí. Fataí, feoil agus cabáiste ar mo bhricfeasta, ar mo dhínnéar agus ar mo shuipéar. "Na seansimléir shúíocha sin atá ag géarú do ghoile," a deir an seanchailín. "Tá an súiche ag déanamh coirte ar do plutóg." "M'anam nach ea," a deirimse. "Ach gur slograch atá mo phutóga." ...

— Ara, a dheartháir ó, thug sé amhóg, bhuail sé an buidéal faoin talamh ...

— M'anam muise, dá dtugainnse amhóg, mar a deir tusa, go dtosódh mo phutóga ag dul anonn agus anall, agus nach stopfaidís go ceann leathuaire. D'inis mé é do Ghaeilgeoir a bhí ar lóistín againn an Samhradh sin ar bhásaigh mé. Údar dochtúra a bhí ann. Bhí sé lena chuid dintiúir a thógáil an bhliain dár gcionn. Cheisnigh sé tríd síos agus tríd suas mé faoin gcaoi ar osclaíodh orm. "Bhí tú féin agus fear Mhionlach Uí Mhainnín in éindí ar an mbord," a deir sé ...

— ... Qu'il retournerait pour libérer la France ...

— Rinne sé smúdar den bhuidéal faoin talamh. Thug sé cic don tseilp, agus leag a raibh thuas uirthi. "Murach go mbainfí cead dochtúireachta dhíom chuirfinn faoi deara duit na buidéil bhriste sin a ithe," a deir sé. Soir leis tigh Pheadair an Ósta ...

— Bloody Tour an' Ouns é mar scéal, nach raibh an t-ádh ort! Dá n-ólthá an buidéal nimhe sin, shínfeá siar ar do leaba ar nós an fhir ar ball ...

— Shínfeadh sé siar, muis, mar a deir tusa. "Tá do phutóga slograch ó shin," a deir an dochtúir óg. "Agus is é goile fhear Mhionlach Uí Mhainnín atá agatsa. Agus bhí na dochtúirí agus na nursanna bogtha an lá sin tar éis damhsa mór an oíche roimhe!" a deir sé. "Sin é an chaoi a mbíonn a leithéidí sin, mar a deir tusa," a deirimse. "Ó, diabhal ceo riamh," a deir sé, "ach nuair a bhíodar ag cur na bputóga isteach ionaibh in athuair gur chuir siad cuid fhear Mhionlaigh ionatsa agus do chuidse i bhfear Mhionlaigh. Sin é a thug dhuit éirí as an tobac ... "

— Ach níor éirigh tú as an gcneamhaireacht, a Fhear Cheann an Bhóthair. I ndiaidh oscailt ort a ghoid tú mo chuid feamainne gaoithe ...

— Agus m'oirdínsa ...

— Fainic nach é an chaoi ar ghoid sé na putóga ó fhear Mhionlaigh! ...

— Má fuair sé ar sliobarna chor ar bith iad ...

— Níor dhúirt sé liomsa ach go raibh mé sáite trí sceimhil na n-aobha. "Tá tú sáite trí sceimhil na n-aobha, a deir sé, "agus níl faoi ach sin." "Cineál fealltach na leathchluaise," a deirimse. "Achaíní m'aobha spólta agam ort, a dhochtúir! "Mionnóidh tú orthu chomh maith in Éirinn is tá tú in ann. Crochfar iad" ...

— Chuaigh Caitríona soir chuige. "Céard tá ortsa anois?" a deir sé. "Bhí Neil anseo an lá faoi dheireadh," a deir sí. "Meas tú, a dhochtúir, an dtabharfaidh an rud atá sí a fhuasaoid aon bhás di? Nár laga Dia thú, a dhochtúir!" a deir sí. "Deir daoine go bhfuil nimh agat. Roinnfidh mé uacht Bhaba leat! Diabhal fios a gheofar go héag air má ligeann tú dionnóidín síos sa gcéad cheann eile, agus a rá léi gur togha buidéil é: dhá spúnóg roimh a dhul a chodladh dhi agus ar céalacan arís" ...

— Ach d'fhéadfadh Neil dlí a chur uirthi féin agus ar an dochtúir ansin ...

— Ab bu búna! Nár lig an dochtúir amach liom an lá sin ...

— ... Agus ní fhaca mé aon amharc ar mo phunt ón lá sin go dtí lá mo bháis ...

— ... Gur iarr an raicleachín air nimh a thabhairt dom. Níor dhúirt sé amach é ach ...

— ... Ach cogar, a Shiúán, ar thug sí do thaepot airgidse ar ais riamh?

— ... B'fhurasta aithint dom ar an gcaoi ar labhair an dochtúir an lá sin ... A Chite na mbruithneog! Ná creid í, a Jeaic! a Jeaic na Scolóige, ná creid Cite chlamhach! ...

— D'agródh Dia orainn, a Chaitríona, dada a rá ...

— Pléascfaidh mé! Pléascfaidh mé! Pléascfaidh mé! ...

6

— ... M'anam muise mar a deir tusa, gur chuir mise caoi ar an simléar di an t-am céanna ...

— ... D'anam ón docks, a stór, ní á mhaíomh uirthi é, gur mheall sí pínneacha uaimse, a stór, agus aimsir an roundtable freisin. Ba mhór a theastaigh roundtable uaithi. Féach mise ...

— A chonúisín! Pínneacha agatsa! ...

— ... Shoraí dhín, a Churraoinigh, lig muid uainn margadh Shasana! Bhí roinn thalún agamsa ...

— D'anam ón docks é, diabhal talamh ba chineálta ó staighre na bhFlaitheas anuas, ná a bhí agamsa. Ní raibh, a stór. Ach níor fhan siúl ná aistir ionam san aimsir dheiridh, ag reathach chuile phointe le beithígh Neil agus Chaitríona a choinneáil dhe. Ba shin iad an bheirt a bhain na bearraíocha dhíomsa, ní dhá mhaíomh orthu é!

— Óra, féach an mírath atá ag dul ar mo ghabháltas mórsa ru! Asal an Chraosánaigh agus asal agus beithígh Cheann an Bhóthair ag baint bearraíocha dhe chuile lá agus chuile oíche san aer! An mac is sine ag tabhairt chomhluadair dólámhach d'iníon Cheann an Bhóthair, tar éis geis a bheith uirthi ón lá ar rugadh í, a dhul thar mo chruach mhóna ...

— Bloody Tour an' Ouns é, nach éard a dúirt sí le Briain Mór go raibh nead easóige ina cruach féin!

— Ó, go ropa an diabhal í! Mearbhall nó deabhac eicínt a chuir sí ar shúile an mhic is sine. Bhí boiscín pictiúr aici agus tharraingíodh sí í féin sna ceirteacha beaga scamallacha sin. Déarfadh Mac na Coise Duibhe go sílfeadh sé gur mó an bhrath atá aici siúd sa mbaile anois an dara mac a chur chun bóthair agus an gabháltas mór a thabhairt don mhac is sine. Mo chorp ón diabhal, má thugann! ...

— ... Cleachtadh: Lomfadh asal ceithre phéirse cearnacha cimín de shiúl oíche. An cheist anois, a Churraoinigh, cé mhéad uair an ngabhfadh ceithre phéirse cearnacha isteach i seacht n-acra déag do ghabháltais-se: 17 méadaithe faoi 4, méadaithe faoi 40 ...

— ... Honest, a Dotie, ní raibh dionnóid rómánsaíochta i gCaitríona. I ndiaidh na háite a bhí sí. Ag tnúthán go robálfadh sí cuid de na huaisle a thaithíodh ann. Murarbh ea, ní le grá do Jeaic na Scolóige é ...

— Ná creid í, a Jeaic. Ná creid Colpaí clamhacha Sheáinín? ...

— D'agródh Dia orainn dada a rá ...

— ... Bhí sé ag cinnt uirthi aon fhear a fháil, a Dotie. Dúirt Briain Mór liom fhéin gur slaghdán aiféalach a bhí intí! Ní túisce í caite amach le do bhéal agat ná istigh arís trí do shrón ...

277

— Ó, a Jeaic, ná creid í! A Rí na bhFeart anocht! Briain Mór!...

— ...Honest, a Dotie. Ní bhíodh oíche san aer nach dtagadh sí aniar an seanchasán ón mbaile se'aice féin le bheith roimhe ar an mbóithrín, agus é ag dul ar cuairt...

— Ó Mháthair Mhic Dé! An scóllachán!...

— ...D'iarr sí air a pósadh, a dhó nó a trí de chuarta...

— Briain Mór! Briain Mór a phósadh!...

— — ...Honest, a Dotie...

— Gug gúg, a Dotie!...

— Gug gúg, a Thomáis Taobh Istigh!...

— Honest to Heavens, a Dotie! Ní den chuibhiúlacht a bheith ag fógairt "gug gúg" mar sin ar fud na cille. Céard a déarfas Lucht an Phuint? Is drochshampla é d'Áit na Leathghine. Abair "Okaídó." Ach tuige fáir ná freagra a thabhairt ar an seanbhrútaí?...

— An grá cásmhar, a Nóróg...

— ...Briain Mór, a Jeaic! Briain Mór caochshrónach, cromshlinneáach, starrógach, féasógach. Briain Mór nár nigh...

— D'agródh Dia orainn, a Chaitríona...

— ...Deirim leat nach mbeadh an saol leath chomh dona murach go bhfuil mná ann...

— Nár chuala tú an scéal a bhí ag Cóilí an lá cheana! Chuir an cailín aimsire cathú ar an bPápa, agus b'éigean do Ruairí Mhac Aodha Ó Flaithearta—fear naofa a bhí sa tír seo fadó—a dhul anonn de mhaol a mhainge lena chur ar an airdeall. Ag marcaíocht ar an diabhal a chuaigh sé don Róimh...

— Féach an druncaeir de bhean sin as an nGealchathair atá ag bagairt dlí ar an Máistir Beag, má níonn sé a malairt...

— Déarfadh fear Cheann an Bhóthair gur measa na mná ná na fir. D'iarr deirfiúr an tsagairt ar a mhac í a phósadh...

— Deir an Máistir Mór féin é...

— Óra, siad na mná is ciontaí i gcónaí!...

— Siad na mná is ciontaí i gcónaí, a Bhríd Thoirdhealbhaigh?...

— Ó, nach bhfaca mé an deis a bhí ar na rúisceanna siúd sna pictiúir!...

— I nDomhnach chonaic tú, agus mise leat, a Bhríd. Nach

278

éard a dúirt mé leis an ngearrbhodach agus Mae West ag
gáire linn: "ní mholfainn duit aon phlé a bheith agat lena
leithéid sin," arsa mise. "Bheadh sí go maith i ndiaidh
bromaigh ceart go leor, ach ... "

— A Sheáinín Liam, níl sna mná, mar a dúirt an
seanfhocal, ach tuar ceatha ar a ghogaidín ...

— Bhuel, By Dad féin, sean-uachaid mar thusa ag
tromachan ar mhná, agus nach raibh de phlé i do shaol riamh
agat leo, mura bhfeictheá ag dul thart an bóthar iad! Cá
bhfios sa diabhal duitse? ...

— Tá a fhios agam, muis. Dúirt fear liom fadó an lá é.
Seanfhear a bhí an-sean ...

— Is measa na mná céad uair. Is measa muis, a stór.
D'anam ón docks é ...

— Óra, éistigí liom! Féach an mac is sine sin agamsa nach
n-éireodh as iníon Cheann an Bhóthair tar éis go
bhfaigheadh sé an gabháltas mór uaim. Go ropa ...

— Agus mac an fhir seo thall a phós Black ...

— Is bean mise agus thógfainn páirt na mban dá
bhfaighinn sin i mo chlaonta. Ach is é a bhfuil le déanamh
agaibh éisteacht le Caitríona Pháidín ag mearú Jeaic na
Scolóige chuile ré solais ...

— M'anam nach í Caitríona an t-aon bhean sa gcill a bhfuil
a teanga cocáilte aici ar mhac bán na Scolóige ...

— Ní fhaca mé aon bhean riamh chomh dona léi siúd. An
bhfuil a fhios agat céard a dúirt sí leis an lá cheana, ach gur
imir Neil and cluiche claonach air, nuair a d'iarr sí air a
pósadh? Nach beag an náire í sin? ...

— Dar dair na cónra seo, séard a chuala mise a rá í: "is mór
leis an mbaicle ban anseo, a Jeaic," a deir sí, "go mbíonn tú ag
comhrá liomsa. Ach coinnigh colg diabhalta ort féin leo,
maith an fear!" ... D'fhág sí a raibh de náire inti os cionn
talún ...

— "A Mhuraed Phroinsiais," a dúirt sí liomsa, "tá an frídín
bainte as mo chroí, agus ní airím an t-am ach an oiread le
oíche cheoil, ó tháinig Jeaic."

"Ar chuir tú chuile fholach den náire ar candáil, a
Chaitríona?" arsa mise.

— Ar chuala tú, a Mhuraed, an chaint a chaith sí liomsa?

"A Bhríd Thoirdhealbhaigh," a dúirt sí, "nach breá an bhail
ar an smuitín é! 'Tá Jeaic agamsa. Tá Jeaic agamsa.' Níl Jeaic
faoina liobairín de sheál anois, a Bhríd Thoirdhealbhaigh" ...

— Labhróidh mé le Jeaic na Scolóige. Labhródh agus tusa,
a strachaille, dá labhraíodh sé leat. Ní cheal a shaothraithe é
muis nach labhraíonn sé leat, a thóinín ghortach ...

— Tóg aghaidh do bhéil díom, a Chaitríona. Suaimhneas
atá uaimse ...

— Nár laga Dia thú, a Chaitríona! Is géar a theastaíos an
dreidireacht sin uathu! Diabhal aithne ar an gclaimhe ban atá
anseo a bhfuil fear ar bith eile sa reilig ach Mac na Scolóige!
Cén bhrí ach mná pósta! ...

— Ach d'amhdaigh an Máistir Mór an lá deireanach go
scaoileann an bás cuing an phósta ...

— Cén diabhal fáth atá aigesean mar sin do Bhileachaí an
Phosta? ...

— Dúirt sé é sin: go scaoileann an bás cuing an phósta! Bhí
an ceart agam a bheith san airdeall air. Is eiriceach é, go
siúráilte ...

— Foighid oraibh, nó go gcloise sibh an scéal ar fad. Dá
mbeadh Caitríona taobh leis an méid sin a rá, níor chás é ...

"A Bhríd Thoirdhealbhaigh," a deir sí. "Tá ... " Ní ligfeadh
an chuibhiúlacht dhom a cuid cainte a aithris, agus a bhfuil
d'fhir ag éisteacht ...

— Inis i gcogar é, a Bhríd ...

— I gcogar domsa, a Bhríd ...

— Domsa, a Bhríd ...

— Inseoidh mé do Nóra é ... Anois a bhfuil biseach agat, a
Nóra? ...

— Upon my word! Tá mé shocked! Cé a cheapfadh go deo
é faoi Jeaic! ...

— Sílim gur chóir dúinn comhairle a chur ar Jeaic ó tharla
nach bhfuil Neil anseo ...

— Cuirfidh mise comhairle air ...

— Níl fios do labhartha agatsa chor ar bith mar bheadh
ag bean ...

— An dteastaíonn aon chomhairle spioradáilte uait, a Jeaic
na Scolóige?

— A iníon Choilm Mhóir, is cunórach an mhaise dhuit é,

Neil Pháidín

ag bualadh do ladair ann beag ná mór, agus mná anseo atá
do thrí aois …

— … Hóra, a Jeaic na Scolóige! A Jeaic na Scolóige! …
Muraed Phroinsiais atá ann … Tá comhairle le cur agam
ort … Ar ball. Déarfaidh tú amhráinín i dtosach, a Jeaic …

— Déan cheana, a Jeaic …

— Go gcuire Dia an t-ádh ort, a Jeaic, agus abair! …

— A Jeaic, ní féidir dhuit a bheith daoithiúil liomsa, Bríd
Thoirdhealbhaigh …

— Honest, a Jeaic. An loinneog nua sin: Bunga Bunga
Bunga …

— Bunga Bunga Bunga! D'anam ón docks é, Bunga Bunga
Bunga, a Mhac na Scolóige! …

— Ní eiteoidh tú mise, a Jeaic. Siúán an tSiopa …

— Nár agraí Dia oraibh é! … Breá nach ligfeadh sibh dom!
… Dúirt mé cheana libh nach n-abróinn aon amhrán.

— Óra, a Jeaic, a Jeaic na páirte, tá an báire ban sin chomh
craosach chomh tuineanta le muca mara i ndiaidh bradáin
fearna. Abair leo, a Jeaic, mar a deirtheá fadó ar na portaigh
agus muid inár ngearrchailí ag ropadh dairteacha leat: "shíl
mé nach dtosaíonn an fhoghlaeireacht chomh hóg seo sa
mbliain" …

— D'agródh Dia orainn dada nach mbeadh ceart a rá, a
Chaitríona. Ach m'impí Ort, a Dhia agus a Mhuire, mná na
cille seo ag tógáil a n-aghaidh dhíom …

— Nóirín na gCosa Lofa, Cite bhréagach, Siúáinín
mheangach, Bríd Thoirdhealbhaigh. Óra, a Jeaic chroí, is
fearr an aithne atá agamsa orthu sin ná agatsa. Bhí tú suas in
iargúil an chriathraigh uathu i gcónaí. Agus is faide mise
anseo ná thú. Seachain an dtabharfá aon aird orthu! Cén bhrí
ach amhráin ru! …

— Chuile mhionóid, a Chaitríona. Ach d'agródh Dia
orainn dada a rá faoinár gcomharsa …

— Déarfaidís sin, a Jeaic, faoi Dhia Mhór féin, gur tháinig
Sé ag iarraidh punt airgid orthu agus nár íoc Sé ar ais é! Ó,
chéas mise an saol acu agus ag a gcuid bréag! Hóra, a Jeaic …
Is fada ag gealladh dhom thú, ach b'fhearr dhuit amhrán a rá
anois …

— Ná hiarr orm é, a Chaitríona …

Cré na Cille

— Aon cheathrú amháin, a Jeaic! Aon cheathrú amháin! ...

— Uair eicínt eile, a Chaitríona. Uair eicínt eile ...

— Anois, a Jeaic. Anois ...

— Cá bhfios dom nach í mo sheanbhean féin a bheadh ar a cailleadh sa mbaile? ...

— Ó, más sin é a bhfuil d'imní ort, a Jeaic! Níl sí a fhuasaoid ach na scoilteacha, agus ní thabharfaidh siad sin a corp chun cille go ceann fiche bliain ó inniu! ...

— Ní bhíonn sí ar fónamh muis, a Chaitríona ...

— Ní ráibh pian ná tinneas uirthi, a Jeaic. I bhfad ón gcill seo go raibh a corp! Abair an t-amhrán. Maith an fear, a Jeaicín! ...

— Bean mhaith a bhí inti chuile lá riamh, a Chaitríona, agus ní as ucht gurb í do dheirfiúrsa í a deirim leat é ...

— Is cuma sa mball séire céard a níos deirfiúracha ar an saol seo, a Jeaic. Ach abair an t-amhrán ...

— Ní do d'eiteach é, a Chaitríona, ach dheamhan maith dhuit liom. Is aisteach an chaoi a mbíonn sé, a Chaitríona chroí. An oíche sular pósadh mé, bhí mé sa seomra agaibhse agus foireann ag tuineadh liom go n-abraínn amhrán. Bhí Bríd Thoirdhealbhaigh ann agus Cite agus Muraed Phroinsiais. Nár agraí Dia orm dada a rá le aon duine, ach bhí an triúr sin ag dul go bog agus go crua orm! Bhí mé chomh scréachta le clár seanchomhra ag gabháil fhoinn dóibh i gcaitheamh na hoíche. "Ní abróidh Jeaic aon amhrán níos mó," a deir Neil, le mugadh magadh, agus í ina suí i m'ucht ... "ach do réir mar iarrfas mise air é" ... An gcreidfeá mé, a Chaitríona, gurb shin í an chaint a bhí ag rith trí mo cheann maidin lá arna mháireach, agus mé ar mo dhá ghlúin ag ráillí na haltóra, i bhfianaise an tsagairt? Nár agraí Dia orm é! Ba mhór an peaca dhom é! Ach is aisteach an chaoi a mbíonn sé, a Chaitríona. Dheamhan uair dár éilíodh amhrán orm riamh ó shin nach shin é an chéad rud ar chuimhnigh mé air! ...

— Ab bu búna búna búna! Ó, a Jeaic! A Jeaic na Scolóige! Pléascfaidh mé! Pléascfaidh mé!

EADARLUID A DEICH

1

— Is deacair leis imeacht...
— Is maith an mhalairt dó é...
— Is docúil leis é...
— Is maith an mhalairt dó é...
— Is dorcha leis é...
— Is maith an mhalairt dó é...
— Is guaiseach leis é...
— Is maith an mhalairt dó é...
— Ach...
— Is maith an mhalairt dó é...

2

— ... D'anam ón docks, ní chloisfeá súiste Oscair ann le ordlaíocht agus bleaisteáil. Ní chloisfeá muis, a stór...
— Ar tháinig aon litir ó Bhriain Óg?...
— Ara beannacht Dé dhuit, a stór! Go deimhin muise ní theastódh ó fhear atá ag dul ina shagart ach a bheith ag scríobh litreacha suas sna cíocraí údan. Ag baint aistear as fir posta...
— Chaith Neil seal ar an leaba, a Thomáis?
— Scoilteacha, a stór. Scoilteacha. D'éirigh sí an tráthnóna ar buaileadh síos mise...
— Bean charthannach a bhí inti i gcónaí, a Thomáis...
— Dúirt mé riamh féin, a Jeaic, go mba dea-chroíúla í ná Caitríona...
— D'agródh Dia orainn dada a rá faoinár gcomharsa, a Thomáis...
— D'anam ón docks é, nach mbíonn greim goirt i dteanga na comharsan féin, a stór. Murach go mba dea-chroíúla, ní thairgfeadh sí cailleadh le crois Chaitríona, agus le triúr

284

Cré na Cille

clainne Phádraig a chur i gcoláiste. Ach an oiread le scéal, is mór a theastaíos coláistí uathu. Féach mise! ...

— Níl aon phínn airgid dár rug sí riamh air nach raibh dea-rath air, a Thomáis ...

— Is fíor dhuitse sin, a stór. Nach éard a deirinn liom féin, dá mba í Nóra Sheáinín a gheobhadh an uacht sin, nach mbeadh sí ar a céill aon lá sa mbliain ...

— D'agródh Dia orainn dada a rá faoin gcomharsa, a Thomáis. Níor tháinig oiread is "ball séire ort" idir mé féin ná Neil riamh ...

— D'anam ón docks é, a stór, nár ghoil sí lán comhra de naipcíní póca móra geala i do dhiaidh. Ghoil muis, a stór. Cén bhrí ach ar chuir sí d'Aifrinn le t'anam! Deir daoine gur thug sí dhá chéad punt ar aon lámh amháin don sagart se'againn féin, ní áirím ar chuir sí go dtí sagairt bheannaithe thart síos ...

— Bloody Tour an' Ouns é, nach éard a dúirt Briain Mór: "mura gcuire sagairt Mac na Scolóige ar an dréimire ard agus bos sa tóin a chur isteach ar an lota údan thuas leis, níl a fhios agamsa cén scéal é" ...

— D'anam ón docks é, a Mhac na Coise Duibhe, níl a fhios agat é, ná a leath. Ní chloisfeá méir í gcluais ansiúd lena raibh de chaint acu ar Aifrinn. Aifrinn le hanam Jeaic, le hanam Bhaba, le hanam Chaitríona ...

— Ní lúide an trócaire í a roinnt, a Thomáis ...

— Ba shin í an chaint cheannan chéanna a chaitheadh Neil. "Is iontach an lear Aifreann atá tú a chur le hanam Chaitríona," a deirinn féin léi, agus muid ag caint mar sin. "Maith in aghaidh an oilc, a Thomáis Taobh Istigh," a deireadh sí ...

— D'agródh Dia orainn dada a rá faoin gcomharsa, a Thomáis. Níl neart ag Caitríona bhocht air. Tá an créatúr scrúdtha cheal croise ...

— D'anam ón docks é, a stór. Ní chloisfeá méir i gcluais ansiúd lena mbíodh de sheamsánacht acu faoi chroiseanna. Bhí crois Chaitríona faoi réir, agus í, ach nuair a fuair tusa bás, dúirt Neil agus Pádraig go bhfágfaidís ceann Chaitríona nó go mbeadh sí féin agus do chrois-se ar aon chur isteach amháin ...

— Bloody Tour an' Ouns é, nach éard a dúirt Briain Mór gur bheag an dochar don saol a bheith ina bhrachán féin agus a raibh d'airgead breá fáilí á dhiomallú ar shean-chlocha ...

— D'anam ón docks é, a Mhac na Coise Duibhe, níor chuala tú é ná a leath. Dheamhan a fhios agam ar chuidigh an sproschaint sin faoi chroiseanna beag ná mór liom. Croiseanna ó mhaidin go faoithin agus ó oíche go maidin. Ní fhéadfadh duine a dheochín phórtair a ól faoi shásamh gan croiseanna a tharraingt anuas chuige. Ní fhéadfadh duine a gheadán talún a shiúl nach sílfeadh sé go raibh croiseanna is chuile gharraí ann. Dhealaigh liom síos tigh Phádraig Chaitríona áit nach raibh a leathoiread cainte faoi chroiseanna. Is mór a theastaíos ...

— ... Qu'il retournerait pour libérer la France ...

— ... Soir arís. Anoir arís. Ní raibh mé lá ar bith gan fiche pionta ar a laghad a ól ...

— Go bhfóire Dia ar do fiche pionta! D'ól mise dhá phionta agus dá fhichead ...

— M'anam muise a stór, gur dhúirt an dochtúir a thug Neil chugamsa as an nGealchathair, gurbh é fuisce Pheadair an Ósta a ghiorraigh liom. Dúirt muise, a stór. "M'anam, a stór," a deirimse, "gurb é an dochtúir, a dúirt liom a ól." "Cén dochtúir?" a deir sé. "An dochtúir se'againn féin, slán a bheas sé!" a deirimse. "Dúirt a mh'anam muise, a stór. Bhí iníon Pheadair an Ósta ag éisteacht leis. Mura gcreideann tú mé gabh isteach chuici ar do bhealach soir. Dheamhan milleán ar bith agam ar an dochtúir, a stór. Bhí mé á ól riamh, agus ba bheag a chuir sé as dom. Ach m'anam go bhfuil milleán agam ar an sagart, a stór. D'anam ón docks é go bhfuil mé ag ceapadh nár chuidigh sé chor ar bith liom ... "

— An bhféadfainn aon chúnamh spioradáilte a thabhairt duit, a Thomáis Taobh Istigh? ...

— Gug gúg, a inion Choilm Mhóir. Gug gúg! Stroipín beag comhrá ...

— Lá is gur chinn sé ar an sagart ...

— Níor chinn sé ar an sagart. Ní chinneann rud ar bith ar an sagart. Is eiriceach thú ...

— ... Dar dair na cónra seo, a Jeaic na Scolóige, thug mé an punt ...

Cré na Cille

— D'agródh Dia orainn, a Chite …

— … Uachtanna! Murach uacht Bhaba Pháidín ní bhfaigheadh Tomás Taobh Istigh a phaisnéireacht chomh luath …

— A chionsiocair féin! D'fhanfadh an t-ól san áit a raibh sé, murach go dtugadh Tomás a bhoilgín chomh fada leis. Ní mírath a chuir uacht ar Neil. Cheannaigh sí mótar léi agus hata a bhfuil cleití péacóige ann …

— O! O! …

— Chonaic muid an obair sin cheana, a mhaisce! Uachtanna a choinnigh muintir Bhaile Dhoncha beo riamh. Murab ea ní neantóga. Mná nach raibh orthu ach na miotáin inniu chonaic muid ag imeacht faoina gcuid hataí agus rufaí amárach iad. Bhí a shliocht orthu: ba ghearr gur cearca a bhí ag breith sna hataí …

— Bhí sé d'fhíriúlacht i muintir Bhaile Dhoncha a dhul go dtí gogaide na gréine, go dtí claí teorann an diabhail féin, le uachtanna a shaothrú. Dá bhfágadh donáiníní do bhailese na cnocáin bheadh cumha i ndiaidh na ndreancaidí orthu …

— Céard deir tú le fear an bhaile se'againne a cuireadh taobh le scilling! …

— Ní taobh le scilling a cuireadh fear an bhaile se'againne, ach ba é lá bán a leasa dhó é, dá mba ea. Fear bunúsach a bhí ann nó go bhfuair sé na puint mhóra. Ní fhaca Dia ná duine ó shin é nach ag imeacht atá sé agus a straois stampáilte ar chuile choirnéal. An bhfaca anois? Do dhúshlán a fheiceáil gan a smut a bheith stampáilte …

— Bheadh ciall do smut a bheith briste, ach féach an gearrbhodach sin as Clochar Shaibhe—mo dhuine muintreach féin—a fuair meall, agus ní shásódh rud ar bith é nó go mbriseadh sé a mhuineál. Sin é anois an chaoi lena rá: diabhal thiomanta ceo faoin saol a shásaigh é, nó gur bhris sé a mhuineál …

— Ó, nach bhfeiceann tú líob smearach Dhoire Locha! D'fhág cailleach eicínt i Meiriceá cúpla míle aige. Ní raibh ciondáil tae Shiúán an tSiopa traoite as a mhéadailín nó go raibh sé thuas i mBaile Átha Cliath agus maistín de mhótar ceannaithe aige ann. Casadh liobairín beag de bhean freisin leis ann ag imeacht ar straiféad, agus ardaíonn sé leis í. Ba ghearr a d'fhan sí aige. Bhí gligear an mhótair ag goilleadh ar

a goile. Ghread léi suas ar straiféad arís. Snaidhm ar Bundún
a bhí baiste ar an mótar. Nár fhága mé seo, dá gcorraíodh sé
orlach ach de réir mar ghlaofadh sé ar mheitheal clamhach ó
cheann bóithrín le sá leis!

— Nár chuir mé amach mo rúitín! ...

— Sháidís sin é go dtí an teach ósta ba ghaire dóibh.
D'fhanfadh sé ansin go maidneachan lae, nó go sáifidís ar ais
arís é. Ag Ceann an Bhóthair a d'fhan a chuid rothaí agus
iarainn faoi dheireadh. Bhí an-bhonnán go deo air! ...

— Tá agus ar mhótar Neil Pháidín ...

— Ag dul suas agus anuas thar tigh Chaitríona ...

— Ab bu búna! ...

— M'anam más mótar uachta féin é, gur ceochánta uaidh
imeacht ...

— B'fhéidir le cúnamh Dé gur gearr uainn Hitler ...

— An drithleoigín féin d'uacht Sheana-Choille níor
tháinig amach riamh as Oifig Mhainnín an Cunsailéir. Dúirt
sé liom é, an lá a raibh mé istigh aige nó go gcuirinn dlí ar
fhear Cheann an Bhóthair faoi m'oirdín ...

— ... "Titfidh an gimide as Wall Street, mar thit cheana," a
deir sé, agus a shúil ag téaltú anonn go dtí an tua. "Titfidh sé
amach as an bhfeire aisti, agus caillfidh mise uacht eile mar
chaill mé cheana ... "

"Diabhal ar mhiste liom, a Thomáisín," a deir Caitríona a
bhí ann, "dá dtiteadh sé ina phlabar aisti, ach é a thitim go
breá toirnéiseach as uacht Neil freisin ... "

— Fuair seanchailín Cheann an Bhóthair sciorrachán
d'uacht ...

— Sin é a thug teach ornáilte di ...

— Óra, níorbh é, ach mo chuid mónasa ...

— D'éirigh coup mór árachais liom ann an uair sin. Ceann
an Bhóthair féin agus an iníon is sine leis ...

— Dhíol mise foireann iomlán den "Complete Carpenter
and Mechanic" lena mhac ...

— Uacht a thit air seo thall an t-am ar thug iníon Pheadair
an Ósta ar parlús é ...

— Fuair an Máistir Mór uacht ...

— Ní bheidh cheal dochtúirí ar Bhileachaí mar sin ...

— Ó, an gadaí! An briogadáinín bobailíneach! ...

— … Thug tú éitheach! Ní i ngeall ar uacht a sháigh spólaire na Leathchluaise mé …

— … É sin a bheith in acmhainn íoc ar dhá phionta agus dá fhichead! Fear a bhí ar a laghad sin talún is nach dtuillfeadh ach cosa deiridh an asail air. Ar thalamh an Churraoinigh lena thaobh a chaithfeadh an dá chois tosaigh a bheith … B'shiúd é é! Ag sá an mhótair do líob Dhoire Locha a d'éirigh sé leis …

— An Curraoineach freisin ba le uacht a fuair sé an gabháltas mór ar teannach lena mhac is sine iníon Cheann an Bhóthair a thabhairt isteach ann …

— Óra, go ropa an diabhal í! Mo chorp ón diabhal má ligeann sí siúd sa mbaile isteach í! …

— Tá iníon Cheann an Bhóthair faoi Árachas …

— … Más cúrsaí mar sin é, is aoibhinn do Chaitríona nach bhfuair sí an uacht. Dhá bhfaigheadh …

— Dhéanfadh sí dhá theach ceann slinne …

— Cheannódh sí dhá mhótar …

— Chuirfeadh sí dhá chrois uirthi féin …

— Agus dhá hata …

— Ní bheadh a fhios agat nach gcuirfeadh agus treabhsar …

— Bloody Tour an' Ouns é, nach éard a dúirt Briain Mór, nuair a chuaigh mac a iníne féin i gcoláiste le bheith ina shagart: "dá mbeadh an bheisín chogantach siúd thiar beo," a deir sé, "ní chónódh sí go gcuirfeadh sí faoi deara dá Pádraig a bhean a chur uaidh, agus é féin a dhul ina shagart … "

— Má insíonn tú dhom, a Chaitríona, cé mhéad punt a bhí san uacht déanfaidh mé suas dhuit cé mhéad gaimbín a bheadh uirthi:

$$\text{Gaimbín} = \frac{\text{B.A.} \times \text{A.} \times \text{R.}}{100}$$

Nach ea, a Mháistir? …

— Bheadh an oiread uirthi, ar chuma ar bith, is a d'íocfadh punt Chite.

— Agus fear Cheann an Bhóthair as an simléar …

— Agus Nóra Sheáinín as ucht na spúnóga agus na sceana airgid …

— Ó, a Mhuire Mhór! Sceana airgid sa nGort Ribeach! Sceana airgid! Ó, a Jeaic! A Jeaic na Scolóige! Sceana airgid sa nGort Ribeach! Pléascfaidh mé! Pléascfaidh mé! ...

3

— ... Dúirt, a Mháistir? ...

— Dúirt, a Mháirtín Chrosaigh. Dúirt sí liom ...

— ... "Thuas atá an fabht," a deirimse ...

— ... "A dheabhais," a deir 'Tríona, "seo muc bhreá le scólladh ... "

— ... "Bhí iníon ag Mártan Sheáin Mhóir ... "

— ... Cáid go bpósfaidh sí arís, measann tú? ...

— Muise a Chite, a chomharsa, níl a fhios agam ...

— Ar ndóigh, is furasta dhi fear a fháil, má tá aon rún aici pósadh aríst. Bean luath láidir í, bail agus beannú uirthi! ...

— Is fíor dhuit sin, a Mhuraed, a chomharsa! ...

— Mura raibh aon chaint aici air nuair a chonaic sí ar do chailleadh thú ...

— Ní raibh, a Bhríd ...

— B'fhéidir go bpósfadh an Máistir Beag í ...

— Nó Máistir Dhoire Locha, ó d'fhág deirfiúr an tsagairt ansin é ...

— Is *dote* thú, a Bhileachaí. Honest! Inis dúinn má bhí aon chaint ag an Máistreás pósadh aris, ...

— Óra, ab é atá ann dáiríre, an bacach, an raibiléara, an tiacháinín brothallach! Óra, cá'il sé, an corpadóir? ...

— Is deas an fháilte í seo go cré na cille ...

— D'anam ón docks é, a Mháistir, an gcuimhníonn tú céard dúirt mé leat? Nach bhfuair sé bás? ...

— Óra, cá'il sé? ...

— Anois a Mháistir, a chomharsa, réiteach, réiteach! Bhíomar inár ndea-chomharsana os cionn talúna. Ar oscail mé aon litir riamh leat? ... Ó a Mháistir chroí, ná déan bréag! ... Ó a Mháistir, más ea, ní mise a rinne é ... D'fhéad Máistreás an Phosta a rogha rud a dhéanamh, ach ná cuir bréag ormsa, a Mháistir ... Ó, sin bréag go siúráilte, a Mháistir! Ní thugainn do litir d'aon duine, ach a dhul caol díreach chuig do theach, agus a síneadh te bruite as an mála isteach i do ghlac. Bíodh a fhios agat, a Mháistir, nach é chuile fhear posta a dhéanfadh é sin! ...

Ó a Mháistir, a Mháistir, nár agraí Dia ort é! Ní le do bhean a fheiceáil a thagainn chomh pointeáilte leis an bposta. Ó, nár lige Dia a Mháistir, go dtiocfadh a leithéid de smaoineamh isteach i mo cheann! ... Ó, a Mháistir, a chomharsa, éirigh as. Ná cuir bréag uirthi. Tá sí ar shlí dhorcha na bréige agus tusa ar shlí sholasach na fírinne ...

Creid mé dhuit ann, a Mháistir, a chomharsa, go raibh an-bhuaireamh orm faoi do bhás. Ba tú féin an fear gnaíúil le dhul isteach i do theach. Agus b'fhiú éisteacht leat, a Mháistir. Bhí fuirseadh mór cainte faoin saol agat ... Ó, a Mháistir, ná habair rudaí den sórt sin ... Ó, a Mháistir! ...

Níl aon lá dá n-éiríodh orm nach gcásaínn do bhás léi féin ... Ó, a chomharsa chroí, ar son Dé ort agus éirigh as an gcaint sin! "Is mór an scéal an Máistir Mór bocht," a deirinn fhéin. "Ní hé an teach céanna chor ar bith é, ó d'imigh sé. Creid mé dhuit ann, a Mháistreás go bhfuil an-trua agam duit ... "

... Foighid, a Mháistir! Foighid, a Mháistir! Nach bhféadfá an scéal a ligean chugat fhéin! "A Bhile an Phosta," a deireadh an créatúr. "Tá a fhios agam sin. Ba mhór é a ghnaoi ort ... " ... A anois, a Mháistir! Réiteach, a Mháistir chroí na páirte! ... "Is é an chaoi é, a Bhile, bhí an Máistir Mór rómhaith ... "

A, a Mháistir, ná náirigh thú féin os coinne na gcomharsan! Cuimhnigh, a Mháistir gur maorsháirsint léinn thusa, agus go gcaithfidh tú dea-shampla a thabhairt uait ... Foighid, a Mháistir! Ó, a Mháistir, tá mé scólta feannta agat. Is deas an fháilte í ag teacht i gcré na cille ...

— An dteastaíonn aon chúnamh spioradáilte uait, a Bhileachaí an Phosta? ...

— Ó, an socshnaifíneach, teastaíonn ...

— De grace, a Mháistir! Coinnigh guaim ort fhéin. Duine an-rómánsúil é Bileachaí. Honest ...

— Bhíteá féin, a Mháistir ...

— M'anam, a Mháistir, go bhfaca mé thú ... Sa scoil ...

— Ní hionadh go bpósann ár gcuid clainne eiricigh agus Blacks ...

— ...Le scéal fada a dhéanamh gairid, a Mháistir, ba é Luan Cincíse a bhí ann. Bhí an lá ina shaoire agam. Bhuail mé siar an bóthar ag spaisteoireacht dom fhéin ...

...Anois, a chomharsa, cén dochar a bhí a dhul ag spaisteoireacht? Lá sna naoi n-aird a d'fhéadainn an seol ceathrún a stríocadh ... Ní fhaighinn mo shláinte a dhul ag spaisteoireacht soir an bóthar, a Mháistir ... Glac foighid! ... Ar a dhul thar gheata do thí dhom, bhí an carr amuigh ar an mbóthar aici. Chuir mé féin gaoth ann di ... Cén dochar, a Mháistir, má chuireas féin? Ba é comhar na gcomharsan é ... "Go ndéana Dia trócaire ar an Mháistir Mór bocht!" a deirimse. "B'aige a bhí an phráinn as an gcarr sin." "A Bhile," a deir an créatúr, "ní raibh só an tsaoil seo i ndán don Mháistir Mhór. Bhí an Máistir Mór bocht rómhaith" ... Ó, a Mháistir cén neart atá agam air? ... Ach réiteach nóiméad, a Mháistir. Lig an scéal chugat ...

"Suigh isteach, a Bhile," a deir sí. "Tiomáinfidh tú an carr dom. Ní foláir dom éirí amach eicínt a thabhairt dom féin thar éis a bheith ag déanamh leanna leis an bhfad seo. Ní fhéadfaidh aon duine scannail a shamhlú linn. Seanchara dár dteallach thú, a Bhile" ... Coinnigh guaim ort féin, a Mháistir. Nach bhfeiceann tú go bhfuil chuile dhuine ag éisteacht! Shíl mé nach shin é an sórt fear a bhí ionat chor ar bith! ...

Le scéal fada a dhéanamh gairid, a Mháistir, bhí an áit bánaithe cés moite den bheirt againn féin. Má bhí tú i gCaladh an Rosa riamh an tráth úd de ló a Mháistir, tá a fhios agat gur beag geadán is aoibhne ná é. Bhí soilse á lasadh ar na reanna agus ar na tamhnóga, taobh thall de chuan. Mhothaigh mé, a Mháistir ... Ó, as ucht Dé ort, a Mháistir chroí, bíodh cuibhiúlacht eicínt ionat! ...

...Le scéal fada a dhéanamh gairid, a Mháistir, dúirt sí liom go mba doimhne a grá dom ná an fharraige ... Ó, foighid, a Mháistir. Foighid! A, a Mháistir, bhí mé siúráilte nach duine den sórt sin a bhí ionat ...

"Céad slán do cheithre bliana is an taca seo!" a deir sí. "Bhí mé fhéin agus an Máistir Mór bocht anseo, ag breathnú ar na soilse, ar na réalta, agus ar an tine ghealáin ar an bhfeamainn" ... Óra, a Mháistir chroí, gabhfaidh drochcháil amach duit! Réiteach! ... "An Máistir Mór bocht," a deirimse.

292

"An Máistir Mór," a deir sí. "Bá mhór an scéal é. Ach bhí sé ró-mhaith le haghaidh ... " ... A Mháistir, a Mháistir a chomharsa, breá nach ligfeá an scéal chugat féin? ...

"An té a mbíonn grá na ndéithe air, a Bhile," a deir sí, "básaíonn sé óg. Muise, a Bhile, bhí an-ghnaoi go deo aige ortsa" ... Céard a d'fhéadfainn a dhéanamh, a Mháistir? ...

— Anois, a Mháistir! Chonaic Máirtín Crosach ...

— M'anam muise go raibh tú á cláradh, a Mháistir ...

— ... Céard a dhéanfá féin, a Mháistir, dá mbeifeá i mo chrése ansin ag Caladh an Rosa, agus sibh ag breathnú ar na soilse, ar na réalta agus ar an tine ghealáin? ... Ó, glac go réidh thú féin, a Mháistir! ... Le scéal fada a dhéanamh gairid, a Mháistir ... Anois, a Mháistir a chomharsa ... Ó, cuir stuaim eicínt ar an bhfoighid a Mháistir chroí ... Tuige a bhfuil tú ag ligean do dhrochfháisc amach ormsa? Níor thuill mé uait é ...

Le scéal fada a dhéanamh gairid, a Mháistir, chuir sí fios ar thriúr dochtúirí go Baile Átha Cliath dom ... Ní fhaca mé do leithéid ó rugadh mé, a Mháistir! Cén chiall dhuit a bheith á ídiú ormsa, a Mháistir? Aon duine a mbeadh aithne aige ort os cionn talúna, ní chreidfeadh sé go deo go mbeifeá ar an gceird seo ...

"Ní éireoidh cleas an Mháistir Mhóir duit nó is cinniúint ormsa é," a deir sí ... Go gcuire Dia an t-ádh ort, a Mháistir chroí, agus déan suaimhneas. Náireoidh tú thú féin. Máistir scoile agus eile ...

... Le scéal fada a dhéanamh gairid, a Mháistir, bhí pian threádach i mo thaobh agus i mo dhuáin. Tháinig biseach beag orm tráthnóna: biseach an bháis. Shuigh sí ar cholbha na leapa, agus rug sí ar lámh orm ... Go dtarrthaí Dia sinn! An bhfeiceann sibh an réabadh atá anois air? ... Cén neart a bhí agamsa uirthi? ...

... Le scéal fada a dhéanamh gairid, a Mháistir: "má tá i ndán agus nach n-éireoidh tú, a Bhile," a deir sí, "níor bheo liom mo beo i do dhiaidh" ... Ó, a Mháistir, ná bí chomh ruibheanta sin ... Má phósann sí arís féin an agamsa a bheas neart uirthi? ... Foighid, a Mháistir ...

— Bloody Tour an' Ouns é mar scéal, nach éard a dúirt Briain Mór an t-am ar buaileadh Bileachaí tinn: "Is gearr ón

293

ngeospailín sin an chréafóg," a deir sé. "Dar diagaí, beidh sciorta den ádh air agus adhlacadh ar bith a fháil. Dá mba thuas i mBaile Átha Cliath a bheadh sé, diabhal ceo eile ach é a chartadh amach sa mbin. Ach bleaisteálfaidh sí siúd síos in aon scuabán amháin i mullach an Mháistir Mhóir sa bpoll údaí thiar é. Stróicfidh an bheirt a chéile ansin ar nós dhá ghadhar a gceanglófaí a dhá ndrioball … "

— … Mo dhonas agus mo dhothairne! … B'fhíor do Bhrian Mhór é … Dhá ghadhar a gceanglófaí a ndrible dá chéile … Dar mo chúis, b'fhíor dhó … Ceanglaíodh ár ndrible, a Bhileachaí …

— Is fíor dhuit, a Mháistir …

— Bhíomar ag foiléimneach thart, ag croitheadh ár ndrible agus ag lúitéis, nó gur gabhadh muid le tomhlú úd na soilse, na réalt, na tine ghealáin, agus na móideanna. Óra, a Bhileachaí, shíleamar gurbh í an choinneal nach gcaitear a bhí sa tine ghealáin …

— Is fíor dhuitse sin, a Mháistir …

— Shíleamar go mbeadh an rícheadh réaltannach ina bhronntanas pósta againn; go n-ibhfeadh muid an méilséara nach bhfuil múisc ina cuid fíona …

— Ó my, nach rómánsúil! …

— Ní raibh ann fré chéile a Bhileachaí chroí, ach an dallamullóg a chuir tomhlú ár n-ego féin orainn. Gabhadh muid. Fáisceadh ceangal ar ár ndrible soghluaiste. Ní raibh inti, a Bhileachaí chroí na páirte, ach Ceithearnach Caol Riabhach mná nár mhór léi cleas an nóiméid sin a imirt. "Bím lá i Reachlainn, agus lá i Manainn" …

— "Lá in Íle agus lá i gCinn Tíre," a Mháistir chroí, a chomharsa …

— Go díreach, a Bhileachaí, a stór. Ní fiú focal greamannach ná imní ala an chloig an bhean sin. A Bhileachaí, a chuid, fuair sí dhá ghadhar sheafóideacha a lig a ngabháil agus a ndrible a cheangal …

— Is fíor dhuitse sin, a Mháistir na páirte …

— Á Bhileachaí a chuid, tá ar eire againn feasta gan aon anró a chur ar ár ndrible, ach a bheith caoin comharsanúil le chéile …

— Maith 'fear a Mháistir! Anois atá tú ag caint, a

chomharsa! Suaimhneas, a Mháistir. Sin é an rud ar fad i gcré na cille, a Mháistir: suaimhneas. Dá mbeadh a fhios agam gur síos más ar mhás leatsa a chuirfeadh sí mé ní phósfainn le mo ló í …

— Is cuma sa diabhal dearg céard a dhéanfas aon rud. Bíodh sí ar a rogha caoi, ach ba tuatach sa diabhal a rinne tú é, a bhacaigh, a ghadaí, a chorpadóir! Síos sa seomra gáis a bhí thú a thleigean, a bhroimsilín, a chollachín, a …

— Anois a Mháistir chroí, réiteach, réiteach! …

4

— Dá mairinn scaitheamh eile …
— Ba mhaith an mhalairt duit é …
— Dá mairinnse scaitheamh eile …
— Ba mhaith an mhalairt duit é …
— Bheinn ag fáil an phinsin faoi Fhéil Pádraig a bhí chugat …
— Ráithe eile agus bheinnse sa teach nua …
— Dia á réiteach go deo deo! Dá mairinn scaitheamh eile, b'fhéidir go dtabharfaí mo chual cré thar Ghealchathair soir …
— … Phósfainn i gceann coicíse. Ach sháigh tí mé trí sceimhil na n-aobha, a chloch speile an mhurdair. Dá mairinn scaitheamh eile, ní fhágfainn Leathchluais amháin sa gcomhaireamh ceann …
— Bhainfinn talamh Sheana-Choille de mo dheartháir. Dúirt Mainnín an Cunsailéir liom go mbainfinn …
— Shíl mé nach bhfaighinn aon bhás nó go bhfaighinn sásamh mo chuid feamainne gaoithe ar fhear Cheann an Bhóthair …
— Óra, go ropa an diabhal é! Dá mairinn scaitheamh eile ghabhfainn isteach chuig Mainnín an Cunsailéir agus dhéanfainn uacht dhúshlánach. Ansin ropfainn amach i mullach an diabhail an mac is sine, agus gheobhainn bean don mhac eile Tom. Ansin thabharfainn summons ar Chraosánach an Phórtair faoina chuid asal agus mura bhfaighinn aon sásamh den rath sa gcúirt, thiomáinfinn spíli trína gcuid crúb. Ansin ghabhfainn ag faire roimh lá go mbeirinn ar mhuintir

Cheann an Bhóthair i mo chuid móna, agus d'fháiscfinn maistín de summons orthu … agus mura bhfaighinn aon sásamh den rath sa gcúirt, gheobhainn cúpla canda dynamite ón mboss mór. Ansin …

— Chuirfinn dlí ar iníon Pheadair an Ósta …

— Bloody Tour an' Ouns é, gheobhainn marcaíocht bhreá aerach i mótar Neil Pháidín …

— D'fheicfinn "An Fuineadh Gréine" i gcló …

— Dá mairinn scaitheamh eile, chuimleoinn … cén t-ainm é siúd a thug tú uirthi, a Mháistir? … is ea, biotáille mhiotalaithe, dhom fhéin …

— Dar dair na cónra seo, chuirfinn leanúntas ar Chaitríona faoi mo phunt airgid …

— D'agródh Dia orainn, a Chite …

— Dhéanfainn litir ghrá de mo chorp fré chéile le brandaí Hitler …

— Dúirt Máistreás an Phosta an lá cheana gur iarr Coimisiún Béaloideasa Éireann agus Stiúrthóir na Staidreamh uirthi na liostaí comhlána a choinnigh sí ar feadh cúig bhliana agus dá fhichead den uimhir crosóg a bhíodh is gach litir. Cúig cinn déag meánuimhir an Mháistir Mhóir agus seacht gcinn a chuireadh Caitríona i gcónaí ina cuid litreacha chuig Briain Mór: ceann dá fhéasóg, ceann dá chromshlinneán …

— … Foighid! Foighid, a Mháistir chroí! …

— … Ná creid é, a Jeaic …

— Ghabhfainn go Sasana go saothróinn airgead, agus go bhfeicfinn muintir an Cheann Thiar … Chuala mé go mbíonn plá acu ar shráideanna Londan anois, seaicéid gheala orthu … agus leathspéacláire …

— Shiúilfinn an domhan: Marseilles, Port Said, Singapore, Batavia. Honest …

— Qu'il retournerait pour libérer la France …

— Dá mairinn scaitheamh eile ní bheadh mo bhás ort, a Shiúán ghránna. D'athróinn cártaí na ciondála uait …

— … Ghabhfainn ar do shochraid, a Bhileachaí an Phosta. Níor chomaoin domsa gan a dhul ar shochraid …

— Chaoinfinn go bog binn thú, a Bhileachaí …

— … Chóireoinn os cionn cláir thú, a Bhileachaí, chomh

pointeáilte is a chóireodh leannán a chéad litir cumainn …

— Dá mairinn scaitheamh eile, d'iarrfainn uirthi mé a chur i malairt cille … A Mháistir, a chomharsa, réiteach, réiteach! … Ach éist liom, a Mháistir. Dhá ghadhar a gceanglófaí a ndrible …

— … Siúráilte, d'ólfainn agus rabharta pórtair …

— … Againne a bheadh an cluiche. Bhí an naoi agamsa agus titim imeartha ag mo pháirti. Ball séire ar an *mine* murar mhíthráthúil a phléasc sé! …

— … Chuirfinn dlí ar an murdaróir faoi nimh a thabhairt dom. "Ól dhá spúnóg …"

— Chuirfeadh agus mise, tar éis gur bheag ab áil liom riamh a dhul ag scoilteadh focal le Mainnín an Cunsailéir. D'anam ón dock é, a stór, go gcuirfinn dlí air mar sin féin. Dúirt sé liom a dhul ar fuisce. Dúirt muis, a stór. Dá bhfanainn ar an bpórtar bheadh agam. Ní raibh pian ná tinneas riamh orm …

— … Dá mairinn bheadh fraisín den ádh orm seachtain eicínt leis an gCrosfhocal. Agus ar ndóigh gheobhainn coups móra árachais tigh Jeaic na Scolóige. Chuirfinn "Buanéag don Litriú Simplí!" mar nom-de-plume ar mo chéad ticéad eile sa Scuaibín …

— "Meangadh Glé Anois, a Bhanaltra," a chuirfinnse air! …

— "Caladh an Rosa" a chuir Bileachaí air …

— Ghabhfainn ag na pictiúir arís. Tá a fhios ag mo chroí gurbh ait liom an bhean sin a raibh an cóta fionnaigh uirthi a fheiceáil in athuair. Ba é macasamhail críochnaithe an chóta é a bhíodh ar Bhaba Pháidín nó gur thit an súiche air tigh Chaitríona …

— Thug tú éitheach, a strachaille …

— Tóg aghaidh do bhéil díom, a Chaitríona. Suaimhneas atá uaim. Níor dhligh mé do chuid gadhraíochta uait …

— … Dá mairinn scaitheamh eile! Dá mairinn scaitheamh eile ru! Céard a dhéanfainn? Céard a dhéanfainn ru? Is crionna an té a déarfadh …

— Dá mairinn go dtí cruinniú an togha, bhréagnóinn an Coscarach. Déarfainn leis nár cuireadh anonn iad ach mar theachtaí amháin, agus go ndeachaigh siad thar a n-údarás …

— Mhair mise, buíochas le Dia, nó gur dhúirt mé le De Valera suas lena bhéal gur ina lánchumhachtóirí a cuireadh anonn iad. Dúirt mé suas lena bhéal é. Dúirt mé suas ...

— Thug tú éitheach, níor dhúrais ...

— Is maith a chuimhním air. Chuir mé mo rúitín amach ...

— ... Dá mairtheása scaitheamh eile, d'fheicfeá mná óga Bhaile Dhoncha fré chéile ag caitheamh píopaí cailce. Is ó chuaigh na toitíní chun gainneachta a thosaíodar. Deirtear go bhfuil copóga agus neantóga brúite thar cionn i bpíopaí cailce ...

— Dá bhfaightheása aois na hÚire agus na Caillí Béara, ní fheicfeá deireadh na ndreancaidí cnagtha ar chnocáin do bhaile féin ...

— Dá maireadh Máistreás an Phosta scaitheamh eile ...

— Ní raibh aon chall di leis. Thóg a hiníon an faisean céanna go maith ...

— Dá mairinnse scaitheamh eile ...

— Cén ghnaith a bheadh agat maireachtáil? ...

— D'fheicfinn fód ortsa, ar chaoi ar bith ...

— Dá maireadh Tomás Taobh Istigh? ...

— Dhéanfadh sé imirce eile ...

— Ghabhfadh sé ar an bpótar arís ...

— Dhíbreodh sé beithígh Phádraig Chaitríona dá gheadán talúna ...

— Beithígh Neil seachain! ...

— Dá maireadh Caitríona ...

— Ó, an smuitín siúd a chur roimpi ...

— Dá mairinnse thabharfainn cúnamh spioradáilte uaim. Dá mairinn seachtain eile féin bheadh eolas barainneach agam do Chaitríona ...

— A iníon Choilm Mhóir, ní bhíteá istigh ag an bPaidrín Páirteach le fonn a bheith ag éisteacht i ndoirse dúnta go bhfeicfeá an abródh na comharsana a bPaidrín féin ...

— ... Ghabhfainn go Páirc an Chrócaigh go bhfeicfinn an Ceanannach ...

— Chonaic Bileachaí an Phosta do thaibhse ann i ndiaidh an chraobhchluiche agus thú ag smutaireacht chaoineacháin ...

— ... Chríochnóinn an cró ar an uair bhreá agus ní chaillfí an bromach ...

— Ó, nach bhfaca a bhfuil ar an mbaile do thaibhse! ...

— ... Ní chreidfinnse, a Tom Rua, go bhfuil taibhse ar bith ann ...

— Déarfadh daoine go bhfuil. Déarfadh daoine nach bhfuil. Is críonna ...

— Óra muise, tá taibhsí ann. Nár lige Dia go gcuirfinnse bréag ar dhuine ar bith, ach chonaic mé an Curraoineach ag cur asail an Chraosánaigh, agus beithígh Cheann an Bhóthair, as a chuid coirce, agus é bliain básaithe! ...

— Nach í an chéad siocair a bhí ag Bileachaí an Phosta an Máistir Mór a fheiceáil, an lá tar éis é a chur, agus é ag tóraíocht in uachtar an chaibéid ina chistin féin ...

— ... Réiteach, a Mháistir! ... Ó, réiteach, réiteach! ... Níor bhearras mé féin riamh le do rásúr. Mo chara agus mo choimrí ort, a Mháistir, éist liom nóiméad! Dhá ghadhar ...

— Facthas Fear Cheann an Bhóthair ...

— M'anam muise, mar a deir tusa ...

— Óra, d'éireodh dhó! Ag goid mo chuid móna a bhí sé go siúráilte ...

— Nó oirdíní ...

— Deir siad, go bhfóire Dia orainn, nach bhfuil oíche ar bith nach gcloistear eitleán sí sa gCaladh Láir ó thit an Francach ann ...

— Ara sin eitleán saolta ag dul siar go Meiriceá ó Chúige Uladh nó ón tSionainn! ...

— Nach mé nach n-aithneodh eitleán saolta! Chuala mé go follasach í, agus mé ag tógáil feamainn dearg i ndeireadh oíche ...

— Má bhí an oíche dubh ...

— Óra, cén mhaith dhuit a bheith ag pruislíl chainte! Go deimhin muis, a mh'anam, ní eitleán saolta! Is furasta aithint an t-eitleán saolta ...

— Mes amis ...

— Cead cainte dhomsa! Cead cainte dhom ru! ...

— Bíonn an chosúlacht ann ina dhiaidh sin. Dheamhan aird a thug mé féin riamh ar thaibhsí nó gur chuala mé faoi Sheán Mhaitiú atá curtha anseo, thíos ar Áit na Leathghine. A mhac féin féin a d'inis dom é. Ó shin a thuirling mise faoin haiste. Ar áiléar na bréige a bhí seisean freisin san am, ach diabhal bréag a chuir sé ar a athair. Ba é an fainic deiridh a chuir an t-athair orthu, ag saothrú báis dó, é a chur sa reilig seo bail an chuid eile dá mhuintir. "Gheobhaidh mé bás suaimhneach," a deir sé, "má gheallann sibh an méid sin dom." Rístí spagánta atá sa gCeann Thiar sin. Chroitheadar fóidín air ansiúd ag béal an dorais. As sin go ceann míosa, bhí an mac ag cocadh feamainn tirim ag an gcladach. A bhéal féin féin, a dúirt liom é. Chonaic sé an tsochraid ag teacht amach as an reilig. Dúirt sé liom go raibh sí chomh solasach ina shúile—an chónra, na daoine agus eile—leis an ngabháil fheamainne a bhí sé a chur ar an gcoca. Chuaigh siad soir lena ais. D'aithin sé cuid de na daoine, ach ní labhródh sé go brách ina n-ainm orthu, a deir sé. Bhuail faitíos é i dtosach, ach nuair a bhailíodar soir an trá tháinig bruscar beag misnigh dó. "Pé ar bith céard a dhéanfas Dia liom," a deir sé, "leanfaidh mé iad." Lean. Aniar le cladach ó chois go cois ina ndiaidh, gur tháinig siad isteach sa reilig seo, agus gur chuir siad an corp inti, ansin thíos ar Áit na Leathghine. D'aithin sé an chónra. Diabhal bréag a chuir sé ar a athair féin...

— Cá'il Seán Mhaitiú? Má tá sé anseo, níor chuala aon duine smeach riamh uaidh...

— Níl a fhios agamsa ó fhiacail an Phápa é, ach mar a dúirt a mhac liom, agus diabhal bréag a chuir sé sin air...

— Níor fhág an marbh láthair. Glaoitear ar Lucht na Leathghine, agus inseoidh siad daoibh an bhfuil sé ansin nó nach bhfuil...

— Ara, éist le na glamairí sin!...

— Ní éistfead, né diabhal éisteacht. Hóra, a Lucht na Leathghine!...

— ... Tá Bríd Mhaitiú anseo...

— Agus Colm Mhaitiú...

— Agus Pádraig Mhaitiú...

— Agus Liam Mhaitiú...

— Agus Maitiú é féin...

— ...I reilig an Cheann Thiar atá Seán Mhaitiú. Bhí sé pósta ansin...

— Diabhal bréag muis a chuir sé ar a athair féin!...

— Níl sé chomh furasta aistriú mar sin a dhéanamh is atá sé a dhul ó pháirtí polaitíochta go dtí a chéile. Dá mbeadh,

300

b'fhadó a bhí Dotie ar chlár gléigeal an Achréidh ...

— Agus an Francach ... Ach b'fhéidir nach bhfuil anseo ach a thaibhse ...

— Cé hiontaí de scéal é ná an rud a dúirt Bileachaí an Phosta liom: go bhfeictear Tomás Taobh Istigh ag díbirt bheithíoch dá gheadán talún. Rinne Pádraig Chaitríona agus Mac Neil dhá leith dhe eatarthu, ach is talamh gan sásamh do chaon duine acu é. An tseachtain a bhfeiceann teach é, ní fheiceann an teach eile á. Thug Neil an sagart ag siúl na talún agus léadar fál foscaidh paidreacha, cúpla leabhar Eoin, deir sé.

— Thabharfadh an raicleachín. Dá dtugadh Dia dhi nach mbuafadh si cianóg chlamhach go deo air! Tá fuílleach talún ag mo Phádraig dá uireasa ...

— Chuala mise, a Chaitríona, nár thug tú suaimhneas ar bith do Jeaic na Scolóige ó bhásaigh tú ...

— D'agródh Dia orainn ...

— Dúirt Neil le Tomás Taobh Istigh gur dhiúil tú leat é ...

— Nach i ndiaidh Bhriain Mhóir a bhíodh sí ...

— Ó a Mhuire, agus a Chríosta! I ndiaidh Bhriain Mhóir! ...

— Bloody Tour an' Ouns é, nach éard a dúirt sé! ... "Hóró a Mháire, do mhálaí 'sdo bheilteanna" ...

— Céard a dúirt sé? ...

— Céard a dúirt sé, a Mhac na Coise Duibhe? ...

— Céard a dúirt sé, a Bheartla? ...

— Deir Bhriain Mór céanna rudaí aibéiseacha ...óró a Mháire."

— Céard a dúirt sé, a Bheartla? ...

— Bloody Tour an' Ouns é, ní dhéanfadh sé aon mhaith dhuit, a Chaitríona ...

— Dhéanfadh sé maith dhom, a Bheartla. Inis amach é ...

— That's the dote, Bartly! Inis dúinn é ...

— Óra, an gcluin sibh clíseachín Sheáinín. Ná labhair as d'fhiacail air, a Bheartla ...

— Dote thú, a Bhairtliméid. Inis é ...

— Ná hinis é, a Bheartla. Ná trácht as do bhéal air! ...

— Honest to Heavens, tá tú 'mean' Bartly, mura n-insí tú é. Ar dhúirt sé nach bhfuil neart aige a shúile a oscailt nach mbíonn a taibhse os a chomhair? ...

— Má insíonn tú do chéisín Sheáinín Spideog é, a
Bheartla! ...

— Honest to God, Bartly, tá tú 'awfully mean'! Ba chóir
gach caidreamh cultúrtha a scoradh leat. Let me see now. Ar
dhúirt sé nuair nach bpósfadh sé í, agus í beo, go raibh a
taibhse anois ina leannán sí aige? ...

— Ab bu búna! I mo leannán sí ag an mbreilleachán
gránna údan. Fainic, a Bheartla! ...

— On the level, Bartly. Ar dhúirt taibhse Chaitríona leis é
féin a bhearradh, nó a níochán, nó a dhul chuig saineolaí cos
nó slinneán? ...

— Bloody Tour an' Ouns é, a Nóra! ... Bloody Tour an'
Ouns é, a Chaitríona! ...

— Ar chraiceann do chluas ná hinis, a Bheartla! ...

— Honest to God, Bartly! ...

5

— ... Is fíor dhuit sin, a Jeaic na Scolóige. D'agródh Dia ar
aon duine a rá go mbeinnse i mo leannán ag an scóllachán
gránna ...

— ... Thit tú de chruach choirce ... Ar chuala tú riamh faoi
Chath na bPunann? ... Inseoidh mise sin duit. Bhí Cormac
Mac Airt Mhic Chuinn Mhic Thréinmhóir Uí Bhaoiscne ag
déanamh cruach choirce lá i dTeamhair na Sló. Ba é Cab ar
Dosán a bhí ag caitheamh chuige. Tháinig Seacht gCath an
Léinn agus Seacht gCath an Ghnáth-Léinn agus Cath na
Mion-Ura ...

— ... Tá caint mhór ar é a athrú. An-chaint ...

— Ach níor shásamh ar bith é a athrú mura mbristí é, agus
é a mharú nó a bhá, nó a chrochadh, nó bás an chait a
thabhairt dó ina dhiaidh. Tá an reilig seo ina bléitheachán ag
an amhas buannachta sin, a Bhileachaí. "Ól dhá spúnóg den
bhuidéal seo," a deir an murdaróir ...

— B'fhéidir, a chomharsa, go mbrisfí é. Níl a fhios agam
nach mbrisfí freisin agus an bhroicneáil bhuailte a thug sé an
lá cheana d'fhear as Baile Dhoncha faoi thicéad dearg a thair-
iscint dó. Ach ní cheapfainn go gcuirfí chun báis é ...

— Ara, cén mhaith é mar sin! Siúd é a bhí a dhéanamh leis: é a phlúchadh faoin bpota. Féach mise ar thug sé nimh dom!...

— D'anam ón docks é, nár dhúirt sé liomsa fuisce a ól? Dúirt muis, a stór. An bacach! Cén bhrí ach gan pian ná tinneas riamh orm!...

— Tá foireann mhaith peile ag Gaillimh i mbliana, a Bhileachaí?...

— An-fhoireann go deo, a chomharsa. Deir chuile dhuine dhá mba ar mhaidí croise a bheidís go mbuafaidís craobh na hÉireann. Dúirt "Green Flag" an lá cheana é...

— Déanfaidh an Ceanannach taos de thóineanna an lá sin ...

— Níl sa gCeanannach ach ionadaí!

— Ionadaí! Ionadaí! Ara, mura bhfuil, cén chaint atá ort? Ní ghnóthóidh siad. Ní ghnóthóidh siad. Ní ...

— Tá scoth imreoirí óga acu. An scoth. Gnóthóidh siad, a chomharsa. Feicfidh tú féin go ngnóthóidh ...

— Ara, éist do bhéal liom! Cén mhaith a bheith ag bobarúntacht chainte? Deirim leat nach fiú glothacha buláin do chuid imreoirí óga d'uireasa an Cheanannaigh! Cén bhrí ach "gnóthóidh siad," "gnóthóidh siad"!...

— I gcead duitse, a chomharsa, shílfeadh duine go mb'fhearr leat go mbuailfí iad agus an Ceanannach ar an bhfoireann ná go ngnóthóidís dá uireasa! Is maith an rud roinnt dá shásamh, a chomharsa. Bhí milleán ag cuid mhaith ar an gCeanannach i 1941. Ní raibh an oiread cantail riamh orm is a bhí an lá sin i bPáirc an Chrócaigh ...

— Sin í an fhírinne, a Bhileachaí...

— Bhí Bileachaí soilíosach chuile lá riamh ...

— Chuirfeadh sé bláth gliondair air dea-scéala a thabhairt chugat ...

— Agus dá mba drochscéala é, diabhal mé gur chrios tarrthála do dhuine a chuid dradaireachta ...

— Cé a leag amach Tomás Taobh Istigh, a Bhileachaí?...

— Neil agus iníon Bhriain Mhóir agus bean Thomáisín, a Cháit ...

— Agus cé a chaoin é, a Bhileachaí?...

— Neil agus mná an bhaile, a Bhid. Ach airíodh as thú féin

agus Cáit Bheag. Séard a deir chuile dhuine: "Go ndéana Dia trócaire ar Cháit Bheag bhocht agus ar Bhid Shorcha, an créatúr! Nár bhreá uathu fear a shíneadh agus a chaoineadh! Ní bheidh a leithéidí arís ann" ...

— Go lige Dia do shláinte dhuit, a Bhileachaí! ...

— Bloody Tour an Ouns é, cé míste do dhuine cé a shínfeas ná a chaoinfeas é! ...

— ... Tá Hitler ag baint bhogáin i gcónaí astu, slán a bheas sé! ...

— Réasúnta, a chomharsa, réasúnta ...

— Ara cén sórt réasúnta! Nár chóir go mbeadh sé abhus i Sasana feasta! ...

— Ní hea, a chomharsa, ach tá na Sasanaigh agus na Puncáin istigh ar thalamh na Fraince ar ais arís ...

— Ara cén! Ag loscadh bréag atá tú, a Bhileachaí an Phosta! Ní cúrsaí spóirtdhraidínteacht chor ar bith é, bíodh a fhios agat ...

— Tá sé trí ráithe anois, a chomharsa, ó bhí mise i riocht aon pháipéar nuachta a léamh, agus níl a fhios agam go barainneach céard is cor dóibh. Ba é ráite chuile dhuine an uair sin go gcinnfeadh sé ar na Sasanaigh agus ar na Puncáin aon seasamh a dhéanamh sa bhFrainc ar lá D ...

— Ara a Bhileachaí chroí, tuige a ndéanfadh? Agus tuairtéaladh amach ina gcloigne cruacháin marbha, i ngabhal an diabhail, sa bhfarraige arís iad ...

— M'anam gur dóigh, a chomharsa ...

— Agus lean Hitler iad an geábh seo—rud a bhí aige a dhéanamh aimsir Dunkerque—agus tá sé istigh i Sasana faoi seo! Der Tag! Tá mise ag ceapadh diabhal Sasana ar bith anois ann ...

— Non! Non, mon ami! C'est la libération qu'on a promise. La libération! Les Gaullistes et Monsieur Churchill avaient raison ...

— Óra a ghaota, a thruisleálaí, a útamálaí dhaill ...

— C'est la libération! Vive la France! Vive la République Française! Vive la patrie! La patrie sacrée! Vive De Gaulle! ...

— Chuala tú, a Fhrancaigh a chomharsa, faoin scéala a bhí sa bpáipéar i dtaobh do ghaisce: gur bronnadh Crois ...

— Ce n'est rien, mon ami. C'est sans importance. Ce qui

compte, c'est la libération. Vive la France! La France! La France! La patrie sacrée!...

— Óra, an bhfeiceann sibh an réabadh atá ar an mbuinneacháinín! Sháraigh sé an Máistir Mór...

— Muise, a Bhileachaí, níor chuala tú caint ar bith go bhfaigheadh muid margadh Shasana ar ais?...

— An gcloiseann sibh arís an cleabhair?...

— Beidh margadh Shasana ceart, a chomharsa...

— Meas tú an mbeidh, a Bhileachaí?...

— Beidh, a chomharsa. Ná bíodh imní ort. Deirimse leat go mbeidh margadh Shasana ceart...

— Go lige Dia slán thú, a Bhileachaí! Tá an dealg goirt bainte as mo chroí le do chuid cainte. Síleann tú siúráilte go mbeidh sé ceart? Tá roinn thalún i mbarr an bhaile agam...

— ... Tá sí i gcló muis, do leabhar filíochta...

— "Ná Réalta Buí!" Ó, a Bhileachaí na páirte, ní fíor dhuit é!...

— Ní fhaca mé féin í, ach dúirt iníon Mháistreás an Phosta anseo liom é... Ná bíodh imní ort, a chomharsa. Tiocfaidh do leabharsa freisin amach gan mhoill...

— Ach an gceapfá go dtiocfadh, a Bhileachaí?...

— Tá mé siúráilte go dtiocfaidh, a chomharsa.

— Tá eolas rúin agat mar sin, a Bhileachaí?...

— Muise chloisinn giobscéalta beaga, a chomharsa. Bhínn an-mhór le daoine anonn agus anall. Iníon Mháistreás an Phosta... Ó, a Mháistir, réiteach, réiteach!... A Mháistir!...

— Bíodh múineadh thairis sin ort, a Mháistir...

— Tá saothrú mór i Sasana i gcónaí, a Bhileachaí?...

— Níl sé chomh maith is a bhíodh, a chomharsa. Tá an bheatha ar donacht. Tá muintir Sheana-Choille, Chlochair Shaibhe, agus Bhaile Dhoncha sa mbaile...

— Déanfaidh scíth i measc neantóga uasalshíolraithe Bhaile Dhoncha leas dóibh...

— ... Tá do mhacsa, a bhean agus a mbeirt pháistí sa mbaile...

— A, ag cumadh dhom atá tú, a Bhileachaí!...

— Nár lige Dia, a chomharsa! Dar an laidhricín bheannaithe!...

— Agus an bhean Bhlack aige sa mbaile?...

— Tá, mo choinsias, agus an dá pháiste ...

— Cogar mé seo leat, a Bhileachaí! Déan chuile ghreim den fhírinne liom. An bhfuil siad chomh dubh is a deirtear? Chomh dubh le Blackín an Iarla? ...

— Ná bíodh imní ort, a chomharsa. Is fada uathu é ...

— An bhfuil siad chomh dubh le Ceann an Bhóthair tar éis a bheith thuas i seansimléar súitheach? ...

— Go deimhin a mh'anam muise, níl ...

— Chomh dubh le Tincéara Mór na mboiriceacha? ...

— Ná bíodh imní ort, a chomharsa. Níl, ach oiread ...

— Chomh dubh le cóta fionnaigh Bhaba Pháidín, tar éis tí Chaitríona? ...

— Éist do bhéal, a ghrabairín ...

— Chomh dubh le Briain Mór agus allas póite air? ...

— Ach tar éis a bheith i seomra an ghíosair i mBaile Átha Cliath dó, bhí Briain Mór chomh dreachsholasta ag dul i láthair an Bhreithimh le duine de na naoimh bheaga i bhfuinneog theach an phobail ...

— Briain Mór agus allas póite air. Tuairim is chomh dubh sin anois ...

— Ós más ea, ní niggers chor ar bith iad ...

— Níl na páistí baol ar chomh dubh leis an máthair ...

— Arbh éigean fios a chur ar an sagart don tseanbhean? ...

— Siúráilte go leor, a chomharsa, bhí sí sách dona. Níorbh áil léi a ligean isteach sa teach beag ná mór. Chruinnigh muintir an bhaile, agus ba mhó dá fhonn a bhí ar chuid acu a dhul ag gabháil de chlocha orthu agus a ndíbirt. Ach le scéal fada a dhéanamh gairid, a chomharsa, tugadh chuig an sagart iad agus bhuail sé boslach as an iomar orthu, agus bhí an tseanbhean sásta ansin ... Tá an-spleodar aici astu anois. Tugann sí chun an Aifrinn iad chuile Dhomhnach ...

— Más mar sin é, a Bhileachaí, ní bás liom mo bhás. Shíl mé go dtitfeadh an t-anam ina smidiríní aisti ...

— Muise an bhfuil scéala ar bith agat faoin ngearrbhodach sin agamsa, a Bhileachaí? ...

— A Sheáinín Liam, tá barróg dhocht ag do ghearrbhodach ar a leas. Cheannaigh sé bromach an lá faoi dheireadh ...

— Slán an scéalaí, a Bhileachaí! Dhá mbeadh láithreoigín de ghearrchaile anois aige ...

— Ná bíodh imní ort, a Sheáinín. De réir mar a chuala mé, ní fada go mbeidh. Bean as an gCeann Thiar a bhí i Sasana. Bean airgid, a deir siad. Dúirt iníon Mháistreás an Phosta liom go bpósfadh an Mháistir Beag lá ar bith feasta … Sí. An bhean sin atá i nGealloifig de Barra sa nGealchathair … Ní labhraíonn an sagart as a bhéal anois uirthi, a chomharsa. Thóg sí an pledge tá tamall ó shin … Ná bíodh imní ort, a chomharsa. Bíonn siad i gcónaí ag caint ar an ngníomh a rinne tú. Daoine a déarfadh go ndearna tú é, agus daoine eile a déarfadh go gcaithfeá pléascadh …

— Diabhal pléascadh ná pléascadh muis, a Bhileachaí! Sin í an fhírinne chomh glan leis an drúcht agat. D'ól mé dhá phionta agus dá fhichead …

— Meas tú an dtiocfaidh Antichrist go haibéil, a Bhileachaí? …

— Ná bíodh imní ort, a chomharsa. Ní chomhairim go dtiocfaidh. Ní mheasaim go dtiocfaidh. Le scéal fada a dhéanamh gairid, níl aon cheapadh agam go dtiocfaidh …

— Measaimse muis, a Bhileachaí, gur gearr uait anois é …

— Beidh an scéal sin ar fheabhas, a chomharsa. Feicfidh tú féin go mbeidh …

— An dteastaíonn cúnamh spioradáilte ó mhórán daoine, a Bhileachaí, nó an abraíonn siad an Paidrín Páirteach?

— Dúirt mé leat sách minic cheana, a iníon Choilm Mhóir, cúrsaí eiriceachta a fhágáil fúmsa …

— An gceapfá, a Bhileachaí, go bhfuil an tairngreacht ag teacht isteach? …

— Cheapfainn muis, a chomharsa. Beidh an scéal sin …

— An gceapfadh Seán Chite i mBaile Dhoncha anois go bhfuil sí ag teacht isteach? …

— An turas deiridh dhom i mBaile Dhoncha bhí muintir an bhaile—an méid acu nach raibh i Sasana—cruinnithe ar Sheán Chite faoi scáth tom neantóg ansiúd i lár na dtithe, agus é ag tairngreacht.

— Ar dhúirt sé go n-imeodh Sasana ina caor thinte luaithe agus gríosaí san aer?

— Ina caor thinte luaithe agus gríosaí! Ina caor thinte luaithe agus gríosaí? Dúirt sé go mbeadh an oiread ocrais ar chléir le tuath. Foighid anois … Foighid anois … Dúirt sé go mbeadh an pionta arís ar dhá phínn.

— Mullach an diabhail do do chuid ban! Ar dhúirt sé go n-imeodh Sasana ina caor thinte? ...

— Ní raibh sé chomh domhain sin inti, a chomharsa. Ní raibh sé ach go dtí an áit a ndúiseofaí Snaidhm ar Bundún san íosteach, agus a bhfostódh sé a chlaíomh le Éire a shaoradh. Ansin tharraing mise amach fógraí cáin ioncaim ar a gcuid uachtanna ...

— Is fíor do Sheán Chite é. Tá chuile fhocal riamh di ag teacht isteach ...

— ... Deir tú, a Bhileachaí, gurbh é Éamon de Valéra atá ag gnóthú ...

— Thug tú éitheach! Dúirt Bileachaí gurbh é Risteard Ó Maolchatha atá ag gnóthú ...

— Bhí Éamon de Valéra agus Risteard Ó Maolchatha ag teach an phobail tar éis an Aifrinn, tá mí ó shin. Comhchruinniú ...

— Comhchruinniú? ...

— Comhchruinniú? ...

— Ha Dad! Comhchruinniú? ...

— Crikies! Comhchruinniú? ...

— Comhchruinniú faoi na seirbhísí éigeandála ...

— Labhair Éamon de Valéra faoin bPoblacht? ...

— Labhair Risteard Ó Maolchatha faoin gConra? ...

— Níor labhair siad faoi Phoblacht ná faoi Chonra ... Le scéal fada a dhéanamh gairid aon chaint amháin a chaith an bheirt: ag gabháil bhuíochais le na daoine ...

— A, tuigim anois é, a Bhileachaí! Cleas é sin a bhí ag Éamon de Valéra le dallamullóg a chur ar an dream eile ...

— Thug tú éitheach! Ar ndóigh is léir do chuile shean-chlog stoptha sa gcill seo gur plean é ag Risteard Ó Maolchatha le cur faoi deara do De Valéra a dhul an casadh contráilte. Nach dtiocfá liom a Bhileachaí? ...

— Seachain, a Bhileachaí! Tá tú in aois chéille agus tuisceana agus cuimhnigh gur muide a thug ardú pá agus céime dhuit. Cuimhnigh nach raibh ionat ach "Fear Posta Cúnta Tuaithe" ...

— A Chairde Gael! Tá mé anseo inniu! ...

— Dá mbeifeá anseo aimsir an togha ...

— Ach an oiread liom féin ní bhíonn aon phlé ag Bileachaí le polaitíocht ...

— A chladhaire! Gabh ar ais faoin leaba ...

— A chailleach! ...

— ... Cá'il tú agam, a Phóil? Bhí do chomrádaí-se faoin tír arís i mbliana ...

— An Gaeilgeoir Mór! Diabhal an féidir! ...

— ... Níor thaobhaigh sé tigh Pheadair an Ósta beag ná mór ... Ní chuimleofar sop na geire dhó arís ann, a chomharsa. Seachain an gcuimleodh iníon Pheadair an Ósta sop na geire d'aon duine níos mó, a chomharsa! ... Ó, chuile thuige, a chomharsa! An Póilí Rua ag breith uirthi Domhnach anseo an lá cheana ar uair an dara hAifrinn. Ní raibh aon duine as SeanaChoille, Clochar Shaibhe, ná Baile Dhoncha dá bhfuil sa mbaile as Sasana, nach istigh ag ól aici a bhí. Deir daoine gurb é an Gaeilgeoir Mór a chuir faoi deara do na póilíos a dhul ann. Tá posta an-ard sa Rialtas aige siúd ...

— Ní dhéanfaidh sí cleas an pharlúis níos mó ...

— Chreach sí mé ...

— Agus mise ...

— M'anam nach raibh mise buíoch di. Ní rabhas, a stór. Ón dara leathghloine amach ceithre boinn, agus ón séú ceann, ocht bpínn déag. D'anam ón docks go mb'fhíor do dhochtúir na Gealchathrach é: níor fheil sé ach don phutóg bheag agus is pórtar a d'fheil don phutóg mhór. Phléasc an iomarca fuisce an phutóg bheag agus shearg an ceann mór le bruithleachán. Ní raibh pian ...

— ... Níor chás di é, a chomharsa, dá mbeadh gan a bheith ina haghaidh ach oscailt an Domhnaigh, ach deir daoine go raibh uisce trína buidéil fuisce ...

— Caillfidh sí an t-ósta? ...

— B'fhéidir go gcaillfeadh, a chomharsa. B'fhéidir go gcaillfeadh. Ach ní cheapfainn é ...

— Ó, cén mhaith an diabhail é mar sin? ...

— Caillfidh iníon Shiúán an tSiopa cead díolacháin go siúráilte. Ag an gCúirt Mhileata atá sí le triail ... Tae margadh dubh. An sáirsint a rug uirthi ...

— An sáirsint ru, agus go dtugadh sí tae agus toitíní dó in aisce! ...

— Tá mo bhás ort, a Shiúán ghránna ...

— ... Cineál na Leathchluaise ab ea, a chomharsa? Tá an ceann is óige sin ag an Táilliúir tógtha i Sasana ...

— Fear slán, a Bhileachaí! Fear slán! ...

— Sháigh sé mac Ruaiteach Bhaile Dhoncha ...

— Ó, an cleas duántachta sinseartha a d'imir Leathchluais eile acu orm féin! Crochfar é ...

— Deir siad go ngabhfaidh príosún air ...

— Crochfar é ...

— Deir siad, a chomharsa, gur éasca duine a chrochadh i Sasana ceart go leor. Ach ní cheapfainn go gcrochfaí é mar sin fhéin. Gabhfaidh cúpla bliain príosúin air, b'fhéidir ...

— Cúpla bliain príosúin! Ara, scread mhaidne ar do phríosún agat! Mura gcrochtar é ...

— Deir siad freisin go ngabhfaidh bliain go leith nó cúpla bliain ar iníon Mháistreás an Phosta anseo ... Litreacha airgid, a chomharsa, ach ba litreacha leis an nGaeilgeoir Mór a chuir coin fhola na hArd-Oifige ar a tí ...

— My goodness me! Tar éis dom fiche bliain a thabhairt dá teagasc ...

— M'anam, a Mháistreás an Phosta, creid mé dhuit ann, a chomharsa, nár mhaith liom dada a éirí do d'iníon ... Réiteach, a Mháistir chroí, réiteach! ... Dar an laidhricín bheannaithe, a Mháistir, níor oscail mé aon litir riamh leat ... Ó, b'fhéidir di, a Mháistir, ach ní thugainnse aon chúnamh di! ...

— Tá an mac is sine sin agamsa, a Bhileachaí, ag tabhairt chomhluadair d'iníon Cheann an Bhóthair i gcónaí? ...

— Déarfainn é, a chomharsa. Beidh sé féin agus beirt iníon Cheann an Bhóthair ag an gcéad chúirt eile. Deirtear gur rug an mac eile sin atá agat ...

— Tom ...

— Is é, Tom. Deirtear gur rug sé féin agus mac Thomáisín orthu i do chruach mhóna roimh lá ...

— Rug an dara mac agus mac Thomáisín ar an mac is sine ag goid a chuid móna féin d'ál bréanshúicheach Cheann an Bhóthair! ...

— Níl a fhios agamsa beirthe é, a chomharsa, ach go bhfuil gairm chúirte air ...

— Ó, go ropa cláirfhiacla an diabhail é! Tá sé ina scuab dhreancáin mar sin ag Sweepanna luathlámhacha Cheann an Bhóthair! ...

— Tá gairm chúirte eile tugtha ag do bhean orthu, faoina

gcuid beithíoch a chur ar do chuid talún ...

— Óra, is ea! De shiúl oíche! Mo ghrá is siúd! Déanfaidh sí cúis anois, feicfidh tú! Nach mairg gan an ceann is sine roptha i dtigh diabhail i gcomhluadar na gaoithe, agus leithscéal eicínt de bhean ardaithe isteach chuig an dara mac ar an ngabháltas mór! Meas tú, a Bhileachaí, ar thug muintir Thomáisín ar ais an láí a thóg siad, leis an mbéile fataí céad fhómhair a bhaint? ...

— Sin rud nach bhfuil a fhios agam, a chomharsa ... Le scéal fada a dhéanamh gairid, a chomharsa, tá muintir Cheann an Bhóthair smísteáilte le dlí ar ala na huaire. Ba chosúil é an sagart an Domhnach cheana le duine a mbainfeadh a mheasán greim as. D'éirigh sé roimh lá nó gur rug sé ar dhream eicínt ag goid a chuid móna féin. Tá le rá gurb iad muintir Cheann an Bhóthair iad ...

— Tar éis go mbídís ag líochán a mhalaí ...

— ... Ní shílim, a chomharsa, go gcuirfeadh an sagart aon pharasól idir muintir Cheann an Bhóthair agus an bháisteach ó chuaigh an leathbhliain phríosúin ar an mac ...

— Ar mhac Cheann an Bhóthair? ...

— Ar mhac Cheann an Bhóthair ru! Ag stolladh bréag atá tú? ...

— Agus dóbair, a chomharsa, go gcuirfí leathbhliain eile ar sheanchailín Cheann an Bhóthair faoi earraí goidte a ghlacadh ...

— Mo chuid feamainne gaoithese go siúráilte! ...

— Níorbh ea, a chomharsa, ach a raibh sa gcarr ag Lord Cockton idir ghléas iascaigh, gunna agus chaon sórt. Chuaigh sé isteach de shiúl oíche tigh an Iarla agus thug sé seaicéid dinnéir, treabhsair leadógaíochta, uaireadóirí óir agus cásanna toitíní as. Agus cúpla míle toitín ó iníon Shiúán an tSiopa, agus a ndíol ar thrí pínne an ceann le mná óga Bhaile Dhoncha. Bhí siad den saol ag na píopaí cailce ...

— Tuilleadh diabhail ag iníon Shiúán an tSiopa! ...

— Agus ag an Iarla! ...

— Agus ag mná óga Bhaile Dhoncha! ...

— Agus ag mac Cheann an Bhóthair, an bacachín. D'anam ón docks a stór, nach bhfuil mise i ndiaidh an méid sin air! Is umhal éasca é faoina chic ...

— Ghoid sé an treabhsar ó dheirfiúr an tsagairt freisin, ach níor dearnadh aon chaint faoi sin. Chonaic Mac Sheáinín Liam agus cuid de ghearrbhodaigh Sheana-Choille ar iníon Cheann an Bhóthair ar an bportach é, ach go raibh gúna os a chionn uirthi ...

— An tsacshrathar a bhfuil an mac is sine liomsa ag tabhairt chomhluadair di ... Is í! Tarraingeoidh sí a pictiúr sa treabhsar sin anois le tuilleadh cathaithe a chur ar an gceann is sine ...

— Ghoill sé ar dheirfiúr an tsagart gur cuireadh mac Cheann an Bhóthair i bpríosún, a Bhileachaí? ...

— Ara, nach bhfuil a fhios agat go maith gur ghoill, a Bhríd ...

— A Bhríd, a chomharsa, diabhal líomháinín smúite a chuir sé os cionn a gáire. "Cén éadáil dhomsa fear atá i bpríosún?" a dúirt sí. "Sean phlúithidín é mac Cheann an Bhóthair" ...

— Pósfaidh sí Máistir Dhoire Locha anois? ...

— Is fada Máistir Dhoire Locha sna bábóga briste. In éindí le Albanach atá i Seana-Choille ag tarraingt phictiúir a bhíos sí anois. Cóitíní gearra atá air ...

— Anois ru! Cóitíní gearra. Agus cogar dhom seo, a Bhileachaí, ab é an treabhsar a bhíos uirthise, agus í in éindí leis? ...

— Ní hé, a Bhríd Thoirdhealbhaigh, ach gúna. Ba é an treabhsar ab fhearr a bhí aici—an treabhsar riascach—a ghoid mac Cheann an Bhóthair ...

— An treabhsar ar chaith Tomás Taobh Istigh an seile air? ...

— Más ag caint ar Thomás Taobh Istigh é, dúirt iníon Mháistreás an Phosta liom go bhfuair Pádraig Chaitríona ... Foighid, a Mháistir! Foighid ort, a Mháistir! ... Réiteach, a Mháistir! ... Níor oscail mé aon litir riamh leat, a Mháistir ... Éist liom, a Mháistir. Dhá ghadhar ...

— Bíodh cuibheas eicínt ionat, a Mháistir. Céard a dúirt sí faoi mo Phádraigse, a Bhileachaí? ...

— Go bhfuair sé an t-airgead Árachais ar Thomás Taobh Istigh, agus go bhfuair Neil cuasnóg theolaí ar Jeaic ...

— Nár laga Dia thú, a Bhileachaí na páirte! Má b'fhíor do theanga chlamhach Nóra Sheáinín é, nár choinnigh Pádraig

an t-airgead sin íoctha tar éis mo bháis-se! Ó theacht sa gcill
dom níl seile dá scardann a puisín bréagach nach mise an
babhal aici faoina chomhair. An gcluin tú, a shúdaire
Sheáinín? Go dtuga Dia trócaire duit, a Bhileachaí, agus abair
sin léi—le Ribeachín Sheáinín—go bhfuair Pádraig …

6

— … D'agródh Dia orainn rud mar sin a rá, a Chaitríona …
— Ach is í an fhírinne í, a Jeaic …
— Ní hí, a Chaitríona. Bhí mé ag fuasaoid le na blianta. Níl
aon dochtúir dá fheabhas sa nGealchathair nár thug sí chuige
mé. D'inis dochtúir Sasanach a thagadh thuas againn ag
iascach, ocht mbliana ó shin dhom, cáid a mhairfhinn go dtí
an lá. "Mairfidh tú," a deir sé …
— … "Is ea," a deir mé fhéin. "Ceangailte i mo cho-
lainn" …
— … "An rúitín atá amuigh arís," a deir sé. "Dar mogallra
gaothach Ghalen … "
— … Muise ní chreidfeá, a Chaitríona, a chomharsa, cén
buíochas atá agam ar Phádraig se'agaibhse. Níl aon
Domhnach beo nach dtagadh sé féin agus a bhean ag
breathnú orm …
— Cineál na gCosa Lofa …
— Muise, a Chaitríona, a chomharsa, ní bhíonn cré gan
fialus. Féach an t-athrú a tháinig ar an Máistir Mór sin! Ní
chasfaí ar oilithreacht an Chnoic leat fear ba ghleoite …
— Ach an bhfeiceann tú an bhail a chuir sí féin agus an
ghlibín Neil ormsa, a Bhileachaí? Leabhar Eoin a fháil ón
sagart agus mise a bhurláil anuas san almóir seo deich
mbliana fichead roimh an am. An cleas céanna a rinneadh ar
Jeaic bocht …
— D'agródh Dia orainn …
— Seanchainteanna, a Chaitríona. Dá mba mé thú ní
chreidfinn é …
— Creid é muis, a Bhileachaí, más seanchaint féin é. Tá an
sagart in ann …
— Chreid mé scaitheamh é, a Chaitríona, a chomharsa.

313

Chreid muise, tar éis nach gceapfá dhom é, b'fhéidir. Ach
d'fhiafraigh mé de shagart é, a Chaitríona—de shagart an-
fhoghlamtha—agus an bhfuil a fhios agat céard dúirt sé
liom? Dúirt, a Chaitríona, rud ar chóir dom féin fios maith a
bheith agam air roimh sin, murach an tseanchaint a bheith
geantáilte i m'intinn. "Ní choinneodh Leabhra Eoin na
cruinne beo thú, a Bhileachaí an Phosta," a deir sé, "nuair is
toil le Dia fios a chur ort."

— Is doiligh liom a chreidiúint, a Bhileachaí ...

— Dúirt sagart eile an rud céanna le mo bhean—leis an
Máistreás—a Chaitríona. Sagart beannaithe é, a Chaitríona:
sagart a raibh a dhá shúil ina gcaor le beannaíocht. Níl aon
turas in Éirinn ná in Árainn nach raibh déanta ag an
Máistreás ar mo shonsa ... Réiteach, a Mháistir chroí!
Réiteach! ... Éirigh as an réabadh sin ru! Cén neart a bhí
agamsa uirthi?"Is ceart na turais a dhéanamh," a deir sé, "ach
níl a fhios againn cén uair is toil le Dia míorúilt a
dhéanamh" ...

— Ach ní hionann turas agus Leabhar Eoin, a Bhileachaí ...

— Tá a fhios agam sin, a Chaitríona, ach nach míorúilt a
bheadh sa Leabhar Eoin? Agus más toil le Dia duine a
choinneáil beo, cén fáth go gcaithfeadh sé duine eile a chur
chun báis ina ómós? Ar ndóigh a Chaitríona, a chomharsa, ní
shíleann tú go bhfuil an oiread téip dhearg Aige Siúd is atá
ag Oifig an Phosta? ...

— Bloody Tour an' Ouns é, nach éard a dúirt Briain Mór ...

— ... "Meas tú nach é Cogadh an Dá Ghall é?" a deirim
féin ...

— Dúisigh suas feasta, a dhuine ...

— ... Ba í mo bheansa a líon na páipéir do Phádraig, a
Chaitríona ... Réiteach, a Mháistir! Réiteach! ... Tá go maith,
a Mháistir chroí. Ba í do bheansa í ... Foighid, a Mháistir!
Foighid! Dhá ghadhar ...

— ... Bhí a leithéid de lá ann, a Pheadair an Ósta. Ná séan
é ...

— ... Páipéir faoin teach, a Chaitríona. Nach bhfuil Pádraig
ag déanamh teach ceann slinne! ... Is ea, a Chaitríona, teach
dhá stór, fuinneoga bá ann, agus muileann gaoithe le
haghaidh solais ar an gcnocán ... Dá bhfeictheá an tarbh

Rialtais a cheannaigh sé, a Chaitríona!—deich bpunt agus
ceithre scóir. Tá lucht beithíoch an-bhuíoch dó. Ní raibh san
áit ach rístí de thairbh ...

— Bloody Tour an' Ouns é, nach éard a dúirt Briain Mór:
"Ó chuir Sasana stopadh ar bheithígh De Valéra, agus ó bhí
Ár na Neamhchiontach ann, tá na tairbh chomh cúthail ... "

— Agus tá sé ag brath ar leoraí a fháil le dhul ag rith móna.
Is géar a theastódh sé sa ruta se'againne. Níl leoraí ar bith
ann ó tógadh an ceann a bhí ag Peaidín uaidh ... Cúig nó sé
de chéadta punt, a chomharsa ...

— Cúig nó sé de chéadta punt! Is mór an t-uaigneas ar
phóca aon duine a bheith scartha leis an méid sin, a
Bhileachaí! I ndáil leis an oiread is a fuair Neil sa dlí ...

— Ní uaigneas ar a phóca siúd é, a Chaitríona, agus go
háirid ó fuair sé an uacht ...

— Ach ba í Neil a fuair na nótaí ramhra ina dhiaidh sin ...

— Bloody Tour an' Ouns é, nár dhúirt Briain Mór nach
n-aithneodh Pádraig Chaitríona páipéir puint ach an oiread
is a d'aithneodh Tomás Taobh Istigh allas a mhala féin, nó ...

— Shílfeá, a Bhileachaí, má tá cuaifeach nótaí ag rith ina
ndiaidh mar sin; go gcuimhneodh duine eicínt acu ar an
bpunt a thug mise do Chaitríona a íoc ...

— A thóinín chlamhach! ...

— ... D'inis iníon Mháistreás an Phosta dom ... Fóill ort, a
Mháistir! ... Is deargbhréag é, a Mháistir ... Níor oscail mé
aon litir ...

— ... Ná tabhair aon aird ar a chuid boirbe, a Nóra.
Cuimhnigh gurbh oifigeach neamhchoimisiúnta i Meaisín an
Mhurdair é? ... Níl ionú agam "An Fuineadh Gréine" a
léamh duit anois in athuair, a Nóra. Tá mé róbhroidiúil le mo
dhréacht nua: "An Bhanbh-Ghealach." Ó Chóilí a fuaireas an
smaoineamh. Bhí a sheanathair in ann a ghéaga ginealaigh a
rianú go dtí an ghealach. Chaitheadh sé trí huaire gach oíche
ag féachaint suas uirthi, de réir nós ársa ár sinsir. Ar theacht
don ghealach nua níodh a pholláirí trí chineál smaoise:
ceann óir, ceann airgid, agus an tseansmaois ghaelach ...

— ... Séard a d'inis sí dhom, a Chaitríona, gur dhúirt Baba
gur tusa an deirfiúr ba mheasa léi dá raibh aici riamh, agus go
mbeifeá buíoch di murach gur bhásaigh tú ...

— Rinne mé mo dhícheall deacrach, a Bhileachaí, ach chinn orm Neil a chur romham ...

— Muise, a Chaitríona a chomharsa, ní móide gur fearr beirthe é. Dúirt Pádraig liom féin, agus le ... leis an Máistreás, gur fhág Neil cuid mhaith aguisíní aige nach raibh ag dul dó chor ar bith de réir na huachta. Ní thógfadh sí ach leath de thalamh Thomáis Taobh Istigh uaidh, agus creid mé dhuit ann, a Chaitríona, gur beag Domhnach nach bhfógraíonn an sagart Aifreann le d'anam féin agus Jeaic na Scolóige ...

— Le m'anam féin agus Jeaic na Scolóige ...

— Bloody Tour an' Ouns é, nach éard a dúirt Briain Mór ...

— Le m'anam féin agus Jeaic na Scolóige ...

— Agus Bhaba, agus ...

— ... "Níl aon tsamhail cruthaithe ar chlann iníon Pháidín," a deir sé, "ach dhá choileáinín charracha a chonaic mé uair, ag forcamás ar mhúille a bhí ag tabhairt na gcor, thoir i mBaile Dhoncha. Bhí ceann acu ag ruathafann ag iarraidh an coileán eile a choinneáil uaidh. Chuir sé an oiread anró air féin ag uallfairt is gur phléasc sé ina phráib as a dheireadh. Diabhal easna don choileán eile, ar an dá luath is a bhfaca sé go raibh an múille caillte ar a chomhairle féin aige, nach dtéaltaíonn leis agus nach bhfágann ansin ag an gcoileán caillte é ... "

— Dod gur éalaigh an lúb sin óna bhiorán! Shíl sé go mbréagfadh a chlann féin leo chuile líomóigín san uacht! ... Le m'anam féin ...

— I nDomhnach, a Chaitríona a chomharsa, níl sé féin ná a iníon anois chomh lúitéiseach le Neil is a bhídís ...

— Ní donaide sin í ... Le m'anam féin agus Jeaic na Scolóige ...

— Tá sé idir dhá chomhairle an bhfanfaidh sé nó an dtiocfaidh sé, a Chaitríona. Chuaigh an ola air an lá cheana ...

— Ní dhéanfaidh sé níos óige choíchin é! Tá sé mo dhá aois ...

— Thug mo ... an Mháistreás geábh suas ag féachaint air. Meas tú cén teachtaireacht a chuir sé léi anuas chugam? ...

— Lán a bhéil de dhomlas nó d'athraigh sé ... Le m'anam ...

Cré na Cille

— Níor ghlac m'uncailín aon chúnamh spioradáilte ón am a raibh mise ag gabháil dó, nó meas tú, a Bhileachaí, an n-abraíonn sé an Paidrín Páirteach? ...

— Bloody Tour an' Ouns é, nach éard a dúirt sé ...

— Ba éard a dúirt sé leis an Máistreás: "déarfaidh tú le Bileachaí an Phosta," a deir sé, "más túisce a sheolfas sé ná mise, a inseacht dóibh thiar údan go mbeidh mise siar chucu ar leathscód pointe ar bith. Déarfaidh sé le Tom Rua go mbainfidh mé an calcadh as an bhfeadán aige má tá i ndán agus go ndeachaigh sé thar mo chomhairle ... "

— Ní bhfuair sí féin ná aon duine eile aon bhrabach ar mo chuid caintese, a Bhileachaí. Agus ní miste dhom a rá leatsa freisin go bhfuil na huaigheanna faoi phoill as éadan ...

— ... "Déarfaidh sé le mac na coise Duibhe roilléirín d'amhrán a chrochadh, ach a n-airí sé ag teacht mé ... "

— "Sóró a Mháire, do mhálaí 'sdo bheilteanna ... "

— "Bhí iníon ag Mártan Sheáin Mhóir
    Agus bhí sé chomh mór le fear ar bith ... "

— ... "Agus déarfaidh sé le Craosánach na bPiontaí go dtabharfaidh mise dluighiú na slaite sailí air, faoina sheanbhaigin d'asal a bheith feistithe dólámhach i mo chuid coirce, ó thosaigh sí siúd ag an gCurraoineach ag dul ar oilithreacht go dtí cúirteanna ... "

— Bloody Tour an' Ouns é, a Bhileachaí, críochnaigh é ...

— ... Le m'anam féin agus ...

— Sin é ar dhúirt sé, a chomharsa. Nó má dúirt, níor inis mo ... an Mháistreás domsa é ...

— Bloody Tour an' Ouns é, cén mhaith do dhuine Tom Rua a dhéanamh dhe féin! Má tá sé ina raic bíodh sé ina raic. "Agus déarfaidh sé le m'ainsín féin, Caitríona," a deir sé, "go raibh fios á chur ar shiní fada lucht an dóiteáin le mé a mhúchadh, i ngeall ar an scólladh a fuair mé sa ngíosar i mBaile Átha Cliath, agus nach bhfuil drogall ar bith orm anois roimh a cuid uisce bruite" ...

— Ab bu búna! Ab bu búna! A Bheartla Chois Dubh! A Bhileachaí na páirte! Cá bhfios nach anuas i mo theannta a bhuailfidís an breilleachán gránna ... caochshrónach ... cromshlinneánach ... Ó, a Bhileachaí chroí, ní chreidim gur nigh sé é féin i mBaile Átha cliath ... É a chur i mo theannta!

317

Soit! Soit! ... An seomra ... An cár ... "Bíodh Briain Mór agatsa, a Chaitríona" ... Ó, a Bhileachaí, phléascfainn, phléascfainn, phléascfainn ...

— Ó, ní baol duit, a Chaitríona, a chomharsa. Beidh an scéal sin ar fheabhas.

— Ach féach an áit ar cuireadh thú féin, a Bhileachaí ...

— Ní raibh a fhios ag an gcréatúr céard a bhí sí a dhéanamh le ... Réiteach, a Mháistir! Réiteach! ... Ná bíodh imní ort, a Chaitríona. Tá an tuineadóir siúd chomh húrfholláin leis an eidheann fós ...

— Ní thugann a leithéid seasamh ar bith sa deireadh. A Mhuire Mhór anocht, ba lú an consaeit a bheadh agam le Blackín an Iarla! ... Céard seo, a Bhileachaí? Corp eile chugainn! Ó bhó go deo, a Bhileachaí chroí na páirte, más é atá ann. Éist! ...

— Hóra, a bhuachaillí! Seán Chite as Baile Dhoncha ar fáil ...

— Is é an áit a bhfuil sé curtha ...

— Ollamh mór tairngreachta Iarthair an Domhain ar lár agus a bhlaosc fháistineach anois faoi chosa Bheartla ...

— Bloody Tour an' Ouns é, cé fearr dá sheanbhlaosc adhairt eile?

— A Sheáin Chite, cén meas atá agat ar an saol anois, nó an gceapfá go bhfuil an tairngreacht ag teacht fíor? ...

— Caoinfidh mise anois thú, a Sheáin Chite, mar b'iomchuí do do ghairm agus do do chlú ...Óchón agus óchón ó! ...

— ... Ara, i dtigh diabhail agat é, a Sheáin Chite! Ag leibidínteacht chainte faoi Bhall Dearg Ó Domhnaill! An réabfar Sasana i bhfeadán an diabhail san aer ina sinneán luaithe sa gCogadh seo? An bhfuil sé sin i do chuid tairngreachta? ... Hóra, a Mhac na Coise Duibhe, tabhair cnaigín bheag de do spag sa mblaosc fháistineach dó ...

— Ó, a Bhileachaí, a mhuirnín! ... Ní bheidh mé suaimhneach i gcré na cille ...

— Ná bíodh imní ort, a Chaitríona. Tá ordaithe ag an Sagart mapa nua glan a dhéanamh den reilig. Bhí seanchailín Cheann an Bhóthair ag clamhsán le gairid. "Nach gann a chuaigh an saol ar spadshomacháin Chlochar Shaibhe," a deir sí, "gurb é an áit ar chuir siad cosa an choirp trasna ar

318

phutóga íogmhara an tseanbhuachalla" ...

— Ó, sin é an corp nach mbeidh cónra ná bráillín i bhfad air! Féach an chaoi ar ghoid sé m'oirdín! ...

— ... A Chaitríona chroí, beidh an chrois os do chionn ar aon chor ...

— Ó, dá ndeifrídís léi, a Bhileachaí! Dá ndeifrídís léi sula gcailltí an scóllachán ...

— B'fhiú fanacht léi, a Chaitríona. Deir chuile dhuine dá bhfaca í go bhfuil sí ar áilleacht. Chuaigh an Sagart féin de mhaol a mhainge isteach ag breathnú uirthi, agus bhí an Máistir Beag agus mo ... an Mháistreás, istigh ann an Satharn cheana, go scrúdaídís an inscríbhinn Ghaeilge ...

— Ar dhúirt tú é sin, a Bhileachaí, le Nóra Sheáinín, agus le Cite agus le Tom Rua? ... Ó, a Bhileachaí chroí mura mbeidh sí orm ...

— Beidh, a Chaitríona. Ná bíodh aon imní ort a chomharsa. Is fada faoi réir í, ach go rabhadar ag fuireach go mbeadh do chrois féin agus crois Jeaic na Scolóige ag dul suas in éindí ...

— Mo chrois féin agus crois Jeaic na Scolóige ag dul suas in éindí ...

— Agus is í crois Thomáis Taobh Istigh atá ag coinneáil moille orthu anois ...

— Mo chrois féin agus crois Jeaic na Scolóige ...

— Deir chuile dhuine, a Chaitríona, gur deise í do cheannsa ná crois Chite, agus ná crois Nóra Sheáinín, agus ná crois Shiúán an tSiopa féin ...

— Mo chrois féin agus crois Jeaic na Scolóige ...

— Is deise í ná crois Jeaic na Scolóige, a Chaitríona. Deir mo ... an Mháistreás go mb'fhearr léi í ná crois Pheadair an Ósta ...

— De ghlaschloch an Oileáin mar sin í, a Bhileachaí? ...

— Sin rud nach bhfuil a fhios agam, a chomharsa. Tigh McCormack sa nGealchathair a ceannaíodh í, ar aon nós.

— Bloody Tour an' Ouns é mar scéal, cén chaoi a mbeadh a fhios ag an ngeospailín sin agus gan é in ann corraí de chúl a chinn leis an bhfad seo? ...

— Mura de ghlaschloch an Oileáin í, a Bhileachaí, níl meas cnó caoch agam uirthi ...

— Shíl mé go raibh glaschloch an Oileáin ídithe ...

319

— Éist do bhéal, a ghrabairín! ...
— Is de ghlaschloch an Oileáin í ...
— Ní de ghlaschloch an Oileáin í ...
— Deirimse leatsa gur de ghlaschloch an Oileáin í.
— Deirimse leatsa nach de ghlaschloch an Oileáin í ...
— Ní bhíonn crois ar bith de ghlaschloch an Oileáin ag McCormack. Tigh Mhóráin a bhíos siad ...
— Óra, cén mhaith dhuit a bheith ag caint? Nach as amach a tháinig crois Nóra Sheáinín agus Chite, agus nach de ghlaschloch an Oileáin iad! ...
— Agus crois Bhríd Thoirdhealbhaigh ...
— Agus crois Shiúán an tSiopa ...
— Chuala mé siúráilte go leor, a Chaitríona a chomharsa, gur crois de ghlaschloch an Oileáin atá Neil se'agaibhse le chur in áirid di fhéin ...
— ... Tháinig an Búistéir Mór as an nGealchathair ar mo shochraidese. Ba mhinic a dúirt sé liom go raibh meas aige féin ormsa i ngeall ar an meas a bhí ag a athair ar m'athair ...
— ... Is de ghlaschloch an Oileáin crois Nóra Sheáinín ...
— ... Bhí mise fiche agus lom mé an t-aon a heairt ...
— ... Crois Chite ...
— ... La Libération ...
— ... Crois Bhríd Thoirdhealbhaigh ... Crois Shiúán an tSiopa ...
— Ba mé an chéad chorp sa gcill. Nach síleann sibh go mba chóir go mbeadh rud eicínt le rá ag seanfhondúr na cille? Cead cainte dhom! Cead cainte dhom ru! Cead cainte! ...
— Tugtar cead cainte dhó! ...
— Réab leat! ...
— ... Crois Neil ...
— Abair! ...
— Abair leat, a chloiginn ...
— ... Ní de ghlaschloch an Oileáin ...
— ... Tar éis an spréachadh atá ort le aon bhliain déag agus fiche ag iarraidh cead cainte ...
— ... Is fíor dhuit, a Mháistir chroí! Anois atá tú ag caint! Dhá ghadhar ...
— ... Mo chrois-se ná do chrois-se, a Jeaic na Scolóige ...

— ... Tá cead cainte anois agat ach is cosúil gur binne leat an béal marbh ...

— ... Ní do ghlaschloch an Oileáin do chrois-se ná mo chrois-se ...